d

Dennis Lehane

Am Ende einer Welt

Roman

Aus dem Amerikanischen von
Steffen Jacobs

Diogenes

Titel der 2015 bei
William Morrow, New York,
erschienenen Originalausgabe:
›World Gone By‹
Umschlagfoto (Ausschnitt):
Radkai / Vogue

www.diogenes.ch
160/15/44/1
ISBN 978 3 257 06944 0

Prolog

Dezember 1942

EHE DER KLEINE KRIEG SIE auseinanderriss, versammelten sie sich alle zur Unterstützung des großen Krieges. Pearl Harbor lag ein Jahr zurück, und sie kamen im Ballsaal »Versailles« des Palace Hotels am Bayshore Drive in Tampa, Florida, zusammen, um Geld für die Soldaten aufzubringen, die in dem großen europäischen Theater mitspielten. Es gab ein Büfett, man trug Abendgarderobe, und draußen war es mild und trocken.

Sechs Monate später, an einem schwülen Abend Anfang Mai, stieß ein Gerichtsreporter der *Tampa Tribune* auf Fotografien der Wohltätigkeitsveranstaltung. Er war sehr erstaunt darüber, wie viele von denen, die daran teilgenommen hatten, seitdem in den Lokalnachrichten erwähnt worden waren, weil sie entweder jemanden umgebracht hatten oder umgebracht worden waren.

Er glaubte, dass sich eine Story daraus machen ließe, aber sein vorgesetzter Redakteur war anderer Meinung. Aber sieh doch, sagte der Reporter, *sieh doch*. Das ist Dion Bartolo, der mit Rico DiGiacomo an der Bar steht. Und da drüben? Ich bin mir ziemlich sicher, dass der kleine Bursche mit Hut Meyer Lansky persönlich ist. Hier – siehst du den Kerl, der mit der schwangeren Frau spricht? Der ist im März im Leichenschauhaus gelandet. Und da – das sind der Bürgermeister und seine Frau im Gespräch mit Joe Coughlin. Auf dem hier ist auch wieder Joe Coughlin drauf, er schüttelt gerade diesem Negergangster die Hand, Montooth Dix. Boston Joe ist in seinem ganzen Leben kaum jemals fotografiert worden, aber an diesem Abend gleich *zwei Mal*. Der Bursche, der neben der Dame in Weiß steht? Der ist tot. Und der da auch. Der Kerl im weißen Smoking auf der Tanzfläche? Der ist jetzt ein Krüppel.

Chef, sagte der Reporter, die waren dort alle zusammen.

Der Redakteur erklärte, dass Tampa eine Kleinstadt sei, die sich als mittlere Großstadt tarne. Alle möglichen Menschen liefen sich ständig über den Weg. Es habe sich um eine Wohltätigkeitsveranstaltung zugunsten der kriegführenden Truppen gehandelt, dergleichen sei *de rigueur* für reiche Müßiggänger und zöge jeden an, der jemand sei. Er wies seinen jungen, begeisterungsfähigen Reporter darauf hin, dass viele andere, die an jenem Abend teilgenommen hatten – zwei berühmte Sänger, ein Baseballspieler, drei Sprecher, die in den beliebtesten Radioseifenopern der Stadt mitwirkten, der Präsident der First Florida Bank, der Generaldirektor von Gramercy Pewter und P. Edson Haffe, der Herausgeber ebendieser Zeitung –, allesamt überhaupt nichts mit dem Blutbad zu tun hatten, das es im März in der Stadt gegeben und das ihren guten Namen besudelt hatte.

Es ging noch eine Weile hin und her, aber der Redakteur zeigte sich in dieser Angelegenheit unzugänglich, und so nahm der Reporter seine ursprüngliche Recherche wieder auf: Er ging einem Gerücht nach, demzufolge deutsche Spione das Hafenviertel von Tampa infiltriert haben sollten. Einen Monat später wurde er zur Armee eingezogen. Die Fotos verblieben im Archiv der *Tampa Tribune*, noch lange nachdem jeder der darauf Abgebildeten diese Erde verlassen hatte.

Der Reporter starb zwei Jahre später am Strand von Anzio, ohne je zu erfahren, dass sein Redakteur – der ihn um dreißig Jahre überlebte, ehe er einer Herzerkrankung erlag – die strikte Anweisung hatte, alle Beiträge über das Bartolo-Syndikat zu unterbinden, ebenso über Joseph Coughlin und den Bürgermeister von Tampa – ein angesehener junger Mann aus einer angesehenen Familie. Der Ruf der Stadt, so hieß es, sei bereits über Gebühr in den Schmutz gezogen worden.

Die Gäste jener Party waren ihrem Verständnis nach ausschließlich zur völlig harmlosen Unterstützung der in Übersee stationierten Soldaten zusammengekommen.

Organisiert hatte das Ganze der Unternehmer Joseph Coughlin, aus Solidarität mit seinen zahlreichen Angestellten, die angeworben oder eingezogen worden waren.

Dion Bartolo, der Boss der Bosse, tat sich auf der Tanzfläche hervor, was ihm in jungen Jahren einen gewissen Ruf eingebracht hatte. Und die Mütter und Töchter einiger der ehrenwertesten Familien Tampas würden noch ihren Enkelkindern erzählen, dass kein Mann, der mit solcher Anmut tanzt, so böse sein kann, wie von manchen behauptet wird.

Rico DiGiacomo, der strahlendste Stern der Unterwelt Tampas, erschien mit seinem Bruder Freddy und ihrer beider geliebten Mutter, und sein gefährlicher Zauber wurde nur durch die Ankunft von Montooth Dix überstrahlt, eines außergewöhnlich hochgewachsenen Schwarzen, der mit passendem Zylinder zu seinem Smoking noch größer erschien. Die meisten Mitglieder der Oberschicht Tampas hatten bei einer Party noch nie einen Schwarzen ohne Servierplatte gesehen, doch Montooth Dix bewegte sich durch all die Weißen, als ob er Bedienung erwartete.

Die Veranstaltung war gerade respektabel genug, um ohne Bedenken daran teilzunehmen, und gerade gewagt genug, um für den Rest der Saison Gesprächsstoff zu liefern. Joe Coughlin besaß die Gabe, die Größen der Stadt mit den Dämonen der Unterwelt zusammenzubringen und das Ganze wie einen Spaß wirken zu lassen. Dabei war es nicht unwesentlich, das Coughlin, von dem es hieß, er sei einst ein Gangster gewesen, und ein recht einflussreicher obendrein, diese Vergangenheit unverkennbar hinter sich gelassen hatte. Er war einer der größten Wohltäter im gesamten West Central Florida, ein Gönner zahlreicher Krankenhäuser, Suppenküchen, Bibliotheken und Notunterkünfte. Aber wenn die Gerüchte stimmten ... nun ja, wer wollte es einem Mann verdenken, dass er gegenüber seinen einstigen Weggefährten loyal blieb. Jedenfalls wussten die versammelten Magnaten, Fabrikbesitzer und Bauunternehmer, an wen sie sich wenden mussten, wenn es Unruhe unter ihren Arbeitern beizulegen oder Schwierigkeiten mit ihren Zulieferern auszuräumen galt. Joe Coughlin war in dieser Stadt die Brücke zwischen dem, was an die Öffentlichkeit kam, und der Art, wie es unter vier Augen erreicht wurde. Wenn er einlud, ging man hin, um zu sehen, wer sonst noch aufkreuzte.

Joe selbst maß dem Anlass keine weitere Bedeutung als ebendiese bei. Wenn man zu einer Party einlud, bei der sich die Hautevolee mit Straßenschlägern mischte und Richter mit Capos plauderten, als ob sie sich niemals zuvor begegnet wären, weder vor Gericht noch in einem Hinterzimmer;

bei der der Pastor der Herz-Jesu-Kirche die Räumlichkeiten segnete, ehe er sich mit dem gleichen Genuss wie alle anderen den Drinks widmete; bei der Vanessa Belgrave, die hübsche, aber kühle Frau des Bürgermeisters, ihr Glas zum Dank in Joes Richtung erhob, und auf der ein so furchteinflößender Schwarzer wie Montooth Dix eine Gruppe spießiger alter Weißer mit seinen Ruhmestaten aus dem Ersten Weltkrieg ergötzen konnte, ohne dass jemandem ein böses Wort entfuhr oder ein betrunkener Fauxpas unterlief, dann, ja dann war die Party nicht einfach ein Erfolg, dann war sie mit großer Wahrscheinlichkeit der Erfolg der Saison.

Das einzig Bedenkliche ereignete sich, als Joe aus dem Haus trat, um im Garten hinter dem Haus ein wenig frische Luft zu schnappen, und dabei den kleinen Jungen sah. Der Junge bewegte sich am hinteren Ende der Rasenfläche, verschwand mal in der Dunkelheit und tauchte dann wieder aus ihr auf. Er lief im Zickzack, als ob er mit anderen Jungs Fangen spielen würde. Aber es waren keine anderen Jungs da. Seiner Größe und Statur nach zu urteilen, war er sechs oder sieben Jahre alt. Er streckte die Arme weit aus und ahmte erst das Geräusch eines Propellers, dann das eines Flugzeugmotors nach. Er bildete Tragflächen mit seinen Armen und legte sich mal nach links, mal nach rechts in die Kurve, während er an der Waldgrenze entlanglief und laut *»Brummm, brummm«* rief.

Joe konnte erst nicht genau sagen, was ihm an dem Kerlchen seltsam vorkam, außer, dass es das einzige Kind auf einer Party von Erwachsenen war, bis ihm auffiel, dass seine Kleider seit gut zehn Jahren aus der Mode waren. Eigentlich eher seit zwanzig Jahren, denn der Kleine, dessen war Joe sich ziemlich sicher, trug Knickerbocker und eine dieser übergroßen Golfmützen, welche die Jungs in Joes Kindheit getragen hatten.

Der Bursche war zu weit entfernt, als dass Joe sein Gesicht hätte erkennen können, aber er hatte das seltsame Gefühl, dass es keinen großen Unterschied gemacht hätte, wenn der Junge näher gewesen wäre. Sogar aus dieser Entfernung konnte er sehen, dass das Gesicht des Jungen völlig unbestimmbar war.

Joe verließ die Terrasse und überquerte den Rasen. Der Junge ahmte weiterhin Flugzeuggeräusche nach und lief auf die Baumgrenze zu, die den Rasen säumte. Dort verschwand er in der Dunkelheit. Joe hörte, wie er irgendwo in der Tiefe der Finsternis weiter seine Brummgeräusche produzierte.

Plötzlich flüsterte jemand zu Joes Rechten: »Pst! Mr. Coughlin, Sir? Joe?«

Joe glitt mit der Hand hinter seinen Rücken, bis sie nur noch wenige Zentimeter von der Deringer entfernt war, die sich an sein Kreuz schmiegte – nicht seine bevorzugte Schusswaffe, aber eine, die er für Anlässe in Abendgarderobe geeignet fand.

»Ich bin's«, sagte Bobo Frechetti, als er hinter einem großen Banyanbaum hervortrat.

Joe ließ die Hand fallen. »Mensch, Bobo, wie geht's denn so?«

»Mir geht's gut, Joe. Und dir?«

»Tipptopp.« Joe blickte zu den Bäumen hinüber und sah nichts als Dunkelheit. Jetzt konnte er das Kind auch nicht mehr hören. Er fragte Bobo: »Wer hat ein Kind mitgebracht?«

»Was?«

»Der Junge.« Joe deutete auf das entgegengesetzte Ende des Rasens. »Der, der Flugzeug gespielt hat.«

Bobo starrte ihn an.

»Du hast da drüben keinen Jungen gesehen?« Wieder zeigte Joe hinüber.

Bobo schüttelte den Kopf. Bobo war so klein, dass jeder glaubte, er sei früher mal Jockey gewesen. Er nahm seinen Hut ab und hielt ihn in den Händen. »Du hast von diesem Safe gehört, der im Steinmahlwerk drüben in Lutz geknackt wurde?«

Joe schüttelte den Kopf, obwohl er wusste, dass Bobo über den Safe bei Bay Palms Aggregate sprach. Das war eine Tochterfirma eines der Transportunternehmen, die sich im Besitz der Familie befanden; sechstausend Dollar waren geraubt worden.

»Mein Partner und ich hatten keinen Schimmer, dass das Geld Vincent Imbruglia gehört.« Bobo wedelte mit den Armen wie ein Schiedsrichter, der einem auf der Home Plate stehenden Spieler etwas signalisieren will. »Keinen Schimmer.«

Joe kannte das Gefühl. Sein Leben hatte sich entschieden, als er und Dion Bartolo, kaum den Windeln entwachsen, ein Kasino ausgeraubt hatten, ohne zu wissen, dass es einem Gangster gehörte.

»Na, das ist doch keine große Sache.« Joe zündete sich eine Zigarette an und hielt dem kleinen Panzerknacker die Schachtel hin. »Gib einfach das Geld zurück.«

»Wir haben es versucht.« Bobo nahm eine Zigarette, ließ sich von Joe Feuer geben und nickte dankend. »Mein Partner – du kennst Phil?«

Phil Cantor. Phil die Keule genannt, wegen seiner Riesennase. Joe nickte.

»Phil ist zu Vincent gegangen. Hat ihm von unserem Fehler erzählt. Sagte, wir hätten das Geld und würden es sofort zurückbringen. Weißt du, was Vincent getan hat?«

Joe schüttelte den Kopf, obwohl ihm etwas schwante.

»Hat Phil auf die Straße gestoßen. Direkt auf die Lafayette, zur Hauptverkehrszeit. Phil ist von einem Chevy abgeprallt wie ein Ball vom Schläger. Hüfte zertrümmert, Knie im Eimer, Kiefer so verdrahtet, dass er den Mund nicht mehr aufkriegt. Und als er da mitten auf der Lafayette liegt, sagt Vincent zu ihm: ›Du schuldest uns die doppelte Summe. Dir bleibt eine Woche.‹ Und spuckt auf ihn. Was für ein Monster spuckt auf einen Mann? Welchen Mann auch immer? Das frage ich dich. Ganz zu schweigen von einem, der mit gebrochenen Knochen auf der Straße liegt.«

Joe schüttelte den Kopf, dann streckte er die Hände aus. »Was kann ich tun?«

Bobo reichte Joe eine Papiertüte. »Es ist alles drin.«

»Die ursprüngliche Summe oder das, was Vincent gefordert hat?«

Bobo zappelte nervös herum und warf einen Blick auf die Bäume rundum, ehe er wieder Joe ansah. »Du kannst mit diesen Leuten reden. Du bist kein Monster. Du kannst denen sagen, dass wir einen Fehler gemacht haben und mein Partner jetzt für einen Monat im Krankenhaus liegt. Und das scheint mir Strafe genug zu sein. Könntest du das ausrichten?«

Joe rauchte eine Weile schweigend. »Wenn ich dir aus dieser Patsche heraushelfe ...«

Bobo packte Joes Hand und küsste sie, wobei sein Mund auf Joes Armbanduhr landete.

»*Wenn…*« – Joe zog die Hand zurück – »was würdest du dann für mich tun?«

»Was du willst.«

Joe blickte auf den Beutel. »Jeder einzelne Dollar ist da drin?«

»Jeder einzelne.«

Joe nahm einen Zug und atmete bedächtig aus. Er wartete immer noch darauf, dass der Junge zurückkehrte oder zumindest das Flugzeugbrummen wieder ertönte, aber zwischen den Bäumen war nichts als Leere.

Er schaute Bobo an und sagte: »In Ordnung.«

»In Ordnung? Herr im Himmel! In Ordnung?«

Joe nickte. »Aber nichts ist umsonst, Bobo.«

»Ich weiß. Ich weiß. Danke, vielen Dank.«

»Wenn ich dich jemals um etwas bitte« – er trat nahe an ihn heran – »egal, *was* es ist, dann springst du. Ist das klar?«

»Glasklar, Joe. Glasklar.«

»Wenn du dich drücken willst…«

»Werde ich nicht, werde ich nicht.«

»… dann lasse ich dich mit einem Fluch belegen. Und nicht mit irgendeinem. Dieser Medizinmann in Havanna, den ich kenne? Der Schweinehund hat's noch nie verbockt.«

Bobo war äußerst abergläubisch wie viele Burschen, die im Spielermilieu aufgewachsen sind. Er ließ Joe seine Handflächen sehen. »Meinetwegen musst du dir keine Sorgen machen.«

»Ich spreche nicht von irgendeinem Wald-und-Wiesen-

Fluch, die Sorte, die du in New Jersey bei einer italienischen Omi mit Schnurrbart kriegst.«

»Du musst dir meinetwegen keine Sorgen machen. Das ist Ehrensache für mich.«

»Ich spreche von einem Kuba-Fluch mit Hispaniola-Hintergrund. Der sucht noch deine Nachkommen heim.«

»Ich verspreche es.« Er sah Joe mit einem frischen Schweißfilm auf der Stirn und den Augenlidern an. »Möge der Blitz mich erschlagen.«

»Das wollen wir lieber nicht, Bobo.« Joe tätschelte sein Gesicht. »Dann könntest du meinen Gefallen ja nicht erwidern.«

VINCENT IMBRUGLIA STAND KURZ DAVOR, zum Boss ernannt zu werden, obwohl er es noch nicht wusste und obwohl Joe das für keinen guten Einfall hielt. Aber die Zeiten waren hart, und Männer, die wirklich Gewinn brachten, wurden langsam rar. Einige der Besten waren im Krieg, und so würde Vincent kommenden Monat befördert werden. Bis dahin jedoch arbeitete er noch für Enrico »Rico« DiGiacomo, und das bedeutete, dass das gestohlene Geld eigentlich Rico gehörte.

Joe machte Rico an der Bar ausfindig. Er schob ihm das Geld zu und erklärte die Angelegenheit.

Rico kippte seinen Drink herunter und runzelte die Stirn, als Joe ihm erzählte, was dem armen Phil »die Keule« widerfahren war.

»Er hat ihn vor ein beschissenes Auto gestoßen?«

»Allerdings.«

Joe nahm einen Schluck von seinem Drink.

»So was hat einfach keine Klasse.«

»Finde ich auch.«

»Ich meine, ein bisschen Klasse muss sein.«

»Keine Frage.«

Rico dachte darüber nach, während er eine weitere Runde für sie bestellte. »Sieht mir ganz danach aus, als hätte er seine Strafe bereits bekommen. Sag Bobo, dass er nichts mehr zu befürchten hat, aber sich für eine Weile in keiner unserer Kneipen blicken lassen soll. Bis alle sich wieder beruhigt haben. Er hat dem armen Burschen den Kiefer gebrochen, ja?«

Joe nickte. »Das hat Bobo mir erzählt.«

»Wirklich schade, dass es nicht seine Nase war. Vielleicht hätte man die operieren können, damit es nicht mehr so aussieht, als ob Gott sich einen angesoffen und versehentlich einen Ellbogen an die Stelle gepflanzt hätte, wo eigentlich die Nase hingehört.« Er verstummte und sah sich im Raum um. »Tolle Party, Boss.«

Joe sagte: »Ich bin nicht mehr dein Boss. Niemandes Boss.«

Rico registrierte das mit einem kurzen Zucken seiner Augenbrauen. »Trotzdem eine Wahnsinnsfete, Sir. *Salud.*«

Joe blickte nach nebenan, wo all die Gesellschaftsgrößen mit all den ehemaligen Debütantinnen tanzten, jeder Einzelne wie aus dem Ei gepellt. Dann sah er den Jungen wieder. Er tauchte zwischen den wirbelnden Abendkleidern auf. Sein Gesicht war abgewandt, das Haar an seinem Hinterkopf kräuselte sich zu einer kleinen Schmachtlocke, er trug jetzt keinen Hut mehr, aber er trug immer noch die Knickerbocker.

Und dann war er verschwunden.

Joe stellte seinen Drink beiseite und schwor sich, für den Rest des Abends nichts mehr anzurühren.

Im Rückblick würde es für ihn die *letzte Feier* sein, ein letztes schwereloses Dahingleiten, ehe alles auf jenen unbarmherzigen März zurutschen würde.

Aber damals war es einfach eine tolle Party.

I

In Sachen Mrs. Del Fresco

IM FRÜHJAHR DES JAHRES 1941 heiratete ein Mann namens Tony Del Fresco in Tampa, Florida, eine Frau namens Theresa Del Frisco. Dies war bedauerlicherweise das einzig Vergnügliche an ihrer Ehe. Er schlug sie einmal mit einer Flasche, sie schlug ihn einmal mit einem Krockethammer. Der Hammer gehörte Tony, der ihn einige Jahre zuvor aus Arezzo mitgebracht hatte. In Tampa hatte er Tore und Pflöcke im sumpfigen Garten der Del Frescos aufgestellt. Tagsüber reparierte Tony Uhren, und nachts knackte er Tresore. Krocket sei das Einzige, womit er seinen Geist beruhigen könne, der, wie er sagte, von dauerndem Zorn erfüllt sei. Der Zorn war so stark wie unerklärlich. Immerhin hatte Tony zwei gute Jobs und eine hübsche Frau. Und an den Wochenenden blieb ihm genug Zeit zum Krocketspielen.

Wie schwarz Tonys Gedanken auch gewesen sein mochten, sie zerrannen zu nichts, als Theresa im frühen Winter des Jahres 1943 mit dem Krockethammer seinen Schädel seitlich einschlug. Die Kriminalpolizei kam zu dem Schluss, dass Theresa, nachdem sie ihren Ehemann mit dem ersten Schlag schachmatt gesetzt hatte, ihren Fuß auf seinen Wangenknochen gestellt und so seinen Kopf auf dem Küchenboden fixiert hatte, um dann mit dem Hammer so oft und so schwungvoll auf seinen Hinterkopf einzuschlagen, bis er wie eine Pastete aussah, die vom Fensterbrett gefallen ist.

Theresa war von Beruf Floristin, aber der größte Teil ihres Einkommens rührte von Raubüberfällen und gelegentlichen Morden her, beide normalerweise im Auftrag ihres Bosses Lucius Brozjuola, den alle nur King Lucius nannten. King Lucius zahlte alle notwendigen Abgaben an die Familie Bartolo, aber ansonsten leitete er eine unabhängige Organisation. Deren illegale Einnahmen wusch er über sein Phosphatimperium, das sich entlang des Peace River erstreckte, sowie über den Blumengroßhandel, den er in der Port of Tampa betrieb. King Lucius war es gewesen, der Theresa ursprünglich zur Floristin ausgebildet hatte, und King Lucius hatte auch den Blumenladen finanziert, den sie in der Innenstadt an der Lafayette eröffnet hatte. Und King Lucius führte eine Bande von Dieben, Hehlern, Brandstiftern und Auftragsmördern an, die ihr Geschäft nach einer einzigen festen Regel ausübten: Führe niemals einen Auftrag in deinem Heimatstaat aus! Und so hatte Theresa im Verlauf der Jahre fünf Männer und eine Frau umgebracht, die sie allesamt nicht kannte – zwei in Kansas City, einen in Des Moines, einen weiteren in Dearborn, einen fünften in Philadelphia. Und schließlich diese Frau in Washington, DC. Theresa war an ihr vorbeigegangen, hatte sich umgedreht und ihr in den Hinterkopf geschossen. Das war an einem milden Frühlingsabend in Georgetown gewesen, auf einer baumgesäumten Straße, die nach einem nachmittäglichen Schauer noch knisterte.

Auf die eine oder andere Art gingen all diese Morde ihr nach. Der Mann in Des Moines hatte sich ein Foto seiner Familie vor das Gesicht gehalten und sie so gezwungen hindurchzuschießen, wenn sie ihm die Kugel ins Hirn jagen wollte; der in Philly hatte immer wieder gefleht: »Sagen Sie mir nur, warum«; die Frau in Georgetown hatte einen klagenden Seufzer ausgestoßen, ehe sie auf dem nassen Bürgersteig in sich zusammengesackt war.

Der einzige Mord, der Theresa nicht heimsuchte, war der an Tony. Sie wünschte bloß, sie hätte es früher getan, ehe Peter alt genug gewesen wäre, um seine Eltern zu vermissen. Er war an jenem schicksalhaften Wochenende bei ihrer Schwester in Lutz gewesen, denn Theresa wollte ihn aus der Schusslinie haben, wenn sie Tony aus seinem eigenen Haus warf. Seine Trinkerei, seine Hurerei und seine düsteren Anwandlungen waren seit dem Sommer immer mehr aus dem Ruder gelaufen, und schließlich war Theresas Schmerzgrenze erreicht. Tonys allerdings noch nicht, und so kam es, dass er mit einer Weinflasche auf sie einschlug und sie daraufhin seinen verblödeten Schädel mit einem Krockethammer zerschmetterte.

Im städtischen Gefängnis von Tampa rief sie King Lucius an. Eine halbe Stunde später saß ihr Jimmy Arnold gegenüber, der King Lucius und seine verschiedenen Unternehmen juristisch beriet. Theresa machte sich über zwei Dinge Sorgen: auf den elektrischen Stuhl zu kommen und nicht in der Lage zu sein, für Peters Unterhalt zu sorgen. Ob sie in der staatlichen Strafanstalt Raiford mit einem Stromschlag getötet würde, lag nicht mehr in ihrer Hand. Was jedoch die Absicherung Peters betraf, so wartete sie auf die Bezahlung für einen Auftrag, den ihr King Lucius persönlich erteilt hatte – einen Auftrag mit einem so üppigen Erlös, dass ihr Anteil von fünf Prozent dafür sorgen würde, dass es in den Bäuchen von Peter, seinen Kindern und seinen Kindeskindern niemals wegen etwas anderem als einer tüchtigen Portion Nachschlag grummeln würde.

Jimmy Arnold versicherte ihr, dass ihre Aussichten in beiden Punkten rosiger seien, als sie vermutete. In der ersten Angelegenheit habe er bereits den Bezirksstaatsanwalt Archibald Boll davon in Kenntnis gesetzt, dass sie lange Zeit von ihrem verstorbenen Ehemann geschlagen worden sei – gut dokumentiert durch die beiden Fälle, in denen Tonys Wut sie ins Krankenhaus gebracht hatte. Der Staatsanwalt, ein sehr gerissener und politisch sensibler Mann, würde eine misshandelte Frau nicht in die Todeszelle schicken, solange es jede Menge deutscher und japanischer Spione gab, denen er zu einem warmen Plätzchen auf dem Stuhl verhelfen konnte. Was nun das Geld betraf, das ihr zustand, so war Jimmy Arnold befugt zu sagen, dass King Lucius immer noch damit befasst sei, nach einem Käufer für die fragliche Ware zu suchen, dass sie aber, sobald er einen solchen gefunden und das Geld erhalten habe, die zweite Beteiligte sei, die ihren Anteil erhalten werde – nach King Lucius selbst, versteht sich.

Drei Tage nach der Verhaftung kam Bezirksstaatsanwalt Archibald Boll vorbei, um ihr einen Handel vorzuschlagen. Archibald Boll war ein gutaussehender Mann mittleren Alters. Er trug einen Anzug aus grobem Leinen mit passendem Fedora, und in seinen Augen lag das belustigte Funkeln eines Grundschülers, der gern ein bisschen Unruhe stiftet. Theresa kam ziemlich schnell zu dem Schluss, dass er sie attraktiv fand, aber sobald es um ihr Plädoyer ging, gab er sich ganz geschäftlich. Sie würde vor Gericht sagen, dass sie einen vorsätzlichen Totschlag begangen habe – ein Tatbestand, der bei jemandem mit ihrer kriminellen Vorgeschichte normalerweise zwölf Jahre Gefängnisstrafe zur Folge hätte. Aber heute, und nur heute, so versicherte ihr Archibald Boll, würde ihr die Staatsanwaltschaft der Stadt Tampa mildernde Umstände anbieten: zweiundsechzig Monate Haft, abzusitzen in der Frauenabteilung des Staatsgefängnisses Raiford.

»Fünf Jahre.« Theresa konnte es kaum glauben.

»Und zwei Monate«, sagte Archibald Boll, und sein träumerischer Blick glitt von ihrer Taille hinauf zu ihren Brüsten. »Sie bringen morgen Ihr Plädoyer vor, und übermorgen sitzen Sie im Bus nach Raiford.«

Theresa wusste also: Morgen Nacht wirst du mir einen Besuch abstatten.

Aber das war ihr egal. Für fünf Jahre und die Aussicht, rechtzeitig zu Peters achtem Geburtstag aus dem Gefängnis zu kommen, hätte sie nicht nur Archibald Boll, sondern jeden Assistenzstaatsanwalt in seinem Büro gefickt und sich immer noch glücklich geschätzt, dass man ihr keine Metallkappe aufsetzte und zehntausend Volt elektrischer Spannung durch ihren Körper jagte.

»Abgemacht?«, fragte Archibald Boll, dessen Blick nun auf ihren Beinen ruhte.

»Abgemacht.«

Als der Richter sie im Gerichtssaal nach ihrem Plädoyer fragte, antwortete Theresa »schuldig«, und der Richter bedachte sie mit dem Urteil »nicht mehr als eintausendachthundertundneunzig Tage, die Untersuchungshaft wird angerechnet«. Theresa wurde zurück ins Gefängnis gebracht, um dort auf den morgendlichen Bustransport nach Raiford zu warten. Als früh am Abend ein Besucher angekündigt wurde, erwartete sie, Archibald Boll durch den düsteren Gang zu ihrer Zelle kommen zu sehen, mit aufgeschlagenem Zelt in der Leinenhose.

Stattdessen kam Jimmy Arnold. Er brachte ihr kaltes Brathuhn und Kartoffelsalat, eine bessere Mahlzeit als jede, die sie in den nächsten zweiundsechzig Monaten bekommen würde, und sie schlang sie herunter und leckte sich hemmungslos das Fett von den Fingern. Jimmy Arnold wartete ungerührt ab. Als sie ihm den Teller zurückgab, reichte er ihr im Gegenzug die Fotografie, die auf ihrer Kommode gestanden hatte und sie zusammen mit Peter zeigte. Er reichte ihr auch die Zeichnung, die Peter von ihr gemacht hatte – ein nichtssagendes, unförmiges Oval auf der Spitze eines schiefen Dreiecks mit einem einzelnen Steckenarm und ohne Füße. Allerdings hatte er sie kurz nach seinem zweiten Geburtstag gemacht, und so betrachtet war sie ein wahrer Rembrandt. Theresa sah sich Jimmy Arnolds zwei Mitbringsel an und versuchte, ihre Ergriffenheit nicht zu zeigen und das Schluchzen in ihrer Kehle zu unterdrücken.

Jimmy Arnold kreuzte die Beine an den Fußknöcheln und streckte sich in seinem Stuhl aus. Er gähnte laut und hustete trocken in die vorgehaltene Faust. Er sagte: »Sie werden uns fehlen, Theresa.«

»Die paar Jahre vergehen schneller, als man denkt.«

»Es gibt eben nur wenige mit Ihren Fähigkeiten.«

»Als Floristin?«

Er beobachtete sie aufmerksam, während sein leises Lachen erstarb. »Nein, die andere Sache.«

»Dazu braucht man nichts als ein skrupelloses Herz.«

»Es gehört mehr dazu.« Er wackelte mit dem Zeigefinger vor ihrem Gesicht herum. »Verkaufen Sie sich nicht unter Wert.«

Sie zuckte die Schultern und sah zurück auf die Zeichnung ihres Sohnes.

»Da Sie jetzt eine Weile aus dem Verkehr gezogen sind«, sagte er, »wer ist Ihrer Meinung nach der Beste?«

Sie sah erst zur Decke hoch und dann hinaus zu den anderen Zellen. »Um Blumen zu arrangieren …«

Er lächelte. »Genau, so wollen wir es nennen. Wer ist der beste Florist in Tampa, jetzt, wo Sie nicht länger im Rennen sind?«

Sie musste nicht lange über diese Frage nachdenken. »Billy.«

»Kovich?«

Sie nickte.

Jimmy Arnold erwog diesen Gedanken. »Sie halten ihn für besser als Mank?«

Sie nickte. »Mank ist zu vorhersehbar.«

»Und in wessen Schicht sollte es geschehen?«

Sie verstand die Frage nicht. »Schicht?«

»Detectives.«

»Sie meinen, vor Ort?«

Er nickte.

»Sie …« Sie sah sich in der Zelle um, als ob sie sich vergewissern wollte, dass sie immer noch im Gefängnis und auf dieser Welt sei. »Sie wollen, dass ein hiesiger Auftragnehmer einen Auftrag vor Ort ausführt?«

»Ja, leider.«

Das stand in direktem Widerspruch zu den Grundsätzen, denen King Lucius seit zwei Jahrzehnten folgte.

»Warum?«, fragte sie.

»Es muss jemand sein, den die Zielperson kennt. Kein anderer käme dem Mann nahe genug.« Er löste die Beine und fächerte sich mit seinem Hut Luft zu. »Wenn Sie glauben, dass Kovich der geeignete Mann für den Auftrag ist, dann werde ich mich erkundigen.«

Sie fragte: »Hat die Zielperson einen Grund anzunehmen, dass ihr Leben in Gefahr ist?«

Jimmy Arnold dachte darüber nach und nickte schließlich. »Er arbeitet in unserem Geschäft. Sind wir nicht alle ständig auf der Hut?«

Theresa nickte. »Ja, dann ist Kovich Ihr Mann, keine Frage. Alle mögen ihn, auch wenn keiner weiß, warum.«

»Als Nächstes sollten wir über die Frage der polizeilichen Zuständigkeit nachdenken und über den Charakter der Detectives, die an dem fraglichen Tag im Einsatz sind.«

»Welchem Tag?«

»Es ist ein Mittwoch.«

Sie ging in Gedanken eine Reihe von Namen, Schichtplänen und Szenarien durch.

»Im Idealfall«, sagte sie, »sollte Kovich zwischen Mitternacht und acht Uhr morgens entweder in Ybor, Port Tampa oder Hyde Park zuschlagen. Dann würden aller Wahrscheinlichkeit nach die Detectives Feeney und Boatman dem Funkruf folgen.«

Seine Lippen formten lautlos die Namen, während er sich umständlich an der Bügelfalte seiner Hose zu schaffen machte und die Stirn in leise Falten legte. »Halten sich Polizisten an kirchliche Feiertage?«

»Wenn sie katholisch sind, schon, nehme ich an. Um welchen Feiertag geht es denn?«

»Aschermittwoch.«

»Da gibt es nicht viel einzuhalten.«

»Nein?« Er wirkte aufrichtig erstaunt. »Mein Religionsunterricht liegt schon eine Weile zurück.«

Sie sagte: »Man geht in den Gottesdienst, der Priester malt einem mit Asche ein Kreuz auf die Stirn, man verlässt die Kirche. Das ist alles.«

»Das ist alles«, wiederholte er flüsternd. Er lächelte abwesend, als wäre er gerade aufgewacht und ein wenig erstaunt, sich an diesem Ort wiederzufinden. Er stand auf. »Viel Glück, Mrs. Del Fresco. Wir werden für Sie sorgen.«

Sie sah zu, wie Jimmy Arnold nach seiner Aktentasche griff, und sie wusste, dass sie die nächste Frage besser nicht stellen sollte, aber sie konnte es sich einfach nicht verkneifen.

»Wer ist die Zielperson?«, fragte sie.

Er schaute sie durch die Gitterstäbe an. So, wie sie wusste, dass sie die Frage besser nicht hätte stellen sollen, so wusste er, dass er sie besser nicht beantwortete. Aber Jimmy Arnold war in ihren Kreisen für ein interessantes Paradox seines Charakters bekannt: Wenn man ihm eine völlig unverfängliche Frage zu einem seiner Klienten stellte, antwortete er selbst dann nicht, wenn man seine Hoden in Brand steckte. Wenn man ihn jedoch über intimste Details ausfragte, war er gesprächig wie eine Klatschbase.

»Sind Sie sicher, dass Sie das wissen wollen?«

Sie nickte.

Er blickte den dunkelgrünen Gang in beide Richtungen

hinab, ehe er sich zu den Gitterstäben vorbeugte, seine Lippen zwischen sie presste und den Namen sagte.

»Joe Coughlin.«

AM NÄCHSTEN MORGEN BESTIEG SIE den Bus, der sie zweihundert Meilen nach Nordwesten brachte. Das Landesinnere Floridas hatte mit dem Florida des blauen Ozeans und der weißen Strände nichts zu tun. Es war ein von der Sonne ausgebleichtes Land, niedergestreckt von Dürren und Flächenbränden. Sechseinhalb Stunden lang holperten sie über ausgefahrene Nebenstraßen, und die meisten Menschen, an denen sie vorbeifuhren, ob sie nun weiß oder schwarz oder indianischer Abstammung waren, sahen zu dünn aus.

Die Frau, die an Theresas linkes Handgelenk gekettet war, sprach fünfzig Meilen lang kein Wort. Dann stellte sie sich als Mrs. Sarah Nez aus Zephyrhills vor. Sie schüttelte Theresa die Hand, versicherte ihr, dass sie keines der Verbrechen begangen habe, für die man sie verurteilt hatte, und regte sich die nächsten fünfundzwanzig Meilen nicht mehr. Theresa lehnte ihre Stirn an das Fenster und sah durch den Straßenstaub auf das von der Sonne gegrillte Land hinaus. Hinter papiertrockenen Weiden befand sich Sumpfland; der Geruch und der grüne Nebel, der hinter den ausgeblichenen Feldern aufstieg, waren unverkennbar. Sie dachte an ihren Sohn und das Geld, das man ihr für seinen Unterhalt schuldete, und sie hoffte, dass King Lucius seine Schuld begleichen würde, denn sie hatte niemanden, der es einfordern konnte, falls er es nicht tat.

Apropos Schuld: Es hatte sie sehr erstaunt, dass Archibald Boll letzte Nacht nicht in ihrer Zelle erschienen war.

Ihr Körper dankte es ihm, aber ihre Gedanken überschlugen sich. Wenn er keinen Sex erwartet hatte, warum hatte er ihr dann überhaupt einen so verlockenden Deal vorgeschlagen? In ihrer Branche gab es keine Gefälligkeiten, nur Hinterlist; keine Geschenke, nur aufgeschobene Rechnungen. Wenn Archibald Boll also kein Geld von ihr gewollt hatte – und er hatte ganz gewiss nicht signalisiert, dass er welches erwartete –, dann blieben nur noch zwei Dinge: Sex oder Informationen.

Vielleicht wollte er sie mit dem milden Urteil weichklopfen und ließ sie jetzt noch ein wenig schmoren, damit sie sich ihm noch stärker verpflichtet fühlte. Nur, dass Staatsanwälte nicht so tickten – sie ließen die Belohnung lockend vor einem baumeln, aber erst musste man tun, was sie verlangten. Sie gewährten sie nie im Voraus. Das ergab keinen Sinn.

Noch weniger Sinn ergab der Auftrag, Joe Coughlin umzubringen. Wie sehr sie es auch versuchte – und sie hatte es die ganze Nacht über versucht –, Theresa kapierte es einfach nicht. Seit er vor zehn Jahren als Boss zurückgetreten war, hatte sich Coughlin als ein größerer Gewinn für die Familie Bartolo und alle anderen Familien in der Stadt erwiesen, als er es zu seiner aktiven Zeit gewesen war. Er verkörperte das höchste Ideal eines Mannes, der in ihrer Branche tätig war – er brachte seinen Freunden Geld ein. Folglich hatte er viele Freunde.

Aber Feinde?

Theresa wusste, dass er früher einmal welche gehabt hatte, aber das war ebenfalls zehn Jahre her, und sie alle waren innerhalb eines einzigen Tages ausgelöscht worden. Die Polizei und die Öffentlichkeit kannten die Geschichte mit der Kugel in Maso Pescatores Kehle, die seinen Hoffnungen, Träumen und Essgewohnheiten ein Ende bereitet hatte – Coughlin, so raunte man, habe die Waffe selbst abgefeuert. Aber niemand außer Menschen wie Theresa und ihre Kollegen, Menschen aus ihrer *Branche*, wusste etwas über das Dutzend Männer, das aufs Meer hinausgefahren war, um Joe Coughlin über Bord zu werfen, und niemals zurückkehrte. Maschinengewehre und Nahfeuerwaffen vom Kaliber 45 hatten sie daran gehindert. Sie endeten als Haifischfutter im Golf von Mexiko, an einem Tag, der schon heiß und unbarmherzig genug gewesen war.

Diese Männer und ein toter Polizist waren, soweit man wusste, die einzigen Feinde, die Coughlin jemals gehabt hatte. Seit seinem Rücktritt hatte er sich von den großen Dingern ferngehalten, und war dem Beispiel Meyer Lanskys gefolgt, mit dem er mehrere Unternehmen in Kuba besaß. Er tauchte kaum in den Zeitungen auf, und wenn, dann niemals mit Leuten aus der Branche, und er schien den lieben langen Tag lang neue Wege zu ersinnen, wie er seinen Freunden sogar noch mehr Geld als im Vorjahr verschaffen konnte.

Lange bevor der Angriff auf Pearl Harbor dafür sorgte, dass Amerika in den Krieg eintrat, hatte Joe Coughlin allen führenden Köpfen im hiesigen Schnapsgeschäft dazu geraten, Vorräte von Industriealkohol anzulegen, mit dem man Gummi herstellen konnte. Niemand hatte auch nur einen blassen Schimmer gehabt, was zum Teufel er damit meinte – was hatte Alkohol mit Gummi zu tun, und selbst wenn, was hatte das mit ihnen zu tun? Aber weil er ihnen in den Dreißigern zu viel Geld verholfen hatte, hörten sie auf ihn. Und als Japan im Frühjahr '42 weltweit die Hälfte der Gummi produzierenden Regionen kontrollierte, kam Onkel Sam angelaufen und zahlte Höchstpreise für alles, womit die Regierung Stiefel, Reifen, Dämpfer, selbst Asphalt herstellen konnte. So war es Theresa zu Ohren gekommen. Diejenigen, die auf Coughlin gehört hatten – King Lucius inbegriffen –, hatten so viel Geld gescheffelt, dass sie gar nicht mehr wussten, was sie damit anfangen sollten. Philly Carmona in Miami, einer der wenigen, die nicht auf Joe Coughlin gehört hatten, bedankte sich mit einem Bauchschuss bei dem Kerl, der ihm von dem Geschäft abgeraten hatte.

Jeder in diesem Milieu hatte Feinde, ja, aber während Theresa im Bus saß, mal wegdämmerte, mal hochfuhr, wollte ihr kein einziger wirklicher Widersacher Joe Coughlins einfallen. Wer schlachtet schon eine goldene Gans?

Eine Schlange glitt am Straßenrand entlang. Sie war schwarz und so lang wie Theresa und glitt ins Gestrüpp. Theresa verlor sich in einem Tagtraum, in dem die Schlange über den Boden ihres Zimmers in dem Mietshaus in Brooklyn glitt, wo sie gewohnt hatte, als sie zehn Jahre alt gewesen und gerade in dieses Land gekommen war. Eine Schlange schien ihr nützlich zu sein, denn in den Mietshäusern waren Ratten seit jeher ein großes Problem. Aber dann war die Schlange vom Boden verschwunden, und sie hatte spüren können, wie sie am Bett hochglitt, immer weiter auf sie zu. Sie konnte es spüren, aber sie konnte es nicht sehen, und sie konnte sich nicht von der Stelle rühren, weil der Traum ihr das nicht erlaubte. Die Schuppen der Schlange fühlten sich an ihrem Hals rauh und kalt an. Die Schlange wand sich um ihre Kehle, und ihre Metallglieder bohrten sich in Theresas Luftröhre.

Theresa griff hinter sich und packte Sarah Nez am Ohr, packte das Ohr so fest, dass sie es vom Kopf der Frau hätte reißen können, wenn sie genug Zeit dazu gehabt hätte. Aber ihr ging bereits die Luft aus. Sarah würgte sie mit der Kette, mit der sie aneinandergefesselt waren, und stieß leise, grunzende Laute aus.

»Wenn du Christus annimmst«, flüsterte sie, »wenn du Christus als deinen Erlöser annimmst, wird Er dich willkommen heißen. Er wird dir seine Liebe schenken. Nimm ihn an, und fürchte dich nicht.«

Theresa drehte sich mühsam in Richtung des Fensters und schaffte es, ihre Füße gegen die Wand zu stemmen. Als sie ihren Kopf zurückschnellen ließ, hörte sie, wie Sarahs Nase brach, und im gleichen Moment stieß sie sich von der Wand ab. Sie landeten im Gang, und Sarahs Griff löste sich lange genug, dass Theresa etwas krächzen konnte, das annähernd einem Schrei glich. In Wahrheit klang es eher wie ein Jaulen. Sie glaubte noch, einen Wärter zu sehen, der auf sie zukam, aber dann begann alles zu verblassen. Und dann verblasste es noch ein wenig mehr, und dann war da nichts als Schwärze.

ZWEI WOCHEN SPÄTER konnte sie immer noch nicht richtig sprechen; alles, was sie hervorbrachte, war ein heiseres, halb ersticktes Flüstern. Die Blutergüsse um ihren Hals hatten sich gerade erst von Violett zu Gelb verfärbt. Das Schlucken tat ihr weh, und wenn sie husten musste, brachte sie das fast zum Weinen.

Die zweite Frau, die sie umzubringen versuchte, verwendete dazu ein Metalltablett, das sie auf der Krankenstation entwendet hatte. Sie schlug Theresa beim Duschen auf den Hinterkopf, und der Schlag erinnerte sie allzu sehr an Tonys Schläge. Die meisten Menschen machen in einem Kampf den gleichen Fehler, sie zögern vor dem zweiten Schlag zu lange, Männer wie Frauen. Die Wucht des ersten Schlages ließ Theresa zu Boden sacken, und das Geräusch schien die Frau zu überraschen. Sie starrte auf Theresa hinab, ehe sie auf die Knie ging und das Tablett ein zweites Mal hob. Wenn sie etwas getaugt hätte – wenn sie zum Beispiel Theresa gewesen wäre –, dann hätte sie sich sofort neben ihr Opfer gekniet, das Tablett beiseitegeworfen und ihren Kopf gegen die Fliesen geschlagen. Bis die Frau so weit war, hatte Theresa ihre Hand zur Faust geballt und mit dem Knöchel ihres Mittelfingers einen tödlichen Zacken geformt. Sie trieb diesen Zacken in den Kehlkopf der Frau. Nicht einmal, nicht zweimal, sondern viermal. Das Tablett fiel zu Boden, und Theresa stützte sich zum Aufstehen auf dem Körper der Frau ab, während diese mitten im Duschraum vergeblich nach Sauerstoff schnappte.

Als die Wärter eintrafen, lief Theresas Opfer gerade blau an. Der Arzt wurde gerufen. Als eine Krankenschwester eintraf, rang die Frau bereits mit weit klaffendem Mund verzweifelt nach Luft. Theresa beobachtete die Situation ruhig von einer Ecke des Raumes aus. Sie hatte sich abgetrocknet und ihre blaue Gefängniskleidung angezogen. Sie hatte sich von einer der anderen Frauen eine Zigarette geschnorrt, im Gegenzug hatte sie versprochen, ihr beizubringen, was sie soeben mit Thelma gemacht hatte, denn das war, wie sie erfuhr, der Name der gescheiterten Mörderin.

Als die Wärter Theresa befragten, was geschehen sei, erzählte sie es ihnen.

Einer von ihnen sagte: »Sie wissen, dass sie hätte sterben können?«

»Offenbar bin ich nicht mehr die Schnellste«, antwortete Theresa.

Als die anderen Wärter sich entfernten, blieb der jüngste von ihnen zurück.

Sie sagte: »Henry, nicht wahr?«

»Ja, Madam.«

»Henry, könnten Sie mir vielleicht ein wenig Verbandsmull aus der Umhängetasche der Krankenschwester holen? Ich habe eine Platzwunde am Kopf.«

»Woher wissen Sie, dass da Verbandsmull drin ist?«

»Was sollte sonst drin sein, Henry? Comichefte?«

Er lächelte und nickte, und dann holte er ihr den Verbandsmull.

Später am Abend, nach dem Lichterlöschen, kam Henry in ihre Zelle. Sie war nicht zum ersten Mal im Gefängnis und hatte etwas Ähnliches bereits erwartet. Wenigstens war er jung und sauber. Beinahe attraktiv.

Danach sagte sie ihm, sie müsse jemandem draußen eine Nachricht zukommen lassen.

»Oh, nein«, sagte Henry Ames.

»Nur eine Nachricht«, sagte Theresa, »sonst nichts.«

»Ich weiß nicht recht.« Henry Ames, der vor weniger als zwei Minuten seine Unschuld verloren hatte, wünschte sich jetzt, dass er noch ein wenig länger Jungfrau geblieben wäre.

»Henry«, sagte Theresa, »jemand, der viel Macht hat, will mich umbringen.«

»Ich kann dich beschützen.«

Sie lächelte ihn an. Dann tätschelte sie ihm mit der rechten Hand den Hals, und Henry fühlte sich größer, stärker und lebendiger als jemals zuvor in den dreiundzwanzig Jahren, die er auf dieser Erde verbracht hatte.

Mit der linken Hand presste sie die Rasierklinge an sein Ohr. Es war eine Doppelklinge, die Sorte, die Henry immer in den Messingrasierer einlegte, den sein Vater ihm zu seinem Highschool-Abschluss geschenkt hatte. Heutzutage, wo Metall rationiert war, benutzte Henry seine Klingen, bis sie so stumpf wie Löffel waren, aber Theresas Klinge schien überhaupt noch nie benutzt worden zu sein, ehe sie mit einer schnellen Bewegung damit über sein Ohrläppchen fuhr. Bevor er reagieren konnte, hatte sie schon das Taschentuch aus seiner Hemdtasche gezogen und betupfte damit den Schnitt.

»Henry«, flüsterte sie, »du kannst dich doch nicht mal selbst beschützen.«

Er konnte nicht erkennen, wo sie die Klinge versteckt hatte; sie befand sich einfach nicht mehr in ihrer Hand. Er starrte ihr in die Augen. Sie waren groß, dunkel und warm.

»Also, Henry«, sagte sie sanft, »wenn ich es nicht schaffe, einen bestimmten Menschen über mein Problem zu informieren, werde ich hier keinen Monat überleben. Und mein Sohn wird als Waise aufwachsen. Und das, zum Teufel, würde ich einfach nicht ertragen. Verstehst du mich?«

Er nickte. Theresa betupfte weiter sein Ohrläppchen. Zu seiner großen Überraschung und Beschämung spürte er, dass er schon wieder hart wurde. Henry Ames aus Ocala, Florida, Sohn eines Bauern, fragte Insassin 4773, wem sie ihre Nachricht zukommen lassen wolle.

»Geh zum Hauptsitz von Suarez Sugar an der Howard Avenue in Tampa, und sag Vizepräsident Joseph Coughlin, dass ich ihn sehen muss. Mach ihm unmissverständlich klar, dass es um Leben und Tod geht. Für ihn und für mich.«

»Ich *kann* dich hier drin beschützen.« Selbst in seinen eigenen Ohren klang das unglaubwürdig, und doch wollte er, dass sie ihm glaubte.

Theresa gab ihm das Taschentuch zurück. Sie sah ihn eine Weile unverwandt an.

»Du bist süß«, sagte sie. »Und jetzt merk dir gut: Suarez Sugar. Howard Avenue in Tampa. Joe Coughlin.«

2

Der Läufer

HENRY AMES HATTE FREITAGS seinen freien Tag, und so verließ er sofort nach seiner Donnerstagsschicht Raiford und fuhr die ganze Nacht hindurch in Richtung Tampa. Während der Autofahrt hatte er reichlich Zeit, über seine Regelverstöße nachzudenken. Sein Vater und seine Mutter, moralisch so aufrecht, wie zwei Menschen ohne Flügel nur sein konnten, würden an einem Schock sterben, wenn sie wüssten, dass ihr ältester Sohn mit einer verurteilten Mörderin, die seiner Aufsicht unterstand, Unzucht trieb. Die anderen Wärter drückten ein Auge zu, wenngleich feixend, doch nur, weil sie es genauso schlimm trieben, wenn nicht sogar noch schlimmer – was wenig daran änderte, dass sie alle ohne Ausnahme gegen das Gesetz verstießen. Und nicht nur gegen menschengemachtes Gesetz, sondern gegen die Gesetze des lieben Gottes.

Und dennoch …

Und dennoch …

Was für eine Freude war es in dieser Woche gewesen, zum Ende jeder Schicht in ihre Zelle zu schlüpfen und von ihr bereits erwartet zu werden.

Henry machte einer gewissen Rebecca Holinshed den Hof. Sie war eine Arzttochter in Lake Butler, zwölf Meilen westlich des Gefängnisses. Henry wohnte dort. Henrys Tante, die ebenfalls in Lake Butler lebte, hatte sein Liebeswerben um

Rebecca in die Wege geleitet. Von ihrer Schwester, Henrys Mutter, war sie damit beauftragt worden, den Jungen im Auge zu behalten. Rebecca Holinshed war eine ausgesprochen hübsche junge Blondine. Ihre Haut war so weiß, dass man sie für gekocht halten konnte. Sie hatte Henry mit ihrer ungemein sanften Stimme gesagt, dass sie von dem Mann, den sie dereinst heiraten würde, höheres Streben erwarte, als eine Meute dreckiger Frauen zu bewachen, deren moralisches Bewusstsein nicht über dem eines dreckigen Schimpansen stehe. Rebecca Holinshed benutzte oft das Wort *dreckig*, immer in ihrem sanftesten Tonfall, als ob sie es nur zögerlich über die Lippen brächte. Sie erwiderte außerdem niemals Henrys Blick, nicht ein einziges Mal während seines ganzen Liebeswerbens. Hätte jemand ihre frühabendlichen Spaziergänge bezeugen müssen, hätte dieser Jemand durchaus glauben können, dass Rebecca sich nicht mit Henry unterhielte, sondern mit der Straße, der Veranda, den Baumstämmen.

Also hatte sich Henry – zum Beweis, dass er sehr wohl nach Höherem strebte – in einen Abendkurs über Strafrecht eingeschrieben, für den er bis nach Gainesville musste. Und so setzte sich Henry an seinen freien Abenden – anstatt mit den anderen Wärtern in Dickie's Roadhouse ein paar Bierchen trinken zu gehen oder sich endlich mal um seine Schmutzwäsche zu kümmern oder sich, Gott bewahre, einfach auszuruhen – in sein Auto und fuhr hundertfünfzig Meilen hin und zurück, um in einer drückend heißen Schuhschachtel von Zimmer am hinteren Ende des Campus der Universität Florida zu sitzen und Professor Blix zu lauschen, einem betrunkenen Anwalt, dem man die Zulassung entzogen hatte und der sich mühsam durch seine Vorlesungen über Betrug lallte – alles nur, um Rebecca Holinshed zu gefallen.

Doch Henry wusste, dass ihm das gut bekam. Wusste, dass Rebecca ihm gut bekam. Sie würde eine gute Mutter sein. Eines nicht allzu fernen Tages, so hoffte er, würde sie sich sogar von ihm küssen lassen. Vielleicht.

Die Gefangene 4773 hingegen hatte Henry Ames' Haut bereits an so ziemlich jeder Stelle seines Körpers geküsst. Sie erzählte ihm von ihrem Sohn Peter und ihrer Hoffnung, in fünf Jahren wieder für ihn da sein zu können, vielleicht sogar mit ihm nach Italien zurückzukehren, falls dieser Krieg jemals enden und Mussolini und seine Schwarzhemden entmachtet würden. Henry wusste, dass sie ihn nur benutzte – bloß weil er aus einer Kleinstadt kam, war er noch kein Idiot –, aber sie benutzte ihn, um sich und ihren Sohn zu schützen, und das schien ihm achtenswert. Ganz gewiss bat sie ihn nicht, etwas zu werden, das er nicht werden wollte – Anwalt zum Beispiel –; sie bat ihn lediglich, ihr bei der Rettung ihres Lebens zu helfen.

Ja, es war ein Fehler, mit ihr zu schlafen. Vielleicht der größte Fehler seines Lebens. Einer, den er nie wiedergutmachen könnte, wenn die Sache aufflöge. Er würde seine Familie verlieren. Er würde Rebecca verlieren. Seine Stellung. Würde vermutlich sofort nach Übersee geschickt werden, um gegen die Nazis zu kämpfen, Plattfüße hin oder her. Würde in irgendeinem ausgebombten Dorf am Ufer irgendeines träge dahinfließenden Stromes, von dem keiner jemals gehört hatte, sein junges Leben aushauchen. Ohne Nachkommen, ohne einen Beleg für seine Existenz. Ein vergeudetes Leben.

Warum also konnte er nicht aufhören zu lächeln?

JOE COUGHLIN, der Unternehmer aus Tampa mit der zweifelhaften Vergangenheit und dem guten Ruf als gütiger Spender und Wohltäter seiner Wahlheimat Ybor City, traf sich an jenem Vormittag mit Lieutenant Matthew Biel vom Geheimdienst der Marine in seinem Büro bei Suarez Sugar.

Biel war ein junger Mann, dessen blondes Haar so kurz gestutzt war, dass man die rosige Kopfhaut zwischen den Stoppeln hindurchschimmern sah. Er trug eine Khakihose mit scharfer Bügelfalte und ein schwarzes Sakko mit graukarierten Ärmeln über einem weißen Hemd. Er roch nach Wäschestärke.

»Wenn Sie wie ein Zivilist aussehen wollen«, sagte Joe, »dann sollten Sie sich mal ein paar Kataloge von J. C. Penney anschauen.«

»Ist das das Geschäft, in dem Sie einkaufen?«

Joe überlegte, ob er diesem ungehobelten Kerl sagen sollte, was er von J. C. Penney hielt – Himmel noch mal, er trug einen Anzug, der in Lissabon für ihn maßgeschneidert worden war –, aber er nahm davon Abstand und schenkte Biel stattdessen einen Kaffee ein. Er umrundete seinen Schreibtisch und reichte ihm die Tasse.

Biel nahm den Kaffee mit einem Dankesnicken an und sagte: »Das ist ein sehr unscheinbares Büro für einen Mann Ihres Formats.«

Joe setzte sich hinter seinen Schreibtisch. »Scheint mir angemessen für den Vizepräsidenten einer Zuckerfirma.«

»Sie betreiben außerdem drei Importunternehmen, nicht wahr?«

Joe nahm einen kleinen Schluck von seinem Kaffee.

Biel lächelte. »Zwei Destillerien, eine Phosphatmine und

Anteile an verschiedenen Unternehmen bei Ihnen zu Hause in Boston, darunter eine Bank.« Er sah sich wieder in dem Büro um. »Deshalb sind Ihre Bemühungen um Bescheidenheit hier so faszinierend.«

Joe stellte seine Kaffeetasse zurück auf den Schreibtisch. »Wie wäre es, wenn wir zur Sache kämen, Lieutenant?«

Biel lehnte sich vor. »Neulich Nacht wurde ein Mann in den Docks von Port Tampa verprügelt. Was davon gehört?«

»In Port Tampa wird jede Nacht irgendjemand verprügelt. So ist das in den Docks.«

»Klar, aber dieser Mann war einer von uns.«

»Von wem?«

»Geheimdienst der Marine. Es scheint, als habe er einem Ihrer Jungs eine Frage zu viel gestellt und –«

»Meiner Jungs?«

Biel schloss für einen Moment die Augen, holte Luft, öffnete sie wieder. »Gut. Den Jungs Ihres Freundes Dion Bartolo. Werftarbeitergewerkschaft, Büro 126. Klingelt da was bei Ihnen?«

Das waren tatsächlich Dions Jungs.

»Na gut, da haben die also einem Ihrer Matrosen die Seele aus dem Leib geprügelt. Was soll ich tun? Für die Reinigung seiner Sachen bezahlen?«

»Nein, er kommt wieder auf die Beine, besten Dank.«

»Na, dann kann ich ja ruhig schlafen.«

»Das Problem ist«, sagte Lieutenant Biel, »dass so etwas im ganzen Land passiert – Portland, Boston, New York, Miami, Tampa, New Orleans. Verdammt, unser Mann in New Orleans ist fast gestorben. Kann von Glück sagen, dass er letztlich nur ein Auge verloren hat.«

»Tja, ja«, sagte Joe, »mit New Orleans würde ich mich auch nicht anlegen. Sagen Sie Ihrem Mann, er hat Glück, dass er nicht blind *und* tot ist.«

»Wir kriegen die Docks nicht unter unsere Kontrolle«, sagte Biel. »Jedes Mal, wenn wir einen von unseren Männern einschleusen, wird er mit eingeschlagenem Schädel zu uns zurückgeschickt. Wir haben es kapiert – Ihnen gehören die Docks, Sie beherrschen das Hafenviertel. Da gibt es keine Debatte. Aber wir haben es gar nicht auf Sie abgesehen. Keinen von Ihnen.«

»Wer bin ich?«, fragte Joe. »Wer sind *wir*? Ich bin ein seriöser Geschäftsmann.«

Biel verzog das Gesicht. »Sie sind der *consigliere* – habe ich das richtig ausgesprochen? – für die Familie Bartolo, Mr. Coughlin. Sie sind der Mittelsmann für das gesamte Verbrechersyndikat Floridas. Obendrein kontrollieren Sie und Meyer Lansky Kuba und den Transportweg für Rauschgift, der irgendwo in Südamerika beginnt und irgendwo in Maine endet. Müssen wir also wirklich so tun, als ob Sie sich ›zurückgezogen‹ hätten und ich ein Schwachkopf wäre?«

Joe blickte ihn über den Schreibtisch hinweg unverwandt an, so lange, bis die Stille unbehaglich zu werden begann. Gerade als Biel es nicht länger aushielt und den Mund öffnete, sagte Joe: »Hinter wem sind Sie her?«

»Nazisaboteure, Japsensaboteure, jeder, der das Hafenviertel unterwandern und Gewalt gegen die Regierung ausüben könnte.«

»Tja, ich würde sagen, über Japseninfiltration müssen Sie sich keine Sorgen machen. Die fallen auf, selbst in San Francisco.«

»Ja, ja.«

»Ich würde mir Sorgen über irgendeinen Kraut machen, der hier aufgewachsen ist«, sagte Joe. »Einer, der als Sohn irischer oder schwedischer Eltern durchgehen könnte. Mit so einem könnten Sie Schwierigkeiten bekommen.«

»Könnte er Sie unterwandern?«

»Das habe ich doch gerade gesagt. Ich habe nicht gesagt, dass es besonders wahrscheinlich ist, aber es könnte passieren.«

»In diesem Fall braucht Onkel Sam Ihre Hilfe.«

»Und was bekomme ich von Onkel Sam dafür?«

»Die Anerkennung einer dankbaren Nation – und dass wir Sie nicht schikanieren.«

»Nennen Sie das Schikane – dass Ihre Leute regelmäßig Prügel beziehen? Wenn das so ist, können Sie mich gern jeden Tag schikanieren.«

»Ihre seriösen Geschäfte florieren derzeit aufgrund öffentlicher Aufträge, Mr. Coughlin.«

»Bei einigen schon, ja.«

»Wir könnten dafür sorgen, dass sich diese Geschäftsbeziehungen ein wenig sperriger gestalten.«

»Eine halbe Stunde nachdem Sie dieses Büro verlassen haben, Lieutenant, treffe ich mich mit einem Herrn vom Kriegsministerium, das die Zahl seiner Aufträge an mich erhöhen, nicht verringern möchte. Wenn Sie schon bluffen, junger Mann, dann informieren Sie sich vorher gefälligst etwas besser.«

»Schön. Sagen Sie uns, was Sie wollen.«

»Sie wissen, was wir wollen.«

»Nein«, sagte Biel, »ich bin mir nicht sicher, dass wir das wissen.«

»Wir wollen, dass Charlie Luciano freigelassen wird. Ganz einfach.«

Biels Mondgesicht lief dunkelrot an. »Das kommt nicht in Frage. Lucky Luciano wird für den Rest seines Lebens in Dannemora schmoren.«

»Na gut. Er zieht übrigens ›Charlie‹ vor. Nur seine engsten Freunde nennen ihn Lucky.«

»Wie auch immer er sich nennt, wir werden ihm keine Amnestie gewähren.«

»Wir bitten nicht um eine Amnestie«, sagte Joe. »Nach dem Krieg – sofern ihr Burschen den nicht vermasselt und wir tatsächlich gewinnen – werdet ihr ihn ausweisen. Er wird nie wieder einen Fuß in dieses Land setzen.«

»Aber?«

»Aber«, sagte Joe, »ansonsten kann er gehen, wohin er will, und seinen Lebensunterhalt verdienen, womit er will.«

Biel schüttelte den Kopf. »Das wird Roosevelt niemals zulassen.«

»Es ist aber nicht *seine* Entscheidung, oder?«

»Wenn es um die Öffentlichkeit geht? Klar ist sie das. Luciano hat das gewalttätigste Syndikat angeführt, das dieses Land jemals gesehen hat.« Biel dachte noch eine Weile darüber nach, dann schüttelte er nachdrücklich den Kopf. »Äußern Sie einen anderen Wunsch. Irgendeinen.«

So war die Regierung. Daran gewöhnt, ihre Wünsche mit Geld zu erkaufen, das ihr nicht gehörte, sodass sie keine Ahnung davon hatte, wie man ein richtiges Geschäft einfädelte. *Wir hätten gern etwas ohne Gegenleistung, also geben Sie es uns, schieben Sie ab, und danken Sie uns für das Privileg.*

Joe musterte Lieutenant Biels offenes, durch und durch amerikanisches Gesicht. Natürlich hatte er in seiner Highschool als Quarterback gespielt. Alle Mädchen hatten seinen Mannschafts-Sweater tragen wollen.

»Das ist alles, was wir wollen«, sagte Joe.

»Das ist Ihr letztes Wort?« Biel wirkte ehrlich verblüfft.

»So ist es.« Joe lehnte sich in seinem Sessel zurück und zündete eine Zigarette an.

Biel stand auf. »Dann wird Ihnen nicht gefallen, was wir als Nächstes tun.«

»Ihr seid die Regierung. Es hat noch nie zu meinen Schwächen gehört, das, was ihr tut, zu mögen.«

»Sagen Sie nicht, wir hätten Sie nicht gewarnt.«

»Sie kennen unseren Preis«, sagte Joe.

Biel blieb mit gesenktem Kopf an der Tür stehen. »Wir führen eine Akte über Sie, Mr. Coughlin.«

»Das hatte ich schon vermutet.«

»Sie ist nicht so dick wie die meisten, weil Sie sehr, sehr, sehr gut darin sind, Ihre Geschäfte zu tarnen. Bin noch nie jemandem begegnet, der das so gewieft wie Sie anstellt. Wissen Sie, wie man Sie beim Geheimdienst nennt?«

Joe zuckte die Schultern.

»Den Läufer. Weil Sie Ihren Laden schon länger am Laufen halten, als man sich erinnern kann. Aber Sie besitzen ein Kasino in Havanna, nicht wahr?«

Joe nickte.

»Dann wissen Sie ja, dass jede Glückssträhne einmal ein Ende hat.«

Joe lächelte. »Nachricht angekommen, Lieutenant.«

»Tatsächlich?«, fragte Biel und ging hinaus.

ZEHN MINUTEN NACHDEM BIEL GEGANGEN WAR, summte Joes Gegensprechanlage.

Er drückte den Knopf: »Ja, Margaret?«

Seine Sekretärin Margaret Toomey sagte: »Hier ist ein Herr, der Sie sehen möchte. Er behauptet, Wärter im Gefängnis Raiford zu sein. Sagt, er müsse dringend mit Ihnen sprechen.«

Joe hob den Hörer von der Gabel. »Sagen Sie ihm, er soll sich zum Teufel scheren«, sagte er liebenswürdig.

»Ich habe es versucht«, sagte Margaret, »mit Nachdruck.«

»Dann versuchen Sie es mit noch mehr Nachdruck.«

»Er behauptet, er solle Ihnen sagen: ›Theresa Del Fresco bittet um ein Gespräch.‹«

»Verdammt, im Ernst?«, fragte Joe.

»Verdammt, im Ernst«, antwortete Margaret.

Darüber dachte Joe eine Weile nach. Schließlich seufzte er. »Schicken Sie ihn rein. Ist er ein Untergebener oder jemand, der was zu sagen hat?«

»Ersteres, Sir. Er kommt jetzt rein.«

Der Junge, der durch die Tür kam, sah aus, als wäre er gerade aus dem Laufstall gekrabbelt. Sein Haar war so blond, dass es fast weiß wirkte, und ein kleines Büschel spross wie ein gekrümmter Finger in die Höhe. Seine Haut war so makellos, als ob er sie heute Nachmittag zum ersten Mal übergestreift hätte. Seine Augen waren grün und klar wie die eines Babys, und seine Zähne waren so weiß wie sein Haar.

Dieses Kind sollte ein *Wärter* sein? Im Frauentrakt?

Theresa Del Fresco hatte mit diesem Burschen vermutlich so leichtes Spiel gehabt wie eine Stadtkatze mit einem Mäuschen vom Lande.

Joe schüttelte dem Jungen die Hand und deutete auf einen Stuhl. Der Junge setzte sich und zupfte seine Hosenbeine an den Knien zurecht.

Er erklärte, dass er in der Tat Wärter in der Frauenabteilung des Staatsgefängnisses Raiford sei und dass die Gefangene 4773, mit bürgerlichem Namen Theresa Del Fresco, ihn gebeten habe, Mr. Coughlin aufzusuchen, Sir, weil sie glaube, sein Leben und ihr eigenes seien in Gefahr.

»Ihr Leben?«, fragte Joe.

Der Junge war verwirrt. »Nein, nein, Sir. Ihres.«

Joe lachte.

Der Junge sagte: »Sir?«

Joe lachte noch lauter. Die Vorstellung wurde umso lustiger, je länger er darüber nachdachte.

»*Das* spielt sie also?«, fragte er, als der Lachanfall allmählich nachließ.

»Spielen, Sir? Ich kann Ihnen nicht ganz folgen.«

Joe wischte sich mit dem Handballen über die Augen. »Ach, du meine Güte. Also gut, also gut, Mrs. Del Fresco glaubt, dass mein Leben in Gefahr sei?«

»Und ihr eigenes.«

»Wenigstens versucht sie es nicht als Akt der Selbstlosigkeit darzustellen.«

»Ich verstehe nicht, Mr. Coughlin, und ich habe keine Angst, das zu sagen. Mrs. Del Fresco bat mich, ziemlich weit zu fahren, um Ihnen zu sagen, dass Ihr Leben in Gefahr sei, und Sie stellen es so dar, als ob das Ganze eine Art Witz wäre. Ich will Ihnen mal was sagen: Ein besonders lustiger Witz ist das nicht.«

Joe blickte den Jungen über den Schreibtisch hinweg an. »Sind Sie fertig?«

Der Junge legte seinen Hut von einem Knie aufs andere und zupfte sich nervös am rechten Ohrläppchen. »Ich weiß nicht recht, Sir.«

Joe ging um den Schreibtisch herum, blieb vor dem Jungen stehen und bot ihm eine Zigarette an. Mit leicht zitternder Hand nahm der Junge eine, und Joe gab erst ihm und dann sich selbst Feuer. Er stellte einen Aschenbecher neben sich auf den Tisch und nahm einen langen Zug. Dann wandte er sich erneut Henry Ames zu.

»Junger Mann, ich zweifle nicht daran, dass Mrs. Del Fresco Ihnen als Zeichen ihrer Freundschaft allerlei Wonnen verschafft hat. Und ich –«

»Sir, ich werde nicht zulassen, dass Sie etwas Unanständiges in meinem oder Mrs. Del Frescos Verhalten andeuten.«

»Komm, halt den Mund, Kleiner«, sagte Joe freundlich und gab dem jungen Mann einen leichten Klaps auf die Schulter. »Wo war ich stehengeblieben? Richtig. Ich bin mir sicher, dass es ein Höhepunkt deines bisherigen Lebens war, Mrs. Del Fresco zu vögeln und von ihr gevögelt zu werden, und dass es meinem Eindruck nach für den Rest deines Lebens auch der Höhepunkt bleiben wird.«

Der Junge war, soweit das ging, noch bleicher geworden. Er starrte Joe an, als ob er plötzlich an einer Embolie litte.

»Und du solltest ernsthaft erwägen, statt Mrs. Del Fresco bei ihrem Ausbruchsplan zu helfen, alles in deiner Macht Stehende zu tun, dass sie im Gefängnis bleibt und dich auf ihre Pritsche lässt – solange sie eben will.« Er lächelte, gab dem Burschen einen weiteren Klaps auf die Schulter und kehrte hinter seinen Schreibtisch zurück. »Und jetzt geh nach Hause, Kleiner. Nun mach schon.« Joe setzte sich wieder hin und wedelte kurz, aber unmissverständlich in Richtung Tür.

Henry Ames blinzelte einige Male und stand auf. Während er zur Tür ging, spielte er an der Innenseite seines Hutes herum, als er an der Tür angekommen war, befummelte er dessen Krempe. »Man hat schon zwei Mal versucht, Mrs. Del Fresco umzubringen. Das erste Mal im Bus zum Gefängnis, das zweite Mal unter der Dusche. Mein Onkel hat sein ganzes Leben lang in Raiford gearbeitet, und er sagte einmal: Wenn sie jemandem wirklich an den Kragen wollen, schaffen sie es schließlich auch. Also werden sie …« Er schaute erst auf den Türknauf, dann wieder zu Boden, und sein Kiefer mahlte. »Sie werden sie umbringen. Sie weiß, dass sie es tun werden. Und danach werden die *Sie* umbringen.«

»Wer sind *die*, Kleiner?« Joe schnippte die Asche seiner Zigarette in den Aschenbecher.

»Das weiß nur Mrs. Del Fresco.« Der Junge starrte Joe quer durch das Büro an. Er hatte mehr Mumm, als Joe vermutet hatte. »Aber sie sagte mir, ich solle Ihnen einen Namen nennen.«

»Den Namen der Person, die mich umbringen soll? Oder den des Mannes, der ihn beauftragt hat?«

»Ich habe keine Ahnung, Sir. Sie hat bloß gesagt, ich solle Ihnen den Namen nennen.«

Joe drückte seine Zigarette aus. Er sah, dass der Junge überlegte, einfach hinauszugehen, jetzt, wo er ihn am Haken hatte, wie klein der Haken auch sein mochte. Es war etwas Herausforderndes an ihm, das seine Freunde und Nachbarn vermutlich noch nie zu sehen bekommen hatten. Man konnte diesen Jungen vielleicht herumschubsen, aber wenn man ihn in die Ecke drängte, würde sich das als Fehler erweisen.

»Und?«, fragte Joe.

»Und Sie werden ihr helfen? Wenn ich Ihnen den Namen nenne?«

Joe schüttelte den Kopf. »Habe ich nicht gesagt. Deine Freundin hat als Trickbetrügerin angefangen, ehe sie eine kleine Gaunerin wurde, dann eine verdammt gute Diebin, dann eine Auftragsmörderin. Sie hat keine Freunde, weil alle befürchten, dass sie sie irgendwann einmal hereinlegen oder bestehlen oder umbringen könnte. Oder von allem etwas. Tut mir leid, Sohn, aber du kannst von mir aus mitsamt dem Namen geradewegs dort zur Tür hinaushuschen, und ich werde deshalb keine Sekunde lang unruhig schlafen. Aber wenn dir danach ist, mir den Namen zu nennen, dann ...«

Der Bursche nickte und ging zur Tür hinaus.

Joe konnte es nicht fassen. Der Bengel hatte *Schneid*.

Er nahm den Hörer ab und rief bei Richie Cavelli an, der die Hintertür bewachte. Durch die Hintertür betraten die meisten seiner Geschäftspartner das Gebäude. Er wies ihn an, nach vorn zu gehen und den blonden Burschen aufzuhalten, der sich auf dem Weg zum Haupteingang befand.

Joe nahm sein Jackett von der Rückenlehne seines Schreibtischsessels, zog es an und verließ zielstrebig das Büro.

Henry Ames wartete im Empfangsbereich auf ihn, den Hut immer noch in der Hand.

»Versprechen Sie mir, sie zu besuchen?«

Joe sah sich um: Da war Margaret, die munter auf ihrer Corona klapperte, wobei sie durch den Rauch ihrer eigenen Zigarette schielen musste; da war der Vertreter eines Getreidegroßhändlers aus Naples; da war ein Lakai aus dem Kriegsministerium. Joe nickte ihnen allen freundlich zu – *lest weiter eure Zeitschriften, hier gibt es nichts zu sehen* – und blickte dem jungen Burschen in die Augen.

»Sicher, Junge«, sagte er. Nur, damit er endlich das Büro verließ.

Henry Ames nickte und fingerte wieder nervös an seiner Hutkrempe herum. Er sah zu Joe auf. »Gil Valentine.«

Joe behielt sein sanftes Lächeln bei, auch wenn ein Guss Eiswasser seine Hoden und sein Herz zugleich erwischte.

»Das ist der Name, den sie dir genannt hat, ja?«

»Gil Valentine«, sagte der Junge wieder und setzte den Hut auf. »Einen guten Tag noch, Sir.«

»Dir auch, Junge.«

»Ich erwarte, Sie bald zu sehen, Sir.«

Joe entgegnete nichts. Der Junge tippte sich an den Hut, als er an Margaret vorbeikam. Joe sagte: »Rufen Sie Richie an. Sagen Sie ihm, er soll die Anweisung vergessen, die ich ihm gerade gegeben habe, und mit seiner Arbeit weitermachen. Sie erreichen ihn über das Telefon am Haupteingang.«

»Ja, Mr. Coughlin.«

Joe lächelte den Lakaien vom Kriegsministerium an. »David, nicht wahr?«

Der Mann stand auf. »Ja, Mr. Coughlin.«

»Kommen Sie doch herein«, sagte Joe. »Wenn ich es recht verstanden habe, braucht Onkel Sam mehr Alkohol.«

WÄHREND DER GESAMTEN BESPRECHUNG mit dem Kerl vom Kriegsministerium und dem nachfolgenden Gespräch mit dem Mann von Wylie Wholesale, dem Getreidegroßhändler, konnte Joe nicht aufhören, an Gil Valentine zu denken. Gil Valentine war so etwas wie ein leuchtendes Vorbild in ihrem Geschäft. Er hatte sich wie die meisten von ihnen während der glorreichen Prohibitionszeit hochgearbeitet und war sowohl ein verdammt guter Schnapsbrenner als auch ein gewiefter Alkoholschmuggler gewesen. Aber was ihn wirklich auszeichnete, war sein feines Gehör. Gil konnte bei einer Revue in der letzten Reihe sitzen und aus zwanzig singenden Tänzerinnen die einzige heraushören, aus der ein Star würde. Er zog im ganzen Land durch die Nachtklubs und Spelunken – St. Louis, St. Paul, Cicero, Chicago, bis runter nach Helena, Greenwood und Memphis und bis hinauf in die Glitzerwelt von New York und das funkelnde Miami –, und er kehrte mit einigen der großartigsten Musiker zurück, die der Mob jemals im Sack gehabt hatte. Als der Alkohol dann wieder legalisiert wurde, gehörte er wie Joe zu den wenigen, die auf einen nahtlosen Übergang zu überwiegend legalen Geschäften vorbereitet waren.

Gil Valentine verlagerte seine gesamten Geschäfte in Richtung Westen. Als er in L.A. eintraf, zollte er Mickey Cohen und Jack Dragna angemessenen Tribut, auch wenn er kaum noch illegale Sachen machte. Er gründete die Plattenfirma »Cupid Arrow's Records« und veröffentlichte eine scheinbar nie abreißende Reihe von Hits. Er zahlte weiterhin Anteile an die Leute in Kansas City, die ihn zu Beginn seiner Karriere unterstützt hatten, und er vergütete die Mafiafamilien, in deren Klubs er seine Stars entdeckt hatte. Im Frühjahr '39 organisierte er eine Tournee, welche die Hart Sisters mit dem Johnny-Stark-Orchester, Elmore Richards und Toots McGeeks und den zwei umschwärmtesten Schnulzensängern des Landes, Vic Boyer und Frankie Blake, vereinte. In jeder Stadt, in der sie auftraten, mussten zwei zusätzliche Termine anberaumt werden, um der Nachfrage zu genügen. Es war die größte Musiktournee in der Geschichte Nordamerikas, und die Jungs in KC und all die anderen Jungs im ganzen Land, die ein Stück von dem Kuchen besaßen, wie groß oder klein es auch sein mochte, kamen voll und ganz auf ihre Kosten.

Gil Valentine war wie die US-Münzanstalt, bloß mit einer Drehtür anstelle eines Tresors. Er sorgte dafür, dass seine Freunde Geld scheffelten. Und sie mussten nichts anderes tun, als es auszugeben. Gil hatte keine Feinde. Er lebte zurückgezogen in den Holmby Hills, zusammen mit seiner Frau Masie, zwei Töchtern mit Zahnspangen und einem sportlichen Sohn, der für seine Highschool Rennen lief. Er hatte keine Geliebte, keine Laster, keine Feinde.

Im Sommer des Jahres 1940 ließ jemand Gil Valentine auf einem Parkplatz im Westen von Los Angeles verschwinden. Sechs Monate lang durchkämmten Cohens Männer, Dragnas Männer und Mafiosi aus dem ganzen Land L.A. auf der Suche nach ihrem Goldjungen. Hände wurden gebrochen, Köpfe eingeschlagen, Knie eingetreten, aber keiner wusste einen Dreck.

Und eines Tages, als Suchtrupps einem Gerücht von unbestimmbarer Herkunft folgten, dem nach Gil Valentine in einem mexikanischen Fischerdorf namens Puerto Nevo, kurz hinter Tijuana, gesichtet worden war, kam sein Sohn frühmorgens von einer Besorgung zurück und fand seinen Vater in Baumwollbeuteln über den gesamten Garten seines Hauses in Holmby Hills verstreut. Es gab einen Beutel für jeden

Arm, einen Beutel für jede Hand. Ein großer Beutel enthielt seinen Brustkorb, ein kleinerer seinen Kopf. Insgesamt waren es dreizehn Beutel.

Und niemand – weder die Bosse in KC, noch die Bosse in L.A., noch die Hunderte von Männern, die nach ihm gesucht hatten, noch irgendeiner seiner Teilhaber an legalen oder illegalen Unternehmen – wusste, warum er tot war.

Drei Jahre später wurde sein Name nur noch selten genannt. Ihn auszusprechen, bedeutete, dass man Dinge anerkannte, die jenseits des Einflussbereichs der mächtigsten Syndikate in der westlichen Hemisphäre lagen. Weil die Botschaft, die Gil Valentines Tod aussandte, umso klarer wurde, je mehr Zeit verstrich – und es war eine schlichte Botschaft: Jeder kann getötet werden. Jederzeit. Aus jedem beliebigen Grund.

Nachdem der Verkäufer von Wylie Wholesale gegangen war, saß Joe in seinem Büro und sah aus dem Fenster auf die Lagerhäuser und Fabriken, die sich bis zum Hafen erstreckten. Dann nahm er den Telefonhörer ab und sagte Margaret, sie solle eine Lücke in seinem Terminplan der kommenden Woche ausfindig machen, sodass er genug Zeit für einen kurzen Abstecher nach Raiford habe.

3

Vater und Sohn

JOE COUGHLINS SOHN Tomas war beinahe zehn Jahre alt, und er log nie. Das war ein etwas peinlicher Charakterzug, den er gewiss nicht von seinem Vater geerbt hatte. Die Äste von Joes Stammbaum hatten sich im Verlauf der Jahrhunderte unter dem Gewicht von Troubadouren, Schankwirten, Schriftstellern, Revolutionären, Richtern und Polizisten – Lügner alle miteinander – gebogen, und nun brachte sein Sohn sie beide bei Miss Narcisa in Schwierigkeiten, weil sie ihn gefragt hatte, was er von ihrer Frisur halte, worauf Tomas ihr gesagt hatte, dass sie unecht wirke.

Miss Narcisa Rusen war ihre Haushälterin in Ybor. Sie füllte den Eisschrank auf, machte zweimal in der Woche Wäsche, kochte für sie und passte auf Tomas auf, wenn Joe geschäftlich unterwegs war, was oft genug der Fall war. Sie war mindestens fünfzig, aber sie färbte ihr Haar alle paar Monate. Viele Frauen ihres Alters taten das, aber die meisten machten dabei Zugeständnisse. Miss Narcisa hingegen wies ihren Coloristen im Continental Beauty Shop an, ihr Haar in der Farbe einer nassen Straße während einer mondlosen Nacht zu färben, was ihren kreideweißen Teint umso stärker betonte.

»Es sieht unecht aus«, sagte Tomas, als sie am Sonntagvormittag mit dem Auto zur Herz-Jesu-Kirche im Stadtzentrum von Tampa fuhren.

»Aber so etwas sagt man nicht.«

»Sie hat mich gefragt.«

»Dann sagst du ihr eben, was sie hören will.«

»Aber dann müsste ich lügen.«

»Ach«, sagte Joe und versuchte, sich seine Enttäuschung nicht anmerken zu lassen, »das ist eine Notlüge. Das ist etwas anderes.«

»Wieso ist das etwas anderes?«

»Notlügen sind harmlos und klein. Richtige Lügen sind groß und verletzend.«

Tomas sah seinen Vater mit gerunzelter Stirn an.

Joe verstand seine Erklärung selbst nicht. Er versuchte es noch einmal. »Wenn du etwas Schlimmes tust und ich oder eine der Nonnen oder einer der Priester oder Miss Narcisa dich fragen, ob du das warst, dann sagst du ›ja‹, denn sonst ist es eine Lüge, und das ist nicht gut.«

»Lügen ist eine Sünde.«

»Lügen ist eine Sünde«, bestätigte Joe, der allmählich das Gefühl hatte, dass sein neunjähriger Sohn ihn in eine Falle locken wollte. »Aber wenn du einer Frau sagst, dass sie in einem bestimmten Kleid hübsch aussieht, selbst wenn du das nicht findest, oder wenn du einem Freund erzählst...« Joe schnipste mit den Fingern. »Wie heißt dein Freund? Der mit der großen Brille?«

»Matthew?«

»Matthew Rigert, genau. Wenn du Matthew also sagst, dass er ein ganz ordentlicher Baseballspieler ist, dann bist du bloß nett zu ihm. Richtig?«

»Aber das würde ich nie zu ihm sagen. Er kann nicht schlagen. Er kann nicht fangen. Er wirft den Ball zwei Meter über meinen Kopf hinweg.«

»Aber wenn er dich fragen würde, ob er eines Tages vielleicht besser spielt?«

»Ich würde sagen, dass ich das bezweifle.«

Joe sah zu seinem Sohn hinüber und fragte sich, wie es sein konnte, dass sie miteinander verwandt waren. »Du kommst ganz nach deiner Mutter.«

»Das sagst du in letzter Zeit oft.«

»Tatsächlich?« Er sah wieder zu seinem Sohn hinüber. »Na, dann wird es wohl stimmen.«

Tomas hatte das dunkle Haar seiner Mutter, aber die markanten Gesichtszüge seines Vaters: schmale Nase und Lippen, kantige Kieferpartie und ausgeprägte Wangenknochen. Er hatte die dunklen Augen seiner Mutter, aber leider auch ihre schlechte Sehkraft; seit er sechs war, trug er eine Brille. Er war im Großen und Ganzen ein ruhiger Junge, aber das kaschierte nur eine Leidenschaftlichkeit und einen Sinn für das Theatralische, die sein Vater auf Tomas' Mutter zurückführte. Außerdem verbargen sich dahinter ein trockener Humor und eine Empfänglichkeit für das Absurde, wie sie auch Joe in diesem Alter gehabt hatte.

Joe bog auf die Twiggs ein, und die Kirchturmspitze der Herz-Jesu-Kirche kam in Sicht, während der Verkehr sich zu einem Kriechen verlangsamte, bei dem ein Wagen an der Stoßstange des nächsten klebte. Die Kirche war noch drei Querstraßen weit entfernt, doch der Parkplatz füllte sich, und die Autoschlangen stauten sich bis auf die Straße. Sonntags kam man nicht einmal in die Nähe der Parkplätze, wenn man nicht eine halbe Stunde vor Beginn der Messe eintraf. Und selbst dann konnte es knapp werden. Joe sah auf seine Uhr – noch fünfundvierzig Minuten bis zur Messe.

Im Frühjahr des Jahres ’43 betete jeder. Die Kirche fasste bis zu achthundert Seelen, und die Leute saßen dichter nebeneinander, als Münzen in einer Rolle Fünfcentstücke liegen. Manche Mütter beteten für ihre Söhne in Übersee. Andere für die Seelen jener, die kürzlich in Särgen zurückgekehrt waren. Ehefrauen und Freundinnen taten dasselbe. Männer, die nicht eingezogen worden waren, beteten darum, dass ihnen die Einberufungsbehörde eine zweite Chance gäbe oder – insgeheim – dass ihre Nummer niemals an die Reihe käme. Väter beteten darum, dass ihre Söhne heimkehrten oder, wenn nicht das, sie sich auf dem Schlachtfeld anständig hielten: Was immer ihm widerfährt, Herr, mach, dass er kein Feigling ist. Menschen aller Couleur knieten nieder und beteten, dass der Krieg *dort* bliebe und niemals *hierher*käme. Einige, die das Ende der Tage nahen fühlten, baten Gott, auf sie zu schauen und in ihnen das zu sehen, was sie waren – Spieler in Seiner Mannschaft, gottesfürchtige Bittsteller.

Joe reckte den Kopf, um zu sehen, wie viele Autos zwischen ihnen und der nächsten Parkplatzeinfahrt dahinschlichen. Der Parkplatz gleich hinter der Morgan Street lag immer noch gut zwanzig Wagenlängen entfernt. Vor ihnen leuchteten Bremslichter auf, und wieder kamen sie mit einem Ruck zum Stehen. Der Polizeipräsident und seine Frau gingen auf dem Bürgersteig an ihnen vorbei, sie plauderten mit Rance Tuckston, dem Präsidenten der First National Bank. Direkt hinter ihnen liefen Hayley Gramercy, Eigentümer der Lebensmittelkette »All American«, und seine Frau Trudy.

»He«, sagte Tomas, »da ist Onkel D.«, und winkte.

»Er kann uns nicht sehen«, sagte Joe.

Dion Bartolo, Oberhaupt des Bartolo-Syndikats, verließ einen Parkplatz, der weiter vorn zu ihrer Rechten lag und an dessen Einfahrt ein »Reserviert«-Schild lehnte. Er wurde von zweien seiner Leibwächter flankiert, Mike Aubrey und Geoff dem Finnen. Dion war ein hochgewachsener und normalerweise dicker Mann, aber neuerdings schlackerten ihm die Kleider lose am Körper, und seine Wangen waren hohl. Unter seinen Geschäftspartnern und Gefolgsleuten kursierten Gerüchte, dass er krank sei. Joe, der ihm näherstand als jeder andere, wusste, dass das nicht der Fall war. Es war gut, dass sonst niemand die Wahrheit kannte.

Dion knöpfte sein Jackett zu und gab seinen Männern ein Zeichen, es ihm gleichzutun. Als sie auf die Kirche zustrebten, gaben die drei ein Bild roher physischer Gewalt ab. Joe war mit dieser Art von Macht nur allzu gut vertraut: Früher hatten ihn bei Tag und Nacht Leibwächter umgeben. Und er vermisste das nicht. Keinen Augenblick lang. Was einem niemand über uneingeschränkte Macht sagte, war, dass sie niemals uneingeschränkt war: In dem Moment, wo man sie erreicht hatte, hatte sich schon jemand in Stellung gebracht, der sie einem nehmen wollte. Prinzen konnten tief und fest schlafen, Könige niemals. Mit einem Ohr lauschten sie immer auf das Knarren einer Bodendiele, das Quietschen einer Türangel.

Joe warf einen prüfenden Blick auf die Autos vor ihm – zehn, vielleicht neun.

Vor der Kirche hatte sich bereits die Lokalprominenz versammelt, alle diejenigen, die nachher in der vordersten Reihe Platz nehmen würden. Jonathan Belgrave, der attraktive junge Bürgermeister, und seine hübsche, sogar noch jüngere Gattin Vanessa tauschten Höflichkeiten mit Allison Picott und Deborah Minshew aus, zwei jungen Frauen, deren Ehemänner in Übersee dienten. Sollten sie nicht zurückkehren, so wurde hinter vorgehaltener Hand gemunkelt, würden sie diesen Schlag besser verkraften als die meisten anderen. Die zwei Frauen waren Töchter alteingesessener Familien aus Tampa, die Sorte, nach denen man Straßen und Krankenhausflügel benennt. Die beiden Männer hingegen hatten in bessere Verhältnisse eingeheiratet.

Tomas blätterte eine Seite in seinem Geschichtsbuch um – dieser Bursche las immer – und sagte: »Ich habe dir doch gesagt, dass wir zu spät kommen.«

»Wir kommen nicht zu spät«, sagte Joe. »Wir sind immer noch früh dran. Es gibt eben Leute, die sind, na ja, noch früher als früh dran.«

Sein Sohn blickte ihn mit hochgezogenen Augenbrauen an.

Joe sah, dass die Ampel an der nächsten Kreuzung von Rot auf Grün umschaltete. Kein einziges Auto rührte sich vom Fleck, und die Ampel sprang auf Gelb und dann wieder auf Rot. Um sich abzulenken, schaltete er das Radio ein und erwartete die allgegenwärtigen Kriegsmeldungen. Als ob es keine anderen Nachrichten gäbe, als ob die Menschen keinen Wetterbericht und keine Börsenmeldungen mehr bräuchten. Er wurde jedoch unangenehm überrascht von einem atemlosen Bericht über Massenverhaftungen anlässlich einer Drogenrazzia in einem Außenbezirk von Ybor.

»Hier, im Negerbezirk der Stadt, unmittelbar südlich der Eleventh Avenue«, sagte der Reporter in einem Tonfall, der wissen ließ, dass nur Mutige oder Idioten dieses Viertel zu betreten wagten, »hat die Polizei geschätzte sechs Kilogramm Drogen beschlagnahmt und sich ein Feuergefecht mit brutalen Gangstern geliefert, sowohl Negern als auch Italienern. Captain Edson Miller von der Polizei in Tampa berichtet, dass seine Männer alle inhaftierten Italiener überprüften, um sicherzugehen, dass keine von Mussolini beauftragten Saboteure unter ihnen sind. Vier Verdächtige wurden von der Polizei getötet, ein fünfter namens Walter Grimes beging in der Haft Selbstmord. Captain Miller gab an, dass die Polizei das Drogenversteck bereits seit mehreren Monaten beobachtet habe, ehe sie gestern Abend zu einem Überraschungsschlag –«

Joe schaltete das Radio aus, ehe er sich noch weiter Lügen anhören musste. Wally Grimes war in etwa so selbstmordgefährdet gewesen wie die Sonne, alle »Italiener« waren in den Vereinigen Staaten geboren worden, und das »Drogenversteck« war nichts Derartiges gewesen. Es hatte sich um eine Küche gehandelt, die am Freitagabend überhaupt erst in Betrieb genommen worden war, und folglich war es unmöglich, dass jemand sie eine Woche lang beobachtet hatte, von einem Monat ganz zu schweigen.

Schlimmer als all diese Lügen war jedoch der Verlust an Arbeitskräften, einschließlich eines Meisterkochs sowie mehrerer Männer, die auf der Straße ausgezeichnete Dienste geleistet hatten – und das zu einer Zeit, da solche Männer kaum noch zu bekommen waren.

»Bin ich ein Nigger?«, fragte Tomas.

Joes Kopf fuhr herum. *»Was?«*

Tomas deutete mit dem Kinn in Richtung Radio. »Bin ich einer?«

»Wer hat dich so genannt?«

»Martha Comstock. Einige Kinder haben mich einen Bohnenfresser genannt, aber Martha hat gesagt: ›Nein, er ist ein Nigger.‹«

»Das ist diese verwachsene Kleine mit dem Dreifachkinn, die nie die Fresse halten kann?«

Ein Lächeln glitt über Tomas' Gesicht. »Genau die.«

»Und die hat dich so genannt?«

»Es macht mir nichts aus«, sagte er.

»Ich weiß genau, dass es dir etwas ausmacht. Fragt sich bloß, wie viel.«

»Na gut, wie sehr bin ich ein Nigger?«

»He«, sagte Joe, »hast du mich jemals dieses Wort gebrauchen hören?«

»Nein.«

»Weißt du, warum?«

»Nein.«

»*Ich* habe damit keine Schwierigkeiten. Aber deine Mutter hat es gehasst.«

»Wie schwarz bin ich denn nun?«

Joe zuckte die Schultern. »Ich weiß, dass einige ihrer Vorfahren Sklaven waren. Das heißt, sie hat ihre Wurzeln wahrscheinlich in Afrika, später kam spanisches Blut dazu, und vielleicht war auch der eine oder andere richtige Weiße dabei.« Sein Vater legte die Bremse ein, als das Auto vor ihnen plötzlich zum Stehen kam. Er lehnte sich einen Augenblick lang im Sitz zurück. »Das war etwas, das ich am Gesicht deiner Mutter mochte – die ganze Welt war darin zu sehen. Manchmal habe ich sie angeschaut und eine *condensa* gesehen, die in Spanien durch ihren Weingarten geht. Ein andermal war sie eine Stammesfrau, die Wasser vom Fluss holt. Ich habe gesehen, wie deine Vorfahren Wüsten durchquert und Ozeane befahren haben oder wie sie mit Puffärmeln und Schwertern am Gurt durch die Straßen der Altstadt gegangen sind.« Das Auto vor ihnen bewegte sich, und er löste die Bremse, legte den ersten Gang ein und hob den Kopf von der Sitzlehne. Er seufzte so leise, dass Tomas bezweifelte, er selbst habe es gehört. »Deine Mutter hatte ein verdammt schönes Gesicht.«

»Und du hast das alles darin gesehen?«

»Nicht jeden Tag. Meistens habe ich einfach deine Mama gesehen.« Er schaute zu seinem Sohn herüber. »Aber nach ein paar Drinks konnte alles Mögliche passieren.«

Tomas kicherte, und Joe gab ihm einen Klaps in den Nacken.

»Gab es welche, die meine Mutter ›Nigger‹ genannt haben?«

Etwas Kaltes kam in den Augen seines Vaters zum Vorschein – eine dunkle Kälte, die kochendes Wasser gefrieren lassen konnte. »Nicht, wenn ich dabei war.«

»Aber du wusstest, dass sie es gedacht haben?«

Das Gesicht seines Vaters entspannte sich. »War mir schon immer ziemlich egal, was andere Leute dachten, Kleiner.«

»Papa«, fragte Tomas, »gibt es *irgendjemanden*, bei dem dir das nicht egal ist?«

»Mir ist wichtig, was du denkst«, sagte Joe, »und deine Mama.«

»Sie ist tot.«

»Ja, aber ich stelle mir vor, dass sie uns sehen kann.« Sein Vater kurbelte das Fenster herunter und steckte sich eine Zigarette an. Er hielt sie in der linken Hand und ließ den Arm aus dem Fenster hängen. »Mir ist wichtig, was Onkel Dion denkt.«

»Auch wenn er nicht dein Bruder ist.«

»In vieler Hinsicht ist er mehr mein Bruder als meine richtigen Brüder.« Sein Vater hob den Arm ins Auto, um an seiner Zigarette zu ziehen, und lehnte ihn beim Ausatmen wieder aus dem Fenster. »Mir war wichtig, was mein Vater dachte, aber das wusste er nicht. Das ist mehr oder weniger das Ende der Liste.« Er warf seinem Sohn ein trauriges Lächeln zu. »Für die meisten Menschen ist in meinem Herzen kein Platz. Ich habe nichts gegen sie, aber es nimmt mich auch nichts für sie ein.«

»Nicht mal für die Menschen, die im Krieg kämpfen?«

»Ich kenne diese Menschen nicht.« Sein Vater starrte aus dem Fenster. »Wenn ich ehrlich bin, ist es mir scheißegal, ob sie leben oder sterben.«

Tomas dachte an all die Toten in Europa, in Russland und im Pazifik. Manchmal träumte er, dass sie zu Tausenden blutend auf dunklen Feldern oder südlichen Piazzas ausgestreckt lagen, mit verdrehten Gliedern, offenstehenden Mündern und starren Gesichtern. Er wünschte, er könnte ein Gewehr nehmen und für sie kämpfen, um auch nur einen Einzigen von ihnen zu retten.

Sein Vater hingegen betrachtete den Krieg so, wie er die meisten Dinge betrachtete: als eine Gelegenheit, mehr Geld zu verdienen.

»Also sollte ich nicht zulassen, dass mich das quält?«, fragte Tomas nach einer Pause.

»Nein«, sagte sein Vater. »Was ich nicht weiß … und so weiter.«

»In Ordnung, ich versuche es.«

»So ist's recht.«

Sein Vater sah zu ihm hinüber und lächelte ihn so zuversichtlich an, als ob allein dadurch alles wieder gut würde. Dann bogen sie endlich auf den Parkplatz ein.

Sie kamen an Rico DiGiacomo vorbei. Rico war Joes Leibwächter gewesen, bis Joe vor sechs Jahren erkannt hatte, dass er keinen Leibwächter mehr brauchte, und selbst wenn er einen gebraucht hätte, war Rico zu klug und begabt, um in dieser Stellung festzuhängen. Rico klopfte mit den Fingerknöcheln kurz auf Joes Motorhaube und warf ihm sein berühmtes Lächeln zu, die Art von Strahlen, das einen Footballplatz abends lange genug beleuchten konnte, um mehrere Endspiele anzupfeifen. Er wurde von seiner Mutter Olivia und seinem Bruder Freddy flankiert. Die alte Dame sah wie jemand aus einem alten Boris-Karloff-Film aus, eine boshafte Erscheinung in Schwarz, die aus den Sümpfen herbeigeschwebt kam, wenn alle schliefen.

Als die DiGiacomos weitergingen, fragte Tomas: »Was tun wir, wenn es keinen freien Platz mehr gibt?«

»Es ist nur ein einziges Auto vor uns«, sagte Joe.

»Aber was ist, wenn genau das als Letztes einen Platz bekommt?«

»Was hilft es mir, darüber nachzudenken?«

»Ich dachte bloß, du solltest die Möglichkeit in Betracht ziehen.«

Joe starrte seinen Sohn an. »Bist du sicher, dass wir miteinander verwandt sind?«

»Wem sagst du das«, meinte Tomas und widmete sich wieder seinem Buch.

4
Abwesenheit

JOE UND TOMAS SASSEN IM HINTEREN Teil der Kirche, nicht nur, weil sie später als die meisten Gemeindemitglieder gekommen waren, sondern auch, weil Joe in jedem Raum den hinteren Teil vorzog.

Neben Dion (vorderste Reihe links) und Rico DiGiacomo (fünfte Reihe hinten rechts) machte Joe einige weitere Geschäftspartner – allesamt Mörder – in der Kirche aus und fragte sich, was Jesus wohl empfände, wenn Er tatsächlich herabsehen könnte und Zugang zu ihren Gedanken hätte.

Moment mal, würde Jesus denken, *ihr habt da was falsch verstanden*.

Pater Ruttles Predigt oben auf der Kanzel handelte von der Hölle. Er hakte alle Stichworte ab: Feuer, Dämonen mit Heugabeln, Vögel, die einem die Leber aushacken. Aber dann lenkte er das Ganze in eine Richtung, die Joe nicht erwartet hatte.

»Was aber ist schlimmer als all diese Bestrafungen? Die Schöpfungsgeschichte sagt uns, dass der Herr zu Adam hinabsah und sagte: ›Es ist nicht gut, dass der Mensch allein sei.‹ Und so erschuf der Herr Eva. Nun aber brachte Eva Unruhe und Verrat ins Paradies – oh, ja, das tat sie! – und verdammte uns alle, die Folgen der Erbsünde zu erleiden. Das tat sie, liebe Brüder und Schwestern, und der Herr wird gewusst haben, dass es geschehen würde, denn Er weiß alles.

Dennoch erschuf Er sie für Adam. Warum? Fragt euch das: Warum?«

Joe ließ seinen Blick durch die Kirche schweifen und versuchte jemanden außer Tomas zu finden, der ernsthaft über diese Frage nachdachte. Die meisten Gemeindemitglieder sahen aus, als ob sie im Geiste Einkaufslisten durchgingen oder die Zubereitung des Abendessens.

»Er erschuf Eva«, sagte Pater Ruttle, »weil Er es nicht ertragen konnte, Adam allein zu sehen. Denn das Alleinsein, liebe Brüder und Schwestern, ist die schlimmste aller Bestrafungen der Hölle.« Er schlug mit der Faust auf die Kanzel, und die Gemeinde wachte auf. »Hölle ist die Abwesenheit Gottes.« Wieder donnerte seine Faust auf das mit Schnitzereien verzierte Holz. »Sie ist die Abwesenheit von Licht. Sie ist die Abwesenheit von Liebe.« Er reckte den Hals, als er auf die achthundert Seelen herabblickte, die aufgereiht vor ihm saßen. »Begreift ihr das?«

Sie waren keine Baptisten; die Frage verlangte nicht nach einer Antwort. Aber ein Raunen ging durch die Menge.

»Glaubet an Gott«, sagte der Priester. »Ehret Ihn und tuet Buße für eure Sünden, und ihr werdet Ihm im Himmel begegnen. Aber tuet keine Buße ...«, er schaute wieder zu ihnen herab, »... und ihr werdet Sein Antlitz nimmermehr sehen.«

Es war die Stimme des Priesters, die die Gemeinde gepackt hatte. Normalerweise nüchtern oder gütig, hatte die Vormittagsmesse sie verändert, hatte ihn verändert. Verzweiflung und Verlust waren darin zu hören gewesen, als ob das, worüber er predigte – die Hölle als eine unendliche und unüberwindliche Leere – für ihn, den alternden Priester, beinahe zu grausam sei, um darüber nachzudenken.

»Erhebet euch.«

Joe und Tomas standen gemeinsam mit dem Rest der Gemeinde auf. Joe hatte das Bußetun noch nie Schwierigkeiten bereitet. Soweit ein Mann mit seinem Sündenkatalog überhaupt büßen konnte, hatte er gebüßt: Er hatte Krankenhäuser, Schulen und Notunterkünfte mit Zehntausenden von Dollars überschüttet, hatte viel Geld für den Bau von Straßen und Rohrleitungen gespendet, und das nicht nur in Boston, wo er aufgewachsen war und verschiedene Beteiligungen hatte, oder in seiner Wahlheimat Ybor City, sondern auch in Kuba, wo er einen Großteil des Jahres verbrachte.

Aber während der nächsten Minuten kam es ihm so vor, als ob der alte Priester nicht ganz unrecht hätte. Eines von Joes größten Geheimnissen war seine umfassende Furcht vor der Einsamkeit. Er hatte keine Angst davor, allein zu sein – es gefiel ihm sogar –, aber das war eine freiwillig gewählte Abgeschiedenheit, die er jederzeit mit einem Fingerschnippsen beenden konnte. Er umgab sein Alleinsein mit Arbeit, Wohltätigkeit, Elternschaft. Er kontrollierte es.

Als Kind hatte er keine Kontrolle darüber gehabt. Es war ihm aufgezwungen worden, und zwar ausgerechnet von jenen, die im Nachbarzimmer schliefen.

Er sah zu seinem Sohn hinab und strich ihm mit der Hand über den Hinterkopf. Tomas warf ihm einen leicht verwunderten, aber neugierigen Blick zu, dem ein sanftes Lächeln folgte. Dann wandte er seinen Kopf wieder dem Altar zu.

Du wirst mich oft anzweifeln, während du älter wirst, dachte Joe, als er seine Hand in den Nacken seines Sohnes legte und sie dort liegen ließ, *aber du wirst dich niemals ungeliebt, unerwünscht oder einsam fühlen.*

5
Verhandlungen

DAS ALLGEMEINE GEWIMMEL nach dem Gottesdienst dauerte oft so lange wie der Gottesdienst selbst.

Im frischen Vormittagslicht vor der Kirche blieben Bürgermeister Belgrave und seine Frau auf der obersten Treppenstufe stehen, und die Menschenmenge umschwärmte sie. Dion grüßte Joe mit kaum merklichem Kopfnicken, und Joe erwiderte es. Er und Tomas bahnten sich ihren Weg durch die Menschenmenge, umrundeten die Kirche und strebten der Rückseite zu. Hinter der Kirche befand sich die Gemeindeschule mit ihrem eingezäunten Pausenhof, wo sich »die Jungs« jeden Sonntag trafen, um ihre Geschäfte zu besprechen. Ein zweiter Pausenhof grenzte an den ersten, er war kleiner und für die Kinder der ersten Klassen gedacht, und dort versammelten sich die Frauen und Kinder.

Tomas ging weiter zu den anderen Kindern, und ein Gefühl der Hilflosigkeit, sogar der Trauer, durchfuhr Joe, als er seinem Sohn nachsah. Das Leben bestand aus Verlusten; Joe begriff das. Aber in letzter Zeit hatte er es intensiver als jemals zuvor empfunden. Sein Sohn würde zwar erst in acht Jahren aufs College kommen, aber jedes Mal, wenn er ihm den Rücken zuwandte, hatte Joe das Gefühl, als würde er geradewegs aus seinem Leben gehen.

Joe hatte sich Sorgen gemacht, dass ein Junge, der ohne Mutter aufwuchs, zu hart, zu unnachgiebig werden könne.

Tomas war ausschließlich unter männlichem Einfluss aufgewachsen (Miss Narcisa, mit strengem Gesicht und eisigem Widerwillen gegen jede Gefühlsduselei, war auf ihre schroffe Art – Dion hatte es bei zahlreichen Gelegenheiten bemerkt – männlicher als die meisten Männer). Fast jeder um ihn herum trug irgendwo an seinem Körper eine Schusswaffe – er hätte blind sein müssen, um im Lauf der Jahre nicht wenigstens einige davon zu bemerken –, und manche dieser Männer waren plötzlich verschwunden. Wohin sie gegangen waren, konnte Tomas nicht wissen, weil niemand sie jemals wieder erwähnte. Es überraschte Joe, seinen Sohn in einem Leben ohne jede Sanftmut zu einem stillen, sanften Jungen heranwachsen zu sehen. Wenn er eine hitzekranke, schon verkalkende Eidechse auf dem Balkon fand (und im Sommer fand man sie oft dort), dann schob er ein Streichholzbriefchen unter das Tier, trug es hinab in den Garten und setzte es unter den dunklen Blättern in die feuchte Erde. Als er jünger gewesen war, hatte er sich immer mit Jungs angefreundet, die daheim oder in der Schule schikaniert wurden. Er war nicht besonders sportlich, aber vielleicht interessierte ihn das auch einfach nicht. Seine Noten waren eher mittelmäßig, und doch stimmten all seine Lehrer darin überein, dass er ein kluger, geistig frühreifer Junge sei. Er malte gern. Und er zeichnete mit schnellen, kräftigen Bleistiftstrichen. Bei den Gemälden handelte es sich meist um Stadtansichten, aus irgendeinem Grund neigten sich die Häuser immer in alle möglichen Richtungen, als ob alle großen Städte auf bröckelnden Fundamenten gebaut seien. Die Zeichnungen stellten allesamt seine Mutter dar. Es gab nur eine einzige Fotografie von ihr im Haus, und auf der lag die Hälfte ihres

Gesichts im Schatten, aber die Zeichnungen, die er im Lauf der Jahre anfertigte, entwickelten eine verblüffende Ähnlichkeit, wenn man bedachte, dass sie von einem Neunjährigen stammten, der bei ihrem Tod gerade erst zwei Jahre alt gewesen war.

Joe hatte ihn deswegen einmal gefragt: »Woher weißt du, wie sie aussieht, wenn du nichts als ein Foto hast? Erinnerst du dich an sie?«

»Nein«, hatte der Junge gesagt. In seiner Stimme lag keine Trauer. Es war, als hätte Joe ihn über irgendetwas anderes aus jener Zeit befragt: Erinnerst du dich an dein Kinderbett? Deinen Teddybären? Den Hund, den wir auf Kuba hatten und der vor einen Tabaklaster gelaufen ist? *Nein.*

»Wie kommt es dann, dass du ihr Gesicht so gut zeichnen kannst?«

»Deinetwegen.«

»Meinetwegen?«

Tomas nickte. »Du hast ständig irgendetwas mit ihr verglichen. Du hast gesagt: ›Diese Haarfarbe hatte deine Mutter auch, aber ihres war dicker.‹ Oder: ›Deine Mutter hatte auch solche Schönheitsflecken, aber bei ihr waren sie am Schlüsselbein.‹«

Joe sagte: »Habe ich das, ja?«

Noch ein Nicken. »Weißt du eigentlich, wie oft du früher über sie gesprochen hast?«

»Früher?«

Sein Sohn sah ihn an. »Jetzt nicht mehr. Jedenfalls nicht oft.«

Auch wenn sein Sohn den Grund nicht kannte, Joe kannte ihn sehr wohl, und er sandte eine stille Abbitte an Graciela. *Ja, Liebling, du – sogar du – verblasst.*

DION SCHEUCHTE SEINE LEIBWÄCHTER beiseite und schüttelte Joe die Hand. Dann stand er im langen Schatten der Kirche und wartete auf die Brüder DiGiacomo.

Dion und Joe waren Freunde, seit sie als Kinder durch die Straßen des südlichen Bostons gelaufen waren. Gemeinsam waren sie erst Gesetzlose gewesen, dann Kriminelle, dann Gangster. Dion hatte früher einmal für Joe gearbeitet. Jetzt arbeitete Joe für Dion. Sozusagen. Die Einzelheiten waren ein wenig nebulös. Joe war kein Boss mehr, aber Dion war einer. Doch Joe war ein aktives Mitglied des Komitees. Ein Boss besaß mehr Macht als jedes einzelne Mitglied des Komitees, aber das Komitee besaß mehr Macht als jeder einzelne Boss. Das machte die Lage manchmal kompliziert.

Rico und Freddy ließen sie nicht lange warten, obwohl Rico unterwegs viele Hände schütteln musste. Freddy hingegen wirkte so mürrisch wie immer. Er war der Ältere der beiden, aber sein jüngerer Bruder hatte alle Gewinne aus dem genetischen Jackpot eingestrichen. Rico sah gut aus, war charmant und intelligent. Freddy hatte nichts als den Irrglauben abbekommen, dass die Welt ihm etwas schulde. Alle räumten ein, dass Freddy gutes Geld heranschaffe – wenn auch, was niemanden wunderte, nicht annähernd so viel wie sein Bruder –, aber durch seinen Hang zu unnötiger Gewalt und seine etwas fragwürdigen sexuellen Neigungen wäre er ohne seinen Bruder Rico immer noch ein einfacher Fußsoldat gewesen.

Sie schüttelten einander die Hände, Rico schlug Joe auf die Schulter und zwickte Dion in die Hängebacken, ehe sie sich an die Arbeit machten.

An erster Stelle stand heute die Frage, was sie für Shel

Golds Familie tun konnten, nachdem Shel von einer Muskelerkrankung heimgesucht worden war, die ihn an den Rollstuhl fesselte. Shel war Jude und folglich nicht Teil der Familie, aber sie hatten im Lauf der Jahre viel Geld mit ihm verdient, und er war ein verdammt lustiger Bursche. Zuerst war er ohne erkennbaren Grund gestürzt, und eines seiner Augenlider fing an herabzuhängen, und alle hatten gedacht, er wolle sie zum Besten halten. Aber jetzt saß er im Rollstuhl, litt oft unter Zuckungen, und richtig sprechen konnte er auch nicht mehr. Er war erst fünfundvierzig, hatte drei Kinder mit seiner Frau Esther und drei weitere in diversen dunkleren Teilen der Stadt. Sie beschlossen, Esther einen Präsentkorb mit Früchten und fünfhundert Dollar zu schicken.

Als Nächstes galt es zu erörtern, ob das Komitee Paul Battalia berufen sollte, der bei der örtlichen Hygienebehörde eine entscheidende Wende herbeigeführt und den Umsatz der Geschäfte, die er von Salvy LaPretto übernommen hatte, binnen sechs Monaten verdoppelt hatte. Damit war amtlich, dass Salvy, der ein halbes Jahr zuvor nach drei Schlaganfällen innerhalb einer Woche gestorben war, der faulste Gangster seit Ralph Capone gewesen war.

Rico DiGiacomo gab zu bedenken, dass Paul zu jung sein könne, um zu einem Mitglied des Komitees ernannt zu werden. Joe hatte Rico – der damals noch ein halbes Kind gewesen war, gerade einmal neunzehn – vor sechs Jahren dazu ermuntert, Geschäfte im größeren Stil zu betreiben. Jetzt gehörten Rico mehrere Wettbuden, zwei Puffs und eine auf Phosphat spezialisierte Transportfirma. Und er kassierte – noch einträglicher – Anteile von so gut wie jedem, der in den Docks für die Mafia arbeitete. Wie Joe war es ihm gelungen, sich dabei nicht allzu viele Feinde zu machen. In ihrer Branche war das ein weit beeindruckenderes Wunder, als Wasser in Wein zu verwandeln oder ein Meer zu teilen, das sich bei Ebbe sowieso längst zurückgezogen hat. Als Dion darauf verwies, dass Paul nur ein Jahr älter war als Rico selbst zu dem Zeitpunkt, als man ihn aufgenommen hatte, sahen beide zu Joe hinüber. Als Ire konnte Joe niemals ein vollwertiges Mitglied sein, aber man wandte sich trotzdem an ihn.

»Ich will nicht sagen, dass keine Ausnahmen gemacht werden können«, sagte Joe, »aber man ist sehr zurückhaltend, solange diese Sache in Europa anhält. Fragt sich, ob Paul eine solche Ausnahme ist.« Er sah Dion an. »Ist er das?«

»Wir können ihn kein weiteres Jahr hinhalten«, sagte Dion.

Drüben auf dem benachbarten Schulhof schlug Mrs. DiGiacomo nach einem Kind, das zu nah an ihr vorbeirannte. Freddy, der gehorsamere der beiden Söhne, ließ sie nicht aus den Augen. *Oder hat er noch einen anderen Grund, dauernd dort rüberzustarren?*, fragte sich Joe nicht zum ersten Mal. Manchmal ging er früher zu seiner Mutter auf den anderen Schulhof, und danach stand immer Schweiß auf seiner Oberlippe, und er hatte feuchte, verstört dreinblickende Augen.

An diesem Morgen jedoch wandte er den Blick ziemlich schnell wieder ab. Er hielt die Morgenzeitung vor die Brust. »Will jemand darüber sprechen?«

Die rechte untere Ecke der Titelseite nahm ein Artikel über die Razzia in der Küche in Brown Town ein.

»Wie viel kostet uns das?«, fragte Dion und sah Joe und Rico an.

»Reiner Sachschaden?«, fragte Joe. »Um die zweihunderttausend.«

»Was?«

Joe nickte. »Da drin lag der Vorrat für zwei Monate.«

Rico schaltete sich ein. »Nicht eingerechnet den Schaden, der entsteht, wenn unsere Konkurrenten die Lücke füllen und sich einen eigenen Kundenstamm aufbauen. Dazu kommt der Personalverlust – einer von Montooths Männern ist tot, einer von unseren auch, neun weitere sitzen im Gefängnis. Die Hälfte derer, die im Gefängnis sitzen, haben auf eigene Rechnung gearbeitet, die andere Hälfte hat auf Kommission gearbeitet. Wir müssen ihre Spuren verwischen, wir müssen sie ersetzen, müssen Leute hochstufen, müssen Männer finden, die *diese Männer* ersetzen können. Das Ganze ist eine Riesenschweinerei.«

Dion fragte, was keiner der anderen fragen wollte: »Wieso wussten sie Bescheid?«

Rico drehte die Handflächen zum Himmel. Joe atmete tief aus.

Freddy sprach das Offensichtliche aus: »Wir haben einen Scheißspitzel unter uns. Oder die Nigger haben einen. Ich wette, es sind die Nigger.«

»Warum?«, fragte Joe.

Freddy verstand die Frage nicht. »Weil sie Nigger sind, Joe.«

»Glaubst du, sie wissen nicht, dass wir sie als Erste verdächtigen werden, wenn wir Ware im Wert von fast einer Viertelmillion verlieren? Montooth Dix ist ein kluger Kopf. Eine verdammte Legende. Und der soll uns verpfeifen? Wozu?«

»Wer weiß?«, sagte Freddy. »Vielleicht hat er irgendein Problem, von dem wir nichts wissen. Vielleicht haben sie eine seiner Frauen ohne Aufenthaltsgenehmigung erwischt. Wer weiß schon, was aus einem Nigger einen Verräter macht.«

Joe sah Dion an, der mit einer Geste zu sagen schien, dass Freddy nicht ganz unrecht habe.

»Die einzigen Menschen, die außer uns wussten, wo die Küche ist«, sagte Dion, »waren Montooth Dix und Wally Grimes.«

»Und Wally Grimes«, sagte Rico, »weilt nicht mehr unter uns.«

»Was sehr gelegen käme«, sagte Joe und sah zu Freddy hinüber, »wenn jemand, sagen wir mal, Montooth Dix aus seiner Konzession und dem Drogengeschäft in Brown Town drängen wollte.«

»Willst du damit sagen, dass jemand Montooth Dix die Sache in die Schuhe schieben will?«, fragte Freddy mit einem seltsamen Lächeln.

»Nein«, sagte Joe. »Ich stelle bloß fest, dass es jemandem, der Montooth Dix um seine einträglichen Geschäfte in Brown Town beneidet, sehr gut in den Kram passt, wenn er der Verräter ist.«

»Ich bin hier, um Geld zu verdienen. Deswegen hat uns der liebe Gott« – Freddy bekreuzigte sich schnell – »schließlich auf diese Erde geschickt.« Er zuckte die Schultern. »Ich entschuldige mich nicht dafür. Montooth Dix verdient so viel, dass er eine Bedrohung für uns alle ist.«

»Oder nur für dich?«, fragte Joe. »Ich habe gehört, dass deine Leute einigen da unten eine kräftige Abreibung verpasst haben.«

»Wenn man uns in die Ecke drängt, müssen wir zurückschlagen, Joe.«

»Und du meinst nicht, dass die das genauso sehen?«

»Aber Joe«, sagte Freddy, als würde es sich um die normalste Sache der Welt handeln, »das sind Nigger.«

Abgesehen davon, dass Joe eitel und arrogant war und insgeheim davon überzeugt, noch nie einem Menschen begegnet zu sein, der so klug war wie er selbst, hatte Joe Coughlin auch noch gemordet, gestohlen, Menschen verstümmelt und sich mit allen Arten von Gewalt seinen Weg durch die siebenunddreißig Jahre gebahnt, die er auf diesem Planeten weilte. Folglich hatte er selten das Gefühl, jemandem moralisch überlegen zu sein. Aber er hätte hundert Leben leben können, ohne solche Heuchler wie Freddy DiGiacomo zu verstehen. Anscheinend hatte jede Rasse an irgendeinem Ort, zu irgendeinem Zeitpunkt in der Geschichte die Rolle der Nigger übernommen. Und sobald die schwarzen Nigger gesellschaftlich achtbar geworden wären, würde prompt die nächste Rasse zum Sündenbock ernannt werden, vielleicht von genau denselben Niggern, die sich gerade erst in die Achtbarkeit gerettet hatten.

Er fragte sich nicht zum ersten Mal, wie man einem Kerl wie Freddy hatte erlauben können, eine eigene Gang anzuführen. Aber es war überall dasselbe Problem während dieses Krieges – man fand einfach keine guten Leute. Außerdem war er Ricos Bruder, und manchmal bekam man das Gute einfach nicht, ohne auch das Schlechte in Kauf zu nehmen.

Joe sagte zu Dion: »Also, was machen wir?«

Dion brachte mit zugekniffenem Auge seine Zigarre in Gang.

»Wir denken uns etwas aus, um diesen Verräter ausfindig zu machen. Bis dahin unternimmt niemand irgendetwas. Keiner macht Ärger, welcher Art auch immer.« Er öffnete das Auge und fixierte damit Freddy und Rico. »Klar?«

»Wie Kloßbrühe«, sagte Rico.

TOMAS UND JOE verließen gemeinsam den Schulhof und steuerten gerade auf die Twiggs zu, als der Bürgermeister und seine Frau ihren Weg kreuzten. Der Bürgermeister tippte zum Gruß an seinen Hut. Seine Frau schenkte Joe und Tomas ein strahlendes, wenn auch distanziertes Lächeln.

»Herr Bürgermeister«, sagte der Bürgermeister mit einem herzlichen Lachen und einem festen Handschlag zu Joe.

Damals, in den zwanziger und frühen dreißiger Jahren, als Joe das Heft in der Hand gehalten hatte, hatten die Kubaner und Spanier ihn »Bürgermeister von Ybor« genannt. Selbst heute noch wurde der Spitzname in manchen Zeitungsartikeln in Anführungszeichen vor seinen Namen gesetzt.

An dem verkniffenen Ausdruck auf Vanessa Belgraves Gesicht erkannte Joe, dass sie diesen Spitznamen nicht sonderlich schätzte.

Joe schüttelte dem Bürgermeister die Hand. »Sie sind es, der diese Stadt führt, Sir. Daran kann kein Zweifel bestehen. Kennen Sie meinen Sohn Tomas?«

Jonathan Belgrave hob die Hosenbeine an und beugte sich herab, um Tomas die Hand zu schütteln. »Wie geht's dir, Tomas?«

»Gut, Sir. Danke.«

»Ich habe gehört, dass du fließend Spanisch sprichst.«

»Ja, Sir.«

»Nächstes Mal, wenn ich mit dem Circulo Cubano und der Gewerkschaft der Zigarrendreher verhandle, musst du neben mir sitzen.«

»Ja, Sir.«

»Sehr gut, Junge. Sehr gut.« Der Bürgermeister schmunzelte, klopfte Tomas auf die Schulter und richtete sich wieder auf. »Und Sie kennen natürlich Vanessa.«

»Frau Bürgermeister«, sagte Joe.

»Mr. Coughlin.«

Sogar in den besseren Kreisen Tampas, wo Vornehmtuerei und Kühle als unerlässlich galten, war die Frostigkeit legendär, die Vanessa Belgrave sich für Menschen vorbehielt, die ihrer Meinung nach gesellschaftlich unter ihr standen.

Und sie mochte Joe ganz und gar nicht. Er hatte ihr einmal eine Bitte abgeschlagen, weil sie sich wie jemand gebärdet hatte, dem man eine Gefälligkeit schuldete, anstatt wie jemand, der um eine bat. Ihr Ehemann war damals gerade zum Bürgermeister gewählt worden und nicht annähernd so einflussreich wie heute gewesen, aber Joe hatte sich anstandshalber gut mit ihm gestellt. Er hatte ihm einen Kran geliehen, um eine Statue von Major Francis Dade vor dem neuen Gebäude der Wasserwerke aufzustellen. Auch jetzt noch verabredeten sich der Bürgermeister und Joe von Zeit zu Zeit auf ein Bier und ein Steak bei Bern's, aber Vanessa Belgrave ließ keinen Zweifel an ihrer unversöhnlichen Haltung. Man hatte sie Joe einen »Gangster« nennen hören, »mit den typischen schlechten Manieren und dem fehlenden Taktgefühl eines Yankees«.

Der Bürgermeister strahlte seine Frau erwartungsvoll an. »Frag ihn.«

Joe neigte den Kopf ein wenig zur Seite und wandte sich der jungen Frau zu. Ihr Ruf war so einschüchternd, dass er oft vergaß, wie hübsch sie war. Ihre Lippen hatten dieselbe Farbe wie ihr Haar: ein Rot, das so dunkel wie getrocknetes Blut war.

»Mich fragen?«

Ihr war klar, dass er die Situation genoss, und sie kräuselte leicht die Lippen, ehe sie ihn mit ihren blauen Augen fixierte. »Ihnen ist meine Stiftung bekannt?«

»Natürlich«, sagte Joe.

»Wie für die meisten wohltätigen Einrichtungen ist der Krieg für meine Stiftung nicht gerade förderlich, das muss ich unumwunden zugeben.«

»Sehr bedauerlich.«

»Ihre hingegen scheinen zu florieren.«

»Bitte?«

»Kommen Sie schon, Mr. Coughlin. Ihre Wohltätigkeitseinrichtungen hier in Tampa. Wie ich höre, haben Sie gerade erst eine Unterkunft für bedürftige Frauen in Lutz gebaut.«

»Das ist eine direkte *Folge* des Krieges«, sagte Joe. »Immer mehr Frauen müssen ohne Ehemänner zurechtkommen und ihre Kinder versorgen. Immer mehr Kinder verlieren ihre Väter.«

»Ja, sicher«, sagte Jonathan Belgrave, »daran ist viel Wahres, Joe. Dennoch mussten alle Wohltätigkeitseinrichtungen, die nicht unmittelbar der Unterstützung der Truppen dienen, massive finanzielle Einbußen hinnehmen. Ihre hingegen scheinen einfach so weiterzumachen wie zuvor. Diese Party, die Sie kurz vor Weihnachten gegeben haben, ich wette, da ist ein hübsches Sümmchen zusammengekommen.«

Joe lachte leise in sich hinein, während er sich eine Zigarette anzündete. »Was wollen Sie – eine Liste meiner Spender?«

»In der Tat«, sagte Vanessa, »genau das ist es, was ich will.«

Joe hustete, als er den Rauch ausblies. »Ist das Ihr Ernst?«

»Ich bitte Sie natürlich nicht darum, mir die Liste hier auf der Straße auszuhändigen. Ich würde Ihnen jedoch gern einen Sitz im Vorstand der Sloane-Stiftung für Mitmenschlichkeit anbieten.«

Vanessa Belgrave war eine geborene Sloane und als das einzige Kind von Arthur und Eleanor Sloane in Atlanta aufgewachsen. Die Familie Sloane – Holz, Bankgeschäfte, Textilien, Sommerfrische auf Jekyll Island, zwei halbjährliche Galas, die den Maßstab für derlei Zusammenkünfte in den Südstaaten setzten – konnte sich einer Herkunft rühmen, zu der Generäle sowohl des Unabhängigkeitskrieges als auch des Bürgerkrieges zählten. Die Sloanes kamen der Aristokratie so nahe, wie das in Georgia möglich war.

»Ist denn ein Sitz zu vergeben?«

Der Bürgermeister nickte. »Jeb Toschen ist verschieden.«

»Das tut mir leid.«

»Er war zweiundneunzig«, sagte der Bürgermeister.

Joe blickte in Vanessas helle Augen. Man sah, dass diese Bitte sie fast umbrachte. Aber es stimmte, dass Joes Organisationen im Gegensatz zu allen anderen zwar nicht prosperierten, aber doch auf festen Füßen standen. Das war teils auf Joes Fähigkeiten als Spendenbeschaffer zurückzuführen, größtenteils jedoch darauf, dass einer wie er, der die Hälfte seiner Lieferungen und Baumaterialien auf krummen Wegen beschaffte, seine Geschäftskosten niedrig halten konnte.

»Sagen Sie einem von Ihren Leuten, er soll sich mit meiner Sekretärin in Verbindung setzen«, sagte er schließlich.

»Heißt das ›ja‹?«, fragte Vanessa.

»Genug für heute, Liebes.« Ihr Ehemann strahlte Joe an. »Ich muss ihr noch beibringen, dass kein Nein immer ein Ja ist.«

Vanessa lächelte. »Eigentlich muss ich ihm nur noch beibringen, dass ich gern ein Ja als Antwort höre.«

Joe streckte die Hand aus. Sie schüttelte sie.

»Vergessen Sie nicht, morgen meine Sekretärin anzurufen. Wir werden die Sache wohlwollend erwägen.«

Ihr Griff um seine Hand verstärkte sich, und er wäre nicht überrascht gewesen, wenn seine Knochen oder ihre Zähne mit lautem Krachen zersplittert wären.

»Das werde ich tun«, sagte sie. »Und danke, dass Sie das Angebot in Betracht ziehen.«

»Ist mir ein Vergnügen, Mrs. Belgrave.«

6

Namen im Wind

ALS FREDDIE DIGIACOMO endlich auf der Entbindungsstation des St.-Joseph-Krankenhauses eintraf, hielt Wyatt Pettigrue seine neugeborene Tochter bereits in beiden Händen, in einem Aschenbecher neben seinen Knien glimmte eine Zigarette. Über den Namen seiner Tochter war noch nicht entschieden, auch wenn seine Frau Mae zu »Velma« neigte, dem Namen ihrer verstorbenen Großmutter. Wyatt war für »Greta« gewesen, aber Mae mochte sich für diesen Namen nicht mehr recht erwärmen, seit Wyatt einmal allzu langsam eine Ausgabe von *Photoplay* durchgeblättert hatte, auf deren Titel Greta Garbo abgebildet war.

Als Schwester Mary Theodore zurückkam und ihm seine Tochter abnahm, sah Wyatt den beiden hinterher, und in ihm kämpfte der Stolz darüber, ein Leben erschaffen zu haben, mit der Erleichterung, dass er sie nicht mehr halten musste, während sie wie ein Ferkel quiekte, das in einen Brunnen gefallen ist. Die ganze Zeit hatte er Angst gehabt, dass er sie fallen lassen würde. Er hatte außerdem das Gefühl gehabt, dass sie ihn nicht mochte; sie sah ihn nicht an – eigentlich sah sie gar nichts richtig an –, aber er spürte, dass sie seinen Geruch nicht mochte. Er hatte keine Ahnung, was man jetzt von ihm erwartete, wie er sein Leben und seine Zukunftspläne neu ausrichten sollte, um der Existenz dieses winzigen, unverständigen Geschöpfes gerecht zu werden.

Ihre Geburt, dessen war er sich sicher, bedeutete, dass Mae in ihrem Herzen künftig sogar noch weniger Raum für ihn haben würde als bisher.

Herrgott, dachte er, *und sie will noch drei weitere.*

Freddy DiGiacomo sagte: »Sie ist ein wunderschönes Mädchen, Wyatt. Eine richtige Herzensbrecherin. Kann man jetzt schon sehen.«

»Danke.«

»Du bist bestimmt sehr stolz.«

»Bin ich.«

Freddy klopfte ihm auf den Rücken. »Wo sind die Zigarren? Na?«

Wyatt fand sie in der Tasche seines Sakkos. Er schnitt von einer die Spitze ab und zündete sie für Freddy an, der so lange paffte, bis das Ende glutrot leuchtete.

»Du musst jetzt diese Sache für mich erledigen, Wyatt.«

»Jetzt?«

»Bis heute Abend reicht.«

Maes gesamte Familie drängte sich entweder in ihrem Krankenhauszimmer oder zu Hause. Die zu Hause würden von ihm erwarten, dass er den Eisschrank auffüllte, den sie letzte Nacht geleert hatten. Die im Krankenhauszimmer würden erwarten, dass er sich um seine Frau kümmerte, die eine schwere Geburt hinter sich hatte, oder zumindest herumstünde, während sie sich um sie kümmerten. Was er auch machte, war falsch. Die gesamte Familie – fünf Brüder, vier Schwestern, die zornig-stumme Mutter und der zornig-laute Vater – hatten Wyatt schon vor langer Zeit als unzureichend eingestuft. Zu den seltenen Gelegenheiten, bei denen sie ihm ihre Aufmerksamkeit schenkten, geschah das gerade lange genug, um ihre ursprüngliche Einschätzung bestätigt zu sehen.

Wyatt sagte zu Freddy: »Ich habe keine Ahnung, wie ich ihr beibringen soll, dass ich arbeiten muss.«

Freddy lächelte, seine Augen blickten freundlich. »Weißt du, was ich herausgefunden habe? Es ist viel leichter, eine Frau um Verzeihung für etwas zu bitten, als um ihre Erlaubnis.« Er nahm seinen Regenmantel von der Stuhllehne. »Kommst du?«

WYATT PETTIGRUE HATTE DIE LETZTEN WOCHEN damit verbracht, Montooth Dix auf seinen Wegen durch das Schwarzenviertel von Ybor City zu beschatten. Unter normalen Umständen wäre dies für einen Weißen unmöglich gewesen, aber Wyatts einzige auffällige Eigenschaft war schon in Kindheitstagen seine Fähigkeit gewesen, von niemandem beachtet zu werden. In der Schule hatten ihn die Lehrer nicht nur nie aufgerufen, sie hatten zweimal sogar vergessen, ihm Noten zu geben. Mannschaftsbusse fuhren ohne ihn ab, Kollegen riefen ihn regelmäßig beim falschen Namen (»William«, »Wesley« oder aus irgendeinem Grund »Lloyd«), sogar von seinem Vater hieß es, er habe gelegentlich mit dem Finger schnipsen müssen, ehe er den Namen seines Sohnes parat hatte. Während der letzten drei Wochen war Wyatt Pettigrue jeden Tag nach Ybor City gefahren, hatte die schwarzweiße Rassengrenze an der Eleventh Avenue überquert und war Straßen entlanggefahren, wo die Bewohner außer dem Milchmann, dem Eismann, Feuerwehrmännern, Polizisten und von Zeit zu Zeit einem Hauseigentümer keinen Menschen heller Hautfarbe gesehen hatten.

Er hatte Montooth Dix beschattet, wenn der hochgewachsene Schwarze seinen Wohnsitz verlassen hatte – eine Reihe von Apartments über einer Billardhalle – und zu dem Café an der Tenth Street gegangen war, zur Wäscherei an der Eight Avenue, der Drogerie an der Nebraska, der Hähnchenbude an der Meridian und dem winzigen, aber ordentlichen Friedhof an der Ninth Street. Abgesehen von dem Friedhof, auf dem, wie Wyatt erfahren hatte, Montooths Vater, Mutter, zwei seiner Tanten und ein Onkel begraben waren, zahlten alle anderen Einrichtungen entweder Schutzgeld, sie nahmen auf Konzessionsbasis Wetten für ihn an oder dienten als Fassade für seine illegalen Schnapsbrennereien. Schnaps war noch immer eine erhebliche Einnahmequelle für jemanden, der ihn an Menschen verkaufte, die einen Scheiß darauf gaben, ob ihr Fusel eine bundesstaatliche Steuermarke trug oder nicht. Montooth Dix' Kunden war es egal. Montooth Dix' Kunden waren die einzigen Menschen, die noch unsichtbarer waren als Wyatt Pettigrue. In einem ohnehin halbierten Gemeinwesen wie Ybor City waren die Afrokubaner und Afroamerikaner zusätzlich abgeschnitten durch jene Schattierung, die schwarze Haut von karamellfarbener Haut trennt.

Montooth Dix war ihr Bürgermeister, ihr Präsident, ihr König. Er verlangte eine Steuer für seine Dienste, aber er versah sie zuverlässig. Wenn sie streikten, beschützte er sie vor den Schlägertrupps, wenn sie krank waren, legte er Lebensmittel auf ihre Hintertreppen, er erließ den Frauen sogar ein paar Schulden, wenn die Männer sich während der schweren Jahre des vergangenen Jahrzehnts aus dem Staub gemacht hatten. Die meisten seiner Leute liebten ihn, selbst jene, die ihm Geld schuldeten.

Und das waren in letzter Zeit mehr als seit langem, zumindest seit der Wende im Jahr '38. Schon zum zweiten Mal in diesem Monat hatten verschiedene Schuldner aus dem wöchentlichen Zahlungsplan so lautstark über Geldmangel geklagt, dass Montooth beschlossen hatte, sich persönlich um ihre Konten zu kümmern. Kincaid, der Obstverkäufer an der Ninth Street, gab bereits klein bei, als Montooth durch die Tür kam. Montooths imposante Erscheinung ließ ihn – und nach ihm zwei Weitere – wundersamerweise das Geld finden, das sie ihm schuldeten – und das mit erstaunlicher Schnelligkeit.

Und so konnte Montooth, der sich in letzter Zeit etwas matt fühlte – nicht kränklich-matt, sondern matt à la Ich-hab-den-ganzen-Scheiß-satt, habe es satt, dauernd alles fest im Griff haben zu müssen –, sich aus seiner Verantwortung stehlen. Er hätte die Schuldner fragen müssen, *warum* sie sich in den vorangegangenen zwei Wochen so hartnäckig geweigert hatten, das Geld auszuspucken. Montooth war genauso alt wie das Jahrhundert, aber in letzter Zeit fühlte er sich älter. Das Älterwerden schien einen nur zu lehren, dass hinter einem dauernd neue Leute aus dem Boden wuchsen, die den gleichen dämlichen Scheiß verzapften wie die, die ihnen vorangegangen waren. Niemand lernte irgendetwas. Niemand entwickelte sich weiter.

Himmel, Arsch und Zwirn! Montooth vermisste die alten Zeiten, als alles wie am Schnürchen gelaufen war, als alle zufrieden damit waren, Geld zu scheffeln, Geld auszugeben und am nächsten Tag aufzustehen und mit dem ganzen Scheiß von vorne anzufangen. Die alten Zeiten, als Joe Coughlin die Dinge in der Hand gehabt hatte, waren goldene Zeiten gewesen, das hatte Montooth längst begriffen. Jetzt, zumindest bis dieser Krieg sich nicht mehr ihre besten Leute und ihre besten Kunden krallte, waren sie alle zum Warten verdammt. Grundsätzlich war an Warten nichts auszusetzen, aber es machte alle kribbelig, verflocht sie miteinander wie Stacheldraht.

Erst als er am Ende dieses Abends bei Pearl Eyes Milton vorbeischaute, dem Herrenausstatter an der Tenth Street, und Pearl Eyes ihm sagte, er könne ihn nicht bezahlen, »jedenfalls nicht diese Woche und die nächste wahrscheinlich auch nicht«, kam es, dass Montooth ihm die Frage stellte, auf die er keine Antwort haben wollte.

»Warum versuchst du, mich zu bescheißen, Pearl?«

»Ich versuche Sie nicht zu bescheißen, Mr. Dix, das wissen Sie doch.«

»Nein, das weiß ich nicht.«

»Aber ich habe das Geld nicht.«

Montooth zog eine Krawatte aus dem Regal hinter sich hervor, ließ die importierte Seide über seine Handfläche gleiten. *Meine Güte.* Seit Kriegsbeginn hatte er ganz vergessen, wie weich sich Seide anfühlte. »Warum hast du es nicht?«

Pearl Eyes, ein freundlicher alter Mann mit neun Enkeln, sagte: »Ich hab's einfach nicht. Die Zeiten sind hart.«

Montooth blickte auf seiner Seite des Verkaufstresens zu Boden. »Aber du lässt einen Zehndollarschein einfach so auf dem Boden liegen.«

»Einen was?«

»Einen Zehndollarschein, Nigger.« Montooth deutete hinab und trat zurück.

Pearl Eyes stützte die Ellbogen auf den Tresen und reckte

den Kopf. Montooth schlang ihm die Seidenkrawatte um den Hals und schickte sich an, den alten Knacker zu erdrosseln. Er beugte sich weit zu ihm hinunter und sprach in Pearl Eyes buschiges, rosiges Ohr.

»Wen bezahlst du, wenn du mich nicht bezahlst? Wen?«

»Niemanden. Ich habe bloß …«

Montooth zog fest an beiden Enden der Krawatte und zerrte Pearl Eyes über den Tresen. Er ließ die Krawatte los. Der alte Mann knallte auf den Boden und blieb dort eine Weile stöhnend und ächzend liegen.

Montooth wischte den Boden mit einem Taschentuch sauber, das er in einem anderen Regal gefunden hatte. Er setzte sich Pearl Eyes gegenüber.

»Was verkaufst du hier, alter Mann?«

»Was?« Das Wort kam mit viel Husten und Räuspern heraus. »Was?«

»Sag mir, was du verkaufst.«

Pearl Eyes zog an der Krawatte um seine Kehle, als wäre sie lebendig. Riss sie herunter und warf sie zu Boden. »Kleidung.«

»Kleidung ist das, was du führst.« Montooth schüttelte den Kopf und schnalzte mit der Zunge. »Was du verkaufst, ist Klasse. Die Brüder, die hier durch die Tür kommen, die erwarten Eleganz. Die erwarten was Raffiniertes. Ich meine, sieh dir den Anzug an, den du trägst. Wie viel kostet der 'nen normalen Kunden?«

Noch ein Huster, diesmal schon trockener. »Um die achtzig Dollar.«

»Achtzig Dollar. Alle Achtung.« Montooth stieß einen Pfiff aus. »Die meisten Brüder, die ich kenne, verdienen im

Monat nicht so viel, aber du trägst so einen und sagst mir, du kannst deine Schulden nicht bezahlen.«

»Ich…« Pearl Eyes sah zu Boden.

Montooth sagte: »Wer zieht dir das Geld aus der Tasche, ehe du es mir geben kannst?«

Pearl Eyes sagte: »Niemand.«

»Na gut.« Montooth stand auf. »Na gut.«

Er ging auf die Tür zu.

»Na gut?«, fragte Pearl Eyes.

Montooth blieb bei einem Tisch mit weißen Hemden stehen und blickte zurück. »Einer meiner Jungs kommt vorbei, vielleicht heute Nacht bei dir zu Hause, vielleicht morgen hier im Laden, aber bald. Ich würde es ja selber machen, aber es spritzt immer Blut auf die Kleider, egal, wie sehr man aufpasst, und ich hab heute noch eine Verabredung im Gin Gin Club mit der mittleren meiner drei Frauen.«

»Blut?«

Montooth nickte. »Wir werden dein Gesicht aufschlitzen, Pearl. Müssen's in Stücke schneiden wie ein Hühnchen fürs Picknick. Wirst ja sehen, wie viel Klasse und Eleganz du dann noch verkaufen kannst. 'n Abend.«

Als er nach dem Türknauf griff, sah er einen grauen Plymouth, der auf der gegenüberliegenden Straßenseite in Richtung Norden davonfuhr. Irgendetwas an dem Wagen gefiel Montooth nicht, aber er hätte nicht genau sagen können, was es war. Pearl Eyes meldete sich jetzt vom Tresen aus zu Wort:

»Little Lamar.«

Montooth sah zu, wie der alte Mann sich aufrappelte.

Pearl Eyes rieb sich die Kehle. »Little Lamar sagt, er übernimmt jetzt. Sagt, deine Zeit ist vorbei. Sagt, ’n neuer Boss hat die Stadt jetzt im Griff.«

Montooth lächelte. »Wenn ich ihn aus diesem Straßenblock dränge und geradewegs in sein Grab, was sagst du dann?«

»Little Lamar sagt, er hat Rückendeckung.«

»*Ich* hab Rückendeckung.«

»Junge«, sagte der alte Mann in einem Tonfall müden Mitleids, der Montooth bis in seine Grundfesten erschütterte, »die Leute sagen, die einzige Rückendeckung, die du noch hast, ist die Jacke von deinem Anzug. Was immer du für Kredit in der Welt der Weißen hattest, der ist längst aufgebraucht.«

Der alte Mann schlurfte auf ihn zu. Pearl Eyes Milton ließ seine Manschetten aufblitzen und enthüllte ein Paar antiker, diamantenbesetzter Manschettenknöpfe, die er ständig trug. Ihre Geschichte reichte über hundert Jahre zurück. Sie hatten angeblich einem Weißen in Philadelphia gehört, der sogar einmal stellvertretender Bürgermeister gewesen war. Pearl Eyes löste die Manschettenknöpfe und hielt sie Montooth hin.

»Die sind mindestens einen Monat von dem wert, was ich dir schulde. Nimm die. Mehr hab ich nicht.«

Montooth öffnete die Hand, und Pearl Eyes ließ sie hineinfallen.

»Ich kümmere mich um Lamar«, sagte Montooth. »Was du gehört hast, sind Gerüchte.«

»Manchmal stimmen Gerüchte«, sagte Pearl Eyes sanft. »Ich bin alt genug, um die falschen von den richtigen zu unterscheiden.«

Montooth lächelte. »Manchmal sind Gerüchte nichts als Gerüchte.«

»Und manchmal sind sie's nicht«, sagte Pearl Eyes, wandte Montooth den Rücken zu und ging zurück zu seinem Tresen.

KAUM DASS MONTOOTH DEN Herrenausstatter verlassen hatte, tauchte der graue Plymouth P4 aus dem Dunkel der warmen Nacht auf. Diesmal fuhr er in Richtung Süden, direkt vor seiner Nase. Eines der Rückfenster war schon heruntergekurbelt, und so wartete Montooth nicht erst darauf, die Mündung der Waffe aufblitzen zu sehen. Er ließ sich einfach hinter dem nächsten parkenden Auto auf die Knie fallen und begann zu robben.

Die Kugeln klatschten gegen die andere Seite des Wagens, als ob jemand einen Eimer voller Nüsse dagegengeschleudert hätte. Die Schüsse trafen auch das Gebäude hinter ihm und ließen Funken von den Backsteinen herabregnen. Die Fenster platzten aus den Autos heraus, die am Straßenrand standen, und Montooth behielt den Kopf unten und arbeitete sich langsam den Bürgersteig hoch auf eine Seitengasse zu. Damals im Krieg hatte man auch mit einem Maschinengewehr auf ihn geschossen, aber das war fast zwanzig Jahre her, und dieser ganz bestimmte Lärm, dieser Todeshagel, diese verdammten Kugeln, die in alle Richtungen abprallten – *ping ping ping* –, konnten einen gestandenen Mann die letzten Nerven kosten. Einen Augenblick lang vergaß er, warum er sich auf dieser Straße befand. Sogar seinen Namen vergaß er.

Aber nichts konnte ihn davon abhalten, sich vorwärts zu bewegen. So, wie ein Baby weiß, dass es schreien muss, um etwas zu essen zu bekommen, so wusste er, dass er weiterkriechen, weiterkrabbeln, sich weiter mit Händen und Füßen den Bürgersteig entlangarbeiten musste. Er erreichte das letzte parkende Auto vor der Gasse. Gerade in diesem Moment bockte es auf, um dann abzusacken: Das Arschloch mit der Thompson hatte die Reifen auf der Beifahrerseite zerschossen.

Das Schießen hörte auf.

Möglichkeit Nr. 1: Mr. Drecksack lud nach. Möglichkeit Nr. 2: Mr. Drecksack ahnte die ungefähre Richtung, in die Montooth sich bewegte, nahm gerade die Einmündung der Seitengasse aufs Korn und wartete darauf, dass der gute alte Montooth seinen Kopf vorstreckte. Montooth zog eine seiner eigenen Waffen – die langnasige Vierundvierziger, die sein Onkel Romeo ihm damals, im Jahr '23, geschenkt hatte. Die ehrlichste Waffe, die er je besessen hatte.

Es gab noch eine dritte Möglichkeit: Der Schütze wusste genau, wo Montooth sich versteckte, und bereitete sich gerade darauf vor, aus dem Auto zu steigen und die Sache zu Ende zu bringen. Dann musste er nur drei große Schritte machen und konnte sich direkt über Montooths schwarzem Arsch aufbauen. Mit einer Maschinenpistole. Ende der Diskussion. Die Echos der Schüsse, die ihn fast taub gemacht hatten, ließen nach. Er hörte den Motor des Plymouth im Leerlauf und dann das unverwechselbare Einschnappen einer neuen Munitionstrommel, die in den Lauf der Thompson geklatscht wurde.

Der Dreckskerl war fertig mit Nachladen.

Na gut, Herr, dachte Montooth, als er in einen schwarzen Himmel mit grauen Wolken hochsah, *wir gehen mal von zwanzig-zwanzig aus. Oder?*

Montooth steckte seinen Revolver ein, drückte sich mit den Handballen vom Bürgersteig ab und schoss über den

Gehweg wie ein Läufer aus den Startblöcken, rannte direkt auf die Seitengasse zu und hatte gerade die Einmündung erreicht, als er die beiden weißen Burschen etwas rufen hörte. Auch ohne den genauen Wortlaut war die Kernaussage nur allzu deutlich, als die Stille der Nacht erneut zerbarst wie vom Brüllen eines Presslufthammers.

Montooth rannte, während die Geschosse Backsteinsplitter und Staub in sein Gesicht schleuderten, rannte, als wäre er seit den Schützengräben in Frankreich nie mehr gerannt, rannte, als wäre er wieder jung, als könnten seine Lungen nicht brennen und sein Herz nicht kollabieren. *Wo warst du, Junge*, wollte er den Schützen fragen, *als ich jung war? Du kannst ewig leben, und du wirst nie auch nur halb so viele gute Muschis vögeln wie ich, niemals halb so viel Spaß haben, halb so viel erleben. Du bist ein Nichts, kapierst du das? Ich bin Montooth Dix, Herrscher über Black Ybor, und du bist nicht mal den Dreck unter meinen Fingernägeln wert.*

Er hatte die Gasse wegen der Mülltonnen gewählt. Auf jeder Seite stand ein ganzes Dutzend, und selbst wenn man es an ihnen vorbeischaffte – und nach Montooths Kenntnis gelang das keinem Auto –, streckte nach zwei Dritteln der Strecke Little Bos Bordell seinen Arsch drei Meter tiefer in die Gasse als alle Nachbargebäude. Durch dieses Ende der Gasse konnte man noch nicht mal einen Furz lassen, ohne ihn vorher in zwei Hälften zu zerschneiden.

Ping ping ping ping ping ping.

Und dann nichts als das Jaulen eines hochdrehenden Motors, als den weißen Jungs klar wurde, dass sie mit dem Auto niemals dort durchkommen würden. Nicht heute Abend und an irgendeinem anderen Abend auch nicht.

Montooth hatte gerade die Hälfte der Gasse hinter sich gebracht und war an den Mülltonnen vorbeigerannt, als der Plymouth mit quietschenden Reifen zurücksetzte. Er hörte ihn draußen auf der Tenth Street entlangrasen, in der Hoffnung, ihn abzufangen, wenn er bei dem Bordell aus der Gasse käme. Stattdessen kehrte er auf demselben Weg zurück, den er gekommen war, bog an der Tenth Street nach links ab und trat in den ersten Hauseingang, den Eingang eines Ladens, der wie so viele andere in den letzten zehn Jahren pleitegegangen und nie wieder hochgekommen war. Die Schaufenster waren durch dunkelgrüne Metallplatten ersetzt worden, und in der Fassung über der Tür hatte seit 1938 keine Lampe mehr gesteckt. Wenn man nicht gerade einen halben Meter davorstand, sah man einen Mann in diesem Hauseingang erst dann, wenn er gesehen werden wollte – wenn es schon zu spät war.

Der Plymouth kam zurück. Als er noch ungefähr drei Meter von der Seitengasse entfernt war, trat Montooth auf die Straße, holte tief Atem, zielte sorgfältig und feuerte direkt durch die Windschutzscheibe.

ALS SIE ZURÜCK UM DEN BLOCK fuhren und Wyatt, der mit seiner Thompson auf der Rückbank saß, sich all die Autos genau ansehen konnte, die er beim ersten Mal beharkt hatte, konnte er das Ausmaß der Zerstörung kaum fassen. Es schien unmöglich, dass der kleine Wyatt Pettigrue aus der Slausen Avenue zu einem Mann geworden war, der mit einer Maschinenpistole auf andere Menschen schoss. Aber diese Welt war seltsam. Wenn Wyatt in Übersee gewesen wäre und auf Befehl seiner Regierung genau das getan hätte, was er hier tat, wäre er ein Held gewesen. Aber er tat es auf den Straßen von Ybor, weil sein Boss es ihm befohlen hatte. Wyatt konnte keinen Unterschied erkennen, auch wenn die meisten das wahrscheinlich anders sahen.

Kermit, der Fahrer, sah nicht einmal, wie Montooth Dix auf die Straße trat. Es fiel wieder dieser leichte Regen, und Kermit wollte gerade die Scheibenwischer anstellen, als Wyatt zu ihrer Linken eine Bewegung bemerkte – im Grunde spürte er sie nur. Montooths Gesicht sah er erst im Aufblitzen des Mündungsfeuers. Es tauchte so plötzlich aus der Dunkelheit auf, als wäre es vom Körper des Mannes losgelöst wie die Totenmaske in einem Gruselkabinett, und dann bildete sich ein Spinnennetz aus Hunderten kleiner Risse in der Windschutzscheibe. Kermit grunzte, und feuchte Stückchen seines Schädels klatschten Wyatt ins Gesicht. Kermit sackte nach vorn, ein Geräusch wie aus einem verstopften Abfluss drang aus ihm hervor, aber das Auto beschleunigte sogar noch. Wyatt zerrte an Kermits Schulter, um seinen Fuß vom Gaspedal zu bekommen, aber sie prallten erst gegen den Bordstein und dann gegen einen Pfosten. Wyatts Nase brach, als er gegen die Rückseite des Fahrersitzes knallte, und er wurde wieder auf die Rückbank geschleudert, wo es ihn ordentlich durchschüttelte.

Sein Haar fing Feuer. So fühlte es sich jedenfalls an. Aber als er sich gegen den Kopf schlug, fühlte er dort eine Hand anstelle einer Flamme. Eine große Hand, die ihre Finger tief in sein Haar krallte, als sie ihren Griff verstärkte und zog. Wyatt wurde vom Rücksitz des Plymouth gehoben und durch das Fenster gezerrt, sein Rückgrat knallte Wirbel für Wirbel gegen die Fensterkante. Als schließlich seine Füße durch das

Fenster glitten, verdrehte Montooth Dix seinen Körper und ließ ihn fallen. Wyatt lag mitten auf der Tenth Street auf den Knien und blickte in den Lauf einer 44er-Smith.

»Mein Onkel hat mir diesen Revolver geschenkt«, sagte Montooth Dix. »Sagte, der würde mich nie im Stich lassen, und das hat er auch nie. Was ich dir damit sagen will, du weißes Bürschchen, ist dies: Ich brauche keine zweihundert Trommelumdrehungen, um mein Opfer und jedes scheiß Auto auf dieser Straße zu treffen. Wer hat dich geschickt?«

Wyatt wusste, dass er ein toter Mann wäre, sobald er diese Frage beantwortete. Aber wenn er Montooth in ein Gespräch verwickelte, würde vielleicht die Polizei oder, verdammt, *irgendjemand* kommen. Er hatte in den letzten Minuten einen gewaltigen Lärm verursacht.

»Ich werde dich nicht zwei Mal fragen«, sagte Montooth Dix.

»Ihr Onkel hat Ihnen diese Waffe geschenkt?«, fragte Wyatt.

Dix nickte, und die Ungeduld in seinen Augen war so klar wie der helle Tag.

»Wie alt waren Sie?«

»Vierzehn.«

»Ich habe ein paarmal gesehen, wie Sie an seinem Grab waren«, sagte Wyatt. »An dem Ihrer Eltern auch. Familie ist wichtig.«

»Ach ja?«, sagte Montooth.

Wyatt nickte ernst. Er fühlte, wie seine Hose die Nässe der Straße aufsog. Er war sich ziemlich sicher, dass sein linker Unterarm gebrochen war. War das eine entfernte Sirene?

»Ich bin heute Vater geworden«, ließ Wyatt den Mann wissen.

»Ach, wirklich?« Montooth schoss Wyatt zwei Mal in die Brust. Um ganz sicherzugehen, verpasste er ihm noch eine Ladung in die Stirn, dann schaute er in die Augen des Toten und spuckte auf die Straße. »Und wer sagt, dass du als Vater was getaugt hättest?«

7
Zimmer 107

DAS MOTEL SUNDOWNER IN ST. PETERSBURG hatte Mitte der 1930er Jahre seine Pforten für die Öffentlichkeit geschlossen. Seine beiden niedrigen Hauptgebäude, weiß und stuckverziert, und das kleine Gebäude mit der Rezeption bildeten zusammen ein Hufeisen um ein Oval aus platter Erde, wo weder Gras wachsen noch Palmen wurzeln wollten. Es hatte sich jetzt seit sieben oder acht Jahren unbeachtet hinter einem Fachgeschäft für Angelbedarf versteckt und war inzwischen von Unkraut umwuchert. Die Brüder Patrick und Andrew Cantillon waren nicht nur Eigentümer des Anglergeschäftes, ihnen gehörten auch der Sandwichladen nebenan und der Bootsanleger hinter dem Motel. Den Brüdern Cantillon gehörten die meisten kleinen Piers, die vom Ufer aus in die Tampa Bay hineinragten, und sie verdienten ein erkleckliches Sümmchen mit dem Verkauf von Eisblöcken und kaltem Bier an die Fischer, die jeden Morgen vor Morgengrauen ablegten. Um die Mittagsstunde kehrten sie zurück, mit rubinroter Haut, die so rauh war wie das Seil, mit dem sie ihre Boote festzurrten.

Die Cantillons hatten mit Joe schon Geschäfte gemacht, als sie noch gemeinsam Rum über die Florida Straits schmuggelten. Joe war für den Löwenanteil ihres Privatvermögens verantwortlich. Als kleines Zeichen ihrer Dankbarkeit war Joe, und nur Joe, das beste Zimmer im früheren Sundowner vorbehalten. Die restlichen Zimmer wurden ebenfalls sauber gehalten. Sie wurden meistens von alten Freunden aus dem Mafiamilieu genutzt, die – von einer gescheiterten Ehe bis zur Flucht vor der Polizei – in Schwierigkeiten geraten waren.

Zimmer 107 jedoch, von dem aus man auf die Bucht hinaussah, gehörte Joe allein. Und dort schlief er am späten Montagvormittag mit Vanessa Belgrave, auf Laken, die nach Bleiche und Stärke und Meersalz rochen. Draußen zankten sich die Möwen um Garnelenschwänze und Gräten. Drinnen quietschte und klackerte ein Tischventilator aus schwarzem Eisen.

Manchmal, wenn er und Vanessa miteinander schliefen, fühlte es sich für ihn an, als wäre er in einen Sog geraten, als würde er in einer warmen, dunklen Welt kreiseln, aus der er vielleicht niemals wieder auftauchte. Und in solchen Augenblicken war er – solange er nicht an seinen Sohn dachte – glücklich über diese Aussicht.

Die Vanessa Belgrave, welche die Öffentlichkeit zu sehen bekam – kühl, herrisch, so kultiviert, dass ihr alles Interessante oder Spontane abhandengekommen war –, war weit vom wahren Wesen dieser Frau entfernt. Hinter geschlossenen Türen explodierten sinnliche Neugier und Witz, und sie war mit Abstand die amüsanteste Frau, der Joe jemals begegnet war. Manchmal lachte sie so heftig los, dass sie zu schnauben begann – ein lautes, feuchtes Trompeten ohne ihre sonstige Anmut, das deshalb umso charmanter war.

Ihre Eltern hießen weder dieses Lachen gut noch die Vorliebe für Hosen, die sie als Jugendliche entwickelt hatte, aber sie schafften es nicht mehr, ein zweites Kind zu bekommen. Sieben Fehlgeburten, keine Söhne, keine zweite Tochter. Und so kam es, dass bei ihrem Ableben die Sloane Amalgamated Industries – ein Unternehmen mit hundertfünfzigjähriger Firmengeschichte – an ihre Tochter übergehen würden.

Zu Joe hatte sie gesagt: »Wenn die altehrwürdigen Aktionäre aus dem Süden ein albernes Frauenzimmer sähen, das lieber Emily Dickinson als Handelsbilanzen liest, würden sie sofort einen Krieg anzetteln, um mir die Firma wegzunehmen. Und dieser Krieg wäre vorbei, ehe er auch nur begonnen hätte. Aber wenn sie glauben, ich sei wie mein Vater, nur in einem anderen Körper, und wenn sie vor mir so viel Angst haben wie vor ihm, dann wird das Geschäft noch weitere hundert Jahre fortbestehen, vorausgesetzt, dass ich irgendwann einen Sohn habe.«

»Und das ist es, was du willst – den Familienbetrieb fortführen?«

»Nein. Um Gottes willen, nein. Aber welche Wahl bleibt mir denn? Ein Unternehmen, das mehrere Millionen Dollar wert ist, unter meinen Augen in die Bedeutungslosigkeit abrutschen zu lassen? Nur ein Kind glaubt, dass das Leben sich um seine Wünsche dreht.«

»Aber was würdest du dir denn wünschen? Wenn du einen Wunsch frei hättest?«

»Aber Joe«, hatte sie gesagt und mit den Wimpern geklimpert, »nur dich, du großer, grober Klotz.« Und dann hatte sie sich auf ihn gestürzt und sein Gesicht mit einem Kissen bedeckt. »Gib's zu – genau das wolltest du hören.«

Er hatte den Kopf geschüttelt und versucht, ein sehr gedämpftes Nein herauszubringen.

Sie hatte noch einen Moment mit ihm gerungen und dann das Kissen weggenommen. Rittlings auf ihm sitzend, ein wenig außer Atem, hatte sie einen Schluck Wein getrunken. »Ich möchte unvereinbare Wünsche aufgeben können.« Sie hatte ihn mit geweiteten Augen und geöffnetem Mund angeschaut. »Was sagst du dazu, Klugscheißer?« Und dann goss sie ihm den restlichen Wein auf die Brust und leckte ihn ab.

Das war an einem kühlen und regnerischen Nachmittag vor drei Monaten gewesen.

Jetzt, an einem sonnigen, feuchtwarmen, aber noch nicht lähmenden Tag, stand Vanessa am Fenster, ein Handtuch um die Hüften geschlungen, und spähte durch den Spalt im Vorhang nach draußen.

Joe stellte sich neben sie und sah zu dem Bootsanleger hinaus, wo vor langer Zeit zurückgelassene Motorblöcke in der Sonne schwarz wurden und der Lack von Eisschränken und Dieselpumpen abblätterte. Hinter dem wackligen Dock summte der allgegenwärtige Schwarm dunkler Insekten, die in glänzenden, geballten Schwaden über diesem übelriechenden Ende der Bucht schwebten.

Joe ließ den Vorhang los und glitt mit beiden Handflächen seitlich an Vanessas Oberkörper entlang. Sie berauschte ihn schon wieder, obwohl er sich erst wenige Minuten zuvor verausgabt hatte. Er wurde härter, wenn auch nicht ganz hart, und er löste das Handtuch und drückte sich an sie. Mehr tat er vorerst nicht, zufrieden damit, dass er ihren Rücken an seinem Brustkorb spürte, ihren Hintern an seinem Oberschenkel, während er ihr sacht über den Bauch strich und seine Nase in ihrem Haar vergrub.

»Meinst du, wir haben es gestern übertrieben?«, fragte Vanessa.

»Was übertrieben?«

»Unsere angebliche Abneigung gegeneinander?«

»Nein.« Joe schüttelte den Kopf. »Das ist erst der Anfang des ›Tauwetters‹ für uns. Nächster Schritt: Vermutlich wird sich ein ›widerwilliger Respekt‹ füreinander einstellen. Wir werden einander nie ganz grün sein, aber die Leute werden uns wegen unserer Professionalität bewundern, wenn wir unsere offenkundige Abneigung gegeneinander außer Acht lassen, um deiner Stiftung zum Erfolg zu verhelfen.« Er ließ seine Hand über ihr Schambein hinabgleiten und erkundete mit den Fingern ihr Schamhaar.

Sie lehnte den Kopf zurück und stöhnte an seinem Hals. »Ich habe diese Sache so satt.«

»Diese Sache?« Er nahm seine Hand weg.

Sie packte die Hand und legte sie wieder an dieselbe Stelle. Sie keuchte leise, als er mit dem Mittelfinger die magische Stelle fand. »Nein. Auf gar keinen Fall das hier. Ich habe es satt, diese Rolle zu spielen. Die hochnäsige Zicke, Papis kleines Mädchen.« Noch ein leises Keuchen. »Ja. Genau da, das ist phantastisch.«

»Genau da?«

»Hmm-hmm.«

Ihr Brustkorb weitete sich, als sie Luft durch die Nase einsog. Sie atmete durch den Mund aus, ein einziger langgezogener Atemzug.

»Wenn du die Rolle satthast«, flüsterte er in ihr Ohr, »dann hör auf, sie zu spielen.«

»Geht nicht.«

»Warum nicht?«

»Dummkopf, du weißt, warum.«

»Richtig, der Familienbetrieb.«

Sie drehte sich in seinen Armen um. Sie packte sein Handgelenk und führte seine Hand wieder dorthin, wo sie eben gewesen war. Sie sah ihn direkt an, während sie sich auf dem Fenstersims zurücklehnte und ihren Unterleib gegen seine Finger drängte. Ihr Blick wurde herausfordernd. Er hatte sie auf dem falschen Fuß erwischt, was ihn daran erinnerte, dass man nur dann so gut eine andere Persönlichkeit vortäuschen konnte wie Vanessa, wenn ein Teil dieser Persönlichkeit eben nicht vorgetäuscht war.

»Würdest du deinen Beruf aufgeben?« Ihr Atem ging jetzt schneller, in ihren Augen blitzte eine komplizierte Mischung aus Empörung und Verlangen auf.

»Kommt drauf an.«

Sie grub ihre Fingernägel in seine Hinterbacken. »Schwachsinn.«

»Wenn es gute Gründe gäbe, würde ich ihn aufgeben.«

»Schwachsinn«, wiederholte sie. Ihr Körper zuckte, und sie biss sich auf die Lippen, und ihre Fingernägel, die inzwischen zu seinen Hüften hochgewandert waren, gruben sich tiefer in sein Fleisch. »Du…« Sie atmete heftig aus. »Erwarte nie, dass ich etwas aufgebe, das du nicht selbst aufgeben würdest.«

Sie warf ihren Kopf zur Seite und klammerte sich an seine Schulter. Als er in sie eindrang, weiteten sich ihre Augen und sie biss sanft in seine Lippe, während er sie vom Fenstersims hob. Er hätte es sich zu keinem Zeitpunkt in den sieben Jahren seit Gracielas Tod vorstellen können, aber er verspürte nicht das geringste Verlangen, diese Frau jemals loszuwerden. Er verspürte nicht einmal das Verlangen, jemals dieses Zimmer zu verlassen.

Sie fielen zurück aufs Bett. Sie kam mit einer Reihe kleiner Zuckungen und einem langen, tiefen Stöhnen am Ende. Dann klärten sich ihre Augen, und sie lächelte und sah zu ihm herab, während sie sich weiter auf ihm bewegte.

»Lächle«, sagte sie.

»Ich dachte, ich würde lächeln.«

»Gib mir die vollen tausend Watt.«

Er tat es.

»Himmel«, sagte sie, »wenn man deine Augen zu diesem Lächeln dazunimmt, dann ist es ein Wunder, dass du jemals für irgendetwas verurteilt worden bist. Ich wette, du hast dich als Kind aus jedem Schlamassel herausgeredet.«

»Gar nicht«, sagte Joe.

»Klar!«

Joe schüttelte den Kopf. »Damals hatte ich das Lächeln noch nicht. Als Kind hat mich einer meiner Brüder die Cumberland-Lücke genannt, nach einem Gebirgspass in den Cumberland Mountains.«

Sie lachte. »Warum das denn?«

»Meine beiden Schneidezähne hatten sich verabschiedet. Im Ernst. Ich habe sie mir ausgeschlagen, als ich vielleicht drei war. Ich erinnere mich nicht mehr daran, aber mein Bruder sagte, ich wäre gestürzt und mit dem Gesicht voran gegen einen Bordstein gedonnert. Tja, deshalb also die Cumberland-Lücke.«

»Ich kann mir überhaupt nicht vorstellen, dass du hässlich ausgesehen haben könntest.«

»Oh, ich war hässlich. Und hier kommt die Krönung: Die meisten Kinder kriegen ihre richtigen Zähne mit sechs, richtig? So um den Dreh? Bei meinen anderen Zähnen war es so. Nicht bei den Schneidezähnen. Die haben sich nicht blicken lassen, ehe ich fast acht war.«

»Nein!«

»Doch. Scheißpeinlich, kann ich dir sagen. Ich habe nicht mit offenem Mund gelächelt, ehe ich ungefähr zwanzig war.«

»Sind wir verliebt?«, fragte sie ihn.

»Was?« Er wollte sie von sich herunterschieben.

Sie presste sich auf ihn. »Oder machen wir diese Sache nur besonders gut?«

»Letzteres«, sagte er.

»Selbst wenn wir verliebt wären …«

»Bist du verliebt?«

»In dich?« Ihre Augen wurden groß. »Ach du lieber Himmel, nein.«

»Na, dann ist ja alles gut.«

»Aber selbst wenn ich's wäre …«

»Was du nicht bist …«

»Und du auch nicht.«

»Genau.«

»Aber wenn wir's *wären*« – sie nahm seine Hände und legte sie auf ihre Hüften, und ihr Lächeln war sanft und traurig – »dann würde uns das nicht retten, nicht wahr?«

»Vor was?«

»Vor dem, was die Welt da draußen von uns will.«

Er sagte nichts. Sie senkte ihre Brust auf seine.

»Es gab noch eine zweite Schießerei.« Vanessas Finger strichen über sein Schlüsselbein, ihr Atem ging warm an seinem Hals.

»Was meinst du mit ›eine zweite‹?«

»Na, da waren diese Männer in der vorletzten Nacht. Diese Drogenhändler, die von der Polizei erschossen wurden. Und der Mann, der sich in seiner Zelle umgebracht hat.«

»Hm-hm.«

»Und dann, heute Morgen, ich habe es beim Einparken im Radio gehört, hat irgendein Neger in Ybor zwei Weiße getötet.«

Montooth Dix, dachte Joe. *Scheiße.* Freddy Arschloch DiGiacomo war vermutlich gleich im Anschluss an ihre Besprechung bei der Kirche nach Brown Town gegangen, um Stunk zu machen.

Dreck. Sack.

»Wann war das?«, fragte er.

»Jonathan wurde an den Tatort gerufen, ungefähr um …« Sie dachte nach. »Zwei Uhr morgens?«

»In Brown Town?«

Sie nickte. »Er will, dass man ihn als zupackenden Bürgermeister kennenlernt.«

Und jetzt packte Joe bei seiner Frau zu. Er wollte die Hände gerade zurückziehen, aber dann überlegte er es sich anders und ließ seine Hände in kleinen Kreisen über ihre Hüfte gleiten. Was auch immer im schwarzen Teil von Ybor vor sich gehen mochte, es gab nichts, was Joe in diesem Moment daran ändern konnte.

»Wenn du dich beim Friseur in den Stuhl setzt«, fragte Vanessa, »welche Tür behältst du dann im Blick? Die vordere oder die hintere?«

Scheiße. Der alte Kampf. Derjenige, der fünf Minuten, nachdem sie zum ersten Mal miteinander geschlafen hatten, begonnen hatte.

»Ich gehöre nicht zu der Sorte, die erschossen wird«, sagte Joe.

»Nein?« Ihre Stimme war heiter und neugierig. »Zu was für einer Sorte gehörst du dann?«

»Ich bin ein Geschäftsmann, der nur ein bisschen korrupter als der Durchschnitt ist.« Er berührte ihre Brüste.

»In den Zeitungen nennen sie dich immer noch einen Gangster.«

»Das liegt daran, dass diese Journalisten keine Phantasie haben. Willst du wirklich darüber sprechen?«

Sie rollte von ihm herunter. »Ja.«

»Ich habe dich noch nie belogen.«

»Soweit ich weiß, nicht.«

»He«, sagte er sanft.

Sie schloss die Augen, öffnete sie wieder. »Na gut, du hast mich noch nie belogen.«

»*War* ich also ein Gangster?« Er nickte. »Ja. Jetzt berate ich Leute.«

»Kriminelle.«

Er zuckte die Schultern. »Einer meiner Freunde war vor sechs Jahren Staatsfeind Nummer drei ...«

Sie setzte sich rasch auf. »Siehst du, genau das meine ich. Wer könnte einen Satz mit den Worten beginnen: ›Einer meiner Freunde war Staatsfeind Nummer sowieso?‹«

Joe sprach gelassen. »Der Kerl, der in der Villa nebenan gewohnt hat? Dessen Beruf war es, Menschen aus ihren Häusern zu werfen, weil sie ihre Hypotheken nicht mehr zahlen konnten. Der Grund, weshalb sie es nicht konnten, war, dass die Banken im Jahr '29 mit ihrem Geld gezockt und alles verloren hatten. Keine Ersparnisse und keine Anstellung mehr, weil entweder ihre Arbeitgeber oder die Banken ihr Geld und ihre Häuser verschleudert hatten. Aber die Leute, die andere aus ihren Häusern warfen, denen ging's blendend. Und was meinen Freund angeht – der manipulierte Pferderennen und handelte mit Rauschgift. Das FBI erschoss ihn, als er unten bei Pass-a-Grille ein Boot entlud. Sein Nachbar? Hat sein Haus gekauft. Letzte Woche war ein Foto von ihm in der Zeitung, als dein Mann ihn für besondere Verdienste ausgezeichnet hat. Der einzige Unterschied, den ich zwischen einem Dieb und einem Banker sehe, meistens zumindest, ist ein Hochschulabschluss.«

Sie schüttelte den Kopf. »Banker erschießen sich nicht gegenseitig auf offener Straße, Joe.«

»Weil ihre Anzüge dabei zerknittern würden, Vanessa. Dass sie die Drecksarbeit mit einem Stift erledigen, macht sie nicht zu besseren Menschen.«

Sie forschte mit großen, verunsicherten Augen in seinem Gesicht. »Du glaubst wirklich daran.«

»Ja«, sagte er, »das tue ich.«

Eine Weile schwiegen beide.

Sie griff über ihn hinweg und nahm ihre Armbanduhr vom Tisch. »Es ist spät geworden.«

Er fand ihren Büstenhalter und ihre Unterwäsche zwischen den Laken und reichte sie ihr.

»Ich tausche mit dir.« Sie reichte ihm seine Unterhose.

Kaum dass sie in ihr Höschen geschlüpft und mit den Armen durch die Träger des Büstenhalters geglitten war, wollte er sie wieder ausziehen. Wieder fühlte er den absurden Drang, dieses Zimmer niemals zu verlassen.

Sie lächelte ihn an. »Mit jedem dieser Treffen kommen wir uns näher.«

»Und das bereitet dir Schwierigkeiten?«

»Oh, *nein*. Wie kommt dein hübscher kleiner Kopf denn auf so eine Idee?« Sie lachte und sah sich suchend um. »Hast du meine Bluse gesehen, Herzblatt?«

Er fand sie hinter einem Stuhl. »Und wie du schon sagtest, wir sind sehr gut in dem, was wir hier machen.«

Sie nahm ihm die Bluse ab. »Ja, nicht wahr? Aber du weißt, dass das mit der Zeit nachlässt.«

»Die Wertschätzung oder der Sex?«

»So nennen wir das also – ›Wertschätzung‹?«

Er nickte.

»In diesem Fall würde ich sagen: manchmal dies, manchmal das. Und was könnte uns dann noch verbinden? Unsere gemeinsame Herkunft sicherlich nicht.«

»Oder unsere gemeinsamen Werte.«

»Unsere gemeinsamen Berufe.«

»Ach, verdammt.« Er schüttelte leise lachend den Kopf. »Warum sind wir überhaupt zusammen?«

»Ich weiß es!« Sie warf ein Kissen nach ihm und traf eine Lampe. »Joseph Coughlin, wir sind verdorben.« Sie schloss den letzten Knopf ihrer Bluse. »Für die Lampe zahlst natürlich du.«

Sie fanden ihren Rock und seine Hose und schlüpften in ihre Schuhe, und die ganze Zeit grinsten sie sich idiotisch an und warfen sich teils verlegene, teils lüsterne Blicke zu. Sie wagten es nie, sich länger als nötig auf dem Parkplatz aufzuhalten, und so tauschten sie den letzten Kuss immer an der Tür aus. Dieser Kuss war fast so begierig wie der erste an diesem Morgen, und als sie sich voneinander losrissen, hielt sie die Augen geschlossen und hatte die Hand an den Türrahmen gestützt.

Als sie die Augen öffnete, ließ sie den Blick über das Bett gleiten, den alten Stuhl, der neben dem alten Radio stand, die weißen Vorhänge, das Porzellanwaschbecken, die umgeworfene Lampe.

»Ich liebe dieses Zimmer.«

»Ich liebe es auch«, sagte er.

»Ich glaube, dies ist einer der Räume, in denen ich wirklich glücklich war – nein, eigentlich ist es der Raum, in dem ich glücklicher als irgendwo sonst war.« Sie nahm seine Hand und küsste die Innenfläche, führte sie über ihr Kinn an ihren Hals. »Aber bilde dir nur nicht ein, dass ich an dem Tag, an dem mein Vater zu mir sagt: ›Häschen, es ist Zeit, dass du die Firma ins kommende Zeitalter führst und für den Fortbestand unseres Namen sorgst; zieh ein paar Kinderlein groß, die den Laden übernehmen können, wenn du einmal nicht mehr bist‹, nicht tun werde, was von mir erwartet wird.« Sie sah ihn mit ihren tiefblauen Augen an. »Denn ich kann dir versichern, mein Lieber, genau das werde ich tun.«

SIE VERLIESS DAS ZIMMER als Erste. Joe gab ihr zehn Minuten Vorsprung. Er saß am Fenster und hörte sich die Nachrichten im Radio an. Die Anlegestelle vor dem Fenster knarrte, vielleicht wegen einer leichten Brise oder aus Altersschwäche. Die Termiten und das Wasser und das unaufhaltsame Fortschreiten der Fäulnis hatten dem Holz über Gebühr zugesetzt. Der nächste starke Wind würde sie als

Ruine hinterlassen, der nächste Tropensturm würde sie verschlucken.

Ein Junge stand an ihrem Ende.

Vor ein oder zwei Sekunden war er noch nicht da gewesen.

Der Junge. Derselbe, den er auf der Party im Dezember zwischen den Bäumen hatte herumlaufen sehen. Tief im Herzen hatte Joe gewusst, dass er ihn wiedersehen würde.

Er wandte Joe den Rücken zu. Diesmal trug er keinen Hut. Das widerspenstige Haarbüschel, das Joe beim letzten Mal aufgefallen war, lag jetzt flach am Kopf an, obwohl ein bisschen davon immer noch hervorspitzte wie die Wölbung eines Fingerknöchels. Sein Haar war so blond, dass es fast weiß wirkte.

Joe schob das Fenster hoch und sagte: »He!«

Eine warme, träge Brise kräuselte das Wasser, aber nicht das Haar des Jungen.

»He!«, sagte Joe, diesmal ein wenig lauter.

Der Junge reagierte nicht.

Joe senkte den Kopf und starrte auf die Risse im Fensterbrett, während er bis fünf zählte. Als er wieder hochsah, stand der Junge am selben Fleck, und sein Gesicht wandte sich gerade wieder von Joe ab. Wie schon bei ihrer ersten flüchtigen Begegnung konnte er seine Gesichtszüge nicht erkennen.

Joe verließ das Zimmer und ging um das Gebäude herum. Der Junge war nicht mehr dort. Das durchhängende Holz knarrte. Joe stellte sich vor, dass es in aufgewühltem Wasser davontriebe. Jemand würde eine neue Anlegestelle bauen. Oder auch nicht.

Menschen hatten dieses Dock erbaut. Sie hatten die Pfähle eingeschlagen, sie hatten ausgemessen und zugeschnitten, sie hatten gebohrt und gehämmert. Als sie fertig gewesen waren, hatten sie als Erste ihren Fuß darauf gesetzt. Sie hatten Stolz empfunden. Vielleicht keinen großen, aber bestimmt ein wenig. Sie hatten sich vorgenommen, etwas zu bauen, und sie hatten es gebaut. Nur deshalb existierte es. Inzwischen waren sie vermutlich tot. Das Dock würde ihnen folgen. Eines Tages würden die Bulldozer anrücken, und man würde dieses Motel abreißen. *Die Zeit ist immer nur geliehen,* dachte Joe, *keiner kann sie jemals besitzen.*

Gegenüber, knapp vierzig Meter weit entfernt, ragte eine mit mehreren Bäumen bewachsene Landzunge ins Wasser. Es war eine winzige Sandbank, von der Sorte, die außer bei Ebbe immer überschwemmt ist. Dort stand der Junge. Er hatte sich Joe zugewandt und starrte ihn mit geschlossenen Augen an.

Ehe ihn das hochstehende Schilf und die kümmerlichen Bäume verschluckten.

Als ob ich nicht schon genug am Hals hätte, dachte Joe. *Jetzt habe ich auch noch einen Geist.*

8
Eine Ähnlichkeit

AUS JOES ABSTECHER NACH RAIFORD wurde nichts, denn als er nach seinem abendlichen Drink nach Hause kam, erfuhr er, dass Tomas Windpocken hatte. Miss Narcisa hatte den Jungen in sein Zimmer im Obergeschoss verbannt und lief mit einem nassen Waschlappen durchs Haus, den sie sich mit Küchenzwirn über Nase und Mund gebunden hatte. Sie teilte Joe mit, dass sie als Kind keine Windpocken gehabt habe und nicht beabsichtige, sie sich jetzt, als Erwachsene, zuzuziehen.

»Nein«, sagte sie und machte mit der einen Hand eine entschiedene Geste, während sie mit der anderen verschiedene Dinge in die Baumwolltasche warf, die sie überall mit sich herumschleppte. »Nein, nein, nein.«

»Natürlich nicht«, sagte Joe, der insgeheim hoffte, dass sie sich schon angesteckt hatte, eine reflexhafte Reaktion auf jeden, der seinen Sohn wie einen Aussätzigen behandelte. *Und hoffentlich bildet sich ordentlich Schorf.*

Als sie ihm jedoch sagte, dass sie Essen für drei Tage vorgekocht und in den Eisschrank gestellt, drei seiner Anzüge gebügelt und im ganzen Haus saubergemacht habe, fiel ihm wieder ein, wie praktisch es war, sie zu haben.

An der Tür versuchte er, die Verzweiflung in seiner Stimme zu unterdrücken, als er fragte: »Und wann sehen wir Sie wieder?«

Ihre Miene war so ausdruckslos wie eine Bratpfanne. »Wenn er nicht mehr krank ist.«

Joe, der als Kind die Windpocken gehabt hatte, ging in Tomas' Zimmer und setzte sich zu ihm. »Ich habe dir gestern doch gesagt, dass du angeschlagen wirkst.«

Tomas blätterte eine Seite in Dumas' *Zwanzig Jahre danach* um. »Wie schlimm sieht es denn aus?«

»Du musst aufhören zu lesen, Kumpel.«

Tomas senkte das Buch und sah seinen Vater mit einem Gesicht an, das allem Anschein nach zuerst von einem Bienenschwarm angegriffen worden war und danach zu lange in der Sonne geschmort hatte.

»Du siehst prima aus«, sagte Joe. »Ist kaum was zu sehen.«

Tomas hob das Buch vors Gesicht. »Ha-ha.«

»Na gut, du siehst fürchterlich aus.«

Er senkte das Buch und zog eine Augenbraue hoch.

»Nein, wirklich«, sagte Joe. »Es stimmt.«

Tomas zog eine Grimasse. »In solchen Momenten hätte ich gern eine Mutter.«

Joe stand aus seinem Sessel auf und warf sich aufs Bett neben seinen Sohn. »Ach, Liebling, tut es weh? Soll ich dir ein Glas warme Milch bringen?«

Tomas schlug nach seinem Vater, und Joe kitzelte ihn so sehr, dass er sein Buch zu Boden fallen ließ. Joe stand vom Bett auf, um es aufzuheben. Als er es seinem Sohn zurückgeben wollte, sah er den zögerlichen Blick in dessen Augen.

»Was ist?«, fragte Joe und lächelte.

»Kannst du mir vorlesen?«

»Was?«

»Wie du es früher immer gemacht hast. Erinnerst du dich daran?«

Joe erinnerte sich. Die Gebrüder Grimm, Äsop, die griechischen und römischen Sagen, Verne, Stevenson, H. Rider Haggard und natürlich Dumas. Er blickte auf seinen Sohn hinunter und glättete die ungebärdige Locke, die von seinem Hinterkopf hochstand.

»Klar.«

Er trat sich die Schuhe von den Füßen, legte sich aufs Bett und öffnete das Buch.

Nachdem Tomas eingeschlafen war, saß Joe in seinem Arbeitszimmer im hinteren Teil des Erdgeschosses. Nachts, wenn er allein war, beunruhigte es ihn am meisten, was der Bauerntölpel aus Raiford am Freitag zu ihm gesagt hatte. Er wusste, dass es absurd war – *niemand* wäre dumm genug, ihn töten zu wollen –, und doch zog er die Vorhänge vor die doppelflügelige Glastür, auch wenn die Dicke des Glases und die Höhe der Mauer hinter dem Haus es unwahrscheinlich, wenn nicht sogar unmöglich machten, dass man ihn von der Straße aus sehen konnte.

Aber wenn jemand zum Beispiel mit einem Gewehr die Mauer erklommen hatte, dann konnte er ohne weiteres den Umriss seines Kopfes durch das Glas erkennen.

»Verdammt«, sagte er, als er sich einen Scotch einschenkte, »Schluss damit.« Als er die Karaffe verkorkte, glitt sein Blick flüchtig über sein Abbild im Spiegel des Barschrankes. »Verstanden? Hör einfach auf.«

Er redete sich zu, dass er die Vorhänge wieder öffnen solle, aber er tat es nicht.

Stattdessen setzte er sich an seinen Schreibtisch und wollte gerade seine letzte Begegnung mit Vanessa Revue passieren lassen, als das Telefon klingelte.

»Scheiße.« Er hob die Füße vom Tisch und nahm den Hörer ab. »Hallo?«

»Ich bin's.«

Dion.

»Na? Wie geht's denn so?«

»Im Moment ziemlich übel, Joseph.«

»Erzähl, Dionysius.«

»Aha.« Dion lachte in sich hinein. »Du hättest lieber, dass ich dich ›Joe‹ nenne.«

»So ist's recht, guter Mann.« Joe legte die Füße zurück auf den Tisch. Er und Dion waren Freunde seit ihrem vierzehnten Lebensjahr. Sie hatten sich gegenseitig mehr als einmal das Leben gerettet. Sie konnten die Gedanken und Stimmungen des anderen besser lesen als die meisten Ehepaare. Joe hatte gewusst, dass Dion sich bestenfalls als ein mittelmäßiger Boss erweisen würde – das war bei guten Soldaten oft so, und Dion war ein herausragender Soldat gewesen. Seine immer schon furchteinflößenden Wutausbrüche waren mit dem Alter noch schlimmer geworden, und die meisten Menschen, die bei Verstand waren, hatten Angst vor ihm. Er wusste auch – und das wussten nur wenige andere –, dass Dions Vorliebe für das Kokain, das sie monatlich aus Bolivien schmuggelten, seine Stimmungsumschwünge und seine Gewalttätigkeit noch verschlimmerten. Er wusste all das über seinen Freund, und doch war Dion tatsächlich sein Freund. Sein ältester Freund. Der Einzige, der ihn vor den guten Anzügen und den Vierdollarhaarschnitten gekannt hatte, bevor er seinen erlesenen Geschmack bei Speisen und Getränken entwickelt hatte. Dion hatte ihn gekannt, als er der Sohn von jemandem gewesen war, der kleine Bruder von jemandem, als er unerfahren und impulsiv und unfertig gewesen war. Und er hatte Dion gekannt, als dieser viel fröhlicher, viel dicker und sehr viel ausgelassener gewesen war. Er vermisste diesen jungen Dion, aber er glaubte auch fest daran, dass etwas von ihm noch im alten Dion steckte.

»Hast du von der Sache in Brown Town gehört?«, fragte Dion.

»Hab ich.«

»Was meinst du?«

»Der Schwachkopf von Freddy DiGiacomo.«

»Ja, ja, erzähl mir etwas, das ich noch nicht weiß.«

»Montooth hat uns in den letzten vierzehn Jahren viel Geld eingebracht. Seit dem Tag, als du und ich in die Stadt kamen, D.«

»So viel steht fest.«

»Wenn es in dieser Welt normal zuginge, würden wir uns bei ihm entschuldigen. Und um Buße zu tun, würden wir Freddy mit einem Stein eins über den Schädel ziehen und ihn in die Bucht werfen.«

»Klar«, sagte Dion, »in einer normalen Welt. Aber zwei von unseren Leuten sind tot. Darüber muss man sprechen. Wir setzen uns morgen zusammen.«

»Welche Uhrzeit?«

»Sagen wir, um vier.«

Joe rechnete sich kurz aus, wie lange er bis Raiford und zurück brauchen würde. »Kannst du es vielleicht auf fünf verschieben?«

»Das sollte sich machen lassen.«

»Dann bin ich dabei.«

»In Ordnung.« Dion zog an seiner allgegenwärtigen Zigarre. »Wie geht's meinem kleinen Kumpel?«

»Hat die Windpocken.«

»Im Ernst?«

»Im Ernst. Und Narcisa will nicht auf ihn aufpassen, ehe er über den Berg ist.«

»Wer arbeitet bei euch eigentlich für wen?«

»Sie ist die beste Haushälterin, die ich je hatte.«

»Das muss sie wohl, wenn sie ihre Arbeitszeiten selbst bestimmt.«

»Wie steht's bei dir?«

Dion gähnte. »Derselbe Scheiß wie jeden Tag.«

»Ooch. Ist die Krone zu schwer?«

»Für dich war sie zu schwer.«

»Nicht doch. Charlie hat mich rausgedrängt, weil ich kein Itaker bin.«

»So ist es in deiner Erinnerung.«

»So war es.«

»Hmm. Ich erinnere mich an jemanden, der gejammert hat, dass das einfach nicht mehr zu ertragen sei, das ganze Blut, die ganze Verantwortung. Blah blah blah.«

Joe lachte leise in sich hinein. »Gute Nacht.«

»Gute Nacht.«

Als er auflegte, erwog er, ob er die Vorhänge nicht doch aufziehen solle. Meistens öffnete er abends die Glastüren, um den Geruch der Minze und der Bougainvillea einzuatmen und in den dunklen Garten hinauszuschauen.

Wenn sich da allerdings jemand mit einem Gewehr postiert hatte …

Was würde er sehen? Joe hatte das Licht hinter sich nicht angemacht. Er konnte wenigstens einen kurzen Blick riskieren.

Er drehte sich auf seinem Schreibtischstuhl um und steckte einen Finger zwischen die Vorhänge. Durch den Schlitz sah er einen Teil der efeubewachsenen Mauer und einen Orangenbaum.

Der Junge stand vor dem Baum, er trug einen weißen Matrosenanzug mit Pluderhose. Er legte den Kopf schief, als ob er überrascht sei, Joe zu sehen, und dann hüpfte er fort. Ging nicht. Hüpfte.

Ehe er wusste, was er tat, hatte Joe die Vorhänge weit aufgezogen und starrte in seinen ruhigen und leeren Garten hinaus.

Im nächsten Augenblick stellte er sich eine Kugel vor, die ein Gewehr verließ, und rollte mit dem Stuhl zurück. Der Vorhang fiel wieder vor die Glastür.

Er rollte vom Fenster weg und hielt an einer Stelle, wo sich zwei seiner Bücherregale zu einem V trafen. Er sah den Jungen an der Tür seines Arbeitszimmers vorbei- und auf die Treppe zugehen.

Der Stuhl drehte sich, als Joe aufstand. Er erreichte die Diele und stieg die Treppe hoch. Kein Mensch zu sehen. Er schaute nach Tomas, der schlief. Er sah unter sein Bett. Warf einen Blick in seinen Wandschrank. Sah noch einmal, auf den Knien liegend, unter das Bett. Nichts.

Er ging durch die anderen Räume im ersten Stock. Eine Ader pulsierte an seinem Kiefer. Die Haut um sein Rückgrat fühlte sich an, als ob darunter Ameisen herumkrabbelten, und die Luft im Haus war so kalt, dass er sie an den Zähnen spürte.

Er durchsuchte das gesamte Haus. Als er fertig war, betrat er sein Schlafzimmer, wo er den Jungen zu finden erwartete, aber der Raum war leer.

Joe blieb bis weit in die Nacht hinein wach. Als der Junge an seiner Bürotür vorbeigegangen war, hatte Joe endlich etwas mehr von seinem Gesicht sehen und eine deutliche Familienähnlichkeit ausmachen können. Der Junge hatte den langen Kiefer der Coughlins und kleine Ohren. Wenn er sich in jenem Moment umgedreht und ihn direkt angesehen hätte, wäre Joe nicht überrascht gewesen, in das Gesicht seines Vaters zu blicken.

Nach Gracielas Tod hatte er angenommen – sogar darum gebetet –, dass sie in irgendeiner Gestalt zu ihm zurückkehren werde. Aber in den meisten Nächten war sie nicht mal in seinen Träumen erschienen. Wenn doch, waren diese Träume ausnahmslos banal gewesen. Die meisten spielten auf dem Schiff, das sie an ihrem Todestag in Havanna bestiegen hatten. Tomas war gerade erst zwei geworden und ein wilder Bursche. Joe hatte die Fahrt damit verbracht, ihm über das gesamte Schiff nachzurennen, weil Graciela seekrank gewesen war. Einmal hatte sie sich übergeben. Während der restlichen Reise hatte sie flach geatmet und ein feuchtes Handtuch gegen ihre Stirn gepresst. Als sich die Skyline von Tampa langsam aus der Florida Strait in den aufgedunsenen Himmel schob, hatte Joe ihr ein neues Tuch gebracht, aber Graciela hatte ihn mit einer Handbewegung abgewehrt. »Ich habe meine Meinung geändert. Zwei sind genug.«

In seinen Träumen waren weitere Handtücher über das gesamte Deck verstreut, hingen von den Geländern herab, flatterten von den Fahnenmasten. Feuchte Handtücher und trockene, weiße und rote, manche so klein wie ein Einstecktuch, andere so groß wie eine Matratze.

In Wahrheit hatte Joe, soweit er sich erinnern konnte, kein weiteres Handtuch gesehen, nur das eine auf ihrer Stirn.

Eine Stunde später verblutete Graciela auf der Pier, und ihr Mörder lag zerquetscht unter den Rädern eines Kohlenlasters. Joe erinnerte sich nicht einmal, wie lange er neben ihr gekniet hatte. Tomas hatte sich in seinen Armen gewunden und manchmal gewimmert, und das Licht war aus den Augen seiner Frau gewichen. Er hatte zugesehen, wie sie über die Schwelle zu welcher Welt oder Leere auch immer trat. In den letzten dreißig Sekunden ihres Lebens flatterten ihre Augenlider neun Mal. Und dann nie wieder.

Er lag immer noch auf den Knien, als die Polizei eintraf. Immer noch, als der Fahrer des Rettungswagens sein Stethoskop auf die Brust seiner Frau legte, zu dem leitenden Kriminalbeamten hinübersah und den Kopf schüttelte. Als der Gerichtsmediziner eintraf, stand Joe wenige Schritte von ihrem Leichnam und denen seiner Leibwächter Seppe Carbone und Enrico Pozzetta entfernt und beantwortete die Fragen von Detective Poston und dessen Partner.

Als es Zeit war, ihren Körper wegzutragen, kam der Gerichtsmediziner auf ihn zu, ein ungepflegt wirkender junger Mann mit blasser gelblicher Haut und strähnigem dunklen Haar.

»Ich bin Dr. Jefferts«, sagte er sanft. »Ich würde gern Ihre Frau mitnehmen, Mr. Coughlin, aber ich mache mir Sorgen, dass der Anblick Ihren Sohn beunruhigen könnte.«

Tomas hielt Joes Bein umschlungen und hatte es die ganze

Zeit, während der Detective seine Fragen stellte, nicht losgelassen.

Joe schaute den jungen Mann in dem zerknitterten Anzug an. Sein Hemd und seine Krawatte waren mit eingetrockneter Suppe gesprenkelt, und Joe empfand zunächst Widerwillen, einem so schlampigen Mann die Autopsie seiner Frau anzuvertrauen. Aber in seinen Augen stand das Mitgefühl für einen kleinen, unbekannten Jungen und dessen trauernden Vater, und so nickte Joe dankend.

Er löste Tomas von seinem Bein, hob ihn an seine Brust und hielt ihn fest. Tomas legte sein Kinn auf Joes Schulter. Noch immer hatte er nicht geweint. Er wiederholte einfach das Wort *Mama*, als wäre es eine Art atemloses Mantra. Dann verstummte er eine Zeitlang, und danach begann er von vorne: »Ma-ma, Ma-ma, Ma-ma …«

Dr. Jefferts sagte: »Wir werden sie respektvoll behandeln, Mr. Coughlin. Ich verspreche es Ihnen.«

Joe schüttelte ihm schweigend die Hand – auf seine Stimme vertraute er noch nicht –, und dann trug er seinen Sohn von der Pier.

Und jetzt, sieben Jahre nach dem beschissensten Tag seines Lebens, träumte er kaum noch von ihr.

Das letzte Mal lag vier oder fünf Monate zurück. In jenem Traum hatte er ihr anstelle eines Handtuchs eine Pampelmuse gebracht. Sie hatte von ihrem Deckstuhl aus zu ihm hochgeblickt und mit zu dünnem, fast skelettartigem Gesicht dasselbe wie immer gesagt: »Ich habe meine Meinung geändert. Zwei sind genug.«

Er hatte sich suchend umgeblickt und weder neben ihrem Liegestuhl noch sonstwo auf dem Deck eine zweite

Pampelmuse entdecken können. »Aber du hast doch gar keine.«

Sie warf ihm einen so verwirrten Blick zu, dass es fast schon an Verachtung grenzte. »Es gibt Dinge, mit denen man nicht spaßt.«

Und das Blut erblühte auf ihrem Kleid, und ihre Augenlider flatterten, und dann flatterten sie nicht mehr.

Nach diesem Traum hatte sich Joe mit einem Glas Scotch auf den Balkon gesetzt und eine halbe Schachtel Zigaretten geraucht.

Heute holte er zwar den Scotch und die Zigaretten, aber er blieb drinnen und rauchte nicht so viel. Während er auf den Jungen wartete, schlief er im Sitzen ein.

9

In den Föhren, in den Föhren

AN DEM TAG IM JAHR 1929, als er das Gefängnis verlassen hatte, hatte Joe sich geschworen, niemals wieder eines zu betreten. Drei Jahre lang war er in Boston in der Strafanstalt Charlestown inhaftiert gewesen, einem der schlimmsten Gefängnisse des Landes. Noch vierzehn Jahre danach konnte das Geräusch von Gittertüren, die bei der Einschließung um acht Uhr abends klirrend ins Schloss fallen, seine Träume vergiften. Er erwachte dann panisch und schweißgebadet, sein Blick irrte hektisch durch das Schlafzimmer, bis er sich vergewissert hatte, wo er war. Graciela kannte als Einzige die Ursache seiner Alpträume. Sie hatte sich nicht gewundert – ihn, der kaum jemals stillsaß, könne sie sich kaum in einem Haus eingesperrt vorstellen, ganz zu schweigen von einer Gefängniszelle.

Er und Tomas flogen in einem Transportflugzeug von Suarez Sugar zu einer Landebahn in Crystal Springs, nicht weit entfernt von Jacksonville, und fuhren dann mit dem Auto dreißig Meilen südlich nach Raiford. Sie wurden von Al Butters in Empfang genommen, einem illegalen Schnapsbrenner und erstklassigen Fahrer von Fluchtwagen, der im Dienst der Mafiafamilie Bunsford stand. Die Bunsfords hatten das Sagen in Duval County und einem kleinen Zipfel des nördlichen Georgias. Al Butters hatte als Kind selbst die Windpocken gehabt und war deshalb für diesen Job ausgewählt worden. Als Tomas in der Hitze auf dem Rücksitz weggedämmert war, wurde Joe von Al versichert, dass alle notwendigen Leute geschmiert, alle erforderlichen Vorbereitungen getroffen worden seien. Und wirklich, in Raiford empfing ihn der stellvertretende Gefängnisdirektor, ein Mann namens Cummings, vor dem Tor und führte ihn ein paar hundert Meter den Zaun entlang, der an der westlichen Seite des Gefängnisgeländes verlief. Sie gelangten zu einem kleinen Hof, in dem Theresa Del Fresco saß und wartete. Ihr zierlicher Körper thronte auf einer Orangenkiste, die sie hochkant hingestellt hatte.

Der stellvertretende Direktor Cummings sagte: »Dann lasse ich Sie mal allein«, kehrte um und ging einen kleinen Abhang hoch, wo er stehenblieb und seine Pfeife anzündete.

Joe hatte schon oft gehört, dass Theresa klein sei, und er schätzte sie auf nicht mehr als fünfundvierzig Kilogramm. Aber die Art, wie sie sich von der Kiste erhob und auf den Zaun zubewegte, erinnerte Joe an einen Panther, den er einmal in einem Sumpfgebiet außerhalb von Tampa gesehen hatte. Die Raubkatze hatte sich mit federnder Langsamkeit bewegt. Theresa bewegte sich auf die gleiche Art, als ob sie jedem die Gelegenheit zur Flucht geben wollte. Er hätte darauf gewettet, dass sie den Zaun zwischen ihnen in derselben Zeit erklimmen konnte, die er für einen flüchtigen Blick auf seine Armbanduhr benötigte.

»Sie sind gekommen«, sagte sie.

Er nickte. »Ihre Nachricht hatte etwas ziemlich Zwingendes.«

»Was hat er Ihnen gesagt?«

»Ihr … Freund?«

»Wenn Sie ihn so nennen wollen.«

»Geht er schon allein aufs Töpfchen?«

»Ach, Mr. Coughlin«, sagte sie, »das ist wirklich unter Ihrem Niveau.«

Er steckte sich eine Zigarette an und zupfte sich einen Tabakkrümel von der Zunge. »Er sagte, es gehe um einen Auftragsmord …«

»Das ist das Wort, das er benutzt hat? *Auftragsmord?*«

»Nein«, sagte Joe. »Er ist ein Bauerntölpel. Ich erinnere mich nicht mehr daran, welches Wort er benutzt hat. Aber es lief darauf hinaus, dass Sie mir nach Ihrem Tod nicht mehr sagen könnten, wer mich angeblich umbringen will.«

»Von ›angeblich‹ kann keine Rede sein.«

»Theresa«, sagte er, »ist es Ihnen recht, wenn ich Sie Theresa nenne?«

»Sicher. Wie soll ich Sie nennen?«

»Joe reicht. Theresa, warum sollte mich jemand umbringen wollen?«

»Das habe ich mich auch gefragt. Jeder mag Sie. Sie sind der Blonde mit den blauen Augen.«

»Neuerdings eher der Graue.«

Sie lächelte.

»Was ist?«

»Nichts.«

»Im Ernst, warum lächeln Sie?«

»Ich hatte schon gehört, dass Sie eitel seien.«

»Ist es eitel, wenn ich erwähne, dass ich vor meinem vierzigsten Geburtstag ergraue?«

»Die Art, wie Sie es erwähnen, ist eitel. Vielleicht kann ich

Sie aufheitern, wenn ich Ihnen sage, dass die Aussichten weniger grau sind, als Sie denken, dass die Mädels beim Anblick Ihrer blauen Augen immer noch in Ohnmacht fallen.«

Er lachte leise. »Ich habe schon gehört, dass Sie schlagfertig sind. Anscheinend stimmen die Gerüchte.«

Sie steckte sich auch eine Zigarette an, und sie setzten sich in Bewegung, sie auf ihrer Seite des Zauns, er auf seiner, während der stellvertretende Gefängnisdirektor Cummings sich in einer gleichbleibenden Entfernung von hundert Metern an ihre Fersen heftete.

»Fangen wir damit an, wer Sie umzubringen versucht«, sagte Joe.

Sie nickte. »Ich nehme an, es ist mein Boss.«

»Warum sollte Lucius Sie umbringen wollen?«

»Wir haben vor drei Monaten in Key West ein deutsches Schiff ausgeraubt.«

»Ein *was*?«

Sie nickte mehrmals hintereinander. »Es hat in St. Thomas unter britischer Flagge abgelegt, angeblich, um unsere Truppen in Nordafrika mit Vorräten zu versorgen. Sie haben in Key West Zwischenstation gemacht, um Treibstoff zu tanken, aber in Wahrheit haben sie Diamanten transportiert, die vor Monaten aus Deutschland geschmuggelt und dann über Argentinien nach St. Thomas gebracht worden waren. In Key West sollten sie abgeladen und einem ihrer Agenten in New York zugespielt werden, der damit seinen gesamten Sabotagering auf Jahre finanziert hätte. Aber wir haben zugeschlagen, als sie die Diamanten an Land bringen wollten. Haben acht von ihnen getötet, allesamt Krauts. Sie können gern danke schön sagen. Wir haben die Kriegsbemühungen unterstützt.«

»Danke schön«, sagte Joe. »Ihr seid eine dufte Truppe.«

Sie deutete einen Knicks an.

»Lucius hat die Sache finanziert?«

Sie nickte.

»Und wie viel hat er dabei eingestrichen?«

»Die Summe ist erschreckend hoch.«

»Ich werde schon nicht vom Hocker fallen.«

»Zwei Millionen.«

Gütiger Himmel. In seinem ganzen Leben hatte Joe von keiner so hohen Beute gehört. Und er hatte von einigen wirklich hohen Beutesummen gehört, ein paar davon hatte er selbst eingestrichen. Derartige Summen waren der jährliche Nettogewinn von Eisenbahngesellschaften oder Ölfirmen. Sämtliche Aktivitäten der Familie Bartolo hatten im letzten Jahr nur anderthalb Millionen eingebracht – *brutto* –, und die Bartolos schwammen im Geld.

Joe fragte Theresa: »Wie hoch war Ihr Anteil?«

»Fünf Prozent.«

Mehr als genug, um für den Rest ihrer Tage ein Leben zu führen, dessen Bequemlichkeiten weit über das hinausreichten, was sie bislang gewohnt war.

»Und Sie machen sich Sorgen, dass er nicht zahlen wird.«

»Ich *weiß*, dass er nicht zahlen wird. Zwei Frauen haben versucht, mich hier drin umzubringen, und dabei bin ich erst letzte Woche verurteilt worden. Ich habe nicht verstanden, warum der Staatsanwalt … Archie Boll, kennen Sie den?«

Joe nickte.

»Ich habe nicht verstanden, warum der sich so nachsichtig gegeben hat. Scheiße, Mann, ich habe Tony den Kopf mit solcher Wucht eingeschlagen, dass noch an den Einbauschränken auf der anderen Küchenseite Splitter von ihm klebten. Und die haben mir abgenommen, dass das *fahrlässige Tötung* war? Ich habe natürlich vermutet, dass Archie Boll mich ficken wollte; dass er in der Nacht, ehe sie mich hierherverfrachtet haben, im Gefängnis vorbeischauen würde. Aber als er nicht auftauchte, habe ich begonnen, mir ein paar Fragen zu stellen, die ich mir besser schon gestellt hätte, als sie mir diesen Kuhhandel vorgeschlagen haben.«

»Warum haben Sie es nicht getan?«

»Wer schaut einem geschenkten Gaul schon ins Maul? Ich war vorbestraft, ich bin Italienerin, ach ja, und ich habe meinen Mann mit einem Krockethammer totgeprügelt. Die hätten mich auf den elektrischen Stuhl setzen können. Stattdessen haben sie mir fünf Jahre gegeben. Wenn ich rauskomme, ist mein Sohn acht. Jung genug, dass wir noch mal von vorn anfangen können.« Sie nickte nachdenklich. »Aber wenn ich herumgefragt *hätte*, dann hätte ich etwas herausgefunden, was Sie garantiert schon wissen.« Sie sah ihn durch den Zaun an.

Er nickte und sagte leise: »Dass King Lucius diesen Archie Boll in der Tasche hat.«

»Genau.«

»Und das bedeutet«, sagte Joe, »dass man Sie von Anfang an hierherschicken wollte.«

Ein weiteres Nicken, dann atmete sie stoßweise Zigarettenrauch aus. »Nachdem ich Tony getötet hatte, sah King Lucius seine Chance, weitere hundert Riesen einzustreichen, meine hundert Riesen. Und er muss davon ausgehen, dass mir jemand einen Handel dafür anbietet, dass ich als Kronzeugin auftrete. Von welcher Seite aus er die Sache auch betrachtet, für ihn ist es schlecht, dass ich noch atme. Sobald ich nicht mehr atme, sehen die Dinge für ihn gleich viel rosiger aus.«

»Und deshalb soll ich mit ihm sprechen?«

Sie nagte an der Haut um einen ihrer Fingernägel. »Ja, darauf habe ich mich irgendwie verlassen.«

»Und was sind Sie bereit, für Ihr Leben zu zahlen?«

Sie holte tief Atem und stieß hörbar die Luft aus.

»Neunzig Prozent. Er legt ein Konto mit zehn Riesen für meinen Sohn an und lässt mich leben. Das ist mir neunzigtausend Dollar wert.«

Joe überlegte einen Moment. »Das ist eine hohe Summe, und es ist klug gedacht. Aber es gibt da etwas, das Sie in Ihre Überlegungen einbeziehen sollten: dass Lucius das Geld nimmt, ihm aber in den folgenden Monaten Zweifel kommen und er denkt: ›Sie wird freikommen und sauer sein. Sie weiß es jetzt noch nicht, aber sie wird wegen unserer Abmachung wütend sein. Nicht jetzt, aber *dann*. Und dann wird sie wieder zu einer Belastung.‹«

Sie nickte. »Das ist mir auch schon in den Sinn gekommen.«

»Und?«

»Wenn Sie die Abmachung mit ihm treffen, müssen Sie einen Zeugen mitnehmen. Dann wird die Sache allgemein bekannt werden, sie wird dann zur Legende in der Branche. Alle werden Bescheid wissen.«

»Aber dann werden auch alle Bescheid darüber wissen, dass er versucht hat, Sie wegen der hundert Riesen umzubringen.«

»Aber wer würde das denn nicht tun? Wenn eine meiner

Beschäftigten in den Bau wandert, weil ich ihr mehr als hundert Riesen schulde, würde ich sie auch aus dem Weg räumen lassen. Das ist nichts als kluge Unternehmensführung.«

Meine Güte, dachte Joe, *Lucius' Leute sind wirklich von der übelsten Sorte.*

Theresa sagte: »Aber wenn die Nachricht die Runde macht, dass ich mein Leben zurückgekauft und dafür ein ziemlich happiges Sümmchen hingelegt habe und dass Lucius mich trotzdem umgebracht hat ... Tja, Joe, selbst in unserem Geschäft gibt es so etwas wie Anstand.«

»Wirklich?« Joe dachte darüber nach. »Ich denke, Sie könnten recht haben. Angenommen also, ich finde jemanden, der den Mumm hat, mit mir auf Lucius' Kahn zu steigen, und ich unterbreite ihm Ihren Vorschlag. Und angenommen, er nimmt ihn an. Was springt dann für mich dabei raus?«

»Aus reiner Herzensgüte würden Sie kein Leben retten?«

»Kommt darauf an, um wessen Leben es sich handelt. Sie haben eine Menge Leute unter die Erde gebracht, darunter ein paar gute Bekannte von mir. Ich bin mir nicht sicher, dass Ihr Tod die Tragödie bedeutet, für die Sie ihn halten.«

»Was ist mit meinem Sohn?«

»Jemand, der nicht der Mörder seines Vaters ist, zieht ihn auf.«

»Warum sind Sie dann hergekommen?«

»Neugier. Ich bin ums Verrecken nicht darauf gekommen, warum Sie ausgerechnet mich sehen wollen.«

»Genau das war's – Ihr Verrecken.« Sie gestattete sich ein kleines, herablassendes Lächeln. »Und wegen Ihres Sohnes, Joe, damit *der* genauso wenig in einem Waisenhaus aufwachsen muss wie meiner.«

Joe erwiderte ihr Lächeln. »Sie wollen mich glauben machen, dass mein Leben in Gefahr ist. Aber ich stifte Geld, keine Unruhe. Mein Tod würde unsere Geschäfte in Tampa, in Havanna, in Boston und in Portland, Maine, ernstlich gefährden. Wer sollte sich also meinen Tod wünschen?«

»Jeder, der die Geschäfte in Tampa, Havanna, Boston und Portland ernstlich gefährden will.«

Das konnte Joe nicht abstreiten. »Das heißt, die Bedrohung kommt von außen? Aber so läuft das normalerweise nicht.«

»Ehrlich, ich habe keine Ahnung, von wem die Bedrohung kommt – von innen, von außen, vom deutschen Oberkommando, was weiß ich. Alles, was ich weiß, sind ein Name und ein Datum.«

Joe lachte. »An dem ich umgebracht werden soll? Jemand hat einen bestimmten *Tag* dafür ausgewählt?«

Sie nickte: »Aschermittwoch.«

»Meine Mörder sind religiös? Oder kommen sie bloß aus New Orleans?«

»Sie können Witze reißen, bis Sie auf dem Friedhof liegen, Joseph. Nur zu.«

Sie bogen um eine Ecke des Zauns. Der Parkplatz lag jetzt direkt zu ihrer Linken. Joe sah Al und Tomas im Auto sitzen. Al hatte den Hut über die Augen gezogen, Tomas beobachtete seinen Vater. Joe winkte ihm kurz zu, und sein Sohn winkte zurück.

»Sie wissen ja wirklich eine Menge über diesen Anschlag«, sagte Joe.

»Ich weiß, wer ihn ausführen wird, und ich weiß ziemlich genau, wer den Auftrag vergeben hat.«

Tomas wandte sich wieder seinem Buch zu.

Joe sagte: »Wenn das so ist, dann ist Lucius der Drahtzieher, das steht außer Frage. Und jetzt wollen Sie, dass ich in die Höhle des Löwen gehe – ach was, ins *Maul* des Löwen – und Ihre Freiheit erkaufe.«

»Lucius tötet nicht mehr.«

»Sagen Sie das den beiden Männern, die zuletzt auf sein Schiff gegangen sind und es nie wieder verlassen haben.«

»Dann nehmen Sie jemanden mit, der unantastbar ist, jemanden, den keiner anzurühren wagt.«

Joe antwortete mit einem verkniffenen Lächeln. »Bis vor zwei Tagen hätte ich gesagt, dass ich dieser Jemand bin.«

»Gil Valentine hätte damals im Jahr 1940 dasselbe gesagt.«

»Und wer *hat* Gil umgebracht?«

»Ich weiß es nicht. Ich kenne keinen, der es weiß. Ich habe seinen Namen erwähnt, damit Sie begreifen – besser gesagt: sich *erinnern* –, dass in unserem Geschäft niemand unantastbar ist.« Sie schnippte ihre Zigarette ins Gras und lächelte ihn durch den Zaun an. »Nicht einmal Sie.«

»Dann sagen Sie mir, wer den Auftrag übernommen hat.«

Ein Nicken. »Sofort. Sobald meine zehn Prozent auf meinem Bankkonto aufgetaucht sind.«

»Es gibt nicht allzu viele, die das Zeug dazu hätten. Was ist, wenn ich von selbst draufkomme?«

»Und was ist, wenn Sie sich irren?«

Hinter Theresa, auf der anderen Seite des Hofes, stand der Junge auf einem leuchtend grünen Hügel und beobachtete sie.

»Theresa.«

»Ja, Joseph.«

»Können Sie mir den Gefallen tun, sich umzudrehen? Und mir sagen, was sie geradeaus auf der Zwölfuhrposition sehen?«

Sie zog die Augenbrauen hoch und warf ihm einen seltsamen Blick zu, aber dann wandte sie sich um.

Der Junge trug heute eine dunkelblaue kurze Hose mit Hosenträgern und ein weißes Hemd mit großem Kragen. Er verschwand nicht, als Theresa sich umdrehte; stattdessen setzte er sich ins Gras und umschlang seine Knie mit den Armen.

»Ich sehe einen Zaun«, sagte Theresa.

»Hinter dem Zaun.«

Theresa streckte den Finger aus: »Genau da?«

Joe nickte. »Geradeaus. Sehen Sie etwas auf dem kleinen Hügel dort?«

Theresa drehte ihm den Kopf zu und sah ihn mit einem leisen Lächeln an. »Sicher.«

»Was ist es?«

»Haben Sie so schlechte Augen?«

»Was ist es?«, wiederholte er.

»Ein Rehkalb«, sagte sie. »Niedlich. Jetzt geht es.«

Der Junge lief den Hügel hinab und verschwand dahinter.

»Ein Rehkitz?«

Theresa nickte. »Ein Hirschbaby. Das kennen Sie doch, oder? Wie Bambi?«

»Wie Bambi«, sagte Joe.

»Genau.« Sie zuckte die Schultern. »Haben Sie einen Stift, um meine Kontonummer aufzuschreiben?«

TOMAS SASS AUF DER RÜCKBANK DES PACKARD und versuchte, sich nicht im Gesicht oder an den Armen zu kratzen. Das war so anstrengend, dass er gleich wieder schläfrig wurde.

Er beobachtete seinen Vater, der sich mit einer kleinen, schlanken Frau unterhielt, und er fragte sich nicht zum ersten Mal, womit genau er eigentlich ihren Lebensunterhalt verdiente. Er wusste, dass er Geschäftsmann war und dass er zusammen mit Onkel Esteban – der genauso wenig wie Onkel Dion sein richtiger Onkel war – eine Zuckerfabrik und eine Rumfabrik besaß. Doch vieles in ihrem Leben konnte auch völlig anders sein, als es schien.

Er sah, wie sein Vater sich umdrehte und den Weg entlang des Zaunes zurückging, auf dem er gekommen war. Die Frau ging auf der anderen Seite des Maschendrahtzaunes neben ihm her. Sie hatte sehr dunkles Haar, was Tomas bei Frauen oft an seine Mutter denken ließ; das war die einzige Erinnerung, derer er sich wirklich sicher war. Er hatte sein Gesicht an ihren Hals gedrückt, und ihr üppiges Haar hatte ihn wie eine Kapuze umhüllt. Sie hatte nach Seife gerochen und ein Lied gesummt. Auch das hatte er nie vergessen. Als er fünf Jahre alt war, hatte er es für seinen Vater gesungen, der schockiert zugehört hatte, mit tränennassen Augen.

»Kennst du das Lied, Papa?«

»Ich kenne das Lied.«

»Ist es ein kubanisches Lied?«

Sein Vater schüttelte den Kopf. »Amerikanisch. Deine Mutter hat es sehr gemocht, obwohl es ein sehr trauriges Lied ist.«

Es hatte nur wenige Strophen, und Tomas hatte den Text noch vor seinem sechsten Geburtstag auswendig gekonnt, auch wenn er ihn bis zum heutigen Tag nicht völlig verstand:

Schwarze Maid, schwarze Maid, lüg mich nicht an
Sag mir, wo du heute Nacht geschlafen hast
In den Föhren, in den Föhren
Wo die Sonne niemals scheint
Habe ich die ganze Nacht durchzittert

Eine weitere Strophe handelte von einem Mann, der vielleicht der Ehemann der jungen Frau war, vielleicht aber auch nicht, und der von einem Zug überfahren wurde. Sein Vater hatte ihm gesagt, dass das Lied entweder unter dem Namen *In den Föhren* oder als *Schwarze Maid* bekannt war, wenngleich manche es *Wo hast du heute Nacht geschlafen?* nannten.

Es war ein unheimliches Lied, so hatte Tomas es immer empfunden, und ein bedrohliches, wenn der Sänger sang: »Lüg mich nicht an.« Obwohl ihm das Lied nicht gefiel, faszinierte es ihn. Jedes Mal, wenn er es auf dem Grammophon abspielte, brach ihm das Herz. Aber in dieser Traurigkeit hatte er das Gefühl, seiner Mutter nahe zu sein. Denn seine Mutter, so glaubte er, war jetzt die Maid in den Föhren, in den Föhren, und sie war allein, und sie durchzitterte die ganze Nacht.

Es gab aber auch Tage, an denen er an eine andere Welt jenseits der Nacht und der Kälte glaubte. Dann befand sich seine Mutter an einem sehr warmen Ort, wo die Sonne das Pflaster unter ihren Füßen heiß werden ließ. Sie schlenderte am Markttag über eine Piazza und wählte Dinge für den Tag aus, an dem er und sein Vater wieder bei ihr wären.

Sie reichte Tomas ein rotes Seidentuch und sagte: »Halte das für mich, mein kleiner Mann«, und summte *In den Föh-*

ren, während sie ein anderes Tuch auswählte, ein hellblaues diesmal. Sie wandte sich zu ihm um und wollte es ihm gerade geben, als sich die Autotür öffnete und er jäh aufwachte, weil sein Vater sich neben ihm auf die Rückbank fallen ließ.

Sie ließen das Gefängnis hinter sich und fuhren auf die Hauptstraße, und die Sonne stand niedrig, war heiß und umgab sie von allen Seiten. Sein Vater kurbelte das Fenster herunter, nahm den Hut ab und ließ den Wind sein Haar zerzausen.

»Du hast gerade an deine Mutter gedacht, stimmt's?«

»Woher weißt du das?«

»Du hast dann immer so einen bestimmten Blick.«

»Was für einen Blick?«

»Einen, der nach innen geht«, sagte sein Vater.

»Ich glaube, dass sie glücklich ist.«

»Gut. Beim letzten Mal hast du gesagt, sie sei allein im Dunkeln.«

»Es ändert sich.«

»Gut.«

»Glaubst du, dass sie glücklich ist? Wo auch immer sie sein mag?«

Sein Vater drehte sich auf dem Sitz zu ihm und sah ihm ins Gesicht. »Ja, das glaube ich.«

»Aber sie ist bestimmt einsam.«

»Kommt drauf an. Wenn man glaubt, dass die Zeit so funktioniert wie hier unten, ja klar, dann kann nur ihr Vater ihr Gesellschaft leisten, und den hat sie nie besonders gemocht.« Er gab Tomas einen Klaps aufs Knie. »Aber was ist, wenn es nach diesem Leben gar keine Zeit mehr gibt?«

»Das verstehe ich nicht.«

»Keine Minuten, keine Stunden, keine Uhren. Keine Nacht, die in den Tag übergeht. Ich stelle mir gern vor, dass deine Mutter nicht auf uns wartet. Wir sind schon da.«

Tomas sah in das freundliche Gesicht seines Vaters und war nicht zum ersten Mal überrascht und beeindruckt davon, wie stark die Überzeugungen seines Vaters waren. Er konnte längst nicht alle dieser Überzeugungen benennen, und sie hatten womöglich auch gar nichts miteinander zu tun, aber wenn Joe Coughlin etwas beschlossen hatte, dann kannte er keinen Zweifel. Tomas war gerade alt genug, um zu ahnen, dass diese Art von Überzeugtheit ihre eigenen Probleme aufwerfen konnte, aber wenn sein Vater bei ihm war, fühlte er sich so sicher wie nirgendwo sonst. Sein Vater, gewitzt und charmant und gelegentlich gereizt, war ein Mensch, der sogar andere mit diesem unerschütterlichen Selbstbewusstsein ansteckte.

»Das heißt, wir sind schon bei ihr?«, fragte Tomas.

Sein Vater beugte sich über den Sitz und küsste ihn auf den Scheitel. »Genau.«

Tomas lächelte, immer noch ein wenig schläfrig. Er zwinkerte ein paar Mal, und sein Vater begann vor seinen Augen zu verschwimmen. Während er einschlief, fühlte er den Kuss, als würde ein sehr kleiner Vogel auf seinem Kopf sitzen.

JEMAND VERSUCHT, DICH UMZUBRINGEN.

Es war schwer, einen Gedanken wie diesen abzuschütteln. Joes rationale Seite wusste, dass das Ganze absolut keinen Sinn ergab. Wenn es so etwas wie einen unersetzlichen Aktivposten in der Familie Bartolo gab, dann war er das. Und nicht nur bei den Bartolos; er war ein wesentlicher Teil von Lanskys Unternehmungen, und infolgedessen war er auch für Luciano unersetzlich. Er hatte enge Kontakte zu Marcello in New Orleans, Moe Dietz in Cleveland, Frank Costello in New York und Little Augie in Miami.

Nicht ich.

Natürlich hatte man schon früher versucht, ihn umzubringen, aber damals hatte es gute Gründe dafür gegeben – ein Mentor war zu dem Schluss gekommen, dass Joe größenwahnsinnig geworden sei; davor waren es Mitglieder des Klan gewesen, denen es nicht besonders gefiel, dass ein bleicher Yankee ihnen in ihrem eigenen Revier zeigte, wie man richtig Geld machte; und davor war es ein Gangster gewesen, in dessen Freundin er sich verliebt hatte.

All das waren gute Gründe gewesen.

Warum ich?

Joe konnte sich nicht erinnern, wann er zuletzt jemanden von Bedeutung verärgert hatte. Dion ging Leuten auf die Nerven. Dion machte sich Feinde, die er dann üblicherweise umbrachte, damit ihre Existenz ihm nicht den Schlaf raubte. Dion hatte viel Blut vergossen, seit er das Geschäft in Tampa im Jahr '35 von Joe übernommen hatte. Viel weniger, als wenn Joe nicht sein Consigliere gewesen wäre, aber auch so war es bemerkenswert viel. Vielleicht galt der geplante Anschlag ihm, und man war zu dem Schluss gekommen, dass man gleich auch seinen Berater beseitigen konnte, wenn man schon einmal dabei war. Aber der Mord an einem Boss wie Dion musste immer genehmigt werden, und die Einzigen, die eine solche Zustimmung erteilen konnten, waren Joes enge Partner: ausnahmslos Menschen, denen er pralle Geldbeutel bescherte und die das auf absehbare Zeit weiter von ihm erwarteten.

Außerdem hatte Theresa geschworen, dass Lucius' Anwalt ausdrücklich Joe als Ziel des Anschlags genannt hatte. Nicht eines der Ziele. *Das* Ziel.

Aber Theresa war eine Auftragsmörderin und Betrügerin und hatte weitaus bessere Motive als die meisten anderen, Joe übers Ohr zu hauen. Wenn Joe wollte, zählte er zu den wenigen Personen, die an King Lucius herantreten und dessen Meinung ändern konnten. Aus Theresas Sicht wäre es sehr geschickt, Joe etwas von einer Verschwörung zu erzählen, die ihm nach dem Leben trachtete und die zwar vage, aber doch konkret genug war, um in seinem Kopf ein Uhrwerk in Gang zu setzen – bis Aschermittwoch waren es nur noch acht Tage. Er konnte sich einreden, dass niemand den geringsten Grund habe, ihm den Tod zu wünschen, und selbst wenn, hätte er genug Freunde in diesem Geschäft, die davon erfahren und ihn informiert hätten. Er konnte sich versichern, dass all das Gerede – abgesehen von einem unbedeutenden Gefängnisgerücht, von einer Mörderin in die Welt gesetzt – nicht mehr Substanz hatte als der Rauch, der sich am Ende seiner Zigarette kringelte. Und wenn das vermeintliche Opfer jemand anderer als er selbst gewesen wäre, dann hätte er diese plumpe List als das verlacht, was sie war: den Versuch einer verzweifelten Frau, sich bei einem Mann anzubiedern, von dem sie glaubte, dass er ihr das Leben retten könne.

Doch das Gerücht, wie vage und unbedeutend und unbegründet es auch sein mochte, galt *ihm*.

Er lächelte über den Sitz hinweg seinen Sohn an, der blinzelnd wach zu werden versuchte – vergeblich, wie es schien. Tomas warf ihm ein fragendes Lächeln zu und bemühte sich, die Augen zu öffnen. Joe schüttelte den Kopf, wie um zu sagen: *Lass gut sein. Es ist nichts.* Und Tomas' Augen fielen wieder zu, und der Kopf sank ihm auf die Brust. Joe drehte den Kopf vom Fenster weg und rauchte.

Von vorn kam Al Butters' Stimme. Er müsse anhalten, um sich zu erleichtern.

Joe sagte »gut« und dass er auf Alligatoren und Schlangen achtgeben solle.

»Für dieses alte Gerippe interessiert sich doch keiner mehr.« Al fuhr rechts ran, und die Reifen auf der Beifahrerseite sanken in den weichen grünen Seitenstreifen ein.

Al stieg aus dem Auto und entfernte sich ein paar Schritte, ehe er seinen Hosenstall öffnete. Das musste Joe zumindest annehmen, denn da Al ihm den Rücken zuwandte, wusste er nicht genau, wonach dessen Hände griffen. Vielleicht nach einer Waffe.

Die Straße war ein leuchtend weißes Band inmitten eines Meeres aus wildem Gras, Eichengestrüpp und kränklichen dünnen Kiefern. Der Himmel war so weiß wie die Straße.

Vielleicht war die Bunsford-Mafia mit dem Job beauftragt worden. Wenn das so war, dann konnte Al Butters sich mit einer Pistole in der Hand umdrehen, als Erstes Joe ausschalten und die nächste Kugel seinem Sohn durch die Stirn jagen. Dann musste er bloß noch herumstehen und auf das Fluchtauto warten, das vielleicht schon hinter der nächsten Biegung am Straßenrand parkte.

Al Butter drehte sich um und machte seinen Latz zu, während er zum Auto zurückging.

Joe wartete, bis er eingestiegen und losgefahren war, ehe er seinen Hut über die Stirn zog und die Augen schloss. Er fühlte die Schatten der Bäume über sein Gesicht gleiten und sanft über seine Augenlider streichen.

Dann war es Graciela, die ihm über das Gesicht strich, erst sanft, dann ein bisschen weniger sanft, auf die Art, wie sie ihn vor Tomas' Geburt geweckt hatte. Joe war gerade von einer Geschäftsreise zurückgekehrt, die ihn und Esteban in den Norden Südamerikas geführt hatte, und ihm fehlten ein paar Tage Schlaf. Er hatte die Augen geöffnet und in ihrem Blick gelesen, dass sie kurz davor standen, Eltern zu werden.

»Ist es so weit?«

»Es ist so weit.« Sie zog die Decke zurück. »Zeit für das Erste.«

Joe hatte in seinen Kleidern geschlafen. Er setzte sich auf und rieb sich die Augen. Dann legte er eine Hand auf ihren Bauch.

Sie erschauerte unter der Wucht einer Wehe. »Komm, komm.«

Er stieg aus dem Bett und folgte ihr zur Treppe. »Das erste, was?«

Sie sah zu ihm zurück und krümmte sich erneut zusammen. »Aber ja, *mi amor*.« Sie umfasste das Geländer mit der linken Hand.

»So?« Er nahm ihren rechten Arm. »Wie viele sollen's denn werden?«

»Mindestens drei.«

JOE ÖFFNETE DIE AUGEN und spürte die Hitze auf seinem Gesicht.

An jenem letzten Tag ihres Lebens hatte sie nicht über Handtücher gesprochen. Oder Pampelmusen.

Sie hatte über Kinder gesprochen.

10

Ein Urteil

DAS FAMILIENIMPERIUM DER BARTOLOS hatte seinen Hauptsitz im obersten Stockwerk der Servicegesellschaft amerikanischer Zigarettenautomaten, einem dunkelbraunen Gebäude mit staubverkrusteten beigefarbenen Bleiglasfenstern am Ende von Pier 6 in Port Tampa. Als Joe eintraf, saß Rico DiGiacomo bereits im Vorraum.

Der Vorraum war fast so anheimelnd wie das Büro dahinter. Der Boden bestand aus breiten honigfarbenen Kieferndielen. Die Sessel und Sofas waren aus Leder, und man hatte sie vor dem Krieg aus Burma importiert. Große Fotografien von Manganaro, der sizilianischen Kleinstadt, in der Dion Bartolo geboren worden war, schmückten die Backsteinwände. Zwei Jahre nachdem er zum Boss der Familie aufgestiegen war, hatte Dion einem Fotografen von *Life* eine obszön hohe Geldsumme gezahlt, damit er nach Italien reiste und diese Fotos machte, in Bernsteintönen und auf Polaroidfilm. Die Farben waren so tief und warm wie die Ledersessel und der honigfarbene Boden. Auf einem dieser Bilder stapften ein Mann und ein Esel einen Hügel hinauf, und die Sonne ließ das Feld zu ihrer Rechten erglühen. Auf einem anderen Bild saßen drei lachende Frauen vor einer Metzgerei. Im Schatten eines Kirchenportals schlief ein Hund, unter den riesigen Säulen wirkte er winzig. Ein Kind radelte an einer Gruppe von Olivenbäumen vorbei.

Joe, der noch nie anfällig für Nostalgie gewesen war, hatte

immer das Gefühl gehabt, dass Dion mit den Fotos eine Welt heraufbeschwören wollte, an die er sich kaum erinnern konnte – eine Welt, die er lange hinter sich gelassen hatte, ehe er sie hätte schmecken oder riechen können. Er war vier Jahre alt gewesen, als er nach Amerika gekommen war, aber was auch immer sich ihm von Italien eingeprägt hatte, war ihm für den Rest seines Lebens geblieben. Es stand stellvertretend für eine Heimat, die er fast gekannt hatte, für den Jungen, der er fast gewesen wäre.

Joe schüttelte Rico die Hand und setzte sich neben ihn auf das Sofa. Rico deutete auf eines der Fotos. »Meinst du, dass der alte Knacker und sein Esel das immer noch jeden Tag machen, einfach so den Hügel da hochlaufen?«

»Keine Ahnung, was da gerade los ist, mit dem Krieg und so weiter.«

Rico starrte das Foto an. »Ich wette, er tut es immer noch, selbst jetzt. Er ist wie mein alter Herr – alles dreht sich darum, dass man sein Tagewerk verrichtet. Selbst wenn – nein, nein, sogar ganz *besonders*, wenn jemand Bomben auf dich wirft. Der da und sein Esel, Joe, sind wahrscheinlich längst in die Luft geflogen. Aber er hat getan, was er für seine Aufgabe gehalten hat.«

»Und die wäre?«

»Wie es aussieht, diesen dämlichen Esel den Hügel hochzutreiben, Tag für Tag.«

Joe lachte leise. Er hatte vergessen, wie amüsant es in Ricos Gesellschaft war. Das war vielleicht das Schwierigste daran gewesen, seinem früheren Leibwächter zu einer weit lohnenderen Tätigkeit in ihrer Branche zu verhelfen: Joe vermisste die Gesellschaft dieses Burschen.

Beide sahen zu der Eichentür, die in Dions Büro führte. »Ist jemand bei ihm?«

Rico nickte: »Mein Bruder.«

Joe atmete langsam aus. »Und was ist passiert?«

Rico zuckte die Schultern und zupfte verlegen an dem Hut, der auf seinem Knie lag. »Zwei von Freddys Jungs hatten auf der Tenth Street einen Zusammenstoß mit Montooth …«

»Das waren Weiße?«

»Genau. Kermit –«

»Beschäftigen wir jetzt schon Typen, die Kermit heißen?«

Rico zuckte die Schultern. »Du weißt, wie die Dinge stehen. Die Hälfte der Itaker ist in Übersee.«

Joe schloss die Augen und kräuselte die Nase. »Dieser, äh, Kermit und sein Freund sind also zwei Weiße, die ganz zufällig um zehn Uhr abends durch Brown Town spazieren?«

Rico lächelte leise und zuckte wieder die Schultern. »Jedenfalls haben sie sich direkt auf der Straße zu keilen begonnen. Der große Nigger zieht 'ne Waffe und fängt an rumzuballern. Und ehe der sich's versieht, hat er Wyatt Pettigrue eine Ladung durch den Schädel gejagt.«

»Pettigrue? Der Junge aus der Third Avenue, direkt neben dem mongolischen Lebensmittelhändler?«

»Er ist kein Junge mehr, Joe. Scheiße, der ist jetzt gar nichts mehr. Aber ja, klar, er war vielleicht einundzwanzig. Gerade Vater geworden.«

»Gütiger Himmel.« Joe erinnerte sich, wie ihm der Kleine an der Ecke Third und Sixth Street die Schuhe poliert hatte. Er taugte nicht viel als Schuhputzer, aber er hielt einen mit Späßchen bei Laune, und er konnte alle wichtigen Nachrichten aus den Morgenzeitungen herunterrasseln.

»Tja, und jetzt liegt er also in Blakes Bestattungsinstitut«, sagte Rico. »Zwei Schüsse in die Brust, einer ins Gesicht. Die Tochter drei Tage alt. Eine verdammte Tragödie, wenn du mich fragst.«

Sie sahen beide gleichzeitig zu der Uhr über der Tür hoch: zehn nach. Noch ein Markenzeichen des Regimes von Dion Bartolo – Treffen begannen nie pünktlich.

Joe sagte: »Montooth hat also zwei von uns erwischt. Und was ist mit ihm passiert?«

»Oh, der weilt noch unter den Sterblichen. Ist aber schwer zu sagen, wie lange noch, wenn man Freddys Temperament bedenkt.«

»Und du bist damit einverstanden?«

Rico wand sich ein wenig und seufzte laut. »Was bleibt mir denn anderes übrig? Es ist, als ob dein Sohn Mist bauen würde. Verleugnest du den? Weißt du, Freddy ist ein Schwachkopf. Wir alle wissen das. Er ist Montooth ins Gehege gekommen, hat ihm gesagt, dass er sein Revier übernehmen wird, und Montooth hat ihm klargemacht: ›Nur über meine Leiche.‹ Mann, ich gebe mir sogar selbst Schuld daran.«

»Warum?«

»Ich hätte es nicht so weit kommen lassen dürfen. Wenn ich vor Monaten eingeschritten wäre, ehe das alles richtig hochgekocht ist, dann hätte ich diese Eskalation verhindern können. Aber ich bin nicht eingeschritten. Und jetzt hat Montooth zwei von Freddys Jungs abserviert, will heißen: zwei von unseren Jungs. Soll er damit etwa durchkommen?«

Joe nickte, dann schüttelte er den Kopf, dann nickte er wieder. »Keine Ahnung. Keine Ahnung. Ich meine, Freddy hat angefangen. Was hätte Montooth tun sollen?«

Rico streckte die Hände von sich, einsichtig und klagend zugleich. »Nicht zwei Weiße umbringen.«

Joe schüttelte erneut den Kopf angesichts solcher Vergeudung.

Rico warf einen kritischen Blick auf Joes Anzug. »Warst du verreist?«

Joe nickte. »Sieht man das?«

»Du bist sonst immer wie aus dem Ei gepellt, aber dieser Anzug sieht aus, als hättest du darin geschlafen.«

»Besten Dank. Wie steht's mit der Frisur?«

»Die ist in Ordnung. Die Krawatte könntest du mal richten. Wo bist du gewesen?«

Joe nestelte an seiner Krawatte herum, während er Rico von seiner Reise nach Raiford berichtete und ihm erzählte, was Theresa über sein unmittelbar bevorstehendes Ableben behauptet hatte.

»Ein Auftragsmord? An *dir*?« Rico lachte laut. »Das ist doch absurd, Joe.«

»Hab' ich auch gesagt.«

»Und alles, was dafür spricht, ist die Behauptung dieses brutalen Weibsbildes, das von seiner eigenen Paranoia aufgefressen wird?«

»Genau. Obwohl in ihrem Fall die Paranoia ziemlich berechtigt ist.«

»Ja klar, wenn du für King Lucius arbeitest, arbeitest du für den Teufel. Das ist das Fundament einer solchen Beziehung.« Rico strich über sein glattes, markantes Kinn. »Aber jetzt hast du sie im Kopf, stimmt's? Die *Vorstellung*, dass es jemand da draußen auf dich abgesehen haben könnte?«

Joe sagte: »Vernünftig ist das nicht, aber ja, es stimmt.«

»Wie sollst du denn vernünftig bleiben, wenn jemand hinter deinem Skalp her ist?« Rico sah ihn an, und seine Augen weiteten sich. »Aber es ergibt keinen Sinn, Joe. Das ist dir doch klar, oder?«

Joe nickte.

»Wirklich gar keinen«, sagte Rico. »Verdammt, allein deine Liste mit Richtern ist mehr wert als alle Puffs in Tampa zusammen.« Er lachte. »Du bist die goldene Gans.«

»Und warum fühle ich mich dann nicht sicher?«

»Weil man dir einen Floh ins Ohr gesetzt hat. Und genau darum geht es wahrscheinlich.«

»Na gut. Aber warum?«

Rico öffnete den Mund und schloss ihn wieder. Er starrte eine Weile vor sich hin, ehe er Joe ein unbeholfenes Lächeln zuwarf. »Der Teufel soll mich holen, wenn ich's weiß.« Er schüttelte den Kopf. »Es ist einfach völlig absurd.«

Joe sagte: »Dann versuch mal zu schlafen, wenn du denkst, jemand hat es auf dich abgesehen.«

Rico sagte: »Erinnerst du dich noch, wie Claudio Frechetti dachte, ich würde seine Frau bumsen?«

»Du hast seine Frau gebumst.«

»Aber er konnte es nicht beweisen. Aber wie er dann dachte, er könnte es? Und sagte, er werde mich umbringen? Und damals hatte ich noch keine eigenen Geschäfte, das heißt, ich war ein Niemand, und er war einer von denen, die richtig viel Geld brachten. Ich habe sechs Wochen lang keine zwei Nächte hintereinander am selben Ort geschlafen. Ich habe mich auf mehr Sofas gehauen als eine schlechte Schauspielerin. Dann ist mir Claudio zufällig über den Weg gelaufen, in der Innenstadt, als er gerade aus einer Apotheke kam. Und *der* hatte vielleicht Ringe unter den Augen. Und dieses Zucken, weil er nämlich dachte, jemand hätte einen Killer auf *ihn* angesetzt. Dem war ich die ganze Zeit lang scheißegal gewesen. Sechs verlorene Wochen, in denen ich mich versteckt hatte, und er bibberte um sein eigenes Leben.«

»Das dann eine Woche später zu Ende war, richtig?«

Rico nickte. »Er hat Geld mitgehen lassen. Das war's doch, oder?«

Joe schüttelte den Kopf. »Spitzel.«

»Claudio?«

Joe nickte. »Das war der Grund für das Desaster auf der Einundvierzigsten. Wenn fünfzig Kilo Ware hinter dem Gebäude des Drogendezernats in Flammen aufgehen, muss einer dafür geradestehen.«

Sie saßen wieder da und starrten auf die Uhr, bis Rico sagte: »Warum verziehst du dich nicht für ein paar Wochen? Fährst nach Kuba? Da musst du nicht auf einem Sofa schlafen.«

Joe sah ihn an. »Und was ist, wenn sie genau das wollen? Der Killer wartet da auf mich, und ich laufe ihm direkt in die Arme?«

»Das wäre clever gedacht«, pflichtete Rico ihm bei. »Wen kennen wir, der so schlau ist?«

»Irgendwie taucht immer wieder der Name von King Lucius auf.«

»Dann rede mit ihm.«

»Mache ich morgen. Hast du schon was vor?«

Rico lächelte breit. »Wie in alten Zeiten?«

»Wie in alten Zeiten.«

»Endlich mal wieder ein bisschen Nervenkitzel.«

»Und?«

»Verdammt, ja.«

Die dicke Eichentür, die in Dions Büro führte, wurde geöffnet, und Mike Aubrey bat sie hinein. Geoff der Finne wartete gleich hinter der Tür. Er hatte sein Jackett ausgezogen, und man sah sein Pistolenhalfter mit der Waffe darin. Die beiden hatten für die Gäste ihre versteinerten Mienen aufgesetzt, aber Joe bezweifelte, dass auch nur einer seinen Mann stehen würde, wenn sie in einem Schlamassel steckten, wie ihn Dion und Joe in den 1930er Jahren erlebt hatten.

Joe und Rico gossen sich Drinks ein, und Captain Dale Byner vom fünften Revier kam hinzu und goss sich auch einen Drink ein. Sie hatten Byner schon in der Tasche gehabt, als der noch Detective Sergeant gewesen war. Eines Tages würde er Kommissar werden. Er war nicht besonders korrupt; er wollte einfach den Frieden wahren, mit welchen Mitteln auch immer. Er konnte außerdem gut mit Menschen umgehen, was auf Geld nicht zutraf – die perfekte Kombination.

Joe setzte sich auf das Sofa, das Dions Schreibtisch gegenüberstand, und Freddy setzte sich neben ihn, setzte sich so nah, dass ihre Knie einander berührten. Joe ging das sofort auf die Nerven. Der verdammte Freddy saß da, als wäre er sowohl das Herrchen als auch der Welpe, der wieder mal ein Malheur auf dem Teppich angerichtet hat. Wollte alle glauben machen, dass die Dinge sich seiner Kontrolle entzogen, dass er es nur gut meinte.

Dion zündete seine Zigarre an, musterte Freddy durch den Rauch hindurch und sagte: »Also gut, was hast du uns zu sagen?«

Freddy glaubte, seinen Ohren nicht zu trauen. »*Zu sagen?* Montooth Dix hat zwei von meinen Leuten umgebracht, und deshalb muss er verschwinden. Das ist alles. Ganz einfach.«

Dale Byner, der Polizist, sagte: »Es wird seit Monaten gemunkelt, Freddy, dass du den Burschen aus dem Geschäft drängen willst.«

»Den *Burschen*?«, fragte Freddy. »So wie einer, mit dem du einen heben gehst, Byner? Wenn der jemals in deiner Gegend aufgetaucht wäre, hättest du ihn sofort erschossen.«

Joe sagte: »Montooth Dix kontrolliert das Glücksspiel in Brown Town, seit ich 1929 hierhergekommen bin. Er war immer ein zuverlässiger Geschäftspartner, hat sogar die Brüder Sukulowski versteckt, nach dieser Riesensauerei in Oldsmar vor zwei Jahren. Jeder Bulle in der ganzen Stadt hat nach ihnen gesucht, und Montooth hat in unserem Interesse die Nerven behalten.«

»Und so sind die Sukulowskis rausgekommen?«, fragte Captain Byner.

»Genau.« Joe zündete sich eine Zigarette an.

»Wo sind sie gelandet?«

Joe warf sein Streichholz in den Aschenbecher. »Das willst du gar nicht wissen.«

Rico sagte: »Gentlemen, ich stimme euch zu. Freddy hat sich wie ein Arschloch benommen, dass er Montooth überhaupt angegangen ist.«

Freddy, der sowieso schon gekränkt war, sah jetzt richtig sauer aus.

»Genau so ist es.« Rico sah Freddy in die Augen und bildete mit dem Daumen und Zeigefinger seiner rechten Hand einen Kreis. »Ein Riesenarschloch. Groß wie eine Büchse

Lack.« Er wandte sich den anderen Männern im Raum zu. »Aber, meine Herren, wir können nicht zulassen, dass ein Nigger einen Weißen umbringt. Auch nicht, wenn es ein Nigger ist, den wir mögen, und ich mag Montooth Dix. Mit dem Mann habe ich das Brot gebrochen. Aber trotzdem. Und wir können nicht zulassen, dass einer, der nicht zu uns gehört, jemanden umbringt, der zu uns gehört. Auf keinen Fall. Dion? Joe? *Ihr* habt mir das beigebracht. Jeder, der unsere Familie angreift, wird von unserer Familie angegriffen. Das ist unser Evangelium.«

Dion sah Joe lange an. »Was sagst du dazu? In puncto Geschäft, ohne persönliche Gefühle?«

»Habe ich jemals meine persönlichen Gefühle entscheiden lassen?«

Dion wollte gerade den Mund öffnen.

Joe kam ihm zuvor: »In diesem Jahrzehnt?«

Dion nickte schließlich zustimmend. »Na gut.«

»Vom geschäftlichen Standpunkt aus«, sagte Joe, »steckt eine Menge Sprengstoff in der Sache. Wollen wir Montooths Leute gegen uns aufbringen? Alle? Die können uns beim Heroin an den Karren pinkeln, bei der *Bolita*-Lotterie, bei den Zigarrenfabriken. Was die Nutten angeht, kontrollieren sie den Nachschub aus Jamaika und Haiti, also fast die Hälfte unseres Geschäfts hier unten. Wir tun immer so, als wären wir unabhängig von ihnen, aber das sind wir nicht. Jeder, der Montooth in den letzten zwanzig Jahren vom Thron stoßen wollte, ist eines blutigen Todes gestorben. Und es gibt keinen festen Nachfolger. Was bedeutet, dass dort ein riesiges Machtvakuum klafft. Und all unsere Gewinne in dieser Gegend könnten darin verschwinden.«

»Er hat Söhne«, sagte Freddy.

Joe drehte sich zu Freddy um und verbarg seine Verachtung. Er wirkte logisch, vernünftig, respektvoll. »Aber nur einer von ihnen ist stark: Breezy. Und mir fallen auf Anhieb drei Männer ein, die auf Breezy losgehen würden, sobald der am Zug wäre.«

Dion sagte: »Aber hätte einer von denen eine Chance?«

Sie schauten Rico an, denn letztlich ging es um sein Revier.

»Ach was.« Er schüttelte den Kopf, hielt inne und schüttelte wieder den Kopf. »Nein, das glaube ich nicht.«

»Wer?«, fragte Dion.

Ricos Blick suchte nach Bestätigung in Joes Gesicht.

Joe sagte: »Denkt ihr, was ich denke?«

Rico nickte, und sie drehten sich zu Dion um und sagten es gemeinsam: »Little Lamar.«

Dion fragte: »Der Kerl, der mit Schlitzaugen handelt?«

Joe nickte.

Rico sagte: »Er ist der Einzige, der eine Chance hat, den Stamm hinter sich zu scharen, wenn er schnell genug ist.«

»Vertrauen sie ihm so sehr?«, fragte Dion.

Joe schüttelte den Kopf. »Sie fürchten ihn so sehr.«

Dion fragte: »Gibt es jemanden, der mit ihm umgehen kann?«

Jetzt waren es Freddy und Rico, die einander anschauten.

Rico sagte: »Ich denke, man kann vernünftig mit ihm reden, wenn man ihm genug Kohle anbietet.«

Freddy nickte. »Er ist Geschäftsmann. Er –«

»Der ist eine heimtückische Schlange.«

Alle sahen Captain Byner an.

»Der würde für zehn Dollar seine eigenen Kinder abschlachten. Für zwanzig würde er ihre Leichen schänden.« Byner beugte sich vor und schenkte sich nach. »Dieses ›Schlitzaugengeschäft‹, das er betreibt? Letztes Jahr haben wir einen Schiffscontainer mit denen am Meeresboden gefunden: neun Männer, sieben Frauen, sieben Kinder. Wir haben die Sache zu rekonstruieren versucht, und wie es aussieht, war einer der Männer in dem Container der Vater einer Nutte, die für Lamar auf der Fifteenth Street gelaufen ist. Sie ist mit einem anderen Schlitzauge nach San Francisco verduftet. Er hat erfahren, dass ihr Vater auf einem seiner Frachter rüberkommen wollte. Und dann? Dann hat er den Container über Bord werfen lassen. Hat dreiundzwanzig Menschen umgebracht, weil eine Nutte ihn sitzengelassen hat. Das ist der Mann, dem ihr zur Macht verhelfen wollt.«

»Ach, weißt du was«, sagte Freddy zu Byner, »halt doch einfach die Schnauze.« Er verzog das Gesicht, als ob er in eine Zitrone gebissen hätte. »In Ordnung? Halt einfach die Schnauze, ja?«

Byner sagte: »He, Freddy, wir können uns jederzeit nach Dienstschluss verabreden, dann werden wir ja sehen, wie du mir das Maul stopfst. Wollen wir das machen? Ja?«

»Genug«, sagte Dion. »Meine Güte.« Er nahm einen großen Schluck von seinem Drink. Er deutete mit dem Glas auf Joe und Rico. »Bei dieser Sache kommt es auf euch an. Was weiß ich denn schon noch von dem, was auf den Straßen von Brown Town vor sich geht?«

Joe kannte die Erwiderung, die allen durch den Kopf ging: Was weißt du denn schon noch von dem, was auf *irgendeiner* Straße in Tampa vor sich geht?

Aber der letzte Mensch, der öffentlich angedeutet hatte, dass Dion als Boss nicht auf dem Laufenden sei, hatte als Nächstes gespürt, wie sich Dions Hände um seine Kehle schlossen und so lange zudrückten, bis seine Luftröhre platzte.

Joe überließ Rico mit einem kurzen Blick das Feld.

Der Jüngere rieb sich etwas Erdnussstaub von den Handflächen und beugte sich vor. »Ich wünschte, es gäbe eine andere Lösung, aber es gibt keine. Dix muss verschwinden. Und sein Sohn muss der Nächste sein, um Vergeltungsaktionen zu vermeiden. Wir bringen Lamar hoch, und wenn sich später herausstellt, dass er zu verrückt ist, dann haben wir bis dahin einen Ersatz für ihn gefunden. Oder stehen kurz davor. Und für die zeitweiligen Profiteinbußen werden wir mehr als entschädigt, weil alle Einnahmen aus Montooths Revier dann über uns gehen. Das Glücksspiel in Brown Town? Läuft blendend. Die spielen da, als wär's eine Religion.« Er nahm sich noch ein paar Erdnüsse. »Wie gesagt, ich wünschte, es gäbe eine andere Lösung.«

Alle schauten auf Joe.

Joe drückte seine Zigarette aus. »Wir werden Lamar nicht in den Griff bekommen. Dazu hat er einen zu großen Sparren locker. Aber ich weiß auch, dass Breezy Dix nicht stark genug ist, die Geschäfte seines Vaters zu übernehmen *und* Little Lamar abzuwehren. Deshalb denke ich, dass uns die ganze Sache wesentlich mehr kosten wird, als Rico glaubt. Montooth hat seinen Laden fest im Griff, und es gibt in Brown Town niemanden, der ihn nicht respektiert. Deshalb herrscht dort seit 1920 Frieden. Wegen Montooth Dix. Ich schlage also vor, dass wir Freddy geben, was er haben will – er übernimmt Montooths Revier und beteiligt ihn als Juniorpartner. Montooth wird diesen Schlag bereitwillig wegstecken, weil er weiß, dass sein Tod die einzige Alternative wäre.«

Joe lehnte sich auf dem Sofa zurück. Dion schaute eine Zeitlang im Raum herum, und niemand sprach ein Wort. Er stand auf und nahm seinen Drink und seine Zigarre zu dem riesigen kreisrunden Fenster mit, von dem aus man auf die Schiffskräne und Getreidesilos und den träge dahinfließenden Kanal hinaussah. Er drehte sich zu ihnen um, und Joe las die Antwort in seinem Gesicht.

»Der Bimbo muss weg.« Er zuckte die Schultern. »Wir können ihn nicht einfach zwei von unseren Leuten abknallen lassen.«

»Das wird nicht einfach«, sagte Captain Byner. »Er hat sich in seiner Festung verschanzt. Er hat Vorräte. Seine Leute bewachen Türen und Fenster. Auf dem Dach stehen auch ein paar. Im Moment ist sein Laden uneinnehmbar.«

»Räuchert ihn aus«, sagte Freddy.

»Meine Güte.« Rico schüttelte den Kopf. »Bist du nicht ganz richtig im Kopf?«

»Was?«

»Er hat seine drei Frauen da drin«, sagte Rico.

»Und sechs Kinder«, sagte Joe.

»Und?«

Sogar Dion, der mehr Blut vergossen hatte als jeder andere Boss in jüngerer Zeit, wirkte entsetzt.

Freddy sagte: »Klar, kann sein, dass eine Frau oder ein Kind verbrennt, aber es herrscht Krieg. Im Krieg passieren schlimme Sachen. Liege ich damit falsch?«

»Siehst du Paviane in diesem Raum? Schakale?«, fragte Dion. »Wir sind keine Tiere.«

»Alles, was ich sagen will, ist –«

»Du willst sagen, dass wir Kinder töten sollen«, sagte Joe leise. »Weißt du was, Freddy? Ich werde dich eigenhändig umbringen.« Er wandte sich um, damit Freddy ihm in die Augen sehen konnte, während er ihn anlächelte.

»Immer mit der Ruhe!« Rico hob die Hände. »Jetzt schalten wir alle mal einen Gang runter, Herrschaften. Freddy, niemand wird Kinder umbringen, und Joe, niemand wird Freddy umbringen. *Capisce?*« Er wandte sich Dion zu: »Sag uns einfach, was wir tun sollen, Boss.«

»Richtet ein paar Waffen auf das Gebäude. Wenn er den Kopf rausstreckt, knallt ihn ab. Wenn nicht, dauert es höchstens ein paar Wochen, bis er da drin einen Koller bekommt. Und dann machen wir ihn kalt. In der Zwischenzeit bringt ihr potentielle Überläufer auf Linie, damit nach seinem Verschwinden alles für einen reibungslosen Übergang vorbereitet ist. Verstanden?«

»Klar, du bist der Boss.« Rico nickte und setzte sein strahlendes Jungenlächeln auf.

11
Unbegrenztes Potential

DUNCAN JEFFERTS, DER GERICHTSMEDIZINER von Hillsborough County, schloss gerade die Hintertür seines Büros ab, als ein Mann, den er nie wiederzusehen erwartet hätte, hinter dem nächststehenden Leichenwagen hervorkam, gemächlich auf ihn zuging und »Guten Tag« sagte.

Jefferts stand am oberen Ende der Verladerampe, als Joe Coughlin zu ihm hochschlenderte. Der Gangster, der sich angeblich vom Geschäft zurückgezogen hatte, trug einen cremefarbenen Anzug, einen dazu passenden Panamahut, ein makellos weißes Hemd, eine perfekt gebundene Krawatte und hochglanzpolierte Schuhe, in denen sich die Lichter der Lampen spiegelten. Sein Gesicht war in den letzten sieben Jahren zwar ein wenig gealtert, aber seine Augen blickten immer noch so jungenhaft wie damals, fast unschuldig. Seine Iris strahlte hell – es war ein Licht, das umso größere Dinge verhieß, je näher man ihm kam. Doch Jefferts hatte gesehen, wie dieses Licht am Tag ihrer ersten Begegnung erloschen war, dem Tag, als Coughlins Frau starb. Länger als jemals jemand zuvor hatte Coughlin ihn ohne jedes Leben, ohne jedes Licht in seinen Augen angestarrt, und Duncan erinnerte sich, wie er damals gegen alle Vernunftgründe davon überzeugt gewesen war, dass er ihm im nächsten Moment die Kehle durchschneiden würde. Stattdessen war der Tod aus den Augen des Mannes gewichen, und an seine Stelle war

Dankbarkeit dafür getreten, dass Duncan Jefferts sich um Tomas Coughlin sorgte. Joe Coughlin hatte ihm die Schulter gedrückt, seine Hand geschüttelt und seinen Sohn von der Pier getragen.

Jefferts sprach selten von seiner Begegnung mit dem berüchtigten Joe Coughlin. Er hatte versucht, seiner Frau davon zu erzählen, aber er hatte bloß unbeholfen mit den Armen gerudert und etwas zu artikulieren versucht, das für Worte vermutlich zu schwierig, zu vertrackt war. Während ihrer kurzen Begegnung hatte dieser Mann mehr Trauer, Liebe, Macht und Charisma ausgestrahlt, aber auch die Fähigkeit zum absolut Bösen, als ihm jemals zuvor oder seitdem begegnet war.

Was Joe Coughlin auszeichnete, so versuchte er, seiner Frau zu erklären, war sein scheinbar unbegrenztes Potential.

»Potential wofür?«, hatte seine Frau gefragt.

»Alles«, hatte er gesagt.

Als Joe das obere Ende der Verladerampe erreicht hatte, streckte er ihm die Hand entgegen. »Erinnern Sie sich noch an mich?«

Jefferts schüttelte ihm die Hand. »Ja, natürlich. Mr. Coughlin, der Importeur.«

»Dr. Jefferts, der Gerichtsmediziner.«

Sie standen im grellen Licht der Lampe über der Tür und lächelten einander verlegen an.

»Ähm …«

»Ja?«

»Kann ich Ihnen behilflich sein?«

»Weiß nicht. Können Sie?«

»Ich bin mir nicht sicher …«

»Ja?«

»... warum Sie so spät noch hergekommen sind.«

»Wie spät ist es denn?«

»Zwei Uhr morgens.«

»Meine Frau.«

Als Joe Coughlin seinen Hut ein wenig aus der Stirn rückte, sah Jefferts, dass der Mann ihn unverwandt musterte. »Was ist mit Ihrer Frau?«

»Sie haben die Obduktion an ihr vorgenommen, richtig?«

»Das wissen Sie doch.«

»Nein, das weiß ich nicht. Ich weiß bloß, dass Sie ihren Leichnam mitgenommen haben. Ich vermute, dass es hier auch andere Gerichtsmediziner gibt. Aber Sie haben die Obduktion persönlich vorgenommen.«

»Ja.«

Joe lehnte sich gegen das Eisengeländer, das zu beiden Seiten der Rampe verlief. Er steckte sich eine Zigarette an und hielt Jefferts die Schachtel hin. Jefferts nahm eine. Als er sich vorbeugte, um sich Feuer geben zu lassen, sagte Coughlin: »Sie sind inzwischen selbst verheiratet.«

Jefferts trug bei der Arbeit nie seinen Ehering, weil er ihn einmal in einer Leiche verloren hatte. Er hatte eine halbe Stunde gebraucht, um ihn zu finden, und vier weitere, um den Schaden zu beheben, den er dabei verursacht hatte.

»Woher wissen Sie das?«

»Ihre Kleidung wirkt ordentlicher. Schlampige Männer werden nicht ordentlicher, wenn sie Junggesellen bleiben.«

»Das werde ich meiner Frau sagen. Es wird ihr gefallen.«

Joe nickte und blies einen Tabakkrümel von seiner Zungenspitze. »War sie schwanger?«

»Verzeihung?«

»Meine Frau. Graciela Corrales Coughlin, verstorben am 29. September 1935.« Er lächelte Jefferts an, aber die blauen Augen wirkten grau. »War sie schwanger?«

Jefferts ließ seinen Blick einen Moment lang über den Parkplatz schweifen. Er versuchte abzuschätzen, ob er sich in einer ethischen Zwickmühle befand, aber er konnte kein Problem erkennen.

»Ja.«

»Geschlecht?«

Jefferts schüttelte den Kopf.

»Das ist sieben Jahre her«, sagte Joe. »Sie scheinen sich sehr sicher zu sein.«

»Es …« Jefferts stieß Rauch aus und schnippte den Rest seiner Zigarette ins Dunkel jenseits der Laderampe.

»Was?«

»Es war meine erste Obduktion.« Er drehte sich zu Joe um und erwiderte dessen Blick. »Ich erinnere mich an alles. Der Fötus war ganz klein. Er war nicht länger als sechs Wochen gereift. Der Genitalhöcker? Das Tuberkel, aus dem später ein Penis oder eine Klitoris wird? Das war noch viel zu wenig entwickelt, als dass man das Geschlecht hätte feststellen können.«

Joe nahm den letzten Zug von seiner Zigarette und warf sie zu Boden. Er schwang sich über das Geländer und streckte wieder die Hand aus. »Danke, Doktor.«

Jefferts nickte und schlug ein.

Joe hatte den Parkplatz erreicht, als Jefferts fragte:

»Warum interessieren Sie sich für das Geschlecht eines Embryos?«

Coughlin stand da, die Hände in den Taschen, und sah ihn lange an. Dann zuckte er die Schultern und verschwand im Dunkel der Nacht.

12

Bone Valley

UM ZU KING LUCIUS ZU KOMMEN, fuhren sie auf der Route 5 südwärts, bis sie die Route 32 erreicht hatten, dann steuerten sie durch ländliche Gegend. Über ihnen spannte sich ein Himmel, der so violett war, dass er fast schwarz wirkte. Weiter östlich spritzten und sprühten Regenwolken über den Himmel – kleinere Blutergüsse innerhalb der einen großen lilafarbenen Prellung. Joe nahm an, dass es warm würde, sobald der Regen fiel – und das würde er, es war nur eine Frage der Zeit. Warmer, öliger Regen, als ob die Götter schwitzten. Es war zehn Uhr vormittags, und sie hatten bereits die Scheinwerfer eingeschaltet. Das Wetter in Florida konnte so ermüdend gleichförmig wie unvorhersehbar sein. Dann war es auf einmal seltsam rachsüchtig: Blitze zerschnitten den Himmel, Winde kreischten wie die Geister einer ganzen Totenarmee, die Sonne schien so weiß und sengend, dass die Herbstfelder unter ihrem Licht in Flammen aufgingen. Das Wetter hier erinnerte ihn daran, dass er nichts als ein Mensch war. Aller scheinbaren Macht zum Trotz war er nichts als ein Mensch.

Dreißig Minuten hinter Tampa fragte Rico Joe, ob er das Steuer für ihn übernehmen solle.

»Nein«, sagte Joe, »ich fahre gern noch eine Weile.«

Rico machte es sich in seinem Sitz bequem und schob die Krempe seines Filzhutes über die Augen. »Gut, dass wir uns mal in Ruhe unterhalten können.«

»Ach ja?«

»Ja. Ich weiß, dass dir die Sache mit Montooth gar nicht schmeckt. So ist das, wenn man mit dir zusammenarbeitet, das habe ich nie vergessen. Du bist der moralischste Gangster, der mir je über den Weg gelaufen ist.«

Joe runzelte die Stirn. »Es geht nicht um Moral, es geht um Ethik. Montooth hat sich uns gegenüber immer anständig verhalten, bis Freddy in sein Revier eingedrungen ist. Und jetzt muss Montooth ins Gras beißen, weil Freddy, mit Verlaub, ein Arschloch ist.«

Rico seufzte. »Ich weiß. Ich weiß. Er ist mein Bruder, und er ist ein Scheißkerl, und er ist ein Arschloch, aber trotzdem, Joe, was hätte ich tun sollen?«

Eine Zeitlang schwiegen beide.

»Aber ich bin der Meinung«, sagte Rico schließlich, »dass Montooth im Moment unsere geringste Sorge ist.«

»Und was wären die größeren Sorgen?«

»Zunächst mal haben wir einen Verräter in der Organisation. Unsere Lieferungen fliegen doppelt so oft auf wie die der anderen. Und das nicht, weil sich diese anderen unsere Ware unter den Nagel reißen, sondern FBI-Leute und die örtlichen Justizbehörden. Ich glaube, dass wir das noch eine Weile verkraften können, weil viele Mitglieder unserer Familie viel Geld bringen. *Und* wir haben dich.«

Joe warf ihm einen Blick zu. »Und dich.«

Rico wollte erst widersprechen, aber dann zuckte er nur die Schultern. »Ja klar. Stimmt schon. Ich bringe viel Geld.«

»Rico, du bringst etwa zwanzig Prozent all unserer Erträge.«

Rico schob den Hut zurück über die Stirn und richtete

sich in seinem Sitz auf. »Da draußen wird zur Zeit viel Übles gemunkelt, Joe. Sehr viel Übles.«

»Über den Verräter?«

»Über die gesamte Organisation. Wir wirken geschwächt. Wir wirken reif für eine Übernahme.«

»Auf wen?«

»Wo soll ich anfangen? Santos Leute.«

Das konnte Joe nicht bestreiten. Santo hatte sein Hauptquartier im italienischen Geselligkeitsverein in der Seventh Street und schien in letzter Zeit einen großen Appetit entwickelt zu haben. Er war hungrig, und er war völlig humorlos. Immer eine schlechte Mischung.

»Wer noch?«

Rico steckte sich eine Zigarette an und warf das Streichholz aus dem Fenster. »Dieser verdammte Dingsbums aus, ähm, Miami.« Er schnipste mit den Fingern.

»Anthony Crowe?«

Rico richtete zustimmend den Finger auf ihn. »Nick Pisano weiß, dass er ihm bald ein neues Territorium bringen muss, wenn er nicht will, dass Anthony ihn sich krallt. Pisano könnte Anthony sagen, dass er sich bei uns bedienen sollte.«

»Crowe ist kein vollblütiger Italiener. Der kann uns gar nicht übernehmen.«

»Tut mir leid, dass ich es bin, der dir die schlechte Nachricht überbringen muss, aber das ist er sehr wohl. Seine Eltern hießen Crochetti oder so ähnlich und haben den Namen geändert, als sie herkamen, aber der Scheißkerl kann seinen Stammbaum bis nach Sizilien zurückverfolgen. Er ist klug, er ist fies, und er ist nicht mehr mit seinem Platz am Tisch zufrieden. Der will seinen eigenen Speisesaal.«

Joe dachte eine Weile darüber nach. »*So* schwach sind wir nicht. Gut, im Moment stehen wir etwas wacklig auf den Beinen, aber das tun alle. Die Einnahmen sind überall in den Keller gerasselt, dank diesem deutschen Zwerg mit Zweifingerbart und seinem Scheißkrieg. Aber wir kontrollieren immer noch einen der reichsten Häfen im Land, wir kontrollieren die Hälfte des Drogengeschäfts im gesamten Staat, ein Viertel des Glücksspiels und so ziemlich das gesamte Speditionsgeschäft.«

»Aber wir haben unser Haus nicht im Griff. Und jeder weiß das.«

Joe ließ sich Zeit mit dem Anzünden seiner Zigarette. Ließ sich Zeit beim Öffnen des Fensters, um den Rauch hinauszublasen. »Sprichst du von Verrat, Rico?«

»Was?«

»Sprichst du davon, den Boss zu beseitigen?«

Rico starrte Joe einen scheinbar endlosen Augenblick lang an, und dann hob er die Hände in die Höhe. »Scheiße, nein. Dion ist der Boss, und daran gibt es nichts zu rütteln.«

»Daran gibt es nichts zu rütteln.«

»Ich weiß.«

»Aber?«

»Aber jemand muss mit ihm reden, Joe. Jemand, auf den er hört. Jemand muss ihn …«

»Was?«

»… dazu bringen, dass er die Zügel wieder in die Hand nimmt. Weißt du noch, wie er die Führung übernommen hat? Alle haben ihn geliebt. Sie lieben ihn immer noch, aber er scheint den Laden nicht mehr wie früher im Griff zu haben.

Es wird viel geredet, verstehst du? Das ist alles, was ich sagen will.«

»Sag mir, was geredet wird.«

Rico dachte eine Weile nach. »Alle wissen, dass der Boss ein Problem mit den Karten hat. Und den Pferden. Und dem Roulette.«

»Weiter.«

»Dass er in den letzten Jahren so viel abgenommen hat? Die Leute glauben, dass er krank ist. Dass er stirbt, verstehst du?«

»Er ist nicht krank. Es ist etwas anderes.«

»*Ich* weiß das.« Rico tippte sich ein paar Mal an den Nasenflügel. »Aber außerhalb der Familie ist das nicht allgemein bekannt. Und was willst du den Leuten erzählen – er stirbt gar nicht, er haut sich bloß das Koks in Massen rein?« Rico hob die Handflächen wieder gen Himmel. »Joe, ich sage das alles nur unter uns und mit allem gebührenden Respekt.«

Joe fuhr schweigend weiter und ließ Rico eine Weile zappeln.

»Du könntest nicht ganz unrecht haben«, sagte er schließlich. Er warf einen Blick in Richtung Beifahrersitz. »Das gibt dir aber nicht das Recht, darüber zu sprechen.«

»Glaubst du, ich weiß das nicht?« Rico schnippte seine Zigarette aus dem Fenster und stieß langsam den Rauch aus. »Ich liebe das, was wir tun. Verstehst du? Verdammt, ich liebe es. Wir wachen jeden Morgen auf und finden neue Wege, das System zu bescheißen. Müssen vor niemandem auf die Knie fallen, müssen uns für niemanden in Zweierreihe aufstellen. Wir«, er tippte mit dem Zeigefinger nachdrücklich gegen das Armaturenbrett, »leben unser eigenes Leben, stellen unsere eigenen Regeln auf, gehen unseren eigenen Weg. Wie Männer.« Er beugte sich vor. »Mann, ich *liebe* es, ein Gangster zu sein.«

Joe lachte leise.

»Was ist los?«

»Nichts«, sagte Joe.

»Nun sag schon.«

Joe sah zu ihm hinüber. »Mir gefällt es auch verdammt gut.«

»Deshalb …« Rico holte tief Luft. »Deshalb habe ich es riskiert, über Schwierigkeiten zu sprechen, Schwierigkeiten mit –«

»*Scheinbare* Schwierigkeiten.«

»Richtig. Ich habe es riskiert, über scheinbare Schwierigkeiten mit dem Boss zu sprechen, weil ich dieses Leben weiterführen will. Ich will nicht mit einer Kugel im Leib enden oder im Knast, so lange, dass mich keiner mehr kennt, wenn ich rauskomme, oder mir einen normalen Beruf suchen oder was auch immer. Ich habe noch nie einen Dollar mit ehrlicher Arbeit verdient, und ich will gar nicht wissen, wie das geht.«

Joe nickte und sagte nichts, bis sie sich kurz vor Sarasota befanden.

»Ich spreche mit Dion«, sagte er schließlich. »Ich versuche, ihm nachdrücklich klarzumachen, dass wir diesen Verräter finden und unser Haus in Ordnung bringen müssen.«

»Dann wird er es ernst nehmen.«

Joe zuckte die Schultern. »Kann sein.«

»Bestimmt«, sagte Rico. »Weil du es ihm sagst. Ich glaube, er sieht immer noch zu dir auf.«

»Jetzt mach aber mal ’nen Punkt.«

»Im Ernst.«

»Ich werde dir mal was über Dion sagen: Als wir jung waren, da war er der Boss unserer Bande. Er war der Härteste und Furchteinflößendste von uns allen. Der einzige Grund, weshalb er schließlich meinem Kommando folgte, war ein vermasselter Banküberfall. Er musste fliehen, ich freundete mich mit mächtigen Leuten an. Außer diesem kurzen … Zwischenspiel war er immer mein Boss, nicht umgekehrt.«

»Kann schon sein«, sagte Rico, »aber du bist immer noch der Einzige, dessen Meinung ihm wichtig zu sein scheint. Man merkt es daran, wie er dich ansieht.«

Joe schwieg, und sie fuhren eine geisterhafte Straße entlang. Über ihnen spannte sich der zerfetzte pflaumenfarbene Himmel.

»Tomas«, sagte Rico. »Der Junge wächst wie Unkraut. Ich konnte es gar nicht glauben, als ich ihn neulich sah.«

»Wem sagst du das. Seine Mutter war groß. Seine Onkel sind groß.«

»Du bist auch kein Zwerg.«

»Aber eines Tages sehe ich vielleicht wie einer aus, wenn ich neben ihm stehe.«

»Wie gefällt es dir?«, fragte Rico in etwas ernsterem Tonfall.

»Vater zu sein?«

»Genau.«

»Es gefällt mir sehr. Meistens bin ich natürlich ein schrecklicher Vater. Verliere öfter die Geduld, als ich je vermutet hätte.«

»Ich habe dich nie auch nur die Stimme erheben hören.«

»Ich weiß, ich weiß.« Joe schüttelte den Kopf. »Das geht den meisten so. Aber mein Sohn? Der hat das so oft mitgekriegt, dass er nur noch mit den Augen rollt, wenn ich wieder damit anfange. Sie können einem ganz schön zusetzen. Klar, Tomas ist ein toller Junge, aber er stellt immer noch irgendwelchen Scheiß an, klettert zum Beispiel auf ein Scheunendach, obwohl er genau weiß, dass es morsch ist und repariert werden muss. Letztes Jahr in Kuba hat er sich so den Arm gebrochen. Als Kleinkind hat er immer versucht, sich Steinchen in den Mund zu stecken. Oder ich habe ihn gebadet und nur eine Sekunde lang nicht hingesehen. Schon ist er aufgestanden und hat zu tanzen versucht. Und Bumm!, fällt er hin. Und du denkst nur: *Ich* muss dafür sorgen, dass du am Leben bleibst. Dass du dir den anderen Arm nicht auch noch brichst oder ein Auge verlierst. Also hör jetzt verdammt noch mal auf, in dieser Scheißwanne rumzuhüpfen.«

Rico prustete los, und Joe stimmte in sein Gelächter mit ein.

»Jetzt glaubst du mir das noch nicht«, sagte Joe, »aber wenn du erst mal eins hast, dann schnall dich an, Partner.«

»Ich werde eins haben.«

Joe sah zu ihm hinüber.

Rico hob und senkte die Augenbrauen, und Joe boxte ihm in die Schulter.

»He, verdammt.« Rico rieb sich die Stelle.

»Wer ist sie?«

»Kennst du Kathryn Contarino? Die jeder Kat nennt?«

»Aus South Tampa?«

Ein stolzes, jungenhaftes Lächeln. »Genau die.«

»Hübsches Mädchen«, sagte Joe. »Gratuliere.«

»Danke«, sagte Rico. »Ja klar, ich … Klar doch.« Er sah aus dem Fenster. »Ich bin ein Glückspilz.«

»Was denn, was denn, bist du etwa *verschossen*?«

Rico rollte mit den Augen, dann nickte er. »Tatsache ist, wir werden heiraten.«

»Was?« Der Wagen kam leicht ins Schlingern.

»Was ist schon groß dabei? Die meisten Leute heiraten.«

»Ich habe immer gedacht, du bist nicht der Typ dafür.«

»Nicht der Typ …«, sagte Rico. Er richtete sein Hemd an den Stellen, wo es während der Fahrt zerknittert und aus der Hose gerutscht war. »Du hast vielleicht Nerven, Mann. Wie sieht's eigentlich bei dir aus?«

Joe lachte.

»Nein, ich mein's ernst. Seit sieben Jahren hat dich keiner mit einer Frau gesehen. Versteckst du irgendwo ein Geheimnis?«

»Nein.«

»Bestimmt nicht?

»Wenn ich eine hätte, *dir* würd ich's sagen«, behauptete Joe mit todernster Miene.

Rico zeigte ihm den Stinkefinger. »Du gehst ja noch nicht mal zu Huren. Und wenn doch, dann führst du sie zum Essen aus und kaufst ihnen schicke Kleider und Ohrringe, und meistens fickst du sie nicht mal.«

»Ich hab was Festes in Kuba«, sagte Joe, um ihn auf eine andere Bahn zu lenken. »Nicht in Havanna. Ein Mädchen vom Land, aus einem Dorf in der Nähe meiner Farm. Sie kocht gut, sie ist wirklich hübsch, und ich kann kommen und gehen, wie es mir gefällt. Keine wahre Liebe, aber nicht schlecht.«

»Na, wie schön für dich«, sagte Rico. »Jetzt müssen wir bloß noch ein Mädchen für meinen Bruder finden.«

Die müsste sehr jung sein, dachte Joe. *Oder ein Junge.*

»Ja, darüber denke ich mal nach«, sagte er.

Ungefähr eine halbe Stunde westlich von Zolfo Springs sagte Rico: »Sind wir bereit?«

»Für Lucius?«

Rico nickte, sein Mund stand ein wenig offen, und seine Augen wirkten größer als sonst.

»Mit dem haben wir doch früher schon verhandelt.«

»Aber nicht auf seinem Schiff. Warst du schon mal auf seinem Schiff?«

Joe schüttelte den Kopf.

»Manche kommen nie wieder runter. Hast du von diesen Androcalese gehört, oder wie die heißen?«

»Androphagi«, sagte Joe. Lucius' Palastwache, eine Gruppe von zwanzig Männern, an denen man vorbeimusste, ehe man zu ihm gelangte.

»Dass niemand die Leichen findet, die bei Lucius so anfallen, soll ja daran liegen, dass sie die aufessen.«

Joe zwang sich zu einem Lachen. »Genau das ist es, was *Androphagi* bedeutet.«

Rico sah zu ihm hinüber. »Was bedeutet es?«

»Kannibalen.«

»Scheiße.« Rico atmete das Wort quasi aus und zog beide Silben in die Länge. »Woher weißt du so was?«

»Jesuitenschule«, sagte Joe. »Da lernt man eine Menge über griechische Mythologie.«

»Bei den Griechen gab es Kannibalen?«

Joe schüttelte den Kopf. »Das war eine Privatarmee. Manche sagen, aus Afrika, andere sagen, sie waren Finnen oder Russen. Jedenfalls haben sie Darius dem Großen dabei geholfen, in Südrussland einzufallen. Und angeblich, na ja, angeblich haben sie ein paar Menschen aufgegessen.« Er versuchte mit einiger Anstrengung, einen lockeren Ton anzuschlagen. »Also hat Lucius seine Männer *Androphagi* genannt, um alle zu Tode zu erschrecken.«

Rico sagte: »Ist ihm gelungen.«

Eine Meile später sagte Joe: »Du musst nicht mit mir an Bord gehen. Hauptsache, sie sehen dich.«

Rico schüttelte schief lächelnd den Kopf. »Ich rede, um meine Nerven zu beruhigen. Heißt nicht, dass ich ein feiger Hund bin, der einen Kumpel im Stich lässt. Mensch, Joe, wir beide, ja? Wir nehmen es mit einem ganzen Bataillon dieser scheiß Androcalese auf.«

»Androphagi.«

»Andro-*scheiß-drauf*. In Ordnung? Die brauchen ein ganzes Bataillon, um zwei harte Hunde wie uns unterzukriegen.« Er holte seinen Flachmann hervor und reichte ihn Joe. »Darauf trinken wir.«

Joe hob den Flachmann in die Höhe. »Ich bin froh, dich bei mir zu haben, Rico.« Er trank und gab die Flasche zurück.

»Und ich bin froh, dabei zu sein.« Rico nahm einen gewaltigen Schluck. »Wenn die versuchen, zwei Jungs aus der Stadt zu bescheißen, werden wir dafür sorgen, dass diesen frechen Bauernlümmeln Hören und Sehen vergeht.«

WENIGE MEILEN VOR ZOLFO SPRINGS holte sie der Regen ein. Er peitschte gegen das Auto und trieb in Strömen über die Straße. Sie kurbelten rasch die Fenster hoch. Der Regen prasselte auf das Autodach, die Straße zischte unter den Reifen, und der Pontiac bebte unter den Böen, die über ihn herfielen.

Sie erreichten Zolfo Springs und fuhren von der Hauptstraße ab. Von da an musste Rico die Anweisungen vorlesen, die Joe zwischen sie auf den Sitz gelegt hatte. *Hier rechts, die Nächste links, nein, 'tschuldigung, die Übernächste.* Der tief hängende Himmel und die gebeugten Palmen legten sich wie eine Haube um das Auto, und der Regen ließ zwar nach, aber die Tropfen wurden größer. Es war, als ob sie durch dicke Brühe fahren würden.

Charlie Luciano persönlich hatte einmal gesagt, dass er dem Teufel auf Erden nie näher kommen wolle als bis zu seinem Torwächter, King Lucius. Meyer weigerte sich, mit Lucius von Angesicht zu Angesicht zu verhandeln, und selbst Joe war dem Mann während der vergangenen fünfzehn Jahre tunlichst aus dem Weg gegangen.

King Lucius war in Florida während des Grundbesitzbooms im Jahr '23 aufgetaucht. Es hieß, er sei über New Orleans aus Russland gekommen. Es war unmöglich, seinen Akzent eindeutig zuzuordnen, weil er so unglaublich schwach ausgeprägt war. Er hätte russisch sein können, montenegrinisch, selbst albanisch. Er war jedoch eindeutig aristokratisch, und das Gleiche galt für die Sorgfalt, die Lucius auf seine Augenbrauen und Fingernägel verwendete.

Im Verlauf der Jahre hatten er und seine Leute mehr große Fische an Land gezogen als alle anderen. Doch wo immer er auch zuschlug – sei es so weit entfernt wie Santa Barbara in Kalifornien oder so nah wie Key West –, immer zahlte er einen Anteil an die Leute, in deren Revier er wilderte. Er bezahlte die Bartolos in Tampa, die Pisanos in Miami und die Brüder Nicolo in Jacksonville. Natürlich nicht für jedes Ding, das er drehte – vor jemandem, der so ehrlich war, hätten sie den Respekt verloren –, aber bei soliden neunzig Prozent. Er brachte den drei Familien in Florida so viel Geld ein, dass er quasi Straffreiheit in Anspruch nehmen konnte. Und er nahm sie in Anspruch. Als jemand im Jahr '36 erwähnte, dass Eliot Fergs eine bestimmte Meinung über Lucius' Frauengeschmack geäußert habe, prügelte Lucius Eliot im Hinterzimmer seiner Tankstelle persönlich zu Tode. Im Spätherbst des Jahres '38 verfütterte er Jeremy Kay an die Alligatoren. Als Jeremys Bruder einen knappen Monat später kam, um ihn zu suchen, sahen einige, wie er King Lucius' Schiff bestieg, aber niemand sah ihn je von Bord gehen.

Wenn irgendein anderer drei Beschäftigte der Familie ausgeschaltet hätte, hätten sie ihn selbst ausgeschaltet. Es war ein beredtes Zeugnis der Macht von King Lucius, dass man ihn noch nicht einmal vor das Komitee berief. Allerdings fuhr Joe im Jahr '39, kurz nach dem Verschwinden von Jeremy Kays Bruder, persönlich nach Central Florida, um King Lucius mitzuteilen, dass er, was sie beträfe, drei Schüsse frei gehabt habe; einen vierten werde es nicht geben.

King Lucius war in erster Linie der König des Phosphatgeschäfts, sein Reich erstreckte sich mehr als hundert Meilen den Peace River hinab, von Fort Meade bis Port Charlotte. Jahrelang hatte er die Gewinne aus seinen faulen Geschäften in die Trockenlegung des Bone Valley in Central Florida investiert, weil er dort den Phosphatabbau vorantreiben wollte. Er besaß einen Mehrheitsanteil an der Bone-Valley-Düngemittelgesellschaft, und er hatte sogar Scheinfirmen gegründet, um kleine Anteile an den zwölf anderen Bergbaufirmen zu kaufen, die entlang des Peace River Phosphat abbauten. Aus dem Phosphat wurde Düngemittel hergestellt oder – seit Ausbruch des Krieges – Munition.

Joe war, ebenso wie Dion Bartolo und Rico DiGiacomo, Teilhaber der BVFC. Sie waren keine Mehrheitseigner, aber das war auch nicht nötig: Im Phosphatgeschäft machte man den Gewinn nur zur Hälfte mit dem Abbau, den Rest brachte der Transport. Als die Prohibition in den frühen 1930er Jahren aufgehoben wurde, blieben Joe und andere seines Schlages auf einem bedauerlichen Überschuss an Lastkraftwagen, Schiffen, sogar dem einen oder anderen Wasserflugzeug sitzen – niemand wollte sie kaufen, und es gab nichts Illegales mehr zu transportieren. Im Jahr 1935, als Rico nichts als ein gerissener, milchgesichtiger Bengel war, aufgewachsen im Herzen von Port Tampa, hatte er sich mit Joe, Esteban Suarez und Dion Bartolo zusammengetan, um die Bay-Area-Transportgesellschaft zu gründen. Und nach zehn Jahren unter Joes Führung und Rico DiGiacomos Verwaltung gab es nichts – nicht mal einen Kieselstein –, das sich ohne die Bay Area Transport vom Peace River fortbewegte.

Wie ansehnlich King Lucius' Einnahmen auch sein mochten, sie beschränkten sich auf die Bone-Valley-Düngemittelgesellschaft. Er besaß keine einzige Aktie an der Bay Area Transport, und das erzwang Gleichheit in ihrer Beziehung. Er konnte so viel Phosphat abbauen, wie er wollte, doch wenn er es nicht bis zu einer Eisenbahnlinie oder zum Meer bekam, nützte es ihm einen feuchten Kehricht.

King Lucius belegte eine Suite im Commodore Hotel in Naples und eine weitere im Vinoy in St. Petersburg, aber meistens übernachtete er auf seinem Hausboot, das den Peace River hinauf- und hinabfuhr. Das Hausboot war doppelstöckig und aus Indien importiert. Es war vor über hundert Jahren in Kerala erbaut worden, aus Anjili-Holzplanken, die so glatt und dunkel wie Frozen Toffee waren und von keiner einzigen Schraube und keinem einzigen Nagel zusammengehalten wurden, sondern von Kokosbast, dessen Knoten mit dem gekochten Harz des Kaschubaumes überzogen waren. Mit einem gewölbten Dach aus Bambus und Palmblättern, sechs Schlafzimmern und einem Esszimmer für vierzehn Personen im oberen Stockwerk war das Boot ein imposanter Anblick auf der wie von Silberfäden durchwirkten Wasseroberfläche des Peace River. Es konnte einen Betrachter an das Ufer des Ganges versetzen.

Joe und Rico bogen auf einen Parkplatz ein, der aus zerstoßenen Muschelschalen aufgeschüttet worden war, und betrachteten durch den Regen das Schiff, bis Al Butters in seinem blassgrünen Packard hinter ihnen zum Vorschein kam. Den dichten Urwald hatten King Lucius' Leute abgeholzt und niedergebrannt, hatten Zypressen und Banyanbäume gefällt, die dort seit Jahrhunderten gestanden hatten, länger, als der Mensch über die Wörter verfügte, sie zu benennen, oder über die Werkzeuge, sie zu zerstören. Al fuhr rückwärts ein, während sie vorwärts geparkt hatten, und so befand sich sein Fenster auf gleicher Höhe mit dem von Joe.

Es hörte zu regnen auf. Als ob jemand auf einen Knopf gedrückt hätte.

Al Butters kurbelte sein Fenster herab, Joe seines.

Joe sah gerade zu dem Hausboot hinüber, als Ogden

Semple, King Lucius' langjähriger Berater, auf das Hinterdeck hinaustrat und zurückstarrte.

»Ich sollte mit euch mitkommen.« Al klang nicht gerade begeistert über seinen Vorschlag.

»Nicht doch.« Joe fuhr sich mit der Zunge im Mund herum, versuchte, ihn ein wenig zu befeuchten. »Im Kofferraum ist eine Thompson, für den Fall, dass wir das Schiff nicht mehr verlassen.«

»Was soll ich damit machen? Euch suchen gehen?«

»Nein.« Etwas krabbelte in Joes Kehlkopf herum. Fühlte sich wie ein Käfer an. »Du hältst einfach so lange auf das Boot, bis jeder, der uns getötet haben könnte, ebenfalls tot ist. Neben dem Gewehr liegt ein Benzinkanister. Du steckst den verdammten Kahn an und wartest, bis er sinkt.« Er sah zu ihm hinüber. »Tust du das für uns, Al?«

»Der hat da drüben eine Armee.«

Rico beugte sich über den Sitz. »Und du hast gleich eine Thompson. Wenn wir sterben, ist das deine Antwort darauf. Verstanden?«

Al nickte schließlich. Seine Lippen bewegten sich, und seine Pupillen wirkten unnatürlich groß.

»Was ist los?«, fragte Joe. »Raus damit.«

»Du kannst den Teufel nicht umbringen.«

»Er ist nicht der Teufel«, sagte Joe. »Der Teufel hat Charme.«

Er und Rico stiegen aus dem Auto. Joe richtete seine Krawatte und seinen Anzug mit einer einzigen, geschmeidigen Bewegung. Er nahm den Hut ab, einen Filzhut mit einem schwarzen Seidenband, teils aus Stroh gefertigt, und hob ihn in den matten Himmel. Eine grelle Sonne versteckte sich hinter zinnfarbenen Wolken. Auf der anderen Seite des Flusses, hinter dem verwüsteten Ufer, hinter dem verbrannten und geschändeten Land, blitzte es ein, zwei Mal kurz auf, und dann nicht mehr. Rico sah es auch.

»Wie viele?«

»Sechs«, sagte Joe. »Alles Profis, Gewehre mit großer Reichweite. Wenn ich auf dem Boot meine Krawatte abnehme, gehst du besser in Deckung.«

»Als ob das etwas bringen würde.« Rico richtete seinen eigenen Hut.

»Gar nichts. Aber wenn was schiefläuft, nehmen wir ein paar von denen mit ins Jenseits. Na los jetzt, gehen wir's an.«

»Du sagst es.«

Joe setzte seinen Hut wieder auf und überquerte mit Rico den Landungssteg.

Ogden Semple erwartete sie am oberen Ende der Laufplanke. Vor einem Dutzend Jahren hatte Ogden in einer Messerstecherei ein Auge verloren. Sein rechtes Augenlid war seitdem festgenäht. Das verbleibende Auge war trübe und blass. Er sah aus, als betrachtete er alles mit dem Blick eines Mannes, der durch ein Mikroskop späht. Joe händigte Ogden seine Savage .32 Automatik und ein Klappmesser aus seiner Hosentasche aus. Rico übergab eine Smith & Wesson .38.

»Hoffentlich fangt ihr euch den auch ein.«

Sie starrten ihn an. »Was sollen wir uns einfangen?«

»Den Schnupfen vom King sollt ihr euch einfangen. Er müsste eigentlich im Bett liegen und sich ausruhen, stattdessen trifft er sich mit euch, weil ihr darauf bestanden habt. Könnte den Schnupfen schlimmer machen.« Er ließ ihre Waffen in einen Lederbeutel fallen, den er eigens zu diesem

Zweck bei sich hatte. »Ich hoffe, ihr kriegt dasselbe, nur ärger.«

Joe wusste, dass Ogden von vielen für King Lucius' Liebhaber gehalten wurde, aber Joe wusste auch, dass Ogden eine Hure in einem von Joes Bordellen in Tampa liebte. Sie hieß Matilda, und Ogden las ihr gern Gutenachtgeschichten vor oder schrubbte ihr bei ausgedehnten Bädern den Rücken. Matilda berichtete, dass Ogden ein sanfter, aufmerksamer Liebhaber sei und zwischen seinen Beinen etwas hängen habe, das so groß wie ein Kronleuchter aus dem Weißen Haus sei. Sein einziger Tick war, dass er darauf bestand, sie Ruth zu nennen. Matilda konnte es zwar nicht beweisen, vermutete aber, dass Ruth eine vor sehr langer Zeit verstorbene Schwester oder Tochter Ogdens sei. Matildas Augen hatten ein wenig geschimmert, als sie Joe das alles erzählt hatte, und kurz bevor sie den Raum verließ, hatte sie sich noch einmal umgedreht und Joe gefragt: »Sind alle, mit denen wir zu tun haben, so kaputt?«

Joe hatte ihren Blick erwidert und die Wahrheit gesagt: »Mehr oder weniger, ja.«

Auf dem Boot bedeutete Ogden ihnen, dass sie über die Leiter zum Oberdeck hinaufsteigen sollten. Er selbst blieb unten; neben seinen Füßen lag der Beutel mit ihren Waffen. Während das Boot ablegte und von der Strömung flussabwärts getrieben wurde, wanderte sein Blick zu Al Butters hinüber, der auf dem Parkplatz stand.

13
Ein gefährlicher Kranker

AUF DEM OBERDECK BILDETEN zwanzig Männer eine Wand zwischen Joe, Rico und dem restlichen Teil des Bootes. Zwei aus der Gruppe traten vor und durchsuchten die Gäste. Die anderen standen bewegungslos und mit leerem Gesichtsausdruck unter einem hellbraunen Verdeck. Die meisten von ihnen waren hochgewachsen. Keiner trug ein Hemd, was ihre ausgeprägten Oberarmmuskeln und breiten Brustkörbe gut zur Geltung brachte.

Eine Vielzahl von Völkern war hier vertreten: Türken, Russen, zwei Asiaten, und drei oder vier sahen wie stinknormale Unterschichtsamerikaner aus. Joe wurde von einem durchsucht, der eine Hautfarbe wie ein Karamellbonbon hatte, kurzgeschorenes strohgelbes Haar und eine Hasenscharte. An der Hüfte trug er ein langes gebogenes Messer mit einem Elfenbeingriff, das in einer Lederscheide steckte. Derjenige, der Rico durchsuchte, hatte markante slawische Gesichtszüge und Haar, das so dunkel wie der Himmel über ihnen war. Beide trugen ihre Fingernägel lang. Joe sah die anderen achtzehn Männer an und bemerkte, dass sie alle lange Fingernägel hatten. Einige hatten sie sogar spitz zugeschnitten. Die meisten trugen Messer im Hosenbund, der Rest Pistolen. Als die beiden Joe und Rico durchsucht hatten, teilte sich die Mauer aus Männern und gab den Blick auf Lucius frei, der auf der anderen Seite in einem Mahagonilehnstuhl saß.

In Havanna hatte Joe mal gehört, wie ein Kasinomitarbeiter King Lucius als »Dreizentnerklops, aber mindestens« bezeichnet hatte, »riesiger Schädel, kahl wie ein Ei«. Ein andermal hatte er zufällig mitgehört, als ein Barmann in Tampa zu drei Betrunkenen gesagt hatte, dass Lucius »dünner als der Teufel und größer als Gott« sei.

Joe kannte Lucius seit fast fünfzehn Jahren und war immer wieder erstaunt, wie leicht man sein Äußeres vergaß. Er war vielleicht einen Meter siebzig groß, ähnlich wie Joe selbst. Sein Kopf hatte die Form eines Pfirsichs, und seine Wangen und Ohren waren gerötet. Sein Haar war hell und dünnte langsam aus. Seine vollen Lippen hätte man bei einer Frau vielleicht als sinnlich bezeichnet, seine Zähne waren klein und grau. Die hellgrünen Augen schienen ständig ein leises Erstaunen auszudrücken. Sogar, wenn Lucius einen völlig ruhig ansah, schienen sie sich zu bewegen. Joe hatte schon oft das Gefühl gehabt, von diesem Blick förmlich umzingelt zu sein.

Lucius trug eine übergroße kubanische Guayabera zu einer locker sitzenden Leinenhose, und seine rosigen Füße steckten in dicken Sandalen. Langweiliger konnte man kaum aussehen.

Eine junge Frau lag mit dem Gesicht nach unten auf der Liege, die neben seinem Stuhl stand, und er klatschte ihr sanft auf den Hintern, als er sich erhob. »Hopp hopp, Vidalia, ich habe zu tun.« Während die junge Frau aus ihrem Dämmerschlaf erwachte, ging er mit ausgestreckter Hand auf Joe und Rico zu: »Meine Herren.«

Die junge Frau stolperte auf sie zu. Sie war entweder nur halbwach oder mit irgendetwas zugedröhnt.

»Sag ›Guten Tag‹ zu meinen Freunden, Vidalia.«

»Guten Tag, Freunde«, murmelte die junge Frau, als sie bei ihnen angekommen war. Sie trug ein offenes Mäntelchen aus weißer Seide über ihrem schief sitzenden schwarzen Badeanzug.

»Gib ihnen die Hand.«

Wenn Lucius nicht ihren Namen genannt hätte, hätte Joe sie kaum wiedererkannt. Aber Joe war in seinem ganzen Leben nur einer einzigen Vidalia begegnet – im vergangenen Jahr, als sie die Geliebte von Bobby O. gewesen war –, und ihm wurde klar, dass es sich um ein und dieselbe Person handelte. Aus der Einsicht wurde Mitleid. Die Vidalia Langston, die er einige Monate zuvor gesehen hatte, war wie alle damaligen Geliebten von Bobby O. minderjährig gewesen. Frisch aus Iowa oder Idaho nach Florida verpflanzt, wenn er sich recht erinnerte. Oberstufenschülerin an der Hillsborough High, Mitglied der Cheerleader-Riege und Schatzmeisterin ihres Jahrgangs, weil – so hatte sie Joe anvertraut – sie ein wenig zu wild sei, um für den Posten der Jahrgangssprecherin in Frage zu kommen. Die Vidalia Langston von damals war in so ziemlich allem, was sie tat, zügellos gewesen: ihr schallendes Lachen, der laszive Hüftschwung, wenn sie im Klub plötzlich ein Tänzchen improvisierte, die Fülle ihres dunklen Haars, das ihr immer über ein Auge fiel.

Sie hatte Bobby O. so oft alt aussehen lassen, dass sie ihn vielleicht sogar von seiner Vorliebe für blutjunge Mädchen kuriert hatte: Nach Vidalia erwärmte er sich für eine Frau mittleren Alters, die als Kellnerin in einem Café arbeitete. Selbst Joe, der es noch nie besonders verlockend gefunden hatte, mit einer Frau ins Bett zu gehen, deren Verstand erst nach Jahren die Reife ihres Körpers erlangt haben würde, erinnerte sich, dass er in Vidalias Gegenwart einige Male eine angenehme Beklommenheit verspürt hatte.

Doch als sie sich jetzt begrüßten, fühlte ihre Hand sich wie die einer alten Frau an. Sie schmatzte mit den Lippen, als ob ihr Mund ganz ausgetrocknet wäre, und schwankte leicht. Er wusste nicht recht, ob sie ihn erkannt hatte. Sie ließ die Hand fallen und ging zum Nachbardeck hinüber, wo sie sich auf einer anderen Liege niederließ. Als die Seidenrobe über ihre Schultern glitt, sah er ihre hervorstehenden Schulterblätter. Das Haar ergoss sich weit über ihren Rücken. Das war der Typ, den Lucius sich regelmäßig aussuchte: jung, mit langem vollen Haar. Zu Beginn. Zum Schluss waren sie immer etwas anderes. Joe wünschte, er hätte Vidalia vor einem Jahr gesagt, dass zügellose Träume oft so enden: in unauflöslicher Abhängigkeit.

Lucius führte seine Gäste unter den Baldachin. Er deutete auf die Stühle zu seiner Linken und Rechten. Als alle saßen, klatschte er einmal in die Hände, so als sei nun alles zu seiner Zufriedenheit. »Meine Partner!«

Joe nickte: »Schön, Sie wiederzusehen.«

»Ganz meinerseits, Joe.«

»Wie geht es Ihnen?«, fragte Rico.

»Putzmunter, Enrico. Warum fragen Sie?«

»Ich habe gehört, Sie hätten einen leichten Schnupfen.«

»Wer hat Ihnen das gesagt?«

Rico, der bereits bemerkt hatte, dass er ins Fettnäpfchen getreten war, versuchte zurückzurudern. »Ich hoffe bloß, dass er schnell vorübergeht. Die, die man sich bei warmem Wetter holt, sind am schlimmsten.«

»Ich habe keinen Schnupfen.«

Auf dem Tisch neben ihm: heißer Tee, Zitronenschnitze, eine Packung Papiertaschentücher. Er starrte sie an, sein Gesicht offen wie ein Buch.

»Jedenfalls sehen Sie großartig aus«, sagte Rico.

»Sie sagen das so, als ob Sie überrascht wären.«

»Nein.«

»Hat jemand angedeutet, dass ich krank sei?«

»Nein«, sagte Rico.

»Schwach oder gebrechlich oder leidend?«

»Nein. Wollte bloß sagen, dass Sie gut aussehen.«

»Genau wie Sie, Rico.« Er drehte sich um und musterte Joe. »Sie hingegen sehen müde aus.«

»Wüsste nicht, warum.«

»Schlafen Sie gut?«

»Wie ein Weltmeister.«

»Na also, wir sehen alle so gut aus, dass wir uns vom Kriegsdienst freikaufen müssen.« Er warf ihnen ein Lächeln zu, das seine grauen Zähne entblößte. »Was führt Sie her? Es hieß, die Angelegenheit sei dringend.«

Während Joe berichtete, dass Theresa Del Fresco in Kontakt mit ihm getreten sei, weil sie um ihre Sicherheit fürchte, stellten mehrere *Androphagi* einen niedrigen Tisch zwischen sie und deckten ihn mit Platzdeckchen, Tellern und Besteck. Es folgten Weingläser, Leinenservietten, ein Wasserkrug und eine Flasche Weißwein in einem Eiskühler.

Lucius hörte zu, zog gelegentlich eine Augenbraue in die Höhe oder bildete mit dem Mund ein überraschtes O. Er nickte einem seiner Männer zu, und der Mann schenkte jedem von ihnen ein Glas Wein ein.

Als Joe fertig war, sagte Lucius: »Ich bin verwirrt. Glaubt Theresa, dass ich etwas mit diesen Anschlägen auf ihr Leben zu tun habe? Glauben Sie es?«

»Ganz und gar nicht.«

»Ganz und gar nicht.« Lucius lächelte Rico an. »Mir ist aufgefallen, dass die meisten Menschen mit besonders viel Nachdruck sprechen, wenn sie einem etwas einreden wollen.« Er wandte sich Joe zu. »Denn warum sonst würden Sie mir das alles erzählen, wenn Sie nicht glaubten, ich hätte etwas mit diesen unentschuldbaren Angriffen zu tun?«

»Weil Sie in dieser Gegend der einzige Mann sind, der den Angriffen ein Ende bereiten kann.«

»Sie haben mächtige Freunde. Sie selbst sind mächtig.«

»Meine Möglichkeiten sind begrenzt.«

»Aber meine sind es nicht?«

»Nicht in Union County.«

Lucius griff nach seinem Wein und bedeutete ihnen, es ihm gleichzutun. Er hob sein Glas: »Auf den Fortbestand unserer Partnerschaft.«

Rico und Joe nickten und erhoben ihre Gläser, ehe sie tranken. Die *Androphagi* kehrten mit zwei gebratenen Hähnchen, gekochten Kartoffeln und gedünsteten Maiskolben zurück. Einer der Männer tranchierte die Hähnchen am Tisch, und sein langes Messer durchschnitt das Fleisch wie Lichtstrahlen das Dunkel einer Höhle. In wenigen Augenblicken erhob sich ein Berg aus Hähnchenfleisch auf einer Servierplatte in der Mitte des Tisches. Die blanken Gerippe wurden entfernt.

»Sie sind also gekommen, um Schutz für Theresa Del Fresco zu erkaufen?«

»Ja.«

»Warum?« Lucius schob mit der Gabel Hähnchenfleisch auf seinen Teller. Ehe Joe antworten konnte, sagte Lucius: »Nur zu. Bedienen Sie sich. Rico, beginnen Sie doch mit dem Mais. Joe, die Kartoffeln.«

Sie füllten ihre Teller. Währenddessen stolperte Vidalia an ihnen vorbei und sagte Lucius, sie ginge nach unten, um ein Schläfchen zu halten. Sie warf Joe und Rico ein entrücktes, desillusioniertes Lächeln zu und winkte kurz in Lucius' Richtung. Während sie auf die Treppe zuging, fragte sich Joe zum wiederholten Mal, ob die Männer in ihrer Branche einfach alle Frauen auf ihrem Weg erniedrigten oder ob bestimmte Frauen sich deshalb zu ihnen hingezogen fühlten. Dieses entrückte Lächeln hatte Vidalia vor einem Jahr noch nicht in ihrem Repertoire gehabt; damals hätte man ihr Lachen nicht einmal mit einem Stahlnetz einfangen können. An diesen Klang würde er sich für den Rest seines Lebens erinnern; er fragte sich, ob sie selbst sich noch daran erinnern konnte.

»Warum ich hergekommen bin?«, fragte er Lucius. »Ist das Ihre Frage?«

»Warum helfen Sie einer Frau, die Sie kaum kennen?«

»Sie hat mich darum gebeten. Es schien mir ein geringer Dienst zu sein, einen Geschäftspartner um Hilfe zu bitten.«

Lucius hustete mehrmals in seine Faust. Es war ein feuchtes, rasselndes Husten, und er hielt eine Hand in die Höhe, bis der Husten nachließ. Dann lehnte er sich einen Augenblick zurück, die Hand auf der Brust. Seine Augen wurden wieder klar, und er räusperte sich. »Und sie bietet Ihnen für diesen Dienst eine Entschädigung an?«

»Ja.«

»Und welcher Art wäre diese Entschädigung?«

»Sie behauptet, über Informationen zu verfügen, die entscheidend für mein Überleben seien.«

»Wie das?«

»Sie behauptet, jemand hätte einen Mörder auf mich angesetzt.« Joe aß ein wenig von dem Hähnchen.

Lucius schaute zu Rico, dann zurück zu Joe, dann hinab auf seinen Teller. Das Hausboot trieb träge flussabwärts. Halden von Phosphorgips erhoben sich wie feuchte Aschehügel entlang des Ufers. Hinter den Hügeln lagen tote Bäume und Haufen von eingerollten und geschwärzten Palmwedeln. Die weiße Sonne war hinter den Wolken hervorgekommen und brannte unbarmherzig auf alles hinab.

Lucius nahm einen Schluck von seinem Wein und beobachtete Joe über den Rand seines Glases hinweg. »Das erscheint mir seltsam.«

»Warum das? In unserem Geschäft geht es nicht zimperlich zu.«

»Das gilt nicht für einen Goldjungen wie Sie, der für niemanden eine Bedrohung darstellt. Sie erheben keine Machtansprüche mehr. Sie sind nicht für ihr hitziges Temperament oder Probleme mit dem Glücksspiel bekannt. Sie vögeln nicht die Frauen anderer Männer, zumindest nicht die Frauen von Männern aus der Branche. Und die letzten Feinde, die Sie hatten, haben Sie an einem einzigen Tag aus dem Weg geräumt; in dieser Hinsicht unterschätzt Sie also auch niemand.« Er nahm einen weiteren Schluck von seinem Wein und beugte sich vor. »Halten Sie sich für einen schlechten Menschen?«

»Hab ich nie drüber nachgedacht.«

»Sie machen Profit mit Prostitution, Drogen, Kreditgeschäften, illegalem Glücksspiel …«

»Vieles von dem ist legal, wenn ich es in Kuba tue.«

»Legalität ist selbstverständlich nicht mit Moral gleichzusetzen.«

Joe nickte. »Und derselben Logik zufolge ist Illegalität nicht zwangsläufig unmoralisch.«

Lucius lächelte. »Haben Sie nicht vor einigen Jahren illegal Chinesen über Havanna nach Tampa geschleust? Hunderte, wenn nicht Tausende?«

Joe nickte.

Rico schaltete sich ein. »Wir beiden waren das. Es war ein Gemeinschaftsunternehmen.«

Lucius ignorierte ihn, sein Blick ruhte unbeirrt auf Joe. »Sind nicht einige der Chinesen gestorben?«

Joe beobachtete eine Zeitlang die Strandläufer, die einen feuchten Uferabschnitt entlangeilten. Er sah wieder zu Lucius hinüber. »Bei einer Überfahrt, ja.«

»Frauen? Kinder? Ein einjähriges Baby, wenn ich mich recht erinnere, im Frachtraum gekocht wie ein Festtagsschinken?«

Joe nickte.

»Verbuchen wir also noch Menschenhandel auf Ihrem Konto. Und Sie haben natürlich getötet. Ihren eigenen Mentor. Und am selben Tag den Tod seines Sohnes und mehrerer seiner Männer befohlen.«

»Nachdem sie einige von meinen umgebracht hatten.«

Ein schmallippiges Lächeln. Ein weiterer Blick über den Rand des Weinglases. »Aber ein schlechter Mensch sind Sie nicht?«

»Ich verstehe nicht ganz, worauf Sie hinauswollen, Lucius.«

Lucius starrte auf das Wasser. »Sie glauben, die Tatsache, dass Sie sich wegen Ihrer Sünden schlecht fühlen, würde Sie zu einem guten Menschen machen. Es gibt Menschen, die diese Art von Selbstbetrug verachtenswert finden könnten.« Er wandte ihnen wieder seinen Blick zu. »Und vielleicht war meine anfängliche Ungläubigkeit darüber, man habe einen Killer auf Sie angesetzt... was Ihnen, wie ich annehme, ebenso ging, und Ihnen auch, Rico?«

»Ohne jede Frage«, sagte Rico.

»...möglicherweise war diese Ungläubigkeit naiv. Sie haben viel Sünde in die Welt gebracht, Joseph. Vielleicht kehrt sie mit dem nächsten Gezeitenwechsel zurück. Vielleicht opfern Männer wie wir für alle Zeit ihren Seelenfrieden, um Männer wie wir zu sein.«

»Vielleicht«, sagte Joe, »und das ist eine These, die ich gern in meiner nächsten freien Minute bedenken will. Wenn ich dann noch lebe.«

Lucius verschränkte die Hände und beugte sich vor. »Lassen Sie uns die Sache logisch betrachten – wer hat Ihnen gesagt, dass jemand den Mord an Ihnen in Auftrag gegeben haben soll?«

»Theresa.«

»Warum hat sie diese Information an Sie weitergegeben? Theresa hat in ihrem ganzen Leben noch nie etwas getan, das nicht ihrem eigenen Vorteil gedient hätte.«

»Damit ich zu Ihnen komme und Ihren Schutz erbitte.«

»Und das haben Sie getan.« Einer seiner schweigenden Männer ersetzte die Weinflasche durch eine neue. »Was hat Theresa mir anzubieten?«

»Neunzig Prozent ihres Anteils an dem Überfall auf das deutsche Schiff in Key West.«

»Neunzig.«

Joe nickte. »Die restlichen zehn Prozent sind mir auszuhändigen, und ich werde ein Konto für ihren Sohn anlegen, sodass Theresas Mutter Zugriff auf das Geld hat, während sie im Gefängnis ist.«

»Neunzig Prozent«, sagte Lucius.

»Für umfassenden Schutz während ihres gesamten Gefängnisaufenthaltes.«

»Es gibt da eine kleine Schwierigkeit.« King Lucius lehnte sich in seinem Stuhl zurück und legte den linken Fußknöchel auf das rechte Knie.

»Und zwar?«

»Sie bietet mir Geld an, das ich bereits besitze, und Sie bieten mir gar nichts an. Ich bin mir nicht sicher, inwieweit eine Fortsetzung dieses Gesprächs mir nützen könnte.«

»Sie und ich sind Partner«, sagte Joe. »Sie können so viel Phosphat abbauen, wie Sie wollen, aber ohne mich bekommen Sie es nicht vom Fleck.«

»Das entspricht nicht ganz der Wahrheit«, sagte Lucius. »Für den Fall, dass Ihnen – Gott behüte – irgendein Unheil widerfahren würde, vertraue ich darauf, dass Ihre Teilhaber aller tiefen Trauer zum Trotz die gemeinsamen Geschäfte weiterführen würden. Finden Sie unsere gegenwärtigen Konditionen gerecht?«

»Sehr«, sagte Joe.

Lucius lachte. »Natürlich finden Sie das! Sie sind zu Ihrem Vorteil. Aber was ist, wenn ich sie für Wucher hielte?«

»Tun Sie das denn?«, fragte Rico.

»Lassen Sie es mich so ausdrücken: Bei ein oder zwei Gelegenheiten habe ich deshalb schlecht geschlafen.«

Joe sagte: »Sie zahlen weit weniger als den Normalpreis für die Benutzung unserer Lkws. Wir berechnen Ihnen …« Er sah zu Rico hinüber.

»Zwanzig Cent pro Pfund, vier Dollar die Meile.«

»Das ist quasi unser Selbstkostenpreis«, sagte Joe.

»Fünfzehn Cent pro Pfund«, sagte Lucius.

»Siebzehn.«

»Und drei Dollar die Meile.«

»Sie träumen.«

»Drei fünfundzwanzig.«

»Haben Sie eine Ahnung, wie teuer das Benzin derzeit ist?«, fragte Joe. »Drei fünfundsiebzig.«

»Drei fünfzig.«

»Drei fünfundsechzig.«

Lucius blickte auf seinen Teller hinab und aß eine Weile schweigend. Dann wandte er sich Rico zu und grinste. Er deutete mit seinem Messer auf Joe. »Junger Rico, von dem können Sie noch etwas lernen. Der war schon immer ein ganz Heller.«

Lucius legte sein Messer ab und streckte die Hand über den Tisch aus.

Joe musste sich vorbeugen, um Lucius' Hand zu schütteln.

»Ich zumindest wünsche mir, dass Sie unter den Lebenden weilen, Joe. Wenigstens so lange wie ich.«

Sie lösten den Handschlag.

Am Ufer angelten mehrere Kinder auf einer maroden Pier in Gewässern, die vom Phosphorschutt kreidig trüb geworden waren. Hinter ihnen stießen kleine Baracken durch die dichte Laubdecke des grüngelben Urwalds. Das weiße Kreuz einer Gemeindekirche erhob sich darüber, die nicht viel besser als die Baracken aussah. Am gegenüberliegenden Ufer waren sämtliche Bäume abgeholzt. Klar und deutlich sah Joe, wie Al Butters dort die Straße entlangtuckerte.

»Wie steht es mit Ihnen?«, sagte Lucius zu Rico.

»Inwiefern?«

»Biblisch gesprochen: Bist du deines Bruders Hüter?«

»Nicht, dass ich wüsste.«

»Warum sind Sie dann hier?«

Rico lächelte Lucius verwirrt an. »Wollte mal einen Tag lang aus der Stadt raus, bisschen Landluft schnuppern. Sie wissen ja, wie das ist.«

»Eigentlich nicht.« Lucius lächelte nicht. »Sie haben eigene Leute, nicht wahr?«

»Stimmt.«

»Der jüngste Boss in der Organisation.«

»Ich schätze schon.«

»Ein Wunderkind, genau wie Ihr Mentor hier es einmal war.«

»Nur jemand, der seine Geschäfte ernst nimmt.«

»Das hier ist also eine geschäftliche Angelegenheit? Sie sind geschäftlich hier?«

Rico steckte sich eine Zigarette an und versuchte angestrengt, lässig zu wirken. »Nein. Ich bin nur zur Unterstützung hier.«

Lucius deutete auf Joe. »Unterstützung für ihn?«

»Genau.«

»Aber warum braucht er Unterstützung?«

»Braucht er nicht.«

»Warum sind Sie dann hier?«

»Habe ich Ihnen doch gesagt.«

»Sagen Sie es mir noch mal.«

»Mir war nach einer Spazierfahrt zumute.«

Lucius Gesicht war ganz ruhig. »Oder wollten Sie Zeuge sein?«

»Von was?«

»Von allem, was heute hier geschehen könnte.«

Rico straffte die Schultern ein wenig, und seine Augen verengten sich. »Alles, was hier heute geschieht, ist ein Gespräch unter Geschäftspartnern, die sich gegenseitig auf dem Laufenden halten.«

»Und ein Partner besticht den anderen, damit er eine dritte Person beschützt.«

»Das auch.«

Lucius schenkte sich ein drittes Glas Wein ein. »Ich glaube, dass Sie mitgekommen sind, um meine Zugeständnisse bezeugen zu können. In diesem Fall vermuten Sie, dass ich sie zu einem späteren Zeitpunkt leugnen könnte. Entweder das, oder Sie sind in der müßigen Hoffnung gekommen, dass Sie Ihren Freund beschützen könnten. In diesem Fall halten Sie mich für die Sorte Mensch, die ihren Gästen Essen, Wein und Unterkunft gewährt, um ihnen nachher Gewalt anzutun. Was eine erbärmliche Verfehlung wäre. In beiden Fällen, Enrico, ist Ihre Anwesenheit hier eine Beleidigung.« Er wandte sich Joe zu. »Und Sie, Sie sind sogar noch schlimmer. Sie glauben, die Heckenschützen da draußen in den Bäumen seien meiner Aufmerksamkeit entgangen? Das da sind meine Bäume. Das hier sind meine Gewässer. Avilka.«

Der *Androphagi* mit dem flachsgelben Haar erschien. Er

kniete neben Lucius nieder, und Lucius flüsterte ihm etwas ins Ohr. Avilka nickte mehrmals und erhob sich. Er ging auf das Unterdeck zu.

Lucius lächelte Joe an. »Sie schicken einen der Trottel von der Familie Bunsford, um aufzupassen? Wo bleibt der gebührende Respekt, Joe? Die ganz normale Höflichkeit?«

»Ich habe mich Ihnen gegenüber nicht respektlos verhalten, Lucius. Ich habe mich den Bunsfords gegenüber respektvoll gezeigt, weil ich letzte Woche mit meinem Flugzeug in ihrem Gebiet gelandet bin.«

»Und jetzt bringen Sie deren Gestank hierher?« Lucius trank noch mehr Wein, sein Kiefer mahlte, seine Augen wanderten von einer Seite zur anderen, hinaus aufs Wasser, nach innen zu sich selbst. »Sie haben Glück«, sagte er, »dass ich nicht so schnell beleidigt bin.«

Ogden Semple und Avilka erschienen am Bug. Ogden näherte sich ihrem Tisch mit einem großen braunen Briefumschlag, den er Lucius überreichte.

Lucius warf den Umschlag auf Joes Schoss. »Ihre zehn Prozent. Zählen Sie nach, wenn Sie wollen.«

»Nicht nötig«, sagte Joe.

Das Boot drehte zum Ufer ab und setzte dann zu einer Neunzig-Grad-Wende an. Sie waren auf dem Rückweg, die schweren Motoren arbeiteten jetzt härter und lauter.

»Sie halten mich doch nicht zum Narren, Joe?«

»Ich wüsste nicht einmal, wie man das anstellen sollte, Lucius.«

»Einige haben es versucht. Würde es Sie überraschen, das zu hören?«

»Ja«, sagte Joe.

Lucius öffnete sein Zigarettenetui, und ehe er die Zigarette auch nur an die Lippen geführt hatte, wollte Ogden Semple sie schon mit seinem Feuerzeug anzünden.

»Würde es dich überraschen, das zu hören, Ogden?«

Ogden ließ das Feuerzeug zuschnappen. »Sehr, Sir.«

»Und wie kommt das?«

»Weil niemand Sie zum Narren hält.«

»Warum nicht?«

»Weil Sie ein König sind.«

Lucius nickte. Zuerst erschien es Joe so, als ob er ihm lediglich zustimmen wollte, aber dann traten zwei *Androphagi* aus der Gruppe hervor, und einer stach Ogden mit einem Messer in den Rücken, der andere in die Brust. Sie gingen schnell vor, stachen sechzehn oder siebzehn Löcher in ebenso vielen Sekunden in den Mann. Scharfe Schreie drangen aus seinem Mund, gefolgt von leisem Ächzen. Als die Mörder zurücktraten, spritzte sein Blut auf ihre nackten Oberkörper. Ogden fiel auf die Knie. Er sah bestürzt zu Lucius hoch, während er mit dem Arm versuchte, seinen zerfetzten Körper zusammenzuhalten.

Lucius sagte zu Ogden: »Sag niemals jemandem – weder in diesem Leben noch im nächsten –, dass ich krank bin.«

Ogden wollte etwas antworten, aber Avilka kniete hinter ihm nieder und benutzte die gebogene Klinge, um ihm die Kehle durchzuschneiden. Noch mehr Blut spritzte auf die restliche Schweinerei, und Ogden sank auf das Deck und schloss sein eines sehendes Auge.

Draußen auf dem Fluss schlug ein weißer Reiher mit seinen großen hellen Flügeln und glitt am Hausboot vorbei.

Lucius schaute Joe direkt in die Augen und deutete auf

den Leichnam. »Was glauben Sie, wie ich mich dabei *fühle*? Gut oder schlecht?«

»Ich könnte es nicht sagen.«

»Raten Sie.«

»Schlecht.«

»Warum?«

»Er hat lange Zeit für Sie gearbeitet.«

Lucius zuckte die Schultern. »Die Wahrheit ist, dass ich überhaupt nichts fühle. Für ihn. Für irgendein Lebewesen. Und ich erinnere mich nicht, wann es das letzte Mal anders war. Und doch, unter Gottes wachsamem Auge«, sagte er und blinzelte zur Sonne hoch, »wachse und gedeihe ich.«

14
Fadenkreuz

»MEINST DU, SIE HABEN ihn aufgegessen?«, fragte Rico, als er auf der Route 32 in Richtung Westen fuhr.

»Zu diesem Thema habe ich keine Meinung.« Joe nahm einen kräftigen Schluck von dem Roggenwhiskey, den sie zwei Indianerkindern und einer alten Frau an einem Obststand am Straßenrand abgekauft hatten. Er reichte Rico die Halbliterflasche, und der nahm ebenfalls einen kräftigen Schluck.

»Was ist nur *los* mit diesem Kerl?«

»Auch dazu fällt mir absolut nichts ein.«

Sie fuhren eine Weile schweigend weiter und ließen die Flasche so lange hin- und hergehen, bis es draußen klarer und grüner wurde.

»Ich meine, ich habe auch Menschen umgebracht«, sagte Rico. »Aber nie eine Frau oder ein Kind.«

Joe sah ihn an.

»Nicht mit Absicht«, sagte Rico. »Dieser kleine Chinese war einfach Pech. Du hast auch welche umgebracht, oder?«

»Natürlich.«

»Aber es gab immer einen Grund dafür.«

»Das dachte ich damals jedenfalls.«

»Hier gab es keinen *Grund*. Diesem armen Idioten ist rausgerutscht, dass sein Boss eine Erkältung hat, und jetzt ist er *tot*? Was sind das bitte schön für Maßstäbe?«

Joe fühlte das Schiff in allen Poren, er wünschte, er könnte es einfach wegschrubben.

»Das Mädchen kam mir von irgendwoher bekannt vor«, sagte Rico. »War das nicht die, die mit Georgie B. gebumst hat?«

Joe schüttelte den Kopf. »Bobby O.«

Rico schnipste mit den Fingern. »Genau, genau.«

»Kam früher immer in den Calypso Club.«

»Klar. Jetzt erinnere ich mich. Bei der hat man echt weiche Knie gekriegt.«

»Jetzt nicht mehr.«

»Jetzt nicht mehr.«

Rico stieß einen leisen, langsamen Pfiff aus. »Die konnte einen fertigmachen.«

Joe nickte, und dann sahen sie sich an und sagten es zusammen: »Jetzt nicht mehr.«

»Mädels denken, mit ihrer Muschi haben sie Macht, und manchmal stimmt das sogar, jedenfalls eine Weile. Wir denken, wir haben es in unseren Eiern und unseren Muskeln. Und vielleicht stimmt das sogar. Eine Weile.« Rico schüttelte bedauernd den Kopf. »Eine kurze, kurze Weile.«

Joe nickte wieder. Macht – ganz gewiss die, die Vidalia gehabt hatte – war eine Fliege, die sich für einen Habicht hielt. Sie konnte nur über jene herrschen, die bereit waren, sie einen Habicht anstatt eine Fliege zu nennen, einen Tiger anstatt eine Katze, einen König anstatt einen normalen Menschen.

Die Zypressen zu beiden Seiten der Straße welkten und warfen ihre Nadeln ab. Dieser Teil des Staates war völlig unerschlossen. Er strotzte vor Wildheit: wuchernder Urwald,

Alligatoren, Panther und träge, schleimige Sümpfe, die unter dünnen Schichten grünen Nebels funkelten.

Rico sagte: »Dir bleibt noch ... wie lange? Eine Woche bis Aschermittwoch?«

»Ja.«

»Gütiger Himmel, Joe, gütiger Himmel.«

»Was?«

»Nichts.«

»Na los, spuck's aus.«

»Es wird deine Intelligenz beleidigen.«

»Dann beleidige mal.«

Rico brütete eine Weile, mit starr auf die Straße gerichtetem Blick. »Ich wusste gar nicht mehr, ehe wir bei Lucius waren, was für ein kranker, verdrehter Wahnsinniger er ist. Wenn er heute nicht Ogden umgebracht hätte, dann hätte er Al Butters umgebracht. Oder dieses Mädchen. Oder einen von uns. Worauf es ankommt ist, irgendjemanden hätte er heute umgebracht. Einfach so, aus Spaß. Ohne irgendeinen anderen Grund. Wenn er auch nur entfernt etwas damit zu tun hat, dass jemand auf dich angesetzt ist, dann musst du verduften, bis die Dinge sich klären. Mensch, tauch doch einfach für ein oder zwei Wochen auf deiner Plantage unter. Lass mich und meine Jungs rausfinden, wer einen Rochus auf dich hat und warum, und wir werden ihnen das Licht ausblasen.« Er sah zu Joe hinüber. »Wäre mir ein Vergnügen, echt wahr.«

»Ich weiß dein Angebot zu schätzen.«

Rico klatschte die Hand auf das Steuer. »Komm mir jetzt nicht mit einem ›aber‹. Untersteh dich, Joe.«

»Aber es gibt ein paar Dinge in der Stadt, um die ich mich kümmern muss.«

»Die haben *Zeit.*« Er sah zu ihm hinüber. »Mir gefällt das alles nicht. Mehr sage ich gar nicht. Ich war mein ganzes Leben lang Gangster. Und ich habe in dieser Zeit ein gutes Gespür entwickelt, und mein Gespür sagt mir, du verdrückst dich jetzt besser.«

Joe blickte aus dem Fenster.

»Das ist keine Schande, Joe. Du läufst nicht davon. Du machst einfach Ferien.«

»Mal sehen«, sagte Joe. »Kommt drauf an, wie es bei mir läuft.«

»Na gut, dann versprich mir eines. Lass mich oder Dion – du entscheidest – ein paar Wachen vor deinem Haus aufstellen.«

»Um mein Haus zu bewachen, in Ordnung«, stimmte Joe zu. »Nicht mich. Wenn mir danach ist zu verschwinden, dann tue ich das. Einverstanden?«

»Klar. Prima.« Er sah zu Joe hinüber und lächelte.

»Was ist?«

»Jetzt *weiß* ich, dass du mit einer aus der Gegend was hast. Wer ist sie?«

»Fahr einfach.«

»Schon gut.« Er gluckste leise. »Wusste ich's doch.«

Sie fuhren eine Weile schweigend weiter, und dann blies Rico geräuschvoll Luft aus, und Joe wusste, woran er dachte.

Ricos Finger am Steuer waren weiß vor Anspannung. »Ich meine, ich sag's noch mal, ich habe Menschen umgebracht. Aber dieser Kerl? Scheiße, der ist ein wildes Tier.«

Joe starrte auf die prähistorische Flora ringsum und wusste, dass ihm genau das Sorgen bereitete, dass genau das an ihm nagte: der Unterschied zwischen ihm und einem wilden Tier.

Er sagte sich – und dann schwor er sich –, dass es einen Unterschied gäbe.

Es gab ihn.

Es gab ihn.

Noch ein paar kräftige Schlucke aus der Whiskeyflasche, und er glaubte es fast.

IN RAIFORD wartete Rico im Auto, während Joe und der stellvertretende Direktor erneut auf dem ungepflasterten Weg standen, der um das Gefängnis herumführte, und einander die Hände schüttelten. Der Direktor stand Wache, während Joe die Anhöhe hinaufging, wo er sich letztes Mal mit Theresa getroffen hatte. Theresa näherte sich dem Maschendrahtzaun, und Joe öffnete den Umschlag, sodass sie hineinsehen konnte.

»Hier sind Ihre zehn Riesen. Ich bringe sie morgen zur Bank.«

Sie nickte und sah ihn durch den Zaun an. »Sind Sie betrunken?«

»Wie kommen Sie darauf?«

»Weil Sie den Weg hier hinauf so vorsichtig gegangen sind.«

»Ich habe ein paar intus.« Joe steckte sich eine Zigarette an. »Na gut, kommen wir zur Sache.«

Sie packte den Zaun mit den Händen. »Billy Kovich. Und er wird in Ybor zuschlagen, also vermutlich, während Sie zu Hause sind.«

»Ich würde Bill Kovich nie in mein Haus lassen.«

»Dann wird er ein Gewehr benutzen. Er ist ein höllisch guter Scharfschütze. Man sagt, das hat er im Ersten Weltkrieg gelernt.«

Vorbei die Tage, da Joe am Fenster seines Arbeitszimmers sitzen konnte.

»Oder«, sagte Theresa, »er erwischt Sie auf der Straße, vielleicht in der Nähe dieses Cafés, das Sie so mögen, oder irgendwo, wo Sie regelmäßig hingehen. Und wenn Sie Ihre Gewohnheiten ändern, weiß er, dass Sie ihm auf die Spur gekommen sind.«

»Und wird sich verziehen?«

Sie stieß ein kaltes, schrilles Lachen aus und schüttelte den Kopf. »Er wird den Zeitplan ändern und früher zuschlagen. So würde ich es jedenfalls machen.«

Joe nickte. Er senkte den Blick und stellte fest, dass seine Landpartie tiefe Kratzer auf seinen Schuhen hinterlassen hatte.

»Warum nehmen Sie nicht einfach Urlaub?«, fragte Theresa.

Joe sah sie eine Weile unverwandt an. »Weil ich glaube, dass jemand mich aus der Stadt haben will. Es passt alles zu gut zusammen, um wahr zu sein.«

»Sie glauben also nicht, dass jemand Sie töten will?«

»Von einem rationalen Standpunkt aus betrachtet glaube ich, dass die Chancen ungefähr zwei zu eins stehen.«

»Und damit fühlen Sie sich wohl?«

»Machen Sie Witze?«, fragte er. »Ich mache mir vor Angst fast in die Hose.«

»Dann hauen Sie ab.«

Er zuckte die Schultern. »Ich habe mein ganzes Leben lang daran geglaubt, dass mein Grips mir mehr nützen kann als meine Eier. Aber dies ist das erste Mal, dass ich nicht sagen könnte, wem ich mehr traue.«

»Das heißt, Sie bleiben da.«

Er nickte.

»Na dann, schön, Sie kennengelernt zu haben.« Sie deutete auf den Umschlag in seiner Hand. »Wenn es Ihnen nichts ausmacht, dann zahlen Sie das lieber früher als später ein.«

Er lächelte. »Gleich morgen früh.«

»Auf Wiedersehen, Joe.«

»Wiedersehen, Theresa.«

Er machte kehrt, lief die Anhöhe hinab und stellte sich vor, dass sich ein Fadenkreuz auf seinem Rückgrat abzeichnete, auf seiner Brust, auf der Mitte seiner Stirn.

VANESSA WAR NICHT IN RAUM 107, ALS ER ANKAM, sie war unten am Bootsanleger. Das Holz knarrte, als er den Anleger betrat, und die Erinnerung an den Jungen, der ihn hier beim letzten Mal erwartet hatte, blitzte kurz auf, aber er behielt seinen gleichmäßigen Schritt und sein Lächeln bei und setzte sich ihr gegenüber.

»Wenn ich sagen würde, dass mir heute nicht danach ist«, meinte sie, »wärst du dann beleidigt?«

»Nein«, sagte er und stellte überrascht fest, dass es der Wahrheit entsprach.

»Du könntest dich aber neben mich setzen.« Sie klopfte leicht auf das Holz neben sich.

Er tastete sich vorsichtig hinüber und setzte sich so, dass ihre Hüften einander berührten. Er nahm ihre Hand, und sie saßen da und sahen aufs Wasser hinaus.

»Bedrückt dich etwas?«, fragte er.

»Ach«, sagte sie, »so dies und das.«

»Willst du darüber reden?«

Sie schüttelte den Kopf. »Nein, eigentlich nicht. Du?«

»Hmm?«

»Willst du über deine Sorgen sprechen?«

»Wer sagt, dass ich Sorgen habe?«

Sie stieß ein leises Lachen aus und drückte fest seine Hand. »Dann wollen wir einfach hier sitzen und nichts sagen.«

Und das taten sie.

Nach einer Weile sagte er: »Das ist schön.«

»Ja«, sagte sie, schwermütig und überrascht, »das ist es, nicht wahr?«

15

Flick dich selbst zusammen

IN DIESER NACHT KONNTE ER NICHT SCHLAFEN.

Jedes Mal, wenn er die Augen schloss, sah er *Androphagi*, die mit ihren krummen Langmessern auf ihn zukamen. Oder er sah die Lichtspur einer Kugel, die durch die Dunkelheit auf seine Stirn zuschoss. Er öffnete die Augen, hörte das Knarren des Hauses, das Ächzen der Wände, ein Quietschen auf der Treppe, das von Schritten stammen konnte.

Draußen raschelten die Bäume.

Die Uhr im Esszimmer schlug zwei. Joe öffnete die Augen – er hatte gar nicht bemerkt, dass sie geschlossen gewesen waren –, und der blonde Junge stand im Türrahmen und hielt einen Finger gegen die Lippen. Mit der anderen Hand zeigte er auf etwas. Zuerst dachte Joe, er würde auf ihn zeigen, aber nein, er zeigte auf etwas, das sich hinter ihm befand. Joe wandte sich im Bett um und sah über die rechte Schulter auf den Kamin.

Der Junge stand jetzt dort, mit seinem ausdruckslosen Gesicht und dem leeren Blick.

Er trug ein weißes Nachthemd, und an seinen Füßen waren violette und gelbe Flecken zu sehen. Wieder zeigte er auf etwas, und Joe sah erneut zurück zur Tür.

Niemand war dort.

Er drehte sich zum Kamin um.

Keiner da.

»FOLGEN SIE DER BEWEGUNG MEINES FINGERS.«

Dr. Ned Lenox hielt seinen Zeigefinger vor Joes Gesicht und bewegte ihn von rechts nach links, von links nach rechts.

Ned Lenox war schon der Familienarzt der Bartolos gewesen, als Joe noch das Sagen gehabt hatte. Es gab Dutzende von Gerüchten darüber, warum er eine vielversprechende Karriere als Mediziner in St. Louis an den Nagel gehängt hatte – Trunkenheit im Operationssaal, tödliche Fahrlässigkeit bei der Behandlung des Sohnes eines in Missouri sehr bekannten Mannes, eine Affäre mit einer Frau, eine Affäre mit einem Mann, eine Affäre mit einem Kind, Diebstahl und illegaler Weiterverkauf von Arzneimitteln –, aber so unterschiedlich die Gerüchte auch waren, die in der Unterwelt von Tampa kursierten, sie waren allesamt falsch.

»Gut. Zeigen Sie mir mal Ihren linken Arm.«

Joe streckte den Arm aus, und der zartgliedrige, sanfte Arzt umfasste ihn mit einer Zangenbewegung der Finger unmittelbar über dem Ellbogen und drehte die Innenseite des Arms nach oben. Dort, wo Joes Unterarm in den Ellbogen überging, klopfte er mit einem Reflexhammer auf die Sehne, dann wiederholte er die Bewegung am anderen Arm und an beiden Knien.

NED LENOX WAR NICHT AUS ST. LOUIS *verjagt worden; er hatte die Stadt aus eigenem Antrieb und mit einer so guten Reputation verlassen, dass die älteren Ärzte in der Stadt sich noch heute von Zeit zu Zeit laut fragten, warum er im Herbst '19 gegangen war und was aus ihm geworden sein mochte. Ja, es hatte da eine Sache mit einer jungen Frau gegeben, deren Kind bei der Geburt gestorben war, aber der Fall war von keiner geringeren Autorität als der staatlichen Gesundheitsbehörde untersucht worden, und Dr. Lenox, dessen unermüdlicher Einsatz während der großen Grippe-Pandemie des Jahres '18 geradezu heroisch gewesen war, war für gänzlich schuldlos befunden worden. Die Präeklampsie hatte zu Beginn viele der Symptome einer Spanischen Grippe gezeigt. Zu dem Zeitpunkt, als er erkannt hatte, was die junge Frau und das Kind in ihrem Schoß in Wahrheit heimsuchte, war es längst zu spät gewesen. In jenen Wochen hatte die tägliche Rate bei fünfzehn Toten gelegen, und dreißig Prozent der Stadt waren betroffen. Nicht einmal ein Arzt konnte ein Krankenhaus dazu bringen, seine Anrufe zu beantworten, oder einen Kollegen zu einem Hausbesuch bewegen. Und so war Ned Lenox mit seiner geliebten Frau allein zu Hause gewesen, als sie ihm genommen worden war. Er hatte sich nie mit der grausamen Ironie abgefunden, dass er – ein allseits hochgeschätzter Arzt – sie nicht hatte retten können. Aller Wahrscheinlichkeit nach wäre selbst ein aus Geburtsspezialisten bestehendes Komitee gescheitert.*

»WIE OFT HATTEN SIE in der vergangenen Woche Kopfschmerzen?«, fragte Ned Joe.

»Einmal.«

»Schlimm?«

»Ach was.«

»Konnten Sie sie auf eine besondere Ursache zurückführen?«

»Kettenrauchen.«

»Dagegen gibt es jetzt ein neumodisches Heilverfahren.«

»Ach ja?«

»Mit Kettenrauchen aufhören.«

»Es ist unverkennbar«, sagte Joe, »dass Sie eine erstklassige Ausbildung genossen haben.«

DAMALS, IM JAHR *'33, hatte Joe von Ned eine andere Version seiner Geschichte zu hören bekommen. Im Rum-Krieg, nach einem der schlimmeren Gefechte, hatte er eine lange Nacht damit verbracht, ihre Soldaten zusammenzuflicken. Joe war ihm in einem leeren Hotel-Ballsaal, den sie in einen behelfsmäßigen Operationssaal umgewandelt hatten, zur Hand gegangen. Als sie am nächsten Morgen auf einer Pier gesessen und den Fischerbooten und Rum-Booten zugesehen hatten, die in die Bucht hinaussteuerten, hatte Ned Joe erzählt, dass seine Frau einmal sehr arm gewesen war – eine Frau weit unter seinem gesellschaftlichen Stand.*

Ihr Name war Greta Farland, und sie hatte an der Gravois Creek in einer Pachtbauernbaracke gelebt, zusammen mit ihrer Mutter, einer Frau mit allzeit versteinertem Gesicht, ihrem Vater, einem Mann mit dem Gesicht eines Raubvogels, und vier überwiegend raubvogelgesichtigen Brüdern. Alle bis auf Greta hatten gebeugte Schultern, die sich unter einem spitzen Kinn wie bei einem Krebs nach vorn krümmten, Stirnen, so hoch und schroff wie die Mauern eines Sturmgrabens, und grimmige, hungrige Augen. Aber Greta hatte volle Hüften und Brüste und Lippen. Ihre milchweiße Haut leuchtete hell unter den Straßenlaternen, und ihr Lächeln, so selten es auch zu sehen war, war das Lächeln eines Mädchens, das gerade erst das Verlangen einer Frau entwickelt hat.

»HÜPFEN SIE VOM TISCH, JUNGER MANN.«

Joe tat es.

»Gehen Sie.«

»Bitte?«

»Gehen Sie. Fersen-Zehen-Gang. Von dieser Wand bis zu der da drüben.«

Joe tat auch das.

»Und jetzt zu mir zurück.«

Joe durchquerte erneut den Raum.

GRETA HATTE NEDS LIEBE NICHT ERWIDERT, *gleichwohl hoffte er, dass sich das ändern würde, sobald sie sähe, um wie vieles besser das Leben war, zu dem er ihr verhelfen konnte. Er musste dennoch nicht lange um sie werben; ihr Vater wusste, dass ein Mann von Neds Schlag, wenn überhaupt, nur einmal im Leben vorbeikommen würde, um einer jungen Frau aus der weißen Unterschicht den Hof zu machen. Greta heiratete Ned und fühlte sich in ihrer neuen Umgebung bald heimisch genug, um eine Menügabel von einer Salatgabel zu unterscheiden und gelegentlich das Hausmädchen zu schlagen. Manchmal konnte sie drei oder vier ganze Tage lang freundlich zu Ned sein, ehe sich ihre dunkle Veranlagung lautstark Bahn brach. Es waren diese guten Tage, die Neds Glauben am Leben erhielten, sie werde bald aufwachen und erkennen, dass das, was sie für einen Traum hielt, Wirklichkeit war – dass es ihr niemals an Essen, einem Heim oder der Liebe eines anständigen und angesehenen Mannes fehlen würde –, und ihre finsteren Launen sich in nichts auflösen würden. Ihre unbarmherzigen Ansichten über die Menschheit würden einem Gefühl der Anteilnahme weichen.*

NED RÜCKTE SEINE BRILLE ZURECHT und machte sich eine Notiz auf dem Blatt Papier, das in seinem Klemmbrett steckte. »Entspannen Sie sich.«

Joe sagte: »Kann ich die Ärmel herabrollen?«

»Tun Sie sich keinen Zwang an.« Wieder kratzte der Stift auf dem Papier. »Und keine Ohrenschmerzen, keine Kurzatmigkeit, kein starkes Nasenbluten?«

»Nein, nein und nein.«

Dr. Lenox betrachtete ihn einen Moment. »Sie haben ein wenig Gewicht verloren.«

»Ist das schlimm?«

Er schüttelte den Kopf. »Ein paar Pfund weniger können Ihnen nicht schaden.«

Joe grunzte und steckte sich eine Zigarette an. Er hielt Dr. Lenox die Schachtel hin. Der Arzt schüttelte den Kopf, brachte jedoch seine eigene Schachtel zum Vorschein und steckte sich ebenfalls eine an.

ALS GRETA SCHWANGER WURDE, *war Ned sich sicher, dass eine Wendung zum Besseren unmittelbar bevorstehe. Stattdessen machte die Schwangerschaft sie sogar noch ungenießbarer. Glücklich war sie nur – und es war eine hoffnungslose, bittere Form des Glücks –, wenn sie bei ihrer Familie war, denn die Familie Farland war, wie hoffnungslos und verbittert auch immer, als Ganzes am glücklichsten. Wenn sie zu Besuch kam, verschwanden Erbstücke und Besteck, und Ned konnte nicht übersehen, wie sehr sie ihn dafür hassten, dass er all das besaß, was sie begehrten, aber so lange nicht besessen hatten, dass sie gar nicht mehr wussten, was sie damit hätten anfangen sollen.*

NED STIESS EINE RAUCHWOLKE AUS und steckte die Schachtel in seine Hemdtasche zurück. »Erzählen Sie es mir noch einmal.«

»Bringen Sie mich nicht dazu, es zu wiederholen.«

»Sie haben Visionen.«

Joe spürte, dass er rot anlief. Er schaute finster drein. »Sind sie ein Zeichen für einen Hirntumor, oder sind sie es nicht?«

»Sie zeigen keinerlei Symptome eines Hirntumors.«

»Das heißt nicht, dass ich keinen habe.«

»Nein, aber es heißt, dass die Wahrscheinlichkeit sehr gering ist.«

»Wie gering?«

»Etwa so groß wie die Wahrscheinlichkeit, auf einer Kautschukplantage unter wolkenlosem Himmel vom Blitz getroffen zu werden.«

NED WAR NICHT ÜBERRASCHT – *schockiert vielleicht, aber nicht überrascht –, als er eines Tages unerwartet nach Hause kam und dort eine im fünften Monat schwangere Greta vorfand, die es sich von ihrem Vater von hinten besorgen ließ. Die beiden grunzten wie brünstige Schweine in einem Bett, das sich seit drei Generationen im Besitz der Familie Lenox befand. Sie besaßen nicht einmal den Anstand aufzuhören, als sie seine verloren wirkende Gestalt in dem Frisierspiegel sahen, den er ihr zur Verlobung geschenkt hatte.*

»DANN LASSEN SIE UNS ÜBER SCHLAF SPRECHEN. Bekommen Sie welchen?«

»Nicht viel.«

Er kritzelte wieder etwas auf sein Formular. »Wie die Ringe unter Ihren Augen bestätigen.«

»Danke. Zieht sich mein Haaransatz auch zurück?«

Lenox blickte ihn über seine Brille hinweg an. »Ja, aber das hat mit unserem heutigen Thema nichts zu tun.«

»Und das wäre?«

»Wann haben Sie zuletzt diese, ähm, Vision gehabt?«

»Paar Tage her.«

»Wo?«

»Bei mir zu Hause.«

»Was ging da gerade in Ihrem Leben vor sich?«

»Nichts. Na ja… «

»Was?«

»Es ist ohne Belang.«

»Sie sind nicht ohne Grund hier. Sagen Sie es mir.«

»Es gibt ein Gerücht, dass einer meiner Geschäftspartner wütend auf mich ist.«

»Warum?«

»Ich weiß es nicht.«

»Und ist dieser Geschäftspartner jemand, mit dem Sie sich vernünftig unterhalten können?«

»Das weiß ich eben nicht. Ich weiß nicht mal, wer es ist.«

»Und in Ihrem Geschäft«, sagte Dr. Lenox und wählte seine Worte mit Bedacht, »lösen wütende Geschäftspartner ihre Streitigkeiten nicht immer auf die…« Er suchte nach der passenden Formulierung.

»…feine Art«, sagte Joe.

Lenox nickte. »Genau.«

ALS SICH GRETAS VATER, *Ezekiel »Easy« Farland, einige Minuten darauf im Wohnzimmer zu Ned gesellte, setzte er sich ihm gegenüber und mampfte einen Pfirsich, den er sich aus einer Schale vom Esszimmertisch genommen hatte.*

»Ich weiß, dass du jetzt vieles sagen willst«, ließ er Ned wissen, »aber all das hat für mich und meinesgleichen keine Bedeutung. Wir regeln die Dinge auf unsere Art. Und ich erwarte, dass du mitspielst.«

»Ich werde bei nichts dergleichen mitspielen.« Neds zitternde und angespannte Stimme klang hoch wie die einer Frau. »Nichts dergleichen. Ich werde deine Tochter aus diesem Haus…«

Easy hielt die Spitze eines Messers an Neds Hoden und umschloss mit der anderen Hand seine Kehle. »Wenn du irgendwelche Dummheiten machst, ficke ich dich so lange in den Arsch, bis du meinen Schwanz im Mund schmeckst. Rufe meine Jungs und lasse die dasselbe machen, einen nach dem anderen. Verstanden? Du gehörst jetzt zu meiner Familie. Bist 'n Teil von uns. Das ist der Vertrag, den du unterschrieben hast.«

Und um seinen Wort gebührend Nachdruck zu verleihen, verpasste er Ned einen sauberen Schnitt in der Leistengegend, knapp über seinen Hoden und rechts von seinem Penis.

»Du bist 'n Doktor.« Er wischte seine Klinge an Neds Hemd ab. »Flick dich selbst zusammen.«

JOE BEFESTIGTE EINEN MANSCHETTENKNOPF an seiner rechten Manschette. »Womit könnten die Visionen Ihrer Meinung nach in Verbindung stehen?«

»Überlastung.«

»Scheiße«, sagte Joe, als sein Manschettenknopf zu Boden fiel. »Scheiße, scheiße, scheiße.« Er bückte sich, um ihn aufzuheben. »Wirklich?«

»Ob ich wirklich glaube, dass Sie überlastet sind? Oder ob ich wirklich glaube, dass Überlastung die Ursache dafür ist, dass Sie sich Dinge einbilden? Darf ich ganz offen sein?«

Joe nestelte wieder an seiner Manschette herum. »Sicher.«

»Eine unbekannte Person – oder Personen – möchte Ihnen vielleicht körperlichen Schaden zufügen, Sie ziehen allein einen Sohn groß, nachdem Ihre Frau eines gewaltsamen Todes gestorben ist, Sie reisen zu viel, rauchen zu viel, ich nehme an, Sie trinken auch zu viel, und Sie schlafen nicht genug. Ich bin überrascht, dass Sie keine ganze Armee von Geistern sehen.«

WÄHREND DES NÄCHSTEN MONATS *ging, aß und arbeitete Ned zwar, aber es geschah ohne Bewusstsein für das, was er tat. Dreißig Tage lang, wenn ihn die Erinnerung nicht trog, bewegten sich seine Glieder nur aus Gewohnheit, und nicht, weil er es ihnen befohlen hätte. Was er aß, lag wie nasse Asche auf seiner Zunge und erreichte seinen Mund fast ohne sein Zutun, aus reiner Routine. Er machte Hausbesuche und Überstunden im Krankenhaus einer Stadt, die unter dem unbarmherzigen Wüten der Grippe-Pandemie fast in Stücke brach. In jeder größeren Familie war mindestens ein Mitglied infiziert, und fünfzig Prozent dieser Infizierten starben. Ned kümmerte sich um die Kränksten der Kranken, begleitete einige bis zur Genesung und erklärte andere offiziell für tot. Und er erinnerte sich an nichts. Jeden Abend kehrte er nach Hause zurück. Jeden Morgen verließ er das Haus.*

Während einer der Untersuchungen, die er jeden Morgen bei seiner Frau vornahm, bemerkte er, dass ihr Blutdruck in die Höhe geschossen war. Er beschloss, für den Rest des Tages nicht mehr daran zu denken, und brach zur Arbeit auf. Als er zurückkehrte, hatte sich Gretas Zustand verschlimmert. Er untersuchte ihren Urin und fand klare Beweise für ein Nierenversagen. Er versicherte ihr, dass alles in Ordnung sei. Er hörte ihr Herz ab und stellte fest, dass es rasend schnell ging, hörte ihre Lunge ab und bemerkte, dass Flüssigkeit darin herumschwappte. Er hielt ihre Hand und versicherte ihr, dass ihre Symptome für eine Schwangere im fünften Monat völlig normal seien.

»ES IST ALSO ÜBERLASTUNG?«, fragte Joe.

»Es ist Überlastung.«

»Ich fühle mich aber nicht überlastet.«

Der Arzt stieß einen langgezogenen Seufzer aus.

»Na ja,«, erläuterte Joe, »jedenfalls nicht mehr als sonst auch. Auf jeden Fall nichts im Vergleich zu der Zeit vor zehn Jahren.«

»Als Sie Alkoholschmuggler im Rum-Krieg waren.«

»Angeblich.«

»Damals hatten Sie keinen Sohn, der von Ihnen abhängig war. Und außerdem waren Sie zehn Jahre jünger.«

»Jüngere Männer fürchten den Tod nicht?«

»Einige schon, aber die meisten glauben im Grunde nicht, dass sie sterben könnten.« Er drückte seine Zigarette aus. »Was können Sie mir über diesen Jungen sagen, dessen Bild Ihnen erscheint?«

Joe zögerte und suchte nach der kleinsten Spur von Belustigung in Lenox' Gesicht. Aber er sah nichts als lebhaftes Interesse. Die Aussicht auf ein Gespräch über den Jungen fühlte sich auf einmal geradezu verlockend an. Er schloss den zweiten Manschettenknopf und setzte sich Lenox gegenüber.

»Meistens«, begann er, »sieht sein Gesicht wie ein benutzter Radiergummi aus, wenn Sie wissen, was ich meine. Er hat eine Nase, einen Mund, Augen, aber ich kann sie nicht richtig sehen, und ich kann Ihnen nicht sagen, warum das so ist. Es geht einfach nicht. Aber einmal habe ich ihn im Profil gesehen, und da wirkte er wie jemand aus meiner Familie.«

»Ein Familienmitglied?« Lenox steckte sich noch eine an. »Wie Ihr Sohn?«

Joe schüttelte den Kopf. »Nein, wie mein Vater oder einige Cousins, die ich einmal getroffen habe. Wie ein bestimmtes Foto meines Bruders, als er klein war.«

»Lebt dieser Bruder noch?«

»Ja. Er wohnt in Hollywood und schreibt Filmdrehbücher.«

»Könnte es Ihr Vater sein?«

»Das habe ich auch überlegt«, sagte Joe, »aber etwas daran fühlt sich falsch an. Mein Vater war einer von denen, die als erwachsene Männer auf die Welt kommen. Kennen Sie die Sorte?«

»Aber das ist es nicht, was Ihr Verstand Ihnen sagen will.«

»Ich verstehe nicht.«

»Glauben Sie an Geister?«

»Bislang eigentlich nicht.«

Lenox wischte diese Bemerkung mit einer Handbewegung beiseite. »Sie haben mit Ihren Befürchtungen keinen Hellseher oder Wahrsager aufgesucht. Sie sind zu mir gekommen, einem Mediziner. Sie haben befürchtet, dass Sie einen Tumor haben könnten, aber ich sage Ihnen, dass es sich um Überlastung handelt. Was immer es ist, das Sie heraufbeschwören, es hat eine Bedeutung für Sie. Ganz gleich, wie Ihr Vater als Junge gewesen sein mag, *Sie* könnten es für angebracht gehalten haben, ihn als Jungen zu imaginieren. Oder vielleicht ist einem dieser Cousins, von denen Sie sprachen, vor langer Zeit etwas zugestoßen, und Sie haben sich nicht damit abfinden können.«

»Oder vielleicht«, sagte Joe, »ist es ein echter Geist.«

»In diesem Fall seien Sie getrost – es gibt einen Gott.«

Joe runzelte die Stirn. »Wie bitte?«

»Wenn es so etwas wie Geister gibt, dann gibt es auch ein Leben nach dem Tod. Zumindest in irgendeiner Form. Wenn es ein Leben nach dem Tod gibt, dann ist die Existenz eines höheren Wesens anzunehmen. Ergo sind Geister ein Gottesbeweis.«

»Ich dachte, Sie glauben nicht an Geister?«

»Genau. Folglich glaube ich nicht an Gott.«

ALS GRETA LAUT ZU SCHREIEN BEGANN, *stopfte Ned ihr einen Knebel in den Mund. Er fesselte sie ans Bett und band auch ihre Fußknöchel zusammen. Sie fieberte jetzt schon sehr stark, delirierte und stammelte unzusammenhängendes Zeug, und er wischte ihre Stirn ab, flüsterte ihr seinen Hass ins Ohr und rasselte jede Statistik herunter, die er auf der medizinischen Hochschule über die Häufigkeit von geistigen Behinderungen, Mongolismus, Selbstmordneigungen und schweren Depressionen bei Kindern aus inzestuösen Beziehungen gelernt hatte.*

»Diese Linie muss durchbrochen werden«, flüsterte er, während er an ihrem Ohr knabberte. Er streichelte ihre geschwollenen Brüste und schlug ihr ins Gesicht oder drückte ihr die Kehle zu, um sie bei Bewusstsein zu halten, während die Präeklampsie sich erst ankündigte und dann einnistete. Und er war sich sicher, dass er noch nie eine schönere Frau als diese gesehen hatte, die nach drei Stunden und elf Minuten Wehen starb.

Ihr Kind, die Frucht einer so ruchlosen Sünde, dass sie als Einzige von jeder bekannten Zivilisation auf Erden verdammt wurde, kam tot auf die Welt. Seine Augen presste es angesichts der Schrecken, die es erwartet hätten, fest zusammen.

LENOX LEHNTE SICH AUF SEINEM SCHEMEL ZURÜCK und zog die Bügelfalte über seinem Knie gerade. »Es gibt einen Grund, warum ich nicht an Geister glaube: Es ist langweilig.«

»Verzeihung?«

»Es ist langweilig«, sagte Lenox. »Ein Geist zu sein. Ich meine, was fängt man denn mit der ganzen Zeit an? Man wandert um drei Uhr morgens an Orten herum, an denen man nichts zu suchen hat, und erschreckt die Katze zu Tode, oder auch die Gattin, und dann entschwindet man in eine Wand. Wie lange dauert so etwas – eine Minute? Was fängt man mit dem Rest seiner Zeit an? Denn, wie gesagt, wenn man an Geister glaubt, dann glaubt man auch an ein Leben nach dem Tod. Man muss daran glauben. Beides gehört zusammen. Kein Leben nach dem Tod, keine Geister, dann sind wir alle nichts als verwestes Fleisch für die Würmer. Aber wenn es Geister gibt, dann gibt es ein Leben nach dem Tod, ein Geisterreich. Und was auch immer im restlichen Geisterreich vor sich geht, oder im Himmel oder in der Vorhölle oder wo man sich befindet, wird hoffentlich ein bisschen interessanter sein, als den ganzen Tag bei Ihnen im Haus herumzulungern und darauf zu warten, dass Sie zurückkommen, um Sie anzustarren und nichts zu sagen.«

Joe lachte leise. »So gesehen ...«

Lenox kritzelte etwas auf seinen Rezeptblock. »Gehen Sie damit zu dem Apotheker an der Siebten.«

Joe steckte die Verschreibung ein. »Was ist es?«

»Chloralhydrattropfen. Halten Sie sich an die Dosierung, sonst schlafen Sie einen Monat lang. Aber es wird Ihnen nachts helfen.«

»Was ist tagsüber?«

»Wenn Sie gut ausgeruht sind, werden Sie keine Visionen haben, weder tags noch nachts.« Lenox' Brille rutschte von seiner Nase. »Wenn die Visionen oder die Schlaflosigkeit andauern, rufen Sie mich an, und ich verschreibe Ihnen etwas Stärkeres.«

»In Ordnung«, sagte Joe. »Mache ich. Danke.«

»Keine Ursache.«

Nachdem Joe gegangen war, steckte sich Ned Lenox eine Zigarette an und bemerkte nicht zum ersten Mal, wie stark das Nikotin die Stelle zwischen dem Zeigefinger und dem Mittelfinger seiner rechten Hand verfärbt hatte. Die Nägel auch. Er ignorierte das Baby, das zitternd unter der Untersuchungsliege kauerte. Das kleine Mädchen war die ganze Zeit dort gewesen, hatte auf derselben Stelle gezittert und sich gewiegt, selbst als sein Vater die Lüge erzählt hatte, dass das Leben nach dem Tod zu langweilig sei, als dass dort ein Geist leben wollte. Anders als damals waren ihre Augen jedoch geöffnet und ihr Gesicht nicht verzerrt. Sie ähnelte ein wenig ihrer Mutter, vor allem die Kieferpartie, aber der Rest an ihr war ganz Lenox.

Ned Lenox kniete sich ihr gegenüber auf den Boden, denn er hatte keine Ahnung, wie lange sie bleiben würde, und er mochte es, wenn sie ihm Gesellschaft leistete. In den ersten Jahren, nachdem er sie und ihre Mutter umgebracht hatte, war sie jede Nacht zu ihm gekommen, war auf dem Boden und um das Bett herumgekrochen, einige Male sogar die Wand hoch. Im ersten Jahr machte sie keine Geräusche, aber im zweiten kreischte sie und stieß hohe, hungrige Schreie aus. Um nicht nach Hause gehen zu müssen, schuftete Ned in der Praxis, machte Hausbesuche und wurde schließlich der Feldarzt der Familie Bartolo und ihrer Freunde in der Unterwelt. Letzteres gefiel ihm am besten. Er hegte keine romantischen Vorstellungen über Männer wie Joe Coughlin und das Leben, das sie führten – es war erfüllt von Gier und Strafe; die Männer, die es lebten, starben eines blutigen Todes oder sorgten dafür, dass andere es taten. Es existierte kein Sittenkodex, und es gab keine übergeordneten Prinzipien, außer denen, die dem Eigeninteresse dienten, egal, wie sehr sie einen gegenteiligen Eindruck erwecken wollten: dass alles dem Wohl der Familie diene.

Dennoch fand Ned unter ihnen eine Ehrlichkeit, die er an den meisten anderen Orten vermisste. Alle Menschen, die er in dieser Welt getroffen hatte, waren Gefangene ihrer Sünden, Geiseln dessen, was in ihnen zerbrochen war. Man wurde kein Joe Coughlin oder Dion Bartolo oder Enrico DiGiacomo, weil man eine unversehrte Seele und ein freies Herz hatte. Man wurde ein Teil dieser Welt, weil die eigenen

Sünden und Sorgen sich so ungeheuerlich vervielfacht hatten, dass man für ein anderes Leben gar nicht mehr geeignet war.

Am blutigsten Tag des Rum-Krieges in Tampa, dem 5. März 1933, waren fünfundzwanzig Männer gestorben. Einige waren erschossen worden, andere erhängt, erstochen oder von Autos überfahren. Sie waren Soldaten gewesen, Fußvolk der Mafia, gewiss, und sie hatten dieses Leben aus eigenem Antrieb gewählt, aber einige waren schreiend gestorben, und andere hatten darum gebettelt, dass man sie um ihrer Frauen und Kinder willen am Leben ließe. Zwölf dieser Männer waren auf einem Schiff im Golf von Mexiko niedergemetzelt worden, und ihre Leichen hatte man als Futter für die Haie über Bord geworfen. Ned Lenox hatte gebetet, dass alle zwölf tatsächlich tot gewesen waren, als ihre Körper auf dem Wasser aufschlugen. Joe Coughlin hatte ihren Tod angeordnet. Derselbe verständige Joe Coughlin mit den sanften Augen und tadellosen Maßanzügen, der in seine Praxis gekommen war und über Visionen geklagt hatte.

Wenn die Sünden groß genug waren, das wusste Ned, wich das Gefühl der Schuld nicht mehr. Es wurde stärker. Es nahm andere Formen an. Manchmal, wenn eine Gewalttat oft genug die nächste Gewalttat nach sich gezogen hatte, war das Gefüge des Universums bedroht, und dann schlug das Universum zurück.

Ned kreuzte die Beine und sah sein Baby an, das zurückstarrte, ein verschrumpeltes und boshaftes Beinahe-Kleinkind. Als es seinen zahnlosen Mund öffnete und zum ersten Mal in vierundzwanzig Jahren sprach, überraschte ihn das nicht. Noch überraschte es ihn, dass sie es mit der Stimme ihrer Mutter tat.

»Ich bin in deinen Lungen«, sagte sie ihm.

16

Dieses Mal

NACHDEM ER SEINE SCHICHT ALS Fahrdienstleiter beim Bay-Palms-Taxidienst beendet hatte, legte Billy Kovich einen Zwischenstopp im Tiny Tap auf der Morrison ein, um sich einen Schnaps und ein Bier zu genehmigen. Der Schnaps war immer ein Old Thompson, das Bier immer ein Schlitz, und Billy Kovich trank nie mehr als eins von beiden. Vom Tiny Tap fuhr er zur Gorrie Elementary, der noblen Grundschule, auf die sein Sohn ging, und holte Walter von einer Probe mit seiner Musikgruppe ab. Walter spielte die Marschtrommel, nicht gut genug, um ein Stipendium zu bekommen, aber nicht so schlecht, dass sein Platz in der Musikgruppe jemals in Gefahr gewesen wäre. So gut, wie seine Zensuren waren, hatte er ein Musikstipendium ohnehin nicht nötig. Walter, zwölf Jahre alt und kurzsichtig, war die größte Überraschung in Billy Kovichs Leben. Seine zwei anderen Kinder, Ethel und Willie, waren auf die Highschool gegangen, als Penelope erneut schwanger wurde. Damals war sie zweiundvierzig gewesen, und Billy und die Ärzte hatten sich besorgt gezeigt, dass eine so kleine und zerbrechliche Frau in diesem Alter noch ein Kind bekommen sollte. Einer der Ärzte hatte Billy im Vertrauen gewarnt, dass das Baby vermutlich nie die Geburtsreife erlangen werde. Aber genau das tat es, und die Geburt verlief ohne jede Komplikation. Doch wenn Walter nur zwei Monate später zur Welt gekommen wäre, hätte man vermutlich den Tumor in Penelopes Eierstöcken entdeckt.

Sie starb, als Walter kaum ein Jahr alt war, gerade zu laufen begonnen hatte und wie ein betrunkener Indianer hinter seiner Mutter herwankte. Sogar damals war er schon ein stilles Kind gewesen, nicht so sehr verschlossen als vielmehr selbstgenügsam. Und dennoch blitzgescheit. Er hatte schon eine Klasse übersprungen – die dritte –, und sein Klassenlehrer, ein junger Mann namens Artemis Gayle, der frisch aus Vanderbilt eingetroffen war, hatte Billy zu bedenken gegeben, ob er den Jungen im nächsten Frühjahr nicht auf die Tampa Catholic High School schicken wolle, wenn er glaube, dass Walter so weit sei. In geistiger Hinsicht könne daran kein Zweifel bestehen, versicherte Gayle, sie müssten sich nur die Frage stellen, ob er seelisch in der Lage sei, den Wechsel zu verkraften.

»Der Junge zeigt nicht viel von seinen Gefühlen«, sagte Billy. »Hat er noch nie.«

»Jedenfalls gibt es nicht mehr viel, das wir ihm hier noch beibringen könnten.«

Während sie zu dem Haus an der Obispo Street fuhren, wo alle drei seiner Kinder aufgewachsen waren, fragte Billy seinen Sohn, was er davon halte, im Herbst auf die Highschool zu wechseln. Sein Sohn sah von dem Lehrbuch hoch, das auf seinem Schoß lag, und rückte die Brille zurecht. »Das wäre prima, Billy.«

Walter hatte im Alter von neun Jahren aufgehört, ihn »Dad« zu nennen. Er hatte völlig vernünftig argumentiert, dass ein Kind sich im Nachteil befände, wenn seinen Eltern schon bei der Anrede automatisch Überlegenheit zugestanden werde. Hätten Ethel oder Willy dasselbe Argument vorgebracht, hätte Billy ihnen gesagt, dass sie ihn für den Rest ihres Leben »Dad« zu nennen hätten, und falls ihnen das nicht gefalle, könne er ihnen gern den Hintern versohlen. Aber solche Drohungen verfehlten bei Walter jegliche Wirkung; das einzige Mal, als Billy seinem Sohn eine Abreibung verpasst hatte, hatte der Ausdruck fassungsloser Empörung auf dem Gesicht des Jungen, gefolgt von Verachtung, Billy noch lange Zeit heimgesucht. Er suchte ihn im Grunde immer noch heim, weit mehr als die Gesichter all der Männer, die er im Lauf der Jahre umgebracht hatte.

Sie fuhren auf den Stellplatz des Hauses an der Obispo und gingen hinein. Walter nahm seine Trommel und seine Schulbücher mit nach oben, während Billy Leber mit Zwiebeln briet und grüne Bohnen und Kartoffelscheiben erwärmte. Seit seiner Militärzeit kochte Billy für sein Leben gern. Er war im Jahr 1916 Soldat geworden, und man hatte ihm gleich zu Beginn einen Platz in der Küche von Camp Custer zugewiesen. Aber dann hatte der Krieg Amerika erreicht, und sie hatten ihn nach Frankreich geschickt, wo dem Kommandanten seiner Einheit aufgefallen war, wie gut Unteroffizier William Kovich es verstand, mit seinem Gewehr Menschen aus großer Entfernung zu erschießen.

Nach dem Krieg hatte es Billy nach New Orleans gezogen, wo er in einer Kneipenschlägerei einen Mann mit nichts als seinem Daumen tötete. Es war die Sorte von Kneipe, in der es oft vorkam, das jemand zum Krüppel gemacht wurde, allerdings war dies der erste Mann in sechs Jahren gewesen, der es geschafft hatte, sich tatsächlich umbringen zu lassen. Als die Polizei eintraf, erzählten alle Stammgäste des Lokals den Beamten, dass der arme Delson Mitchelson von einem verrückten Cajun namens Boudreaux umgebracht worden war, der schleunigst verduftet sei, wahrscheinlich geradewegs zurück nach New Orleans. Billy fand später heraus, dass Phillippe Boudreaux, der fragliche Cajun, Monate zuvor nach einem Kartenspiel umgebracht worden war, bei dem man ihn mit einem fünften Buben erwischt hatte. Einige der Jungs hatten ihn bei Vollmond an die Alligatoren verfüttert. Seitdem hatte man ihm so gut wie jeden Mord im French Quarter und zwei weitere in Storyville in die Schuhe geschoben. Der Kneipenbesitzer hatte in jener Nacht an einem Tisch in der Ecke gesessen; er stellte sich als Lucius Brozjuola vor (»Meine Freunde nennen mich King Lucius«). Er erzählte Billy, dass demnächst im gesamten Land der Alkoholverkauf verboten würde und dass er eine Idee habe, wie man weiter unten im Süden, in Tampa, Kapital daraus schlagen könne. Er suche nach Männern, die wüssten, wie man sich in brenzligen Situationen verhielt.

Und so war Billy nach Tampa gekommen, wo er das stille und respektable Leben eines Mannes aus der unteren Mittelschicht führte, solange man ihm nicht befahl, Menschen für Geld zu töten. Das Geld floss in den Grundbesitz, in den er während des großen Aufschwungs der frühen 1920er Jahre investiert hatte. Aber während andere Sumpfland und Küstengebiete gekauft hatten, hatte Billy Parzellen in der Stadtmitte von Tampa, St. Petersburg und Clearwater erworben. Er hatte immer Grundstücke in der Nähe von Gerichtsgebäuden, Polizeiwachen und Krankenhäusern gekauft, denn ihm war nicht entgangen, dass Gemeinden in solchen Gegenden besonders schnell wuchsen. Irgendwann würden sie eines von Billy Kovichs kleinen Grundstücken kaufen müssen, die normalerweise unbebaut blieben, aber gut gepflegt auf den Tag warteten, an dem jemand ein Angebot unterbreitete. Billy machte zwar keinen Mordsgewinn mit diesen Geschäften, doch er strich immer einen soliden Profit ein, vor allem aber – und das war das Wichtigste – einen Profit, der erklärte, warum jemand, der als Fahrdienstleiter beim Bay-Palms-Taxidienst arbeitete, eine Tochter auf das Hunter-Lehrerkolleg in Miami und einen Sohn auf die Emory University schicken konnte und sich selbst alle drei Jahre hinter das Steuer eines fabrikneuen Dodge setzte. In den Stadtverwaltungen, mit denen Billy Geschäfte machte, würde sich niemand allzu genau die Finanzen eines Mannes ansehen, der ihnen ein gutes Stück Land zu einem fairen Preis verkauft hatte.

Nach dem Abendessen machten Billy und Walter den Abwasch und erörterten wie alle den Krieg »da drüben« und wie lange es dauern mochte, ihn zu gewinnen.

Während er das letzte Geschirrstück abtrocknete, fragte Walter: »Was ist, wenn wir nicht gewinnen?«

In Anbetracht der Tatsache, dass dieser deutsche Oberkrautfresser gerade im russischen Morast versank, konnte sich Billy nicht vorstellen, dass die Nazis ihre Anstrengungen noch mehr als einige wenige Jahre würden aufrechterhalten können. Es war nur eine Frage des Öls: Je mehr sie davon in Russland vergeudeten, desto weniger reichte der Nachschub aus Nordafrika und Rumänien.

Das erklärte er seinem Filius, und Walter durchdachte die Information so sorgfältig, wie er es mit allem tat.

»Aber was ist, wenn Hitler die sowjetischen Ölfelder in Baku erobert?«

»Ja, klar«, sagte Billy. »Dann könnte es sein, dass die Sowjets verlieren, und Europa würde vermutlich fallen. Aber was würde das für uns bedeuten? Ist ja nicht so, dass sie geradewegs zu uns rüberkämen.«

»Warum nicht?«, fragte der Junge.

Und darauf wusste Billy keine Antwort.

Das also waren derzeit die Sorgen amerikanischer Jungs. Adolf Hitler, der böse Schwarze Mann, war auf dem Vormarsch und bereit, eines Tages das Meer zu überqueren.

Er kniff seinen Sohn sanft in den Nacken. »Schätze mal, wenn's so weit kommt, sind wir geliefert, aber das ist ein großes *Wenn*, und du musst erst noch deine Hausaufgaben machen.«

Sie gingen zusammen ins Obergeschoss, und Walter setzte sich an seinen Schreibtisch.

»Lies nicht zu lange«, ermahnte Billy seinen Sohn, und der Junge nickte auf eine Weise, die darauf hindeutete, dass er den Rat ignorieren werde.

Billy ging den Flur entlang bis zu dem Zimmer, in dem seine drei Kinder gezeugt worden waren und wo Penelope ihren letzten Atemzug getan hatte. Er pflegte eine weit nähere Bekanntschaft mit dem Tod als die meisten Menschen. Seiner eigenen Zählung zufolge hatte er in seinem Leben achtundzwanzig Männer umgebracht, und wenn man es ganz genau damit nahm, welche der Kugeln während des viertägigen Blutbades in Soissons von ihm stammten und welche von anderen Männern, konnten es auch bis zu fünfzig sein. Er hatte mehr als ein Dutzend Mal zugesehen, wie die Blicke anderer erloschen waren. Er hatte auch das Erlöschen im Blick seiner Frau gesehen.

Und alles, was er anderen über den Tod sagen konnte, war, dass man gut daran tat, ihn zu fürchten. Er hatte keine Anzeichen für ein Leben nach dem Tod erkennen können. Hatte nie gesehen, wie sich Friede auf die Züge der Sterbenden senkte, war nie Zeuge der Erleichterung eines Mannes geworden, dessen Fragen gleich beantwortet werden würden. Nichts als das Ende. Immer zu früh, immer eine Überraschung, aber auch die trostlose Bestätigung einer lebenslang gehegten Befürchtung.

In dem Schlafzimmer, das er mit seiner Frau geteilt hatte, zog er sich ein altes Sweatshirt mit abgeschnittenen Ärmeln und eine mit Farbklecksen gesprenkelte Hose an. Dann ging er nach draußen, um am Boxsack zu trainieren.

Der Boxsack hing gleich hinter dem überdachten Stellplatz an einer Kette, und Billy schlug ohne große Raffinesse, doch mit geschmeidigen Bewegungen auf ihn ein. Er schlug nicht besonders fest oder besonders schnell zu, aber nach einer halben Stunde fühlten sich seine Arme an, als ob sie mit nassem Sand gefüllt wären, sein Herz hoppelte wie verrückt in seiner Brust, und sein Shirt war schweißgetränkt.

Er duschte rasch – anders konnte er inzwischen gar nicht mehr duschen – und zog seinen Schlafanzug an. Er sah nach Walter, und Walter versicherte ihm, dass er nicht mehr lange aufbleiben werde, und bat ihn, beim Hinausgehen die Tür hinter sich zu schließen. Er überließ ihn seinem Geographiebuch und ging nach unten, um sich die zwei Biere zu genehmigen, die er sich nach dem Boxtraining immer gönnte.

Joe Coughlin saß in seiner Küche, eine Pistole in der Hand. An der Pistole war ein Schalldämpfer von Maxim angebracht. Joe hatte zwei Biere aus dem Eisschrank genommen und sie neben einen Dosenöffner auf den Tisch gestellt, vor einem leeren Stuhl, sodass Billy nicht nur wusste, wo er zu sitzen hatte, sondern auch merkte, dass Joe seine abendlichen Abläufe kannte. Joe nickte kurz in Richtung des Stuhls, und Billy setzte sich.

»Machen Sie ein Bier auf«, sagte Joe.

Billy stach ein Loch in die Oberseite der Dose und ein anderes daneben, damit das Bier besser flösse, und er nahm einen Schluck, ehe er die Dose wieder hinstellte.

Joe Coughlin sagte: »Wir müssen doch nicht das Spiel spielen, bei dem Sie mich fragen, warum ich hier bin, oder?«

Billy dachte über die Frage nach und schüttelte den Kopf. Direkt über seinem rechten Knie war ein Messer an die Unterseite des Tisches geklebt. Dort, wo er saß, würde es ihm nicht viel nützen, aber wenn er es schaffte, das Messer in seinen Ärmel gleiten zu lassen, das Gespräch in unverfängliche Bahnen zu lenken und in einigen Minuten nah genug an ihn heranzukommen, dann hätte er vielleicht eine Chance.

»Ich bin hier«, sagte Joe, »weil ich weiß, dass Sie den Auftrag bekommen haben, mich umzubringen.«

Billy sagte: »Ich habe den Auftrag nicht bekommen. Ich habe allerdings davon gehört.«

»Wenn Sie ihn nicht bekommen haben, wer dann?«

»Wenn Sie mich fragen, Mank.«

»Der ist in einer Heilanstalt in Pensacola.«

»Dann ist er es nicht.«

»Scheint sehr unwahrscheinlich.«

»Warum ich?«

»Sie wollten jemanden, der nah an mich rankommt.«

Billy schnaubte. »Niemand kommt nah an Sie ran. Meinen

Sie nicht, Sie wären ein bisschen misstrauisch, wenn ich eines Tages aus heiterem Himmel in Ihrer Schnapsfabrik auftauchte oder Ihnen in diesem Café in Ybor über den Weg liefe, das Sie so sehr mögen? Sie sind kein Auftrag, bei dem man nah an das Ziel rankommt. Sie sind jemand, den man aus der Entfernung töten muss.«

»Aber Sie sind ein guter Scharfschütze, Billy. Stimmt doch, oder?«

Sie hörten ein leises Scharren über sich, als Walter seinen Stuhl verrückte. Als sie beide, dem Geräusch folgend, nach oben sahen, senkte Billy seine rechte Hand rasch unter die Tischplatte.

»Mein Sohn.«

»Ich weiß«, sagte Joe.

»Was passiert, wenn er herunterkommt, um sich ein Glas Milch oder so zu holen? Haben Sie das bedacht?«

Joe nickte. »Wir würden ihn auf der Treppe hören. Sie knarrt, vor allem am oberen Ende.«

Wenn er im Haus so gut Bescheid wusste, was wusste er dann noch?

»Und was tun Sie, wenn Sie ihn kommen hören?«

Joe rollte leicht die Schultern. »Wenn ich dann immer noch glaube, dass Sie eine Gefahr für mich sind, schieße ich Ihnen ins Gesicht und verabschiede mich durch die Seitentür.«

»Und wenn nicht?«

»Dann kommt Ihr Sohn nach unten und findet zwei Kumpel vor, die sich miteinander unterhalten.«

»Worüber?«

»Über das Taxigeschäft.«

»Sie tragen einen Achtzigdollaranzug.«

»Hundertzehn«, sagte Joe. »Wir sagen, dass ich der Besitzer bin.«

Ein weiteres Scharren, gefolgt von Schritten. Sie hörten das verräterische Quietschen der Tür, als Walter sein Zimmer verließ. Dann waren seine Schritte auf dem Flur zu hören.

Billy griff nach dem Messer.

Im Obergeschoss betrat Walter das Badezimmer und schloss die Tür hinter sich.

Unter dem Tisch spürte Billy nichts als Holz. Er zog die Hand hervor und griff damit nach der Bierdose. Er sah, dass Joe ihn beobachtete.

»Es ist in Ihrem Geräteschuppen.« Joe legte den rechten Fuß auf das linke Knie. »Das Gleiche gilt für die 22-Kaliber-Waffe, die hinter dem Eisschrank steckte, die andere .22er auf dem Regal über den Tellern, die .38er unter dem Wohnzimmersofa, die .32er in Ihrem Schlafzimmer und die Springfield in Ihrem Wandschrank.«

Von oben hörte man das Geräusch der Toilettenspülung.

»Falls ich irgendeine Waffe zu erwähnen versäumt habe«, sagte Joe, »sollten Sie sich vielleicht fragen, ob das Absicht war. Alles in allem glaube ich, dass wir weit schneller vorankommen, wenn Sie einfach meine Fragen beantworten, statt darüber nachzudenken, wie Sie an eine Pistole oder ein Messer kommen.«

Billy nahm einen Schluck Bier, während Walter das Badezimmer verließ und an der Treppe vorbeiging. Wieder quietschte seine Tür, diesmal, als er sie schloss, und kurz darauf scharrte der Stuhl.

Billy sagte: »Legen Sie los, Mr. Coughlin.«

»Joe.«

»Legen Sie los, Joe.«

»Wer hat Sie beauftragt?«

»Ich habe Ihnen schon gesagt, dass ich keinen Auftrag habe. Ich habe nur davon gehört. Mank ist der Bursche, über den Sie sich Sorgen machen sollten.«

»Wer hat den Auftrag erteilt?«

»King Lucius, aber ich habe den Verdacht, dass er es im Namen von jemand anderem getan hat.«

»Wessen Namen?«

»Keine Ahnung.«

»Und Sie sollten es am Mittwoch tun?«

Billy legte den Kopf schief.

»Nein?«, fragte Joe.

»Nein«, sagte Billy. »Erstens, ich habe den Auftrag nicht angenommen. Er wurde mir nicht mal angeboten. Zweitens, wie kommen Sie auf das Datum?«

»Egal«, sagte Joe. »Aber ich habe gehört, dass die Sache am Aschermittwoch über die Bühne gehen soll.«

Billy lachte und nahm noch einen Schluck von seinem Bier.

»Was ist daran so lustig?«

»Nichts.« Billy zuckte die Schultern. »Es ist lachhaft. Aschermittwoch? Warum nicht Palmsonntag oder der Tag des Baums? Wenn wir wollen, dass jemand stirbt, dann bringen wir ihn am Mittwoch-des-Miesen-Mordens um oder am Sag-Servus-Samstag. Mensch, Joe, Sie sind im Komitee. Sie wissen doch, wie so was läuft.«

Joe sah zu, wie Billy sein erstes Schlitz austrank und mit dem Dosenöffner das zweite öffnete. Dieser Billy hatte ein so offenes Gesicht. Man musste ihn nur ansehen, und schon entspannte man sich. Es war zugleich jungenhaft und markant, das Gesicht eines grundsoliden Jedermanns aus der Arbeiterklasse. Die Sorte, die dir hilft, einen platten Reifen zu wechseln, sich nachher von dir auf ein Bier einladen lässt und die zweite und dritte Runde selbst schmeißt. Wenn er gesagt hätte, dass er der Trainer einer Highschool-Footballmannschaft sei oder ein Kleinstadtmechaniker oder der Betreiber eines Eisenwarengeschäftes, hätte man nur genickt und »natürlich« gesagt.

Als King Lucius damals, im Jahr '37, ein Exempel statuieren wollte, fuhr Billy Kovich mit Edwin Musante in einem Boot aufs Wasser, fesselte Edwin die Hände hinter den Rücken, band ihm die Beine zusammen, verpasste ihm mit einem Rasiermesser ein paar Schnitte in die Beine und in den Bauch und zurrte ein Seil unter seinen Achseln fest. Edwin Musante war am Leben und bei vollem Bewusstsein, als Billy Kovich ihn ins Wasser warf, das Seil abrollte und langsam durch die Tampa Bay tuckerte. Paudric Dean, der fünf Jahre später ein Opfer von Billy Kovich wurde, befand sich an jenem Tag auf dem Boot und sprach später nur mit Flüsterstimme, in der immer noch der Schock nachklang über das, was geschehen war, nachdem die ersten zwei Haie aufkreuzten. Zuerst bissen sie nur zaghaft zu, wie zur Probe, unterbrochen nur von Edwin Musantes hohem Kreischen. Aber als drei weitere Haie in hundert Metern Entfernung erschienen, bissen die beiden ersten schon beherzter zu. Sobald alle fünf zu dem Festmahl zusammengekommen waren, durchschnitt Billy in aller Ruhe das Seil und fuhr zurück zum Hafen.

Und nun beobachtete Joe ihn, wie er sein Bier trank und aussah, als wäre er der netteste Kerl, der einem je im Leben begegnet ist.

»Haben Sie sich schon mal gefragt, ob das Gerücht ein Selbstzweck sein könnte?«

»Ich verstehe nicht ganz.«

»Klar tun Sie das, Joe.«

»Jemand will, dass ich *glaube*, man habe es auf mich abgesehen?«

»Genau.«

»Warum?«

»Um Ihnen in den Kopf zu kriechen und dort mit einer Schöpfkelle herumzurühren.«

»Aber wozu?«

»Woher zum Teufel soll ich das wissen?« Billy zuckte die Schultern. »Ich gehöre nicht zu der Sorte, die man ins Sitzungszimmer ruft, um die Hintergründe zu erklären. Ich bin eine Arbeitsbiene.« Er hielt seine leere Bierdose hoch. »Eine durstige, um genau zu sein. Macht's Ihnen was aus, wenn ich mir noch eins hole?«

Marston, der Privatdetektiv, den Joe vor einigen Tagen angeheuert hatte, damit er das Haus beobachtete, hatte berichtet, dass Billy jeden Abend exakt zwei Biere trank. Nie ein drittes.

Joe erwähnte dies jetzt.

Billy nickte. »Stimmt, normalerweise genehmige ich mir nur zwei. Aber wenn mir in meinem eigenen Zuhause ein Mann gegenübersitzt, der eine Waffe auf mich richtet, während mein Sohn im ersten Stock immer noch wach ist, ein Mann, der glaubt, dass ich den Auftrag habe, ihn umzubringen, da könnte ich schon mal auf die Idee kommen, von meinen Gewohnheiten abzuweichen. Nehmen Sie auch eins?«

»Klar«, sagte Joe.

Billy ging zum Eisschrank. »Sie sehen aus, als hätten Sie ein bisschen zugelegt. Habe ich recht?«

»Vielleicht ein paar Pfund, keine Ahnung. Ich besitze keine Waage.«

»Konnten eh ein bisschen mehr vertragen, dünn, wie Sie immer waren. Steht Ihnen.«

Als er sich umdrehte, hielt er in jeder Hand ein Bier. Er stellte die Biere auf den Tisch. Er schloss den Eisschrank. Er griff nach dem Dosenöffner.

»Wie alt ist Ihr Junge jetzt?«, fragte er.

»Neun«, sagte Joe.

Die erste Bierdose zischte, als er hineinstach. »Ein paar Jahre jünger als meiner.«

»Walter soll ja ziemlich schlau sein.«

Billy schob Joe die Bierdose über den Tisch zu und strahlte vor Vaterstolz. »Er soll die achte Klasse überspringen, gleich auf die Highschool gehen. Tampa Catholic. Man glaubt es kaum.«

»Gratulation.«

Billy stach zweimal in seine eigene Dose und hob sie zu einem Trinkspruch. »Auf unsere Söhne.«

»Auf unsere Söhne.«

Joe trank. Billy trank.

Er sagte: »Ist Ihnen auch aufgefallen, dass ihr Charakter praktisch vom ersten Tag an feststeht?«

Joe nickte.

Billy lächelte milde und schüttelte den Kopf. »Ich meine,

da sagen sie dir als Eltern, tu dies nicht, oder du kriegst so'n Kind; tu das nicht, oder dein Kleiner entwickelt sich so und so. In Wahrheit sind die schon im Mutterleib das, was sie sind.«

Joe nickte zustimmend, und sie tranken ihr Bier. Die Stille, die folgte, war angenehm und behaglich.

»Tut mir leid, das mit Ihrer Frau«, sagte Joe. »Sie wissen schon, damals.«

»Ich erinnere mich, dass Sie zur Totenwache da waren.« Billy nickte. »Danke. Das mit Ihrer Frau hat mir auch leidgetan. Ich wäre zur Beerdigung gekommen, aber ich wurde außerhalb der Stadt festgehalten.«

»Dafür hatte ich vollstes Verständnis. Die Blumen, die Sie geschickt haben, waren sehr schön.«

»Ich habe sie bei diesem Floristen in Temple Terrace in Auftrag gegeben. Die sind sehr gut.«

»Stimmt.«

»Ist es Ihnen recht, wenn ich rauche?«

Joe sagte: »Ich wusste gar nicht, dass Sie rauchen.«

»Nicht, wenn mein Sohn im Haus ist. Es soll schlecht für sein Asthma sein, und er hasst den Geruch. Aber hin und wieder, wenn ich mich gerade ein bisschen – na, sagen wir, ein bisschen angespannt fühle« – er lachte, und auch Joe lachte verhalten –, »gönne ich mir gern mal eine Lucky.«

Joe griff in seine Innentasche und brachte ein Päckchen Dunhills und ein silbernes Feuerzeug zum Vorschein. »Haben Sie einen Aschenbecher?«

»Klar.« Billy stand auf und ging ein paar Schritte zum Küchentresen. »Darf ich?«

Joe nickte.

Billy öffnete eine Schublade. Er wandte Joe den Rücken zu und griff hinein. Dann drehte er sich wieder zum Tisch um, einen kleinen gläsernen Aschenbecher in der Hand. Er stellte ihn auf den Tisch und schloss die Schublade.

»Niemand würde Ihren Tod wollen, Joe. Das ergibt keinen Sinn.«

»Womit wir wieder bei der Theorie wären, dass mir jemand einen Floh ins Ohr setzen will.«

»Der richtig schön in Ihrem Kopf rumhüpfen soll, genau.«

Billy nahm wieder Platz und lächelte Joe über den Tisch hinweg an.

Joe öffnete das Päckchen Dunhills und hielt es Billy hin.

»Was sind das für welche?«

»Dunhills. Kommen aus England.«

»Die sehen ganz schön vornehm aus.«

»Kann schon sein.«

»Ich rauche nur Luckys. Schon immer.«

Joe sagte nichts und hielt weiter die Schachtel ausgestreckt.

»Darf ich?«

»Was?«

»Meine Schachtel Lucky Strikes holen?«

Joe zog die Hand zurück. »Nur zu.«

Aus dem oberen Stockwerk drang das leise Scharren des Stuhls.

Billy ging zu einem der Hängeschränke. Er öffnete ihn und schaute Joe über die Schulter hinweg an. Joe sah in dem Schrank nichts als Schalen für Cornflakes und ein paar Kaffeetassen.

»Ich bewahre sie außer Sichtweite auf, damit der Junge nichts davon mitkriegt«, sagte Billy. »Ich muss ganz nach hinten greifen.«

Joe nickte.

»Gibt keinen Grund, Joe.« Er kramte tief rechts in dem Schrank herum.

»Bitte?«

»Dass irgendjemand Sie töten will.«

»Dann ist es wohl bloß ein verrücktes Gerücht.« Joe verlagerte sein Gewicht leicht nach links.

»Darauf würde ich wetten.«

Billys Arm kam sehr viel schneller aus dem Hängeschrank heraus, als er hineingegriffen hatte. Joe erhaschte einen Blick auf etwas Metallisches, das das Licht der Küchenlampe reflektierte, und schoss Billy in die Brust. Er hatte jedenfalls auf die Brust gezielt, aber der Schuss wurde nach oben abgelenkt, und die Kugel zerfetzte Billys Adamsapfel. Er rutschte am Unterschrank hinab und kam am Boden zum Sitzen. Seine Augenlider flatterten wie verrückt, und sein Gesichtsausdruck war sowohl hungrig als auch verzweifelt.

Joe sah das silberne Zigarettenetui in Billys Hand. Billy ließ es mit dem Daumen aufschnappen, um Joe die weiße, gedrungene Reihe von Lucky Strikes zu zeigen.

»*Dieses* Mal«, sagte Joe.

Billys Augenlider hörten zu flattern auf, und sein Mund bildete ein »O«, als ihm das Kinn auf die blutige Brust sackte. Joe leerte seine Bierdose in der Spüle aus und wusch sie ab, ehe er sie in seine Manteltasche steckte. Er wischte den Wasserhahn mit einem Geschirrtuch ab und benutzte es auch zum Öffnen der Tür, die aus der Küche ins Freie führte. Er steckte das Geschirrtuch in die andere Manteltasche und verließ das Haus.

Er ging die Straße zu seinem Auto hinab und legte seinen

Mantel auf den Rücksitz. Auch den Hut setzte er ab und legte ihn auf den Beifahrersitz. Dann verschloss er das Auto und ging auf dem gegenüberliegenden Bürgersteig die Obispo Street zurück. Er lehnte sich an einen Telefonmast und beobachtete das Licht in Walter Kovichs Zimmer.

Nach einigen Minuten steckte er sich eine Zigarette an. Er wusste, dass sich so nur ein Verrückter benahm, zumindest ein ganz und gar unvorsichtiger Mensch. Er hätte zu diesem Zeitpunkt bereits zehn Meilen weit weg sein sollen, besser noch zwanzig.

Er dachte an all die Kinder, die ohne Väter aufwachsen würden, einfach deshalb, weil er und Männer seines Schlages existierten. Sein eigener Sohn hatte wegen dem, was Joe tat, seine Mutter verloren. Vor zehn Jahren waren – an einem der blutigsten Tage in der Geschichte der Mafia von Tampa – nicht weniger als fünfundzwanzig Männer zwischen zwölf Uhr mittags und zwölf Uhr nachts massakriert worden. Mindestens zehn dieser Männer waren Väter gewesen. Und wenn Joe morgen oder übermorgen sterben würde, dann wäre sein eigener Sohn eine Waise. Es gab eine Regel in dem seltsamen Geschäft, das sie betrieben: Ziehe nie Familien in die Sache hinein. Es war eine geheiligte Regel, die über allen anderen stand, mit einer einzigen Ausnahme: Mach so viel Geld, wie nur geht. Dank dieser Regel konnten sie glauben, dass etwas sie von Tieren unterschied. Etwas, das ihrer Grausamkeit und ihrem Eigennutz eine Grenze setzte.

Sie achteten die Familie.

Aber die Wahrheit sah anders aus. Sie löschten keine Familien aus, das stimmte. Sie amputierten sie bloß.

Er wartete, um zu sehen, wie bei Walter Kovich das Licht ausging, weil er sich versichern wollte, dass dem Jungen eine letzte friedliche Nacht bliebe. Sobald er den Leichnam seines Vaters in der Küche entdeckt hätte, wäre Frieden etwas, das sich nur selten einstellen würde, eine Zeitlang zumindest, und dasselbe träfe auf Schlaf zu.

Morgen früh würde Walter Kovich, zwölf Jahre alt und kurz davor, die achte Klasse zu überspringen, die Treppe hinabgehen und seinen Vater ohne Kehlkopf auf dem Boden sitzend vorfinden. Die Blutspritzer wären schwarz und wie Gummi. Fliegen würden herumschwirren. Walter würde nicht in die Schule gehen. Morgen Abend um diese Zeit würde sein Bett sich fremd anfühlen. Sein Elternhaus würde sich in einen verwirrenden und unheimlichen Ort verwandelt haben. Er würde sein Essen nicht mehr schmecken können. Er würde nie wieder ein Gespräch mit seinem Vater führen können. Er würde vermutlich niemals erfahren, warum sein Vater ihm genommen worden war.

Genauso wenig wie sein eigener Sohn, falls Joe bald sterben würde.

Hatte Walter Kovich einen Onkel oder eine Tante, die ihn aufnehmen konnten? Großeltern? Joe wusste es nicht.

Er sah wieder zu dem Fenster hoch. Das Licht brannte noch immer.

Es war spät. Joe kam zu dem Schluss, dass der Junge an seinem Schreibtisch eingeschlafen sein musste, die Wange auf den Seiten eines Schulbuches.

Joe trat vom Bürgersteig auf die Straße und ging zurück zum Auto. Die Straße war sehr still, als er davonfuhr. Nicht einmal das Bellen eines Hundes begleitete seine Abfahrt.

17
Archipele

MONTAG, DER ACHTE MÄRZ des Jahres 1943, zwei Tage vor Aschermittwoch.

In Anbetracht der Tatsache, dass Billy Kovich in der Leichenhalle lag, war Joe überrascht, sich beim Aufwachen sogar noch unsicherer zu fühlen als zuvor. Als Dion anrief, um ihn zu überzeugen, dass sein Haus – ganz gleich, wie viele von Ricos Leibwächtern er sich ausliehe – eben doch nicht sicher sei, leistete er weitaus weniger Widerstand, als sein Freund vermutet hatte.

Eine Stunde später brach er mit Tomas auf. Sie verließen Ybor und fuhren zu Dion. Im Auto breitete Tomas die Morgenzeitung aus, die obere Hälfte ruhte auf dem Armaturenbrett, die untere auf seinem Schoß. Über der Falz: die Schlacht in der Bismarcksee. Darunter, in der rechten Ecke: der Tod von Billy Kovich, Fahrdienstleiter eines Taxiunternehmens, mutmaßliche Verbindungen zur Unterwelt.

»Was ist ein Archiehpel?«

Joe sah seinen Sohn an: »Ein was?«

Tomas zeigte mit dem Kinn auf die Zeitung. »Ein Archipel?« Diesmal sprach er es »Archipell« aus.

»Ein Archipel«, sagte Joe.

»Genau.«

»Versuch's noch mal.«

Langsam. »Ein Archipel.«

»Auf Anhieb.« Joe verpasste seinem Sohn einen sanften Faustschlag aufs Knie. »Gut gemacht. So nennt man Inselgruppen.«

»Warum sagt man dann nicht einfach ›Inselgruppe‹?«

Joe lächelte. »Warum sagt man zwölf für ein Dutzend? Warum sagt man Köter für Hund?«

»Oder Mieze für Katze?«

»Oder Sprössling für Kind?« Joe wusste: Wenn sie erst einmal so anfingen, konnten sie den ganzen Tag weitermachen, und er war jetzt schon spät dran.

Zum Glück brach Tomas die Witzeleien ab. »Neugu-ihnea?«

»Neuguinea.«

Tomas sprach ihm nach, und wieder schaffte er es beim ersten Versuch.

Das war alles, worüber die Zeitungen seit zwei Tagen berichteten: Wie Onkel Sam und die australische Luftwaffe ihren heiligen Zorn auf das japanische Flottengeleit vor der Küste des Bismarck-Archipels niederregnen ließen. Und heute war zu lesen, dass soeben eine neue Schlacht vor Bougainville auf den Salomonen begonnen worden sei.

»Bestimmt brennen sie denen ordentlich eins auf den Pelz, was?«

»Eines Tages will ich Soldat werden.«

Joe hätte fast das Auto gegen die Bordsteinkante gefahren. »Wirklich wahr?«, sagte er obenhin.

»Jawohl.«

»Warum?«

»Ich will für mein Land kämpfen.«

»Würde dein Land auch für dich kämpfen?«

»Das verstehe ich nicht.«

»Du weißt, warum wir in Ybor leben?«

»Weil wir da ein schönes Haus haben.«

»Genau«, sagte Joe. »Aber auch, weil das in dieser Gegend der einzige Ort ist, an dem Kubaner leben können, ohne wie Menschen zweiter Klasse behandelt zu werden. Du weißt, was ›zweiter Klasse‹ bedeutet, oder?«

Tomas nickte. »Dass man jemanden nicht so gut behandelt.«

»Genau. Deine Mutter hat man auch so behandelt. Sie durfte viele Restaurants und Hotels nicht betreten. Wenn sie in das Kino im Stadtzentrum gegangen ist, musste sie Wasser aus dem Trinkbrunnen für Farbige trinken.«

Joes Stimme war belegt.

»Und das heißt?«, fragte Tomas.

»Das heißt, dass deine Mutter in diesem Land nie wirklich willkommen war.«

»Das weiß ich«, sagte Tomas, obwohl Joe heraushörte, wie schockiert er war. Joe hatte ihm gegenüber noch nie die Sache mit dem Trinkbrunnen erwähnt.

»Wirklich?«

Der Schmerz in Tomas' Augen war nicht zu übersehen.

Joe beschloss, das Thema zu wechseln. »Warte – welches Land soll es sein?«

»Welches Land?«

Joe nickte. »Hier oder Kuba?«

Tomas sah sehr lange zum Fenster hinaus, so lange, dass sie bereits bei Dion angekommen waren, die Wachen am Eingangstor passiert hatten und die von Palmen und hohen Magnolien gesäumte Auffahrt entlanggefahren waren, ehe er wieder sprach. Es war eine Frage, die Joe seinem Sohn noch nie zuvor gestellt hatte, weil er die Antwort immer gefürchtet hatte. Graciela war Kubanerin gewesen. Seine Großmutter und alle seine Tanten waren Kubanerinnen. Tomas hatte die erste und zweite Klasse in Havanna besucht. Er sprach Spanisch mit der gleichen Leichtigkeit wie Englisch.

»Hier«, sagte er. »Amerika.«

Die Antwort überraschte Joe so sehr, dass er fast vergessen hätte, auf die Kupplung zu treten, als sie vor Dions Haus hielten. Der Motor stotterte eine Weile, ehe Joe den Leerlauf einlegen konnte.

»Amerika ist deine Heimat?«, fragte Joe. »Ich dachte …«

Tomas schüttelte den Kopf. »Kuba ist meine Heimat.«

»Jetzt verstehe ich gar nichts mehr.«

Tomas streckte die Hand nach dem Türgriff aus, mit einem Gesichtsausdruck, als sei dies alles ganz offensichtlich. »Aber Amerika ist es wert, dass man dafür stirbt.«

»Ich habe dir doch gerade gesagt, wie Amerika deine Mutter behandelt hat.«

»Ja, schon«, sagte Tomas. »Aber weißt du, Papa …«

Er versuchte, die richtigen Worte zu finden, und seine Hände bewegten sich mehr als sonst.

»Was?«, fragte Joe schließlich.

»Niemand ist perfekt«, entgegnete Tomas und machte die Wagentür auf.

Als Tomas aus dem Auto stieg, öffnete Dion die Haustür, und schon jetzt, um acht Uhr morgens, hing eine Zigarre in seinem Mundwinkel. Wortlos packte er den auf der Veranda stehenden Tomas und trug ihn wie einen Laib Brot unter dem Arm ins Haus.

»Ich habe gehört, dass du krank warst.«

»Lass mich runter, Onkel D.«

»Du siehst aber gar nicht krank aus.«

»Ich bin nicht krank. Ich hatte die Windpocken.«

»Ich habe gehört, dass du wie jemand ausgesehen hast, der im Zirkus auftritt.«

»Nein.«

Joe folgte ihnen ins Haus, und ihr Geplänkel besänftigte die Furcht ein wenig, die sich schon den ganzen Morgen in ihm ausgebreitet hatte, genau genommen wohl schon den ganzen Monat. Es war nicht bloß Furcht wegen des Mörders, der vielleicht irgendwo da draußen auf ihn wartete, obwohl er eine Heidenangst vor ihm hatte. Es war nicht bloß die Furcht vor dem Geisterjungen, obwohl er ein weiteres Erscheinen dieses unheimlichen Hosenscheißers mehr fürchtete, als er jemals zugeben würde. Es war etwas Größeres, weniger klar zu artikulieren. Ein Gefühl, das er während der ganzen vergangenen Monate empfunden hatte: dass die Welt von Dämonen neu erschaffen worden sei – Dämonen, die tagaus, tagein unermüdlich in ihrem Inneren arbeiteten, sie neu formten und gestalteten.

Joe fühlte, dass sich die Erde unter seinen Füßen verschob, doch sobald er hinsah, war alles wie immer.

»Gehst du denn jetzt zum Zirkus?«, fragte Dion Tomas.

»Ich gehe nicht zum Zirkus.«

»Du könntest deinen eigenen Affen haben, als Haustier.«

»Ich gehe nicht zum ...«

»Oder ein Elefantenbaby. Das wäre lustig.«

»Ich kann kein Elefantenbaby haben.«

»Warum nicht?«

»Das würde zu groß werden.«

»Ach, du hast Angst, dass du seine ganze Kacke wegmachen musst.«

»Nein.«

»Nein? Das ist sehr viel Kacke.«

»Es würde so groß werden, dass man es nicht mehr im Haus halten könnte.«

»Stimmt schon, aber ihr habt doch eure Plantage auf Kuba.« Dion verschob seine Zigarre im Mund. »Aber du müsstest vermutlich mit der Arbeit beim Zirkus aufhören. Elefanten brauchen viel Aufmerksamkeit.« Als sie die Küche erreichten, setzte er Tomas ab.

»Ich habe etwas für dich.« Er griff in die Spüle und brachte einen Basketball zum Vorschein, den er Tomas zuwarf.

»Klasse!« Tomas rollte den Ball zwischen seinen Handflächen. »Was kann ich damit machen?«

»Den wirfst du durch einen Ring.«

Ein Stirnrunzeln. »Das weiß ich. Aber es gibt hier keinen Ring.«

»Es *gab* keinen Ring«, sagte Dion und sah Joes Sohn so lange mit hochgezogener Augenbraue an, bis der kapiert hatte.

»Du meine Güte«, sagte Joe.

Dion warf ihm einen schnellen Blick zu. »Was?«

»Wo? Wo?« Tomas hüpfte auf der Stelle.

Dion zeigte mit dem Kopf in Richtung der gläsernen Schiebetür. »Hinten im Garten. Gleich hinter dem Schwimmbecken.«

Tomas rannte los.

»He«, sagte Joe.

Er blieb stehen.

»Wie heißt das?«

»Danke, Onkel D.«

»Aber gern.«

Tomas rannte in den Garten hinter dem Haus.

Joe sah in Richtung des Schwimmbeckens. »Ein Basketballfeld?«

»Kein ganzes Feld. Bloß ein Wurfkorb. Ich habe die Ecke mit dem Koi-Teich und dem Rosenbusch pflastern lassen.« Er zuckte die Schultern. »Fische und Blumen – die sterben sowieso nur. Keine große Sache.«

»Du verhätschelst den Jungen, als wäre er dein Enkel.«

»Ich bin nicht alt genug, um Großvater zu sein, du Arsch.« Dion goss Orangensaft in ein Glas mit Champagner und hielt es in die Höhe. »Auch einen?«

Joe schüttelte den Kopf, und sie gingen ins Wohnzimmer. Dort saßen Geoff der Finne und Granit-Mike Aubrey. Der Finne war ein großartiger Fußsoldat, solange er nüchtern war, aber in dieser Verfassung traf man ihn inzwischen nur noch selten an. Aubrey war zu nichts nütze. Sie nannten ihn Granit-Mike, weil er aussah, als habe man ihn aus Granit gehauen. Im Kraftraum beim Gewichtheben konnte ihm niemand das Wasser reichen. Er konnte gut Witze erzählen, und er beeilte sich, einem die Zigarette oder die Zigarre anzuzünden, aber ansonsten war er ein hirnloser Muskelprotz. Schlimmer noch, ein Muskelprotz ohne Mumm. Joe hatte ihn schon bei der Fehlzündung eines Autos zusammenzucken sehen.

Aber Dion umgab sich gern mit solchen Typen, weil sie ihn amüsierten und ihm Drink um Drink und Steak um Steak Gesellschaft leisteten. Joe fand, dass er sich mit seinen Leuten zu sehr verkumpelte, sodass sie es ihm persönlich übel nahmen, wenn er mal einen mit Nachdruck auf Linie bringen oder zurechtweisen musste. Wenn Dion dann wiederum den Missmut auf ihren Gesichtern bemerkte, glaubte er, darin ein Zeichen für Verrat oder Undank zu erkennen, und das konnte einen seiner Wutausbrüche auslösen. Und Zeuge von Dions Wutausbrüchen wollte niemand zweimal sein – die meisten lebten dazu auch nicht lange genug.

»Ich weiß, dass du im Moment andere Sorgen hast, aber kommen wir mit dem Verräter in unserem Laden irgendwie weiter?« Dion nahm einen Schluck.

»Ich weiß so viel wie du.«

»Du weißt so viel wie ich«, sagte Dion. »Wie wär's damit, etwas zu unternehmen?«

»Ich bin nicht dein Leutnant«, sagte Joe. »Ich bin dein Berater.«

»Wenn du für mich arbeitest, kannst du dich nicht vor den unangenehmen Sachen drücken.«

Sie gingen ins Billardzimmer, setzten sich auf die erhöhten Stühle und schauten den leeren Tisch an.

Joe sagte: »Bei allem gebührenden Respekt, D. …«

»Oh, jetzt blüht mir was.«

»Du weißt seit Monaten, dass dieser Verräter nur von hier kommen kann.«

»Oder von Norden, aus Donnies Haus.«

»Aber Donnie schmeißt den Laden in Boston *für dich*. Also sitzt diese Ratte in deinem eigenen Haus. Und sie begnügt sich nicht mehr mit dem Keller. Sie sitzt jetzt in der Speisekammer.«

»Dann nimm einen Besen, und schnapp sie dir.«

»Ich bin nicht draußen auf der Straße«, sagte Joe. »Ich bin

in Havanna, ich bin in Boston, ich bin im Big Apple, ich bin überall. Ich bin die Fassade, D. Ich betreibe die legalen Läden und das Glücksspiel. Du bist für die Straße zuständig.«

»Aber die Ratte sitzt im Haus.«

»Stimmt«, sagte Joe, »aber sie ist aus der Kanalisation gekrochen.«

Dion kniff sich in die Haut zwischen seinen Augenbrauen und seufzte. »Glaubst du, dass ich eine Frau brauche?«

»Wie bitte?«

Dion sah in seinen Garten hinaus. »Du weißt schon, eine, die mich bekocht und meine Kinder zur Welt bringt, dieser ganze Scheiß?«

Joe war Zeuge geworden, wie Dion sich durch eine reichhaltige Auswahl an Verkäuferinnen, Tänzerinnen und Zigarettenmädchen gevögelt hatte, seit sie Schulschwänzer in Boston gewesen waren und dem Beamten der Schulbehörde ein Schnippchen geschlagen hatten. Gleich nach dem Weltkrieg war das gewesen. Er war nie länger als ein paar Wochen mit derselben Frau zusammengeblieben.

»Ich glaube, dass Frauen einem zu sehr auf die Nerven gehen«, sagte Joe, »um mit einer zusammenzuziehen, wenn man sie nicht wirklich liebt.«

»Du bist mit einer zusammengezogen.«

»Ja klar«, sagte Joe. »Ich habe sie geliebt.«

Dion zog an seiner Zigarre. Sie konnten hören, wie hinter dem Haus der Ball vom Brett abprallte. »Hast du jemals daran gedacht, mit einer anderen zusammenzuziehen?«

Joe warf einen Blick durch das Ungetüm, das Dions Haus war. Er lebte allein, aber seine Leibwächter mussten irgendwo schlafen. Deshalb hatte er ein zweieinhalbtausend Quadratmeter großes Haupthaus, und das Einzige, wofür er die Küche benutzte, war, einen Basketball in der Spüle zu verstecken.

»Nein«, sagte Joe. »Habe ich nicht.«

»Sie ist seit sieben Jahren nicht mehr bei uns.«

»Sprechen wir jetzt gerade als Freunde? Oder als Boss und Berater?«

»Freunde.«

»Ich weiß, dass sie seit sieben beschissenen Jahren nicht mehr da ist. Ich habe sie gezählt. Ich habe sie durchlebt.«

»Schon gut. Schon gut.«

»Tag für Tag.«

»Ich sagte ›schon gut‹.«

Sie saßen eine Weile da, ohne etwas zu sagen, und dann stöhnte Dion auf einmal laut. »Als ob wir das jetzt auch noch bräuchten«, sagte er. »Wally Grimes liegt unter der Erde, Montooth Dix hat sich in seine Festung verkrochen, in Ybor steht schon wieder Ärger mit den Gewerkschaften an, in drei meiner Puffs kursiert ein Magen-Darm-Virus, und der Krieg hat die Hälfte unserer besten Kunden auf dem Gewissen.«

»Der Job ist hart.« Joe tat so, als würde er auf einer kleinen Violine spielen. »Ich mach dann mal ein Nickerchen. Hab seit Tagen nicht richtig geschlafen.«

»So siehst du auch aus.«

»Leck mich.«

»Zieh 'ne Nummer, Schätzchen.«

DIE SACHE MIT DEM NICKERCHEN FUNKTIONIERTE NICHT. Wenn er sich nicht gerade Sorgen über eine Kugel machte, die für ihn bestimmt war, dachte er voller Unruhe über den

Verräter in der Organisation nach. Und wenn er nicht voller Unruhe über den Verräter in der Organisation nachdachte, machte er sich Sorgen, wie es seinem Sohn erginge, wenn seinem Vater etwas zustoßen würde. Was ihn wieder zu der Kugel brachte, die für ihn bestimmt war.

Um abzuschalten, versuchte er, an Vanessa zu denken, aber das brachte ihm nicht denselben Trost wie sonst. Etwas zwischen ihnen hatte sich verändert. Oder vielleicht nur in ihr. Wer kannte sich bei Frauen schon aus? Aber es war eine veränderte Vanessa gewesen, mit der er auf dem Anleger gesessen hatte. Ein Hauch von Reue, vielleicht sogar Bestürzung – nicht von der vorübergehenden, sondern von der bleibenden Art – hatte sie umgeben. Sie hatten auf dem Anleger gesessen, sich an den Händen gehalten und fast eine Stunde lang nichts gesagt. Aber als sie aufstand, um zu ihrem Auto zu gehen, schien es, als ob in der Zwischenzeit eine ganze Reise stattgefunden hätte.

Zum Abschied hatte sie ihm sacht die Handfläche an die Wange gelegt, und ihr Blick war über sein Gesicht gewandert, hin und her, suchend … suchend. Aber wonach?

Er hatte keine Ahnung.

Und dann war sie weg gewesen.

Also konnte Joe nicht schlafen und irrte benommen und gereizt durch den Rest des Tages. Nach dem Abendessen erholte er sich ein wenig. Er und Dion gingen in Dions Arbeitszimmer, wo sie zum ersten Mal über Billy Kovich sprachen. Tomas schlief in einem Zimmer im Obergeschoss.

Dion schenkte ihnen zwei ordentliche Kognakschwenker mit Brandy voll und sagte zu Joe: »Was hättest du denn sonst tun sollen?«

»Er hat aber tatsächlich seine Zigaretten hervorgeholt.« Joe zog eine Grimasse und nahm einen großen Schluck aus seinem Glas.

»Dieses Mal«, erinnerte ihn Dion.

»Ja, ja«, sagte Joe. »Ich weiß.«

Dion stand auf, um das Fenster hinter seinem Schreibtisch zu öffnen. Er drehte sich zu Joe um: »Hast du was dagegen?«

»Was?« Joe sah zu seinem Freund hoch und dann auf die dunkle Vegetation hinter dem Fenster. »Nein, nein. Um mich selbst mache ich mir keine Sorgen mehr. Ich will bloß nicht, dass jemand versehentlich Tomas erschießt, weil der zu nahe bei mir steht.«

Dion öffnete das Fenster, und die Brise, die ihren Weg zu ihnen fand, war für einen März in West Florida angenehm kühl. Die Palmwedel raschelten im Dunkeln. Es klang, als würden Schulmädchen flüstern.

»Niemand wird Tomas etwas antun«, sagte Dion, »und niemand wird dir etwas antun. Du wirst am Donnerstagmorgen aufwachen und dich fragen, wie du jemals auf so etwas reinfallen konntest. Die dumme Kuh hat dich belogen, damit du Lucius bequatschst, sie am Leben zu lassen. Vermutlich hat Lucius den Plan persönlich ausgeheckt – schlau genug ist er –, damit er die verdammten neunzigtausend Dollar behalten kann. Und lässt Theresa in dem Glauben, dass es ihre eigene Idee war, Katz und Maus mit dir zu spielen. Und dich kostet das Ganze eine Woche Schlaf –«

»Zwei.«

»Zwei. Du magerst ab, kriegst Augenringe, selbst dein Haar ist dünner geworden. Und für was? Um einen reichen

Teufel noch reicher zu machen und eine seiner Sklavinnen vor dem Tod zu retten – den sie, nebenbei bemerkt, verdient hätte.«

»Glaubst du wirklich, dass sie es so eingefädelt haben?«

Dion saß auf der Schreibtischkante und ließ den Brandy in seinem Glas kreisen. »Was sonst? Niemand …« Er beugte sich vor und stieß mit dem Glas sanft gegen Joes Knie. »… ich meine, wirklich *kein* Schwein will, dass du stirbst. Warum also dieses faule Spiel spielen, außer, um dich verrückt zu machen, damit sie bekommen, was sie wollen?«

Joe machte es sich in seinem Sessel bequem. Er stellte seinen Drink auf den Beistelltisch, holte seine Zigaretten heraus und steckte sich eine an. Er spürte die Nacht auf seinem Gesicht und hörte etwas Fettes, Schnelles – ein Eichhörnchen oder eine Ratte, nahm er an – durch die Bäume huschen. »Wenn ich am Mittwoch bis Mitternacht überlebe, fresse ich so viele Stücke Kreide, wie du mir vorsetzt. Und mit Genuss obendrein. Aber bis dahin höre ich überall, wo ich hingehe, Schritte näher kommen.«

»Verständlich.« Dion schenkte ihnen noch ein wenig Brandy nach. »Wie wär's, wenn du morgen mal an was anderes denken würdest?«

»Wie soll ich das hinkriegen?«

»Montooth Dix.« Dion stieß sein Glas klirrend gegen Joes.

»Was ist mit ihm?«

»Der Nigger ist so gut wie tot, und das weißt du auch.« Dion öffnete den Humidor, der auf seinem Schreibtisch stand. »Er muss von der Bildfläche verschwinden. Lässt mich schwach aussehen, wenn er sich verschanzt, während zwei meiner Jungs unter der Erde liegen.«

»Aber, wie du schon sagst, er hat sich verschanzt. Ich komme nicht an ihn ran.«

Dion zündete seine Zigarre an und paffte, bis sie in Gang gekommen war. »Du wirst in Brown Town respektiert wie überall in dieser Stadt. Dich lässt er durch die Vordertür rein. Ich kenne dich. Du spazierst da rein und sagst ihm, er soll rausgehen und ein bisschen frische Luft schnappen, und es wird schnell vorbei sein. Es wird passiert sein, ehe er weiß, wie ihm geschieht.«

»Und wenn er sich nicht darauf einlässt?«

»Dann komme ich ihn holen, verdammte Scheiße. Ich kann nicht zulassen, dass sich die Sache noch länger hinzieht. Wenn er nicht rauskommt, mache ich dieses Haus platt, wie die Krauts Leningrad plattgemacht haben. Seine Kinder sind da drin, seine Frauen? Na und? Ist doch nicht mein Problem. Ich mache aus dem Kasten einen Parkplatz.«

Joe sagte eine Zeitlang nichts. Er trank seinen Brandy und lauschte dem Rascheln der Blätter und dem Plätschern des Springbrunnens in der nordwestlichen Ecke des Gartens.

»Ich spreche mit ihm«, sagte er. »Ich werde mein Bestes tun.«

AM FASCHINGSDIENSTAG hatten die Echos seines eigenen Herzschlags das Ticken der Uhr in seinem Kopf ersetzt. Joe ließ seine Beziehungen spielen und telefonierte so lange herum, bis er ein Treffen mit Montooth am darauffolgenden Vormittag vereinbart hatte.

Auch in dieser Nacht schlief er kaum. Manchmal nickte er ein paar Minuten ein und war dann plötzlich wieder hellwach, die Augen zur Decke gerichtet. Er wartete auf den blonden Jungen, aber der ließ sich nicht blicken. Joe wurde klar, dass ihn die Beliebigkeit der Geisterbesuche – zwischen manchen lagen Wochen, andere fanden am selben Tag statt – fast genauso sehr mitnahm wie die Besuche selbst. Man konnte nie sicher sein, wann der Junge auftauchen würde. Falls es eine Nachricht gab, die er aus dem Jenseits übermitteln wollte, konnte Joe sie beim besten Willen nicht verstehen.

Er ging in Tomas' Zimmer hinab. Er setzte sich auf das Bett und sah zu, wie sich der Brustkorb seines Sohnes hob und senkte – so schmal und so zerbrechlich. Er glättete Tomas' Schmachtlocke mit der Handfläche, senkte seine Nase auf den Nacken des Jungen und atmete den Geruch ein. Tomas regte sich nicht, und Joe musste das Verlangen bekämpfen, ihn wachzurütteln und zu fragen, ob er ihm ein guter Vater gewesen sei. Er legte sich auf das Bett, sein Gesicht ganz nah bei dem seines Sohnes, und dämmerte weg. Er hatte einen Beinahe-Traum, in dem ein Kaninchen auf einem Zaun entlangrannte, ohne dass Joe erkennen konnte, wovor es weglief. Dann war das Kaninchen verschwunden, und er starrte hellwach seinen schlafenden Sohn an.

Am nächsten Morgen fuhr er mit Tomas zur Herz-Jesu-Kirche. Sie stellten sich in eine Schlange mit den anderen achthundert Gemeindemitgliedern. Pater Ruttle senkte seinen Daumen in den Kelch voll feuchter Asche und zeichnete das Kreuz auf ihre Stirn.

Draußen vor der Kirche wuselten weniger Menschen als an einem Sonntag herum, dennoch fühlte Joe sich unwohl. Pater Ruttle hatte einen großen Daumen, und so waren die Kreuze auf den Stirnen der Gläubigen dick ausgefallen. Bei manchen rannen in der Hitze schwarze Rinnsale herab.

Wieder in Dions Haus angekommen, machte Joe sich frisch und ging in die Küche, wo Dion und Tomas am Tisch saßen und Cornflakes kauten.

Joe ging neben seinem Sohn in die Hocke. »Ich bin in ein paar Stunden zurück.«

Tomas warf ihm einen ausdruckslosen Blick zu, der ihn unmissverständlich an Graciela erinnerte. »Ein paar Stunden? Oder fünf?«

Joe fühlte, wie sich das Schuldbewusstsein in sein Lächeln schlich. »Benimm dich anständig.«

Tomas nickte in gespieltem Ernst und zappelte unruhig herum.

»Und iss nicht zu viel Zuckerzeug. Du weißt, dass er dich in die Bäckerei mitnimmt.«

»Bäckerei?«, fragte Dion. »Welche Bäckerei?«

»Tomas?« Joe sah seinem Sohn in die Augen.

Tomas nickte. »Ich werde nicht zu viel Zuckerzeug essen.«

Joe klopfte ihm auf die Schulter. »Bis nachher dann.«

Dion sprach undeutlich, den Mund voller Cornflakes. »Woher weißt du, dass ich ihn in die Bäckerei mitnehmen werde?«

Joe sagte: »Es ist Mittwoch. Ist das nicht der Tag, an dem du deinen Rührkuchen abholst?«

»Das ist kein Rührkuchen, du Ignorant. Das ist eine *torta al cappuccino*.« Er legte seinen Löffel beiseite und hob den Zeigefinger, um seinen Worten Nachdruck zu verleihen: »Biskuitteig, der in Cappuccino eingeweicht wird, abwechselnd mit Ricotta geschichtet und mit Schlagsahne bedeckt. Und wegen dieses Scheißkrieges machen sie ihn nicht mehr jeden Mittwoch. Sie machen ihn einmal im Monat. *Diesen* Mittwoch.«

»Schon klar, gib bloß dem Jungen nicht zu viel davon. Er hat einen irischen Magen.«

»Ich dachte, ich bin Kubaner.«

»Du bist ein Mischling«, sagte Joe.

»Der Mischling bekommt eine *sfogliatelle*, und damit hat sich's.« Dion zeigte mit seinem Löffel auf Tomas. »Spielen wir Basketball, um den Appetit anzuregen?«

Tomas strahlte. »Unbedingt.«

Joe gab seinem Sohn einen letzten Kuss auf den Kopf und ging hinaus.

18

Männer gehen

WIE VERABREDET BLIEBEN Dions Leibwächter zurück, als Joe in das Schwarzenviertel von Ybor City fuhr. Wenn irgendjemand zwei Wagen mit weißen Schlägern südlich der Eleventh Street sähe, würde er sofort annehmen, dass der Waffenstillstand beendet sei, und sie unter Beschuss nehmen. Also fuhr Joe die letzten Häuserblocks allein.

Die Art und Weise, in der Montooth behandelt wurde, brachte ihn zunehmend in Rage. Vielleicht, weil er aufrichtige Sympathie für den Mann empfand. Vielleicht, weil er sich mühelos mit jemandem identifizieren konnte, der die Schlinge schon um den Hals hatte. Man hatte Joe gebeten, Montooth davon zu überzeugen, dass er sein Versteck verlassen und sterben solle. Dabei versuchte Joe verzweifelt, seinen eigenen Tod abzuwenden. Und welches Verbrechen hatte Montooth überhaupt begangen? Er hatte sich gegen Männer verteidigt, die in seinen Stadtteil eingedrungen waren, um ihn zu töten.

Joe war weit davon entfernt, ein moralischer Mensch zu sein, aber wenn er etwas eindeutig Böses sah, dann erkannte er es. Und das, was man Montooth antat, fiel in diese Kategorie.

Montooth Dix lebte mit seiner Familie über einem Billardsalon an der Fifth Street. Der Laden und das Gebäude gehörten ihm. Es war vier Stockwerke hoch und erstreckte sich über einen Straßenblock. Montooth, seine sechs Kinder, drei Frauen und seine Phalanx von Leibwächtern belegten die oberen Stockwerke. Es gab dort so viel Platz, dass es nie eng wurde. So viel Platz und so wenig Licht, dass man sich ohne weiteres verirren konnte. Montooth hatte eine Vorliebe für dicke dunkle Vorhänge – die meisten rot oder braun –, welche die Fenster fast völlig verdunkelten.

Joe fuhr vor dem Billardsalon an den Straßenrand. Man hatte ihm direkt vor dem Gebäude einen Parkplatz reserviert: Einer von Montooths Leuten nahm einen Stuhl weg, mit dem die Lücke freigehalten worden war. Joe konnte sich allerdings nur schwer vorstellen, dass irgendjemand in diesem Viertel oder ganz Tampa so dumm war, direkt vor Montooths Haus zu parken. Oder auch nur irgendwo in der Nähe der Stelle, wo dieser Mann seinen Schlitten abstellte – einen kanariengelben Packard Deluxe Eight, Jahrgang '31, so lang wie eine kleine Jacht und so geräumig, dass vermutlich alle sechs von Montooths Kindern hineinpassten, wenn wohl auch nicht die drei Frauen, die gewaltig in die Breite gingen und einander angeblich hassten. Joe fuhr an dem Packard vorbei, damit er rückwärts hinter ihm einparken konnte, und sah seinen Wagen in den glänzenden Felgen gespiegelt.

Montooths Mann wies Joe in die Lücke ein, den Stuhl hielt er noch in der Hand. Während die meisten Schwarzen in den Vergnügungsvierteln der Stadt in modischen Anzügen herumliefen – dick wattierte Schultern und schmal zulaufende Hosen –, trugen Montooths Männer dieselbe Kluft, die sie schon seit einem Jahrzehnt trugen: frisch gebügelte schwarze Anzüge über frisch gebügelten weißen Hemden, deren oberster – aber niemals zweitoberster – Knopf offenstand, keine Krawatten. Ihre schwarzen Schuhe wurden an dem Schuhputzstand direkt vor dem Billardsalon dauernd auf Hochglanz poliert. Zwei von Montooths Leuten saßen gerade auf den erhöhten Stühlen und sahen zu, wie sich das Leder ihrer Schuhe in Lack verwandelte.

Joe stieg langsam aus dem Auto aus. Er war sich der Blicke bewusst, die auf ihm ruhten. Es waren nicht nur die Blicke der Männer, die vor dem Gebäude standen, sie folgten ihm seit mehreren Straßenzügen. Blicke, die besagten: *Du gehörst nicht hierher, und daran wird sich nichts ändern.* Er war ein Weißer in einem schwarzen Viertel, aber im Grunde galt in Ybor City jede Form von Rassismus als schlechtes Geschäftsgebaren. Das Viertel war ursprünglich von Spaniern und Kubanern besiedelt worden; die Italiener und Farbigen folgten bald darauf. Joes Frau war Kubanerin gewesen, ihr Vater stammte von Spaniern ab, ihre Mutter von afrikanischen Sklaven. Joes Sohn war eine Mischung aus irischen, spanischen und afrikanischen Einflüssen. Farbige waren für Joe Menschen wie jeder andere, aber zum ersten Mal seit einigen Jahren war er sich deutlich der Tatsache bewusst, dass er sieben Häuserblocks zuvor das letzte weiße Gesicht gesehen hatte.

Niemand konnte garantieren, dass Montooths Jungs nicht abwechselnd mit einem Eisenrohr seinen Schädel bearbeiten würden, bis die rosa Falten seines Gehirns durchschimmerten, um ihn dann zuckend und so gut wie tot auf dem Bürgersteig liegenzulassen. Montooth und Freddy DiGiacomo befanden sich im Krieg, und das hieß, dass alle schwarzen kriminellen Familien Tampas sich im Krieg mit allen weißen kriminellen Familien der Stadt befanden.

Montooths Mann stellte den Stuhl an der Mauer neben dem Schuhputzstand ab und kam auf Joe zu, um ihn nach Waffen abzutasten.

Als er damit fast fertig war, warf er einen Blick auf Joes Unterleib. »Muss Ihre Schlange kontrollieren, Mann. Hab die Geschichten gehört.«

Drüben in Palmetto County hatte Joe mal eine Deringer an den Brüdern John vorbeigeschmuggelt. Hatte sie sich unter den Sack geklemmt, zehn Minuten später herausgezogen und über den Tisch hinweg auf ihren Vater gerichtet.

Joe nickte. »Machen Sie's kurz.«

»Achten Sie bloß darauf, dass er die gleiche Größe behält, ja?«

Joe glaubte, ein Lächeln auf dem Gesicht einer der Wachen zu entdecken, die am Schuhputzstand saßen, während der andere zwischen Joes Oberschenkel griff und mit seiner Handfläche unter Joes Hoden und an seiner Leistengegend entlangglitt. Er wandte das Gesicht ab und zog eine Grimasse.

»Na also.« Er trat zurück. »Ich hab's kurz gemacht, und bei Ihnen ist nix groß geworden.«

»Vielleicht wird er nicht größer.«

»Dann muss Gott betrunken gewesen sein, als er Sie geschaffen hat. Mein Beileid.«

Joe richtete sein Jackett und strich seine Krawatte glatt. »Wo ist er?«

»Die Treppe hoch. Er holt Sie oben ab.«

Joe betrat das Gebäude. Rechts öffnete sich die Tür zum Billardsalon. Er roch den Zigarettenrauch, und schon jetzt, um acht Uhr morgens, hörte man das Klackern der Kugeln –

der Salon war berühmt für seine Marathonspiele und die Riesensummen, die dabei über den Tisch gingen. Joe stieg die Treppe hoch. Die rote Stahltür am oberen Ende war weit geöffnet, und man blickte in einen fast leeren Raum mit dunklen Wänden und einem dunklen Holzboden. Die Samtvorhänge waren zugezogen, und ihr Purpurrot wirkte fast schon schwarz. Zwischen zwei Fenstern auf der hinteren Seite des Raumes stand ein grünlicher Kleiderschrank aus Kiefernholz, der aussah, als würde er aus Militärbeständen stammen.

Außerdem befanden sich zwei Stühle und ein Tisch in dem Raum. Um genauer zu sein: ein Tisch, ein Stuhl und ein Thron.

Montooth saß auf dem Thron, schwer zu übersehen in seinem weißen Seidenschlafanzug und dem weißen Morgenmantel. Selbst seine Füße steckten in weißen Pantoffeln. Montooth rauchte Tag und Nacht Cannabis aus einer Maiskolbenpfeife. Er rauchte auch jetzt, während er zusah, wie Joe ihm gegenüber Platz nahm. Der Stuhl war das Gegenstück zu dem Stuhl, mit dem sein Parkplatz freigehalten worden war. Auf dem Tisch zwischen ihnen standen zwei Schnapsflaschen: Cognac für Montooth, Rum für Joe. Montooths Cognac war ein Hennessy Paradis, der beste auf der Welt, aber auch bei Joes Flasche hatte er nicht geknausert und einen Rhum Barbancourt Réserve du Domaine spendiert. Der beste karibische Rum, der nicht von Joe und Esteban Suarez produziert wurde.

Joe wies mit dem Kinn in Richtung Flasche: »Ich soll meine Konkurrenz also wegtrinken.«

Montooth ließ einen Rauchfaden aus seinem Mund strömen. »Wenn's nur immer so einfach wäre.« Er nahm einen weiteren kleinen Zug aus seiner Pfeife. »Warum lauft ihr Weißen alle mit einem Kreuz auf der Stirn durch die Stadt?«

»Aschermittwoch«, sagte Joe.

»Ihr seht aus, als hättet ihr gerade Voodoo entdeckt. Vermutlich werden demnächst Hühner von der Straße verschwinden.«

Joe lächelte und sah Montooth in die Augen – eines hatte die Farbe einer Auster, das andere war so braun wie der Holzboden. Er sah nicht gut aus, nicht wie der alte, tatkräftige Montooth Dix, den Joe seit fünfzehn Jahren kannte.

»Aus dieser Geschichte kannst du nicht als Sieger hervorgehen«, sagte Joe.

Montooth zuckte träge die Schultern. »Dann ziehen wir eben in den Krieg. Ich knalle euch auf offener Straße ab. Ich lasse all eure Klubs in die Luft fliegen. Die Straßen werden sich rot färben mit eurem –«

»Zu welchem Zweck?«, fragte Joe. »Dabei gehen deine Leute haufenweise drauf.«

»Eure auch.«

»Klar, aber wir haben mehr Leute. Du hingegen zerlegst deine ganze Organisation in ihre Einzelteile. Irreparabel. Und wirst trotzdem sterben.«

»Und was für eine Alternative habe ich? Ich sehe nämlich keine.«

»Geh auf Reisen«, sagte Joe.

»Wohin?«

»Überallhin, Hauptsache, du bist nicht hier, wenigstens eine Zeitlang. Warte, bis die Gemüter sich beruhigt haben.«

»Solange Freddy DiGiacomo am Leben ist, werden die Gemüter sich nicht beruhigen.«

»Vielleicht doch. Nimm deine Frauen, und verschwinde eine Weile.«

»Die Frauen mitnehmen.« Montooth gluckste laut. »Hast du schon mal eine *einzige* Frau gesehen, die einfach so verreist? Und jetzt willst du, dass ich drei verrückte Schlampen auf irgend so ein Scheißschiff mitnehme? Mann, wenn du mich umbringen willst, dann ist das der sicherste Weg.«

»Hör zu«, entgegnete Joe, »es ist Zeit, dass du dir die Welt ansiehst.«

»Scheiße, Alter, es ist ja nicht so, dass ich aus meiner Mama rausgeplumpst bin, um gleich hier auf dieser Straße zu landen. Ich war mit dem 369. Infanterieregiment im Weltkrieg. Die Höllenhunde aus Harlem – schon mal von denen gehört? Weißt du, wofür wir berühmt sind, abgesehen davon, dass wir die einzigen Nigger waren, die jemals von der Regierung eine Waffe bekommen haben?«

Joe wusste es, aber er schüttelte den Kopf, damit Montooth seine Geschichte erzählen konnte.

»Wir standen sechs Monate lang ununterbrochen unter Beschuss, haben eintausendfünfhundert Männer verloren, aber keinen einzigen *Fußbreit* Boden preisgegeben. Keinen einzigen. Von uns wurde auch keiner gefangengenommen. Stell dir das mal vor. Wir haben die Stellung gehalten, bis die keine Lust mehr aufs Sterben hatten. Nicht wir. Die. Haben mit den Stiefeln im Blut gestanden. In den Stiefeln drin war auch Blut. Sechs Monate kämpfen, ohne Schlaf, und das Fleisch irgendwelcher Arschlöcher vom Bajonett kratzen. Und was soll ich jetzt deiner Meinung nach machen? Angst haben?«

Er klopfte seine Pfeife in einen Aschenbecher aus und

stopfte sie erneut mit Tabak aus einem Messingbehälter, der neben dem Aschenbecher auf dem Tisch stand.

»Alle haben geglaubt«, sagte er, »dass nach dem Krieg alles anders würde. Wir würden als Helden nach Hause zurückkehren, sie würden uns wie Männer behandeln. Weil ich wusste, dass das nichts als Niggerträume waren, bin ich abgehauen. Hab mir Paris angeguckt, hab mir Deutschland angeguckt, wollte rausfinden, wofür so viele Menschen gestorben waren. Als ich '22 hierherkam? Da hatte ich Italien gesehen und jede Menge von Afrika. Und das Komischste an Afrika ist, niemand hat mich da je für 'n Afrikaner gehalten. Die wissen ganz genau, wie ein Amerikaner aussieht, egal, was für 'ne Farbe er hat. Du musst schon hierher zurückkommen, damit dir jemand sagt, dass du bestenfalls ein halber Amerikaner bist. Die Welt habe ich also gesehen, Junge, und hier habe ich alles, was ich brauche. Hast du noch was anderes im Angebot?«

»Ich denke gerade darüber nach. Du hast die Möglichkeiten nicht gerade erweitert, Montooth.«

»Weißt du, damals, als du der Boss warst? Da hättest du etwas aushandeln können.«

»Ich kann immer noch etwas aushandeln.«

»Nicht, wenn es um mein Leben geht.« Montooth beugte sich vor. Er wollte es Joe sagen hören.

»Nein«, sagte Joe, »nicht, wenn es um dein Leben geht.«

Montooth ließ diese abschließende Bestätigung auf sich wirken. Es mochte ja sein, dass er auf französischen Schlachtfeldern sechs Monate lang jeden Tag dem Tod ins Auge geblickt hatte, aber das lag über zwanzig Jahre zurück. Das hier geschah in diesem Moment, und der Tod saß ihm näher als

Joe. Saß auf seiner Schulter, fuhr ihm mit den Fingern durchs Haar.

»Der große Mann hört sich immer noch meine Meinung an«, sagte Joe.

Montooth lehnte sich zurück. »Das Problem ist, er ist vielleicht nicht mehr der große Mann, für den er sich hält.«

Joe lächelte und runzelte zugleich missbilligend die Stirn angesichts dieser absurden Vorstellung.

Montooth gab das Lächeln zurück. »Ah, du glaubst, dass er es immer noch ist?«

»Ich weiß, dass er es ist.«

»Hast du schon mal daran gedacht, dass das, was zwischen Freddy und mir vorgefallen ist, von Anfang an ein abgekartetes Spiel gewesen sein könnte?« Er lehnte sich auf seinem Thron zurück. »Welcher weiße Mann bestimmt in dieser Stadt?«

»Dion.«

Montooth schüttelte den Kopf. »Rico DiGiacomo.«

»Für Dion.«

»Und wer hat die Docks in der Hand?«

»Dion.«

Noch ein langsames Kopfschütteln. »Rico.«

»*Für* Dion.«

»Tja, da kann Dion aber froh sein, dass all diese Leute so viel *für* ihn tun. Er selbst scheint nämlich einen Scheißdreck zu tun.«

War es das, was Joe schon den ganzen Morgen umgetrieben hatte? Die ganze Woche? Den ganzen Monat? Erklärte dies das Bleigewicht, das seinen Körper beschwerte, wenn er jäh aus Träumen erwachte, die sich seiner Erinnerung sofort entzogen?

In der Zeit, die er auf dieser Erde verbracht hatte, hatte er eine Wahrheit über das Wesen der Macht gelernt, die alle anderen an Wichtigkeit übertraf: Diejenigen, die ihre Macht verloren, sahen sie erst dann schwinden, wenn sie bereits fort war.

Joe steckte sich eine Zigarette an, um seine Gedanken zu ordnen. »Dir bleiben in dieser Angelegenheit nur zwei Möglichkeiten. Und eine der beiden heißt Flucht.«

»Die wähle ich nicht. Was noch?«

»Bestimmen, was mit deinem Erbe geschieht.«

»Willst du damit sagen, dass ich meinen Nachfolger wählen soll?«

Joe nickte. »Sonst kriegt Freddy DiGiacomo alles. Alles, was du aufgebaut hast.«

»Freddy und sein Bruder Rico.«

»Ich glaube nicht, dass Rico in dieser Sache mit drinsteckt.«

»Wirklich? Du denkst, dass Freddy der kluge Bruder ist, ja?«

Joe schwieg.

Montooth warf die Hände in die Höhe. »Wo zum Teufel warst du vor einem Monat?«

»Kuba.«

»Das hier war eine nette Stadt, als du die Dinge in der Hand hattest. Lief alles wie am Schnürchen, so wie seitdem nie mehr. Warum kannst du nicht wieder der Boss sein?«

Joe deutete auf seine sommersprossigen Wangen. »Falsche Rasse.«

»Ich sag dir mal was«, antwortete Montooth. »Du schnappst dir alle Latinos und Iren, die du kennst, tust dich mit mir und meinen Niggern zusammen, und wir erobern diese Stadt *zurück*.«

»Das ist ein schöner Traum.«

»Warum nur ein Traum?«

»Wir sind bloß ein Tante-Emma-Laden, die anderen sind eine ganze Kaufhauskette. Wir hätten vielleicht eine Woche – allerhöchstens zwei –, ehe sie hierherkämen und uns zerquetschten. Die machen Mehl aus unseren Knochen.«

Montooth schenkte sich einen Cognac ein und deutete mit dem Kinn auf Joes Flasche. Joe sollte wissen, dass er sich selbst einschenken musste, wenn er etwas trinken wollte. Montooth wartete, während Joe sich Rum nachgoss, und sie hoben die Gläser.

»Auf was wollen wir trinken?«, fragte Montooth.

»Was immer du willst.«

Montooth betrachtete den Cognac in seinem Glas und dann den Raum, der sie umgab. »Auf das Meer.«

»Warum?«

Er zuckte die Schultern. »Das habe ich mir immer gern angeschaut.«

»Leuchtet mir ein.« Joe stieß mit Montooth an, und sie tranken.

»Wenn du aufs Meer hinausschaust«, sagte Montooth, »dann hast du das Gefühl, dass das, was auf der anderen Seite liegt – all die fernen Welten –, bessere Orte sind. Orte, an denen du willkommen bist und man dich wie einen Mann behandelt.«

»Stimmt bloß leider nie so ganz«, sagte Joe.

»Nein. Aber ich kann's immer noch spüren. All das Wasser«, sagte er und nahm noch einen Schluck, »all die Welten, die einen erwartet haben. Aber die sind jetzt untergegangen. Wie alles andere auch, schätze ich mal.«

»Ich dachte, du interessierst dich nicht mehr fürs Reisen.«

»Tu ich auch nicht. Weil ich die Wahrheit kenne: All die fernen Welten sind bloß diese eine. Trotzdem, wenn du dir das Blau anschaust, das sich bis ins Unendliche erstreckt...« Er lachte leise in sich hinein.

»Was ist damit?«, fragte Joe.

Montooth winkte ab. »Du wirst mich für verrückt halten.«

»Versuch's mal.«

Montooth richtete sich auf, und seine Augen strahlten auf einmal hell und klar. »Du weißt, dass die Erde zum größten Teil aus Wasser besteht?«

Joe nickte.

»Und die Menschen glauben, dass Gott oben im Himmel lebt. Aber das hat für mich noch nie viel Sinn ergeben, weil der Himmel da oben so weit weg ist. Er ist kein Teil von uns, verstehst du?«

»Aber das Meer?«, sagte Joe.

»Das ist die Haut der Erde. Und ich glaube, dass Gott in den Tropfen wohnt. Bewegt sich wie die Gischt auf einer Welle. Schaue ich aufs Meer, sehe ich, wie ER zurückschaut.«

»Mannomann«, sagte Joe, »wenn das so ist, trinke ich noch ein zweites Mal drauf.«

Sie taten es, und Montooth stellte sein leeres Glas auf den Tisch zurück. »Du weißt, dass ich Breezy zu meinem Nachfolger wählen würde.«

Joe nickte. Breezy, das zweitälteste von Montooths Kindern, war so gerissen wie ein ganzer Raum voller Banker. »Hab ich mir schon gedacht.«

»Wo liegen seine Schwachpunkte?«

Joe zuckte die Schultern. »Viele gibt es nicht. Eigentlich sind es dieselben wie bei mir.«

»Er mag kein Blutvergießen.«

Joe nickte. »Wenn Freddy sich mit ihm auseinandersetzen *müsste*, würde er es tun. Aber wenn er glaubt, dass er ihn einfach absägen, alles übernehmen und seinen eigenen Mann die Negersachen regeln lassen kann, dann würde er das eher tun.«

»Und wer ist Freddys Nigger?«

Joe runzelte die Stirn. »Willst du mich auf den Arm nehmen?«

Montooth schenkte sich noch einen Cognac ein. Stellte die Flasche hin, nahm die von Joe und schenkte ihm auch ein Glas ein.

»Little Lamar«, sagte er.

Joe nickte. Manche behaupteten, Little Lamar sei die schwarze Variante von Freddy DiGiacomo. Sie waren beide in dieser Gegend geboren worden, sie hatten beide ihre Karriere damit begonnen, dass sie Aufträge übernahmen, die sonst keiner übernehmen wollte. In Little Lamars Fall war das ein großer Teil des Heroinhandels gewesen. Danach hatte er sich auf die Chinesen verlegt, die illegal ins Land kamen: Die Hälfte der Frauen hatte er zu opiumsüchtigen Huren gemacht, die in kleinen Häusern – *Casitas* – auf der East Side arbeiteten. Als Montooth herausfand, dass Little Lamar sich nicht mehr damit zufriedengab, für ihn zu arbeiten, war Lamar schon so mächtig, dass man ihn nicht mehr aus dem Geschäft drängen konnte. Drei Jahre war es her, dass Montooth ihn vor die Tür gesetzt hatte, und seitdem herrschte ein äußerst wackliger Waffenstillstand.

»Scheiße«, sagte Montooth. »Freddy übernimmt mein Revier, schlägt mir den Kopf ab, nimmt alles, was ich aufgebaut habe, und überträgt es dieser schmierigen Scheißhausfliege?«

»So in der Art.«

»Das heißt, wenn ich sterbe, sind sie hinter meinem Sohn her?«

»Ja.«

»Also wirklich«, sagte Montooth, »das gehört sich nicht.«

»Du hast recht«, sagte Joe. »Aber wir leben in einer harten Welt.«

»Ich weiß, dass es eine harte Welt ist. Verdammt hart. Aber sie muss deshalb nicht schlecht sein.« Er trank sein Glas aus. »Werden sie wirklich meinen Jungen umbringen?«

Joe nippte an seinem Rum. »Ich denke schon, ja. Es sei denn, ihnen bleibt keine andere Wahl, als sich mit ihm zu arrangieren.«

Montooth sah ihn über den Tisch hinweg an und schwieg.

»In West Tampa läuft nichts ohne Neger«, sagte Joe. »Also muss sich Freddy mit irgendjemandem arrangieren. Im Moment lautet sein Plan vermutlich, dich umzubringen, dann deinen Sohn umzubringen und Little Lamar hochzuhieven. Aber darf ich dich fragen, Montooth, wer übernehmen könnte, wenn Lamar, du *und* Breezy tot wären?«

»Keiner. Dann hätten wir hier Chaos. Scheiße, was für ein Blutbad.«

»Und der Stoff wäre futsch, die Huren würden abhauen, und die Leute würden vor lauter Muffensausen nicht mehr die *Bolita* spielen.«

»Genau so.«

Joe nickte. »Und das hat Freddy kapiert.«

»Wenn wir also alle drei weg vom Fenster sind ...«

Joe streckte die Hände aus: »Katastrophe.«

»Aber ich wäre in jedem Fall tot.«

Joe nickte und ließ ihn die ganze Wahrheit in seinen Augen sehen.

Montooth lehnte sich auf seinem Thron zurück und starrte Joe mit versteinerter Miene an. Mit jeder Sekunde wurde sein Gesichtsausdruck unbewegter, bis ein ganz schwaches Lächeln über sein Gesicht huschte. »Die Frage ist nicht, ob ich lebe oder sterbe, sondern wer mit mir untergeht – mein Sohn oder Little Lamar.«

Joe legte die Hände in den Schoß. »Weiß irgendwer, wo Lamar jetzt gerade ist?«

»Da, wo er jeden Morgen um diese Zeit ist.«

Joe deutete mit dem Kopf in Richtung des Fensters: »Im Friseurgeschäft an der Zwölften?«

»Genau.«

»Keine Zivilisten?«

Montooth schüttelte den Kopf. »Der Friseur geht ’nen Kaffee trinken. Little Lamar bespricht sich da jeden Morgen mit seinen Leuten, während ihn einer von denen rasiert.«

»Wie viele von seinen Leuten?«

»Drei«, sagte Montooth. »Alle bis an die Zähne bewaffnet.«

»Na gut, Lamar sitzt also in einem Sessel, und einer seiner Jungs ist damit beschäftigt, ihn zu rasieren. Bleiben noch zwei an der Eingangstür.«

Montooth dachte eine Weile nach. Schließlich sah er die Szene vor sich und nickte.

»Hast du deine Frauen weggeschickt?«

»Wieso fragst du?«

»Normalerweise hätte ich jetzt schon mindestens eine von ihnen gehört.«

Montooth starrte ihn eine Zeitlang über seine Pfeife hinweg an, ehe er nickte.

»Warum hast du sie weggeschickt?«, fragte Joe.

»Ich habe mir gedacht, du würdest einen Weg finden, mich umzubringen. Wenn das wer könnte, dann du. Hier und jetzt.«

Joe log. »Ich habe seit 1933 niemanden mehr umgebracht.«

»Klar, aber damals hast du einen König umgebracht. Einen König, der am Morgen noch zwanzig Männer um sich hatte.«

»Fünfundzwanzig«, sagte Joe. »Jetzt, wo du weißt, dass ich nicht hier bin, um dich umzubringen, willst du da vielleicht deine Frauen zurückholen?«

Montooth schaute finster drein. »Ich verabschiede mich von niemandem mehr als einmal.«

»Du hast dich also verabschiedet.«

»Von den meisten Leuten.« Aus dem Stockwerk über ihnen drang das Geräusch gedämpfter Schritte, und Montooth sah zur Decke hoch. Kleine Schritte, die eines Kindes. »Ich verabschiede mich noch von einigen anderen, und dann …«

»Little Lamar hat diese Woche etwas Geschäftliches in Jacksonville zu erledigen. Am Mittag sitzt er schon im Zug – weg.« Joe schüttelte den Kopf. »Wer weiß, was passiert, bis er wieder zurück ist.«

Montooth sah noch einmal zur Decke hoch. In seinem Gesicht arbeitete es. Es waren keine Schritte mehr zu hören. »Du hast deine Hausaufgaben gemacht.«

»Mach ich immer.«

»Also jetzt.«

»Oder nie.« Joe lehnte sich zurück. »Und in dem Fall sitzt du den Rest deiner Tage da und wartest darauf, dass jemand kommt und dich allemacht. Keine Kontrolle, keine Mitsprache.«

Montooth atmete tief durch die Nase ein, und seine Augen wurden groß wie Silberdollars. Er schlug sich mehrmals mit den Händen auf die Oberschenkel und streckte den Hals, bis Joe ihn knacken hörte.

Dann stand er auf und ging quer durch den Raum zu dem dunkelgrünen Kleiderschrank.

Er zog seinen Morgenmantel aus, glättete eine Knitterfalte und hängte ihn auf einen Bügel. Er zog seine Pantoffeln aus und stellte sie in den Schrank. Er stieg aus seiner Schlafanzughose und legte sie zusammen. Er knöpfte das Oberteil auf. Er stand einen Augenblick in seiner Unterwäsche da, starrte in den Kleiderschrank und versuchte, zu einer Entscheidung zu kommen. »Ich nehme den braunen«, sagte er. »Brauner Mann in braunem Anzug. Ist schwerer zu treffen.«

Er holte ein hellbraunes Hemd aus dem Schrank, das vor lauter Stärke stocksteif war. Während er es anzog, sah er über die Schulter zu Joe. »Wie alt ist dein Junge jetzt?«

»Neun.«

»Braucht eine Mutter.«

»Das denkst du.«

»Ist ’ne Tatsache, Mann. Alle Jungs brauchen ’ne Mama. Sonst wachsen sie zu Wölfen heran, behandeln ihre Frauen wie Dreck, haben kein Gefühl für Nuancen.«

»Nuancen, ja?«

Montooth Dix zog eine dunkelblaue Krawatte unter seinem Kragen durch und band einen Knoten. »Du liebst deinen Jungen?«

»Mehr als alles andere auf der Welt.«

»Dann hör auf, nur an dich zu denken, und gib ihm 'ne Mama.«

Joe sah zu, wie er eine braune Hose aus dem Kleiderschrank nahm und hineinstieg.

»Eines Tages wird er dich verlassen.« Montooth zog den Gürtel durch die Hosenschlaufen. »Das ist immer so. Und selbst wenn sie den Rest deines Lebens mit dir im selben Zimmer sitzen würden, wären sie trotzdem weg.«

»Ich war genauso.« Joe nahm noch einen Schluck Rum. »Und du?«

Montooth schlüpfte mit den Armen in zwei lederne Schulterhalfter. »Mehr oder weniger. Das ist es, was dich zum Mann macht. Jungs bleiben kleben, Männer gehen.« Er steckte eine .44er in das linke Halfter und eine zweite in das rechte.

»Die schmuggelst du nirgendwo rein«, sagte Joe.

»Hab ich auch nicht vor.« Montooth steckte eine Fünfundvierziger-Automatik am Rücken in den Hosenbund. Zog sein Jackett an. Dazu einen hellbraunen Regenmantel und einen passenden Hut, dessen Krempe er sorgfältig richtete. Zog zwei weitere Pistolen hervor und steckte sie in die Taschen des Regenmantels. Nahm ein Gewehr vom obersten Regalboden, drehte sich um und sah Joe an. »Wie sehe ich aus?«

»Wie das Letzte, was Little Lamar auf dieser Erde zu sehen bekommt.«

»Junge«, sagte Montooth Dix, »da hast du verdammt recht.«

SIE GINGEN DIE TREPPE HINAB, die auf die Gasse hinter dem Haus führte. Der Bursche, der Joe gefilzt hatte, stand mit einem anderen da. Gegenüber saßen zwei Mann in einem Auto. Ihre Köpfe drehten sich wie auf Kommando um, als sie sahen, dass ihr Boss das Gebäude wie für einen Weltkrieg gerüstet verließ.

Montooth rief den Namen des Burschen, der Joe durchsucht hatte: »Chester.«

Chester starrte seinen Boss gebannt an. Die große Flinte baumelte an Montooths Seite, die Kolben der beiden .44er schauten unter seinem Mantel hervor.

»Ja, Boss.«

»Was befindet sich am Ende dieser Gasse?«

»Cortlan's Friseurgeschäft, Boss.«

Montooth nickte.

Seine vier Männer tauschten wilde, verzweifelte Blicke aus.

»Da geht's gleich ein bisschen unerfreulich zu, in ungefähr drei Minuten. Kapiert?«

»Sehen Sie, Boss, wir –«

»Ich habe gefragt, ob du das kapiert hast.«

Chester blinzelte nervös und holte tief Luft. »Ja. Hab ich.«

»Gut. In ungefähr *vier* Minuten müssen einige von euch nachkommen und alles wegpusten, was sich noch bewegt. Verstanden?«

Chester traten Tränen in die Augen. Um ein Haar wären sie ihm die Wangen herabgerollt. Aber er sah erst nach links und dann nach rechts, und seine Augen wurden wieder klar. Und er nickte. »Da bleibt nix mehr am Leben, Mr. Dix.«

Montooth tätschelte ihm die Wange und nickte den anderen drei zu. »Wenn das hier vorbei ist, hat Breezy das Kommando. Hat irgendeiner von euch ein Problem damit, für meinen Sohn zu arbeiten?«

Die drei Männer schüttelten den Kopf.

»Gut. Wird den Laden schon schmeißen, mein Junge. Und ihr alle wisst, dass er gerecht ist.«

»Es ist bloß so… Er ist nicht wie Sie«, sagte Chester.

»Mensch, Jungs, keiner von uns ist wie sein Vater.«

Chester ließ den Kopf hängen und beschäftigte sich eingehend damit, die Ladung seiner Pistole zu überprüfen.

Montooth hielt Joe die Hand hin. Joe schüttelte sie.

»Freddy wird erfahren, dass du mir diesen Ausweg gelassen hast.«

»Kann sein, kann nicht sein«, sagte Joe.

Montooth hielt seinem Blick lange stand, während er immer noch Joes Hand umfasst hielt. »Irgendwann sehen wir uns da drüben wieder. Dann bringe ich dir bei, dass ein kultivierter Mensch Cognac trinkt.«

»Ich freue mich darauf.«

Montooth ließ seine Hand sinken und drehte sich wortlos um.

Er ging die Gasse hoch, seine Schritte wurden länger und schneller, und er hob die Flinte in Zielposition.

19

Recht auf Leben

ALS JOE BROWN TOWN VERLIESS, wünschte ein Teil von ihm, er hätte Montooth Dix in das Friseurgeschäft folgen können, um den Gesichtsausdruck von Little Lamar zu sehen, falls Montooth mit dem Gewehr an den Leibwächtern vorbeigekommen war. Aber wenn Joe auch nur in der Nähe dieses Schlamassels gesehen würde, konnte Freddy DiGiacomo sich auf sein Fehlverhalten berufen und gegen die gesamte Familie Bartolo zu Felde ziehen.

Was vielleicht schon die ganze Zeit sein Plan gewesen war. Bloß, dass Freddy zu einem so komplexen Foulspiel gar nicht imstande gewesen wäre. Er dachte nur in simplen Zusammenhängen, hatte es immer getan. Er hatte Montooths Anteil am illegalen Glücksspiel übernehmen wollen, und jetzt stand er kurz davor. Wenn das Arschloch genug Grütze gehabt hätte, um nach der Krone für das gesamte Königreich zu greifen, hätte Joe ihm fast schon Respekt zollen müssen. Stattdessen würde er ein Dutzend Menschenleben ruinieren – mindestens –, und das alles für eine Handvoll Kleingeld.

Es sei denn, Freddy war nicht der Einzige, der bei dieser Sache mitmischte. Genau wie Montooth vermutet hatte.

Aber wenn Joe in diesem Geschäft einen Burschen hätte auswählen sollen, den er für einen wahren Freund hielt, dann wäre das – abgesehen von Dion – Rico gewesen. Andererseits: Wenn er jemanden hätte auswählen müssen, der genug Hirnschmalz und Frechheit besaß, Montooths Untergang zu inszenieren, dann wäre das ebenfalls Rico gewesen. Doch Montooth auszubooten, war im Grunde eine Nummer zu klein für einen wie Rico. Und Dion auszubooten, war eine Nummer zu groß für ihn.

Wirklich?

Er ist zu jung, sagte Joe zu der Stimme in seinem Kopf. Doch auch Charlie Luciano war jung gewesen, als er seinen eigenen Laden aufgemacht hatte. Dasselbe galt für Meyer Lansky. Joe selbst hatte mit fünfundzwanzig Jahren das gesamte Geschäft in Tampa geschmissen.

Aber das war zu einer anderen Zeit gewesen.

Die Zeiten ändern sich vielleicht, wisperte die Stimme, *aber die Menschen ändern sich nicht.*

Joe überquerte in seinem Wagen die Eleventh Street und sah, dass zwei von Dions Leibwächtern auf ihn warteten. Es waren Bruno Caruso und Chappi Carpino. Joe fuhr neben ihnen an den Straßenrand und kurbelte das Fenster herunter, während Chappi dasselbe auf dem Beifahrersitz des anderen Autos tat.

Joe sagte: »Waren es nicht zwei Autos?«

»Mike und der Finne sind zurückgefahren, nachdem wir uns beim Boss gemeldet haben.«

»Ärger?«

Chappi gähnte. »Nein. Angelo hat sich krankgemeldet, und da hat der Boss sich gedacht, Sie hätten gern Verstärkung bei ihm und Ihrem Jungen.«

Joe nickte. »Und ihr solltet auch dort sein.«

»Wir folgen Ihnen.«

Joe schüttelte langsam den Kopf. »Ich habe eine private Verabredung. Da kann ich euch nicht brauchen.«

Bruno Caruso beugte sich über den Beifahrersitz und sah Joe an. »Wir haben unsere Befehle.«

»Bruno, du hast mich fahren sehen. Wenn ich bei diesem Auto den Gang einlege, bin ich an der Ecke, ehe du den Fuß von der Kupplung nimmst. Dann musst du eine Kehrtwendung hinlegen – und das bei all den Lieferwagen, die da drüben in zweiter Reihe parken. Willst du wirklich Räuber und Gendarm mit mir spielen?«

»Aber Joe –«

»Es ist eine Privatsache, verstehst du? Ein Mann-Frau-Ding. Streng geheim. Und mir wär's lieber, wenn du mit Chappi dorthin fährst, wo ihr euch nützlich machen könnt. Sagt dem Boss, dass ich euch bequatscht habe und wir uns in zwei Stunden bei ihm zu Hause wiedersehen.«

Bruno und Chappi tauschten Blicke aus. Joe brachte den Motor auf Touren und schenkte ihnen sein strahlendstes Lächeln.

Bruno rollte mit den Augen. »Sie rufen den Boss an und erklären es ihm?«

»So machen wir es.«

Joe legte den Gang ein.

»Ach ja«, sagte Chappi, »der Boss meinte, dass Rico versucht hat, Sie zu erreichen. Er ist in seinem Büro.«

»Welchem?«

»Die Docks.«

»In Ordnung. Danke. An der nächsten Telefonzelle rufe ich Dion an, und du bist aus dem Schneider.«

»Danke.«

Er fuhr an, ehe sie ihre Meinung ändern konnten, bog schwungvoll nach links in die Zehnte ab und machte sich auf den Weg quer durch die Stadt.

NOCH ALS ER DIE SEITENSTRASSE hinter dem Sundowner Motel entlangfuhr, hatte er keinen Schimmer, was er von der ganzen Sache halten sollte. Sie hatte ihn am vergangenen Abend ganz geschäftsmäßig angerufen und gesagt, er solle sich heute Mittag mit ihr treffen. Dann hatte sie aufgehängt. Er konnte darin kaum etwas anderes als eine Vorladung sehen. Trotz ihrer ausgelassenen Liebesspiele und dem Geplänkel danach war sie immer noch eine Frau von erheblichem Einfluss, und sie erwartete, dass Menschen, die sie zu sich rief, vor ihr erschienen, ohne weitere Fragen zu stellen.

Seltsam, wie Macht funktionierte. Ihre erstreckte sich nicht über die Stadt Tampa und den Bezirk Hillsborough hinaus. Doch das war der Boden, den seine Schuhe in diesem Moment berührten, und so übertrumpfte ihre Macht die seine. Montooth Dix' Macht hatte unangreifbar gewirkt, bis er zwei Männer getötet hatte, um sich zu verteidigen. Diese Männer waren Teil einer krakenhaften Organisation, die weit mächtiger war als er selbst. Polen, Frankreich, England, Russland – alle hatten sich vermutlich für mächtig genug gehalten, um diesen lächerlichen Tyrannen nicht fürchten zu müssen, der ihnen nun eine Lektion erteilte. Weite Teile der freien Welt waren davon betroffen. Japan glaubte, es sei mächtig genug, um die Vereinigten Staaten angreifen zu können. Die Vereinigten Staaten glaubten, sie seien mächtig genug, um Vergeltung zu üben, eine zweite Front in Europa und eine dritte in Afrika zu eröffnen. Und wie immer übertrumpfte dabei eine Wahrheit alle anderen: Eine Seite hatte sich schwer verrechnet.

Joe klopfte an die Tür von Apartment 107, und die Frau, die öffnete, war nicht Vanessa, sie war Frau Bürgermeister. Sie trug ein steifes Kostüm, und ihr Haar war streng zurückgebunden, was das Aschekreuz auf ihrer Stirn noch stärker hervortreten ließ. Ihr Gesicht war angespannt, ihr Blick so distanziert, als wäre Joe der Zimmerservice, der eine Bestellung abliefern sollte und womöglich das Falsche brachte.

»Komm herein.«

Er nahm beim Eintreten den Hut ab und blieb neben dem schmiedeeisernen Bett stehen, in dem sie sich so oft geliebt hatten.

»Etwas zu trinken?«, fragte sie in einem Ton, der nahelegte, dass seine Antwort ihr gleichgültig sei.

»Nein danke.«

Sie schenkte ihm trotzdem einen Whiskey ein und füllte ihren eigenen nach. Sie reichte ihm das Glas. Sie hob ihres und stieß mit ihm an.

»Worauf trinken wir?«

»Auf das, was wir an uns vorüberziehen ließen.«

»Und das wäre?«

»Uns.«

Sie trank, doch er stellte sein Glas auf den Rand der Kommode.

»Es ist ein guter Scotch«, sagte sie.

»Ich weiß nicht, was hier vor sich geht«, sagte er, »aber –«

»Nein«, sagte sie, »das weißt du nicht.«

»Aber ich werde dich nicht aufgeben.«

»Das ist deine Entscheidung. Aber ich gebe dich auf.«

»Dazu hätte auch ein Telefongespräch gereicht.«

»Du hättest es nicht akzeptiert. Du musstest es in meinem Gesicht lesen.«

»Was musste ich da lesen?«

»Dass es mir ernst ist. Dass eine Frau, wenn sie nach vorn geht, nicht zurückblickt. Und dass ich diese Frau bin.«

»Was ...« Er wusste plötzlich nicht mehr, was er mit seinen Händen machen sollte. »Was ist denn auf einmal los? Was habe ich falsch gemacht?«

»Du hast gar nichts falsch gemacht. Ich habe geträumt. Ich bin aufgewacht.«

Er legte den Hut neben sein Glas und griff nach ihren Händen, aber sie trat einen Schritt zurück.

»Tu es nicht«, sagte er.

»Warum nicht?«

»Warum *nicht*?«

»Ja, Joe. Nenne mir einen einzigen Grund, warum nicht.«

»Weil ...« Aus irgendeinem Grund fuchtelte er mit den Händen herum.

»Ja?«

»Weil«, sagte er so ruhig wie möglich, »ohne dich ... ohne zu wissen, dass du da bist und ich mich auf dich freuen kann – und nein, nicht auf den Sex, jedenfalls nicht nur auf den Sex, sondern *dich* –, ohne dich ist mein Sohn der einzige Grund für mich, morgens aufzustehen. Ohne dich ist alles bloß ...« Er deutete auf das Kreuz auf ihrer Stirn.

»Ein Kruzifix?«

»Asche«, sagte er.

Sie leerte ihr Glas. »Liebst du mich? Ist es das, was du mir heute verkaufen willst?«

»Was? Nein.«

»Nein, du liebst mich nicht?«

»Nein. Nein, ich meine, ich weiß es nicht.«

Sie schenkte sich noch einen Whiskey ein. »Wie sollte es deiner Meinung nach weitergehen? Du hast deinen Spaß mit mir, bis wir auffliegen?«

»Wir werden nicht unbedingt –«

»*Doch*, das werden wir. Das ist mir in dieser Woche immer klarer geworden. Ich habe keine Ahnung, warum ich das nicht schon früher begriffen habe. Und wenn es so weit ist, kannst du dich eine Zeitlang nach Kuba verdrücken, und wenn du dann zurückkehrst, wird Gras über die Sache gewachsen sein. Ich hingegen bin unterdessen nach Atlanta zitiert worden, wo das Familienunternehmen dem Verwaltungsrat übergeben wird, weil niemand einer Frau vertraut, die so blöd ist, ihrem einflussreichen Ehemann Hörner aufzusetzen und mit einem Gangster zu vögeln.«

»Das ist es nicht, was ich will«, sagte Joe.

»Was *willst* du dann, Joe?«

Sie natürlich. Am besten gleich jetzt, hier auf dem Bett. Und wenn es ihnen gelang, nicht aufzufliegen – und warum sollte ihnen das nicht gelingen? –, wollte er sie gern weiterhin mehrmals im Monat sehen, bis sie entweder so sehr ineinander verstrickt waren, dass sie sich mit einem kühnen Schlag von allen gesellschaftlichen Konventionen befreien konnten, oder bis sie erkannten, dass ihre Leidenschaft ein rasch verblühendes Treibhausgewächs war.

»Ich weiß nicht, was ich will«, sagte er.

»Großartig«, sagte sie. »Prächtig.«

»Ich weiß, dass ich nicht aufhören kann, an dich zu denken, wie sehr ich es auch versuche.«

»Wie belastend für dich.«

»Nein, nein. Ich meine bloß, sieh mal, wir könnten es doch versuchen, oder?«

»Versuchen?«

»Sehen, wohin es uns führt. Bislang hat es funktioniert.«

»Es?« Sie zeigte auf das Bett.

»Ja, genau.«

»Ich bin verheiratet. Mit dem Bürgermeister. Das Einzige, wohin ›es‹ führen kann, ist Schande.«

»Vielleicht ist es das Risiko wert.«

»Nur, wenn es eine Belohnung dafür gibt, dass man alles verliert.«

Frauen. Verdammt noch mal.

Vielleicht liebte er sie. Konnte ja sein. Aber bedeutete das, dass er sie bitten musste, ihren Mann zu verlassen? Es wäre der Skandal des Jahrhunderts. Den attraktiven jungen Bürgermeister zum gehörnten Ehemann machen? Öffentlich? Damit würde Joe vom Gesetzlosen zum Ausgestoßenen. Würde in West Central Florida nie wieder Geschäfte machen können. Vielleicht im gesamten Staat nicht. Im Süden wurde öfter gelächelt, aber weniger verziehen – das hatte Joe gelernt. Und einem Mann, der dem Spross einer der ältesten Familien Tampas, einem Kriegshelden obendrein, die Frau ausspannte, würde sich jede Tür in der Stadt verschließen. Joe würde wieder ein richtiger Gangster werden müssen. Einzige Schwierigkeit: Er war sechsunddreißig. Zu alt, um Soldat zu sein, zu irisch, um Boss zu werden.

»Ich weiß nicht, was das alles soll«, sagte er schließlich.

Er erkannte an ihrem Blick, dass seine Antwort sie in etwas bestätigt hatte. Irgendeine Prüfung hatte er nicht bestanden. Hatte nicht mal gewusst, dass er an einer teilgenommen hatte, aber durchgefallen war er trotzdem.

Als er sie über das Bett hinweg anblickte, flüsterte eine Stimme in seinem Kopf: *Sag nichts.*

Er hörte nicht auf die Stimme. »Soll ich eine Leiter an dein Fenster lehnen? Bei Nacht und Nebel mit dir durchbrennen?«

»Nein.« Ihre Finger zitterten leicht. »Es wäre trotzdem schön gewesen, wenn du überlegt hättest, eine Leiter zu kaufen.«

»Willst du abhauen?«, fragte Joe. »Ich frage mich nämlich, wie dein Mann und seine Kumpels darauf reagieren würden. Ich frage mich –«

»Hör auf zu reden.« Sie verzog den Mund und sah ihn über das Bett hinweg an.

»Was?«

»Du hast recht. Ich stimme dir zu. Es gibt nichts zu diskutieren. Also hör bitte auf zu reden.«

Er blinzelte nervös. Nahm einen Schluck von dem Whiskey, den sie ihm eingeschenkt hatte, und wartete auf ihr Urteil über ein Verbrechen, das er anscheinend begangen hatte, an das er sich aber nicht erinnern konnte.

»Ich bin schwanger«, sagte sie.

Er stellte das Glas hin. »Schwang …«

»… er.« Sie nickte.

»Und du weißt, dass es von mir ist.«

»Ja, das weiß ich.«

»Bist du dir sicher?«

»Ganz sicher.«

»Würde dein Mann es merken?«

»Ohne jeden Zweifel.«

»Er könnte sich bei den Monaten verzählt haben. Er könnte –«

»Er ist impotent, Joe.«

»Er ist …?«

Sie lächelte knapp und nickte noch knapper. »Schon immer.«

»Das heißt, ihr habt niemals …?«

»Zweimal«, sagte sie. »Genau genommen eineinhalb. Das letzte Mal war vor über einem Jahr.«

»Und was willst du jetzt tun?«

»Ich kenne einen Arzt.« Sie sagte es mit falscher Heiterkeit. Sie schnipste mit den Fingern. »Problem gelöst.«

»Warte mal«, sagte er. »Warte.«

»Was ist?«

»Du wirst mein Kind nicht umbringen.«

»Es ist noch kein Kind, Joe.«

»Klar ist es das. Und du wirst es nicht umbringen.«

»Wie viele Männer hast du umgebracht, Joseph?«

»Das hat nichts damit zu tun, dass –«

»Wenn auch nur die Hälfte der Geschichten stimmt, dann vermute ich, dass es etliche waren«, sagte sie. »Entweder eigenhändig oder auf deinen Befehl. Und jetzt willst du –«

Er ging schnell um das Bett herum.

»Du wirst nichts dergleichen tun.«

»Oh, doch, das werde ich.«

»Ich kenne jeden Abtreibungsarzt in dieser Stadt. Ich werde allen Bescheid sagen.«

»Wer sagt, dass ich es hier machen lasse?« Sie sah zu ihm hoch. »Würdest du freundlicherweise einen Schritt zurücktreten?«

Er hob seine Hände, holte Luft und tat, um was sie ihn gebeten hatte.

»Na gut«, sagte er.

»Na gut was?«

»Na gut. Du verlässt deinen Mann und kommst mit mir. Wir ziehen das Kind zusammen auf.«

»Halt mich fest«, sagte sie. »Ich falle gleich in Ohnmacht.«

»Nein, hör zu –«

»Warum sollte ich meinen Mann verlassen, um mit einem Gangster zusammenzuleben? Deine Chancen, nächstes Jahr um diese Zeit noch am Leben zu sein, sind nicht viel besser als die eines Soldaten in Bataan.«

»Ich bin kein Gangster.«

»Nein? Wer ist Kelvin Beauregard?«

»Wer?«

»Kelvin Beauregard«, wiederholte sie. »Ein Geschäftsmann aus Tampa, damals in den Dreißigern. Besaß eine Konservenfabrik, glaube ich.«

Joe sagte nichts.

Vanessa trank einen Schluck. »Es heißt, er sei ein Mitglied des Klan gewesen.«

»Was soll mit dem sein?«

»Mein Mann kam vor zwei Monaten zu mir und fragte mich, ob du und ich ein Verhältnis hätten. Er ist kein Idiot, weißt du. Ich sagte: ›Nein. Natürlich nicht.‹ Er sagte: ›Na gut. Aber wenn ihr jemals ein Verhältnis habt, stecke ich ihn für den Rest seines Lebens ins Gefängnis.‹«

»Das ist doch bloß Schau.«

Vanessa schüttelte langsam und traurig den Kopf. »Er hat zwei eidesstattliche Erklärungen, dass du an demselben Tag in Kelvin Beauregards Büro warst, als ihn jemand in den Kopf geschossen hat.«

»Er blufft.«

Ein weiteres Kopfschütteln. »Ich habe sie gesehen. Den beiden Aussagen zufolge hast du dem Schützen zugenickt, ehe er den Abzug drückte.«

Joe saß auf dem Bett und versuchte, einen Ausweg aus dieser verfahrenen Situation zu finden. Es gelang ihm nicht. Nach einer Weile sah er zu ihr hoch. Seine Hände lagen schlaff auf seinen Knien.

Vanessa sagte: »Ich lasse mich nicht aus der Villa des Bürgermeisters werfen und von meiner Familie verstoßen, um auf der Straße zu landen und im Armenhaus ein Kind zu gebären, das seinen Vater nur durch Gitterstäbe sehen wird. Vorausgesetzt« – sie lächelte ihn traurig an – »dass nicht einer der Richter, die du nicht in der Tasche hast, dich stattdessen zum Tode verurteilt.«

Sie saßen fünf Minuten lang schweigend da.

Schließlich sagte Joe: »Na gut, wenn das deine Sichtweise ist.«

Sie nickte. »Ich dachte mir schon, dass du Vernunft annehmen würdest.«

Joe schwieg.

Vanessa nahm ihre Handtasche und den Glockenhut aus Samt. Sie warf ihm einen Blick über die Schulter zu, ihre Hand ruhte auf dem Türknauf. »Mir ist aufgefallen, dass du für einen klugen Menschen ganz schön lange brauchst, ehe du Sachen erkennst, die sich direkt vor deiner Nase abspielen. Vielleicht solltest du daran arbeiten.« Sie öffnete die Tür.

Als er endlich hochsah, war sie weg.

Nach einigen Minuten nahm er das Glas Whiskey von der Kommode und setzte sich in den Sessel neben dem Fenster. Er schaffte es einfach nicht, mit seinen Gedanken die graue Wolke zu durchdringen, die sich in seinem Kopf festgesetzt hatte und nach und nach in sein Blut sickerte. Er begriff, dass er sich in einem Schockzustand befand, aber er konnte den unmittelbaren Auslöser seiner Lähmung nicht benennen – war es ihre Schwangerschaft; ihr Plan, das Kind abzutreiben; die Art, in der sie ihre Beziehung beendet hatte; die Tatsache, dass ihr Mann ihn in der Hand hatte?

Um wieder einen klaren Kopf zu bekommen, hob er den Telefonhörer ab und bat um eine Verbindung. Er hatte vergessen, Dion anzurufen und ihm zu sagen, dass er Bruno und Chappi aus ihrer Verantwortung entlassen hatte. Es würde zu diesem unglückseligen Tag passen, wenn sie seinetwegen gefeuert worden wären.

Bei Dion ging niemand an den Apparat. Dann erinnerte Joe sich daran, dass Mittwoch war und an den Ausflug in Chinettis Bäckerei. Joe beschloss, nach seinem nächsten Anruf einfach hinzufahren; bis dahin wären alle wieder zurück, und vermutlich wäre sogar noch ein Stück vom Kuchen übrig.

Er legte auf, hob den Hörer wieder ab und ließ sich mit seinem Büro verbinden. Er fragte Margaret, ob sie Nachrichten für ihn habe.

»Rico DiGiacomo hat zweimal angerufen. Er sagte, Sie sollten dringend zurückrufen.«

»In Ordnung. Sonst noch was?«

»Der Herr vom Marinegeheimdienst.«

»Matthew Biel?«

»Genau der. Hat eine seltsame Nachricht hinterlassen.«

Margaret war seit 1934 Joes Sekretärin. In dieser Zeit waren ihr jede Menge Seltsamkeiten zu Ohren gekommen.

»Was hat er gesagt?«, fragte Joe.

Sie räusperte sich, und ihre Stimme senkte sich um eine Oktave. »Was als Nächstes geschieht, ist bereits geschehen.« Sie sprach wieder normal. »Wissen Sie, was er damit meint?«

»Nicht genau«, sagte Joe. »Aber so viel steht fest: Diese Regierungsleute sprechen für ihr Leben gern Drohungen aus.«

Nachdem er aufgehängt hatte, rauchte er eine Zigarette und rekapitulierte in Gedanken das einzige Gespräch, das er mit Matthew Biel geführt hatte. Es dauerte nicht lange, bis er sich an den Moment erinnerte, da Biel angekündigt hatte, Joe werde nicht mögen, »was wir als Nächstes tun werden«.

Was auch immer das gewesen sein mochte, war also bereits geschehen.

Mach, was du willst, dachte Joe, *solange du mich nicht umzulegen versuchst.*

Apropos …

Joe rief bei Rico DiGiacomo an. Dessen Sekretärin ging an den Apparat und stellte ihn sofort durch.

»Joe?«

»Genau der.«

»Scheiße, Mann, wo steckst du?«

»Was? Warum?«

»Mank ist nicht in der Heilanstalt.«

»Klar ist er das.«

»Nein, ist er nicht. Er ist zurück in Tampa. Und er hält Ausschau nach dir. Man hat ihn in der Nähe deines Hauses gesehen, nur eine Straßenkreuzung weit entfernt. Zwei Stunden vorher ist er um den Block gefahren, in dem dein Büro liegt. Wo immer du jetzt bist, du musst unbedingt dortbleiben. Kapiert?«

Joe sah sich im Zimmer um. Zumindest hatte Vanessa den Anstand besessen, die Flasche mit dem Scotch dazulassen.

»Kann ich machen«, sagte Joe.

»Wir spüren ihn auf. Notfalls legen wir ihn um.«

»Soll mir recht sein.«

»Du rührst dich nicht vom Fleck, bis wir die Sache in Ordnung gebracht haben.«

Joe dachte an Mank, der irgendwo da draußen war, mit seinen wässrigen Augen und seinem schuppigen Haar, mit Atem, der nach Fusel und Salami stank. Mank spielte kein raffiniertes Spiel wie Theresa oder Billy Kovich, Gott hab ihn selig. Mank fiel einfach über einen her, mit quietschenden Reifen und ballerndem Gewehr.

»Na gut«, sagte er zu Rico. »Ich rühre mich nicht von der Stelle. Du rufst mich an, sobald die Sache erledigt ist.«

»Worauf du wetten kannst. Wir sprechen uns bald.«

»Rico«, sagte Joe.

Ricos Stimme näherte sich wieder dem Hörer. »Was? Was ist?«

»Du brauchst meine Telefonnummer.«

»Was?«

»Um mich zurückzurufen.«

»Richtig. Verdammt.« Rico lachte. »Richtig. Lass mich kurz einen Stift holen. In Ordnung. Leg los.«

Joe nannte ihm die Durchwahl des Zimmers.

»Gut. Gut. Ich melde mich wieder«, sagte Rico und hängte auf.

Die Vorhänge waren zugezogen, aber Joe sah, dass zwischen ihnen ein Spalt klaffte. Das Fenster ging auf die Pier hinaus. Er legte sich bäuchlings aufs Bett und zog an den unteren Rändern der beiden Stoffbahnen, bis sie sich überlappten.

Dann erhob er sich vom Bett. Man konnte nie wissen, ob Mank schon da draußen stand und Joes Position im Zimmer herauszufinden versuchte.

Er setzte sich auf die Kommode und starrte die hellbraunen Wände und das Gemälde mit den Fischern an, die von einer sturmgebeutelten Küste ablegten. Die Cantillons hatten Reproduktionen desselben Gemäldes in jedem Zimmer aufgehängt. In diesem Zimmer hing es zu tief, und zwei Wochen zuvor war Vanessa dagegengestoßen: Sie hatte nach Halt gesucht, als Joe von hinten in sie eindrang. Das Bild hing immer noch schief. Joe sah den Kratzer, den der Rahmen in der Farbe hinterlassen hatte. Er sah, wie ihr Haar schweißnass an ihrem Hals geklebt hatte. Er roch den Alkohol in ihrem Atem – an jenem Tag war es Gin gewesen –, und er hörte das rhythmische Geräusch ihrer aufeinandertreffenden Körper, als ihre Bewegungen wilder geworden waren.

Er war überrascht, wie intensiv die Erinnerung war, wie sehr sie schmerzte. Wenn er hier den ganzen Tag säße und an sie dächte, ohne etwas zu essen, mit nichts als einer Flasche Scotch zur Gesellschaft, würde er aus der Haut fahren. Er musste auf andere Gedanken kommen, egal, was. Wie zum Beispiel …

Wer nahm den Auftrag an, jemanden umzubringen, und ging dann plötzlich in eine Heilanstalt?

War das ein Trick gewesen, um Joe abzulenken? Oder war Mank wirklich verrückt? Wer auch immer den Auftrag erteilt hatte, Joe umzubringen, wäre alles andere als erfreut darüber gewesen, wenn der Mörder plötzlich durchdrehte und sich ins Irrenhaus verzog. Er hätte jemand anderen angeheuert, um Joe *und* Mank das Licht auszuknipsen. Nein, ein Mörder mit einem Auftrag nahm keine Auszeit, um seine Rübe in Ordnung bringen zu lassen, und tauchte dann im letzten Moment aus der Versenkung auf und brachte die Sache zu Ende. Das ergab einfach keinen Sinn.

Joe hätte nicht übel Lust gehabt, sofort loszufahren und mit denjenigen von Ricos Männern zu sprechen, die Mank gesehen haben wollten. Er hätte tausend Dollar darauf gewettet, dass sie ihn mit jemandem verwechselt hatten. Am besten gleich zweitausend Dollar, so sicher war er sich seiner Sache.

Aber sein Leben? Würde er das auch verwetten? Denn das war der Einsatz. Er musste einfach in diesem Zimmer bleiben – in seinem Sarg, wie er schon zu denken anfing –, und die Sache würde ziemlich rasch über die Bühne gehen. Rico und seine Jungs würden diesen Mank-Imitator aufspüren – oder, na gut, Mank selbst –, und Joe würde wieder ruhig schlafen können.

Bis dahin hieß es, in diesem Sarg zu bleiben.

Er wollte gerade das Glas an die Lippen setzen, als ein Gedanke ihn plötzlich innehalten ließ.

Der Sarg ist der springende Punkt.

Was hatte Vanessa ihn noch wissen lassen, ehe sie gegangen war? Er würde alles sehen, außer das, was sich direkt vor seiner Nase abspielte?

Wenn jemand ihn während der letzten Wochen umzubringen versucht hätte, dann hätte er zu diesem Zeitpunkt längst tot sein müssen. Bis man ihn auf die angebliche Verschwörung hingewiesen hatte, war er in seliger Unwissenheit durch die Gegend spaziert. Ein leichtes Ziel. Selbst nachdem er Bescheid wusste, hatte er das Gerücht herunterzuspielen versucht. Er war mit King Lucius und zwanzig Mördern auf einem Schiff gefahren und hatte um Theresas Leben gefeilscht. Man hätte ihn ohne weiteres bei einer von mehreren Autofahrten töten können – nach Raiford, zum Peace River; selbst während er in der Stadt herumgefahren war, hätte man ihn abknallen können.

Auf was wartete der Mörder?

Aschermittwoch.

Aber warum warten?

Die einzig sinnvolle Antwort war, dass sie gar nicht warteten. Es gab kein »sie«. Oder wenn doch, dann versuchten »sie« nicht, Joe umzubringen.

Sie versuchten, ihn kaltzustellen.

Er hob das Telefon ab und ließ sich mit der Heilanstalt Lazworth in Pensacola verbinden. Nachdem er zur Telefonzentrale des Sanatoriums vermittelt worden war, stellte er sich der jungen Frau am anderen Ende der Leitung als Detective Francis Cadiman von der Polizeidienststelle Tampa vor und sagte, er müsse wegen eines Mordes unverzüglich mit dem Chefarzt sprechen.

Die junge Frau stellte ihn durch.

Ein Dr. Shapiro meldete sich und fragte, um was es gehe. Joe sagte ihm, in Tampa sei letzte Nacht ein Mord verübt worden, und er müsse mit einem seiner Patienten darüber sprechen.

»Wir glauben«, sagte Joe zu dem Arzt, »dass dieser Mann noch mehr Menschen ermorden könnte.«

»Er hat meinen Patienten im Visier?«

»Nein, Doktor. Um ganz offen zu sein, unser Verdächtiger *ist* Ihr Patient.«

»Ich verstehe nicht recht.«

»Wir haben zwei Augenzeugen, die einen gewissen Jacob Mank am Tatort gesehen haben wollen.«

»Das ist unmöglich.«

»Es tut mir leid, Doktor, aber das ist es nicht. Wir kommen heute noch bei Ihnen vorbei. Haben Sie vielen Dank für dieses erste Gespräch.«

»Legen Sie nicht auf«, sagte Shapiro. »Wann hat dieser Mord stattgefunden?«

»Heute Nacht. Zwei Uhr fünfzehn, um genau zu sein.«

»Dann haben Sie den Falschen im Verdacht. Der fragliche Patient ist Jacob Mank?«

»Richtig, Doktor.«

»Der Patient hat vor zwei Tagen einen Selbstmordversuch unternommen. Er hat sich mit einer Glasscherbe aus einem kaputten Fenster die Halsschlagader aufgeschlitzt und liegt seitdem im Koma.«

»Sind Sie ganz sicher?«

»Ich bin in diesem Augenblick bei ihm.«

»Danke, Doktor.«

Joe legte auf.

Wer profitierte von Montooth Dix' Tod am meisten?

Nicht Freddy DiGiacomo. Freddy übernahm bloß das Kommissionsgeschäft.

Rico bekam das Gebiet.

Wer hatte vorgeschlagen, er solle mit Tomas nach Kuba gehen?

Rico.

Wer hatte ihm hinterhertelefoniert, um ihm den einen Namen zu nennen, der ihn garantiert davon abhalten würde, sich vom Fleck zu rühren?

Rico.

Wer war so schlau, dass er es schaffte, Joe kaltzustellen und eine Palastrevolte anzuzetteln?

Rico DiGiacomo.

Wohin hatte Joe nach Ricos Willen am Aschermittwoch nicht gehen sollen?

In die Kirche.

Nein, das war es nicht. Joe war ohne Zwischenfälle gekommen und gegangen.

Die Bäckerei.

»Gütiger Himmel«, flüsterte Joe und streckte die Hand nach dem Türknauf aus.

20

Die Bäckerei

ALS ONKEL DIONS FAHRER Carmine vor Chinettis Bäckerei in der Seventh Avenue hielt, war es halb eins. Das Wetter war inzwischen heiß und stickig, obwohl die Sonne sich hinter einem Himmel wie aus Wolle versteckte, dessen Farbe irgendwo zwischen Hellgrau und Schmutzigweiß lag. Onkel Dion gab Tomas einen Klaps aufs Bein und sagte: »Die *sfogliatelle*, ja?«

»Ich kann mitkommen.«

Mike Aubrey und Geoff der Finne fuhren hinter ihnen an den Bordstein.

»Nein«, sagte Dion. »Darum kümmere ich mich. *Sfogliatelle*, richtig?«

»Richtig.«

»Vielleicht sage ich ihnen, sie sollen mir noch ein *pasticciotto* für dich mitgeben.«

»Danke, Onkel D.«

Carmine ging ums Auto herum und öffnete die Tür für seinen Boss. »Ich begleite Sie.«

»Du bleibst bei dem Jungen.«

»Boss, soll ich nicht einfach an Ihrer Stelle hineingehen?«

Tomas sah zu Onkel Dions Gesicht hoch, dessen Hängebacken sich gerade violett verfärbten.

»Habe ich gesagt, du sollst Französisch lernen?«, fragte er Carmine.

»Was?«

»Habe ich gesagt, du sollst Französisch lernen?«

»Nein, Boss, nein. Natürlich nicht.«

»Habe ich gesagt, du sollst die Eisenwarenhandlung auf der anderen Straßenseite anstreichen?«

»Nein, Boss, ganz bestimmt nicht.«

»Oder du sollst eine Giraffe ficken?«

»Was?«

»Beantworte die Frage.«

»Nein, Boss, Sie haben mir nicht –«

»Ich habe dir also nicht gesagt, dass du Französisch lernen, den Laden auf der anderen Straßenseite anstreichen oder eine Giraffe ficken sollst. Was ich dir gesagt habe, ist, dass du beim Auto bleibst.« Dion gab Carmine einen Klaps auf die Wange. »Also bleibst du verdammt noch mal beim Wagen.«

Während Dion auf die Bäckerei zuging, rückte er seinen Anzug zurecht und strich seine Krawatte glatt. Carmine setzte sich wieder hinters Steuer und richtete den Rückspiegel so aus, dass er Tomas sah.

»Magst du Boccia?«, fragte er.

»Ich weiß nicht«, sagte Tomas. »Ich habe es noch nie gespielt.«

»Oh«, sagte Carmine, »das musst du unbedingt tun. Was spielt ihr denn so in Kuba?«

»Baseball«, sagte Tomas.

»Du auch?«

»Ja.«

»Bist du gut?«

Tomas zuckte die Schultern. »Nicht so gut wie die Kubaner.«

»Ich habe ungefähr in deinem Alter mit Boccia begonnen«, sagte Carmine. »In der alten Heimat. Die meisten Leute glauben, mein Vater hätte es mir beigebracht, aber es war meine Mutter. Kannst du dir das vorstellen? Meine Mutter in ihrem braunen Kleid. Sie liebte Braun. Braune Kleider, braune Schuhe, braune Teller. Sie kam aus Palermo, und mein Vater meinte, sie hätte deshalb keine Phantasie. Mein Vater kam aus …«

Tomas blendete Carmines Geschwätz aus. Sein Vater hatte ihm oft gesagt, dass ein Mann, der anderen Männern zuhöre – ihnen wirklich zuhöre –, sich ihres Respekts und oft auch ihrer Dankbarkeit sicher sein könne. »Die Menschen wollen, dass du sie so siehst, wie sie gern wären. Und alle mögen es, wenn man sie für interessant hält.« Aber wenn der Sprechende eindeutig ein Langweiler war – oder auch nur ein schlechter Gesprächspartner –, tat Tomas nur so, als ob er zuhörte. Es gab Gelegenheiten, da wünschte er sich, auch nur annähernd der Mann zu sein, der sein Vater war, und es gab andere Gelegenheiten, da wünschte er sich, dass sein Vater schlichtweg unrecht habe. Wenn es darum ging, Dummköpfe zu ertragen, war er sich allerdings nicht sicher, wer von ihnen recht hatte. Vermutlich beide.

Während Carmine weiterplapperte, fuhr ein Briefträger auf seinem Fahrrad klingelnd an ihnen vorbei. Er lehnte das Rad gegen die Mauer hinter der Bäckerei und begann, in seiner Tasche nach der Post für diesen Block zu kramen.

Ein großer Mann mit eingefallenen Wangen und einem Aschekreuz auf der blassen Stirn blieb direkt hinter dem Briefträger stehen und bückte sich, um seinen Schuh zu binden. Tomas fiel auf, dass die Schnürsenkel des Mannes bereits gebunden waren. Aber der Mann verharrte auch dann noch gebückt, als er hochsah und sein Blick Tomas' Blick begegnete. Seine Augen quollen leicht hervor, und sein Kragen war schweißfeucht. Der Mann senkte den Blick und fummelte weiter an seinem Schnürsenkel herum.

Ein zweiter Mann, viel kleiner und stämmiger, ging auf dem Bürgersteig hinter ihrem Auto vorbei und mit schnellem, selbstgewissem Schritt in die Bäckerei.

Carmine sagte gerade: »... aber meine Tante Concetta, die war –«, und dann brach er ab, als etwas auf der Straße seine Aufmerksamkeit erregte.

Zwei Männer in dunklen Regenmänteln traten vom gegenüberliegenden Bürgersteig auf die Straße. Sie blieben kurz stehen, um ein Auto vorbeizulassen, dann gingen sie gleichzeitig weiter. Ihre Mäntel wurden von locker sitzenden Gürteln zusammengehalten, nach denen beide gerade griffen.

Carmine sagte: »Bleib hier, Junge, ich bin gleich wieder da«, und stieg aus dem Auto.

Das Auto bewegte sich ein wenig, als Carmine zurückprallte, und Tomas starrte auf seinen Rücken, wo sich der Stoff seines Mantels rot verfärbte. Erst als das Echo der Schüsse verhallte, wurde ihm klar, was geschehen war. Die Männer schossen erneut auf Carmine, und er fiel zu Boden. Etwas Blut spritzte auf die Scheibe.

Mike Aubrey und Geoff der Finne schafften es nicht einmal aus ihrem Auto. Die beiden Männer auf der Straße nahmen sich Aubrey vor. Tomas hörte den lauten Knall eines Gewehrs, und dann waren von Geoff dem Finnen nur noch ein zerschmettertes Beifahrerfenster und Blutspritzer auf der Windschutzscheibe zu sehen.

Die beiden Männer hielten Thompson-Maschinengewehre in der Hand. Sie drehten sich zu Tomas um – einer blinzelte vor Überraschung (*Ist das da drin wirklich ein Kind?*) –, und die Mündungen ihrer Thompsons drehten sich mit ihnen.

Tomas hörte Schreie und lautes Krachen hinter sich. Geborstenes Glas brach aus den Schaufenstern der Geschäfte. Dem Knall einer Pistole folgte ein zweiter, dann etwas Lauteres, das Tomas für ein Gewehr hielt. Er drehte sich nicht um, aber er ließ sich auch nicht in den Fußraum des Wagens fallen. Er konnte die Augen nicht von seinem eigenen Tod abwenden. Die Mündungen der Thompsons blieben weiterhin auf ihn gerichtet. Die beiden Männer sahen einander an und kamen wortlos zu einer unerfreulichen Entscheidung.

Als das Auto die Männer rammte, übergab sich Tomas. Es kam nicht viel hoch, nur ein Schluckauf aus Schock und Galle. Einer der Männer flog aus seinem Sichtfeld und knallte Sekunden später auf die Motorhaube von Onkel Dions Auto. Er landete auf dem Kopf. Der Kopf drehte sich in die eine Richtung, der restliche Körper in die andere. Tomas wusste nicht, was mit dem anderen Mann geschehen war, aber der auf der Motorhaube sah ihn an, und die rechte Seite seines Gesichts ragte über seine linke Schulter, als wäre das die normalste Sache der Welt. Es war der, der geblinzelt hatte, als er Tomas im Auto gesehen hatte. Tomas fühlte, wie ihm die Galle mitten in der Brust hochstieg, während der Mann ihn weiterhin anstarrte, mit blassen Augen, die schon tot gewirkt hatten, als er noch lebte.

Kugeln flogen durch die Luft wie Wespenschwärme. Wieder ahnte Tomas, dass er sich eigentlich hinter dem Sitz verstecken müsste, sich so tief ducken müsste, wie es ging. Doch was er sah, lag so weit jenseits seines Verständnisses und seiner Erfahrung, dass er vollkommen starr war. Alles entwickelte sich explosionsartig. Nichts schien miteinander in Verbindung zu stehen, und doch war genau das der Fall.

Das Auto, das die beiden Männer gerammt hatte, war seitlich in einen Laster gefahren, und ein Mann in hellem Seidenanzug hielt mit einem Maschinengewehr darauf.

Der Briefträger lag zusammengesackt neben seinem umgekippten Fahrrad, helles Blut ergoss sich auf die Post.

Vom Bürgersteig aus feuerte der Mann, der sich scheinbar die Schnürsenkel gebunden hatte, mit einer Pistole in die Bäckerei. Dann schrie er plötzlich laut auf. Es war ein entsetzter, ungläubiger Schrei, so hoch wie der Schrei eines Mädchens. Er sackte auf die Knie, und seine Waffe fiel ihm aus der Hand. Er bedeckte die Augen mit der Hand, das Aschekreuz war in der Hitze zerlaufen. Onkel Dion kam schwankend aus der Bäckerei, die untere Hälfte seines blauen Hemdes war voller Blut. Er hielt eine Kuchenschachtel in der einen Hand und eine Pistole in der anderen. Er richtete die Pistole auf den knienden Mann und feuerte eine Kugel direkt durch das Aschekreuz in seinen Schädel. Der Mann fiel vornüber.

Onkel Dion riss die Autotür auf. Er sah aus wie etwas, das brüllend aus einer Höhle auftaucht, um Kinder zu fressen. Seine Stimme klang wie das Knurren eines Hundes.

»Leg dich auf den Boden, verdammt noch mal.«

Tomas rollte sich im Fußraum zusammen. Dion langte über ihn hinweg und warf die Kuchenschachtel hinter den Fahrersitz.

»Du rührst dich nicht vom Fleck, verstanden?«

Tomas sagte nichts.

»Verstanden?«, schrie Dion.

»Ja, ja.«

Dion grunzte und knallte die Tür zu. Eine Ladung Hagelkörner prallte seitlich gegen den Wagen, doch Tomas wusste, dass es kein Hagel war. Nein, es war kein Hagel.

Der *Lärm*. Flinten und Pistolen und Maschinengewehre, die sich alle zur gleichen Zeit entluden. Das schrille Quieken erwachsener Männer, die erschossen wurden.

Das Geräusch von Schritten auf dem Bürgersteig; die Männer rannten weg vom Wagen. Es wurde still. Ein einzelner Schuss kam von weiter oben auf der Straße, ein anderer von der Vorderseite des Wagens. Aber es war, als ob jemand an einer Kette gezogen und den Lärm einfach abgeschaltet hätte.

Die Stille dröhnte wie nach einer Parade.

Jemand öffnete die Autotür, und Tomas sah hoch. Er erwartete Dion, aber ein Fremder stand da. Ein Mann in einem grünen Regenmantel und mit einem dunkelgrünen Filzhut. Er hatte sehr dünne Augenbrauen und einen ebenso dünnen Schnurrbart. Etwas an ihm wirkte vertraut, aber Tomas konnte ihn nicht zuordnen. Er roch nach billigem Rasierwasser und Trockenfleisch. Ein Taschentuch war um seine blutige linke Hand gewickelt, aber in der rechten hielt er eine Pistole.

»Hier ist es nicht sicher«, sagte er.

Tomas sagte nichts. Auf den zweiten Blick erkannte er, dass dies derselbe Mann war, der manchmal nach der Sonntagsmesse auf dem Schulhof stand, zusammen mit der hexenhaften alten Frau, die immer Schwarz trug.

Der Mann stieß mit seiner verletzten Hand Tomas' Schulter an. »Ich habe dich gesehen. Von der anderen Straßenseite aus. Ich bringe dich an einen sicheren Ort. Hier ist es nicht sicher. Komm mit, komm schon.«

Tomas rollte sich auf dem Boden zusammen.

Der Mann stieß ihn noch einmal an. »Ich will dir helfen.«

»Gehen Sie weg.«

»Sag mir nicht, dass ich weggehen soll. Ich will dir doch helfen.« Er tätschelte Tomas' Schulter und Kopf, als wäre er ein Hund, dann zog er an Tomas' Hemd. »Jetzt komm schon.«

Tomas schlug nach seiner Hand.

»Schhhhhh«, machte der Mann. »Hör zu«, sagte er. »Hör zu, hör zu. Hör einfach zu. Wir haben nicht viel –«

»Freddy!«

Die Augen des Mannes quollen beim Klang seines Namens hervor.

Und von draußen rief jemand noch einmal: »Freddy!«

Tomas erkannte die Stimme seines Vaters, und die Erleichterung war so überwältigend, dass er sich zum ersten Mal seit fünf Jahren in die Hose pinkelte.

Freddy flüsterte: »Bin gleich wieder da«, und richtete sich auf. Er drehte sich zum Bürgersteig um. »Hallo, Joe.«

»Ist das da drin mein Sohn, Freddy?«

»Ist das *dein* Sohn?«

»Tomas!«

»Ich bin hier, Papa!«

»Geht es dir gut?«

»Alles in Ordnung.«

»Bist du verletzt?«

»Nein. Mir geht's gut.«

»Hat er dich angefasst?«

»Er hat meine Schulter angefasst, aber …«

Freddy tanzte auf der Stelle.

Später erfuhr Tomas, dass sein Vater die Waffe vier Mal abgefeuert hatte, aber die Schüsse folgten so kurz aufeinander, dass er es nicht hätte sagen können. Der Kopf von Freddy DiGiacomo lag plötzlich auf dem Sitz über ihm und der Rest seines Körpers auf dem Bürgersteig, Arme und Beine von sich gestreckt.

Sein Vater packte Freddy am Haar und riss ihn aus dem Auto. Ließ ihn in den Rinnstein fallen und streckte die Arme nach Tomas aus. Tomas umschlang den Hals seines Vaters und begann plötzlich, laut zu weinen. Selbst in seinen eigenen Ohren klang das Geräusch fremd. Es war ein jäher Ausbruch der Empörung und des Entsetzens.

»Alles ist gut«, sagte Joe. »Ich bin bei dir. Papa ist bei dir. Papa hält dich ganz, ganz fest.«

21

Nichts wie weg

JOE HIELT SEINEN SOHN im Arm und überblickte das Blutbad auf der Seventh Avenue. Tomas zitterte und weinte, wie er es nicht mehr getan hatte, seit er im Alter von sechs Monaten eine beidseitige Ohrenentzündung gehabt hatte. Joes Auto – das, mit dem er Anthony Bianco und Jerry Tucci überfahren hatte – war nur noch ein Schrotthaufen. Nicht wegen des Zusammenpralls mit dem Laternenmast, sondern, weil Sal Romano mit seiner Thompson eine ganze Trommel Munition darauf abgefeuert hatte. Joe war hinter dem Kofferraum eines Autos hervorgekommen, das zwei Wagenlängen hinter seinem stand, und hatte Romano in die Hüfte geschossen, während der gerade nachlud. Er hörte ihn immer noch auf der Straße stöhnen. Romano hatte für die Mannschaft seiner Highschool in Jersey als Quarterback gespielt. Hob immer noch Gewichte und machte täglich fünfhundert Liegestütze, jedenfalls behauptete er das. Doch nach Joes Treffer konnte er seine linke Hüfte im nächsten Straßenblock suchen. Künftige Liegestütze würden also etwas ungelenk aussehen.

Beim Überqueren der Straße hatte Joe auf einen Typen in einer teuren Lederjacke geschossen. Er hatte mit einem Gewehr in die Bäckerei gefeuert, also hatte Joe ihm eine Kugel in den Rücken verpasst und war weitergegangen. Auch ihn konnte er hören – rund fünfzehn Meter hinter ihm schrie er auf dem Bürgersteig herum, bettelte um einen Arzt, um einen

Priester. Seine Stimme klang wie die von David Imbruglia. Zumindest von hinten sah er auch so aus. Sein Gesicht konnte Joe nicht sehen.

Sein Sohn hatte aufgehört zu wimmern und versuchte, wieder zu Atem zu kommen.

»Schhh.« Joe strich Tomas über das Haar. »Alles ist in Ordnung. Ich bin ja da. Ich lasse dich nicht los.«

»Du …?«

»Was denn?«

Tomas lehnte sich in Joes Armen zurück und sah auf Freddy DiGiacomos Leichnam hinab. »Du hast ihn erschossen«, flüsterte er.

»Allerdings.«

»Warum?«

»Aus vielen Gründen, aber vor allem deshalb, weil mir nicht gefiel, wie er dich angeschaut hat.« Joe sah seinem Sohn tief in die braunen Augen, die Augen seiner verstorbenen Frau. »Kannst du das verstehen?«

Tomas begann zu nicken, aber dann schüttelte er langsam den Kopf.

»Du bist mein Sohn«, sagte Joe. »Das heißt, niemand tut dir etwas Böses. Niemals.«

Tomas blinzelte nervös, und Joe wusste, dass er in seinem Vater zum ersten Mal etwas gesehen hatte – die eiskalte Wut, die Joe sein ganzes Leben lang zu verbergen gelernt hatte. Die Wut seines Vaters, seiner Brüder – das Geburtsrecht aller männlichen Mitglieder der Familie Coughlin.

»Wir suchen jetzt nach Onkel Dion, und dann verduften wir von hier. Kannst du laufen?«

»Ja.«

»Siehst du deinen Onkel?«

Tomas zeigte mit dem Finger in Dions Richtung.

Dion saß auf dem Fensterbrett eines Geschäfts für Damenhüte. Die Schaufensterscheibe war während der Schießerei aus dem Rahmen gepustet worden, und Dion starrte die Hüte an. Er war aschfahl, sein Hemd blutbedeckt, und er atmete schwer.

Joe setzte Tomas ab, und sie gingen hinüber. Die Glassplitter knirschten unter ihren Füßen.

»Wo bist du getroffen?«

»Meine rechte Titte«, sagte Dion. »Ist aber glatt durchgegangen. Mensch, ich habe sogar gespürt, wie die Kugel wieder rausflog. Kannst du das glauben?«

»Dein Arm auch«, sagte Joe. »Scheiße.«

»Was?«

»Dein Arm, dein Arm.« Joe nahm sein Krawatte ab. »Das ist eine Arterie, D.«

Das Blut schoss ungehindert aus dem Loch an der Innenseite von Dions rechtem Arm. Joe band seine Krawatte direkt über der Wunde fest zusammen.

»Kannst du gehen?«

»Kaum atmen.«

»Das höre ich. Kannst du trotzdem gehen?«

»Nicht weit.«

»Wir gehen nicht weit.«

Joe schlang sich Dions linken Arm über die Schulter und zog ihn vom Fensterbrett hoch. »Tomas, lauf zum Wagen.«

Tomas rannte los. Als er den auf dem Boden liegenden Freddy erreicht hatte, blieb er wie angewurzelt stehen. Als ob dessen Leichnam aufwachen und auf ihn losgehen könnte.

»Tomas!«

Tomas öffnete die Beifahrertür.

»Guter Junge. Spring rein.«

Joe lud Dion auf dem Rücksitz ab. »Leg dich hin.«

Dion legte sich hin.

»Zieh die Beine hoch.«

Dion zog seine Beine auf den Sitz, und Joe schloss die Tür.

Auf dem Weg zur Fahrerseite entdeckte er Sal Romano auf der anderen Straßenseite. Sal war wieder auf den Beinen. Zumindest auf einem Bein. Das andere baumelte in der Luft, während er sich schwer atmend gegen die Überreste von Joes Auto lehnte. Genauer gesagt: mit pfeifendem Atem. Joe hielt seine Waffe auf ihn gerichtet.

»Du hast Ricos Bruder getötet.« Sal krümmte sich vor Schmerz zusammen.

»Aber sicher doch.« Joe öffnete die Fahrertür.

»Wir wussten nicht, dass dein Junge in dem Wagen war.«

»Tja«, sagte Joe, »war er aber.«

»Das hilft dir auch nicht mehr. Rico wird deinen Kopf abschneiden und anzünden.«

»Das mit der Hüfte tut mir leid, Sal«, sagte Joe. Er zuckte die Achseln, denn mehr fiel ihm nicht ein, und so stieg er ins Auto. Fuhr rückwärts aus der Parklücke und im Rückwärtsgang die Straße hoch. Sirenen näherten sich von Westen und Norden.

»Wo fahren wir hin?«, fragte Tomas.

»Nur ein paar Querstraßen weiter«, sagte Joe. »Niemand darf dieses Auto auf der Straße sehen. Wie fühlst du dich, D.?«

»Die Welt liegt mir zu Füßen.« Dion entfuhr ein leises Ächzen.

»Halt durch.« Joe fuhr rückwärts um die Ecke zur Vierundzwanzigsten, legte den ersten Gang ein und fuhr in Richtung Süden.

»Bin überrascht, dass du aufgetaucht bist«, sagte Dion. »Du hast es immer gehasst, dir die Hände schmutzig zu machen.«

»Mir geht's nicht um meine Hände«, sagte Joe, »sondern um meine Frisur. Sieh mich doch mal an. Und die Pomade ist mir auch ausgegangen.«

»Was bist du bloß für eine Tunte.« Dion schloss mit einem leisen Lächeln die Augen.

Tomas hatte noch nie zuvor solche Angst gehabt. Sie verwandelte seine Zunge und seinen Gaumen zu Staub. Ein Ball aus Furcht pulsierte in seiner Kehle. Und sein Vater machte *Witze*.

»Papa?«, fragte er.

»Ja?«

»Bist du ein böser Mensch?«

»Nein, Sohn.« Joe bemerkte Flecken von Erbrochenem auf Tomas' Hemd. »Bloß kein besonders guter.«

ER FUHR SIE zu einem Tierarzt in einem verwahrlosten Abschnitt der Vierten, der durch Brown Town verlief. In der Gasse hinter dem Haus hatte der Tierarzt einen Autostellplatz, den er sich mit seinen Nachbarn teilte, einem Schrottplatzbetreiber und einem Kammerjäger. Er war kaum auszumachen zwischen diversen Schichten aus rostigem Maschendrahtzaun und Stacheldraht. Joe sagte zu Tomas, er solle bei Dion bleiben, und ehe sein Sohn antworten konnte, lief er bereits den Weg zum Haus hoch und betrat durch eine weiße, von der Hitze verzogene Tür das Gebäude.

Tomas drehte sich zum Rücksitz um. Onkel Dion saß aufrecht, aber seine Augen waren halb geschlossen, und sein Atem ging sehr flach. Tomas sah erst zu der Tür, durch die sein Vater verschwunden war, dann auf die Gasse, wo zwei Hunde in großen Sätzen an dem Zaun hochsprangen und sich jedes Mal anknurrten, wenn einer dem anderen zu nahe kam.

Tomas lehnte sich über den Sitz. »Ich habe wirklich Angst.«

»Sonst wärst du dumm«, sagte Dion. »Diese Sache ist auch noch nicht ausgestanden.«

»Warum wollten diese Männer dich umbringen?«

Dion lachte leise. »Kleiner, in unserer Branche wird man nicht gefeuert.«

»Unsere Branche«, wiederholte Tomas nachdenklich, mit immer noch zittriger Stimme. »Du und Vater, seid ihr Gangster?«

Noch ein leises Lachen. »Tja, wir waren es.«

Joe und ein Schwarzer in weißem Kittel kamen durch die Tür zurück und schoben eine Transportliege vor sich her. Es war eine kurze Liege, kaum länger als Tomas, aber Joe und der Schwarze schafften es, Dion aus dem Auto zu hieven und auf die Liege zu verfrachten. Seine Beine baumelten herab, als sie ihn über den Weg zum Haus schoben und im Innern verschwanden.

Der Veterinär war Dr. Carl Blake. Er war praktischer Arzt in einer Klinik in Jacksonville gewesen, bis er seine Lizenz verloren hatte und nach Tampa gekommen war, um für Montooth Dix zu arbeiten. Er hatte Montooths Leute zusammengeflickt und dafür gesorgt, dass dessen Huren gesund und sauber waren, und Montooth hatte ihn dafür mit Opium bezahlt – derselbe Stoff, der dafür verantwortlich war, dass man ihm die Zulassung entzogen hatte.

Dr. Blake schmatzte oft mit den Lippen, und er bewegte sich mit einer seltsam gestelzten Anmut, wie ein Tänzer, der versucht, die Möbel nicht umzuwerfen. Tomas fiel auf, dass sein Vater den Schwarzen immer »Doktor« nannte, während Dion »Blake« zu ihm sagte, ehe er narkotisiert wurde.

Nachdem Dion das Bewusstsein verloren hatte, sagte Joe: »Ich werde jede Menge Morphin brauchen. Wahrscheinlich alles, was Sie haben, Doktor.«

Dr. Blake nickte und goss Wasser über den Schnitt in Dions Arm. »Der Schuss hat seine Oberarm-Arterie gestreift. Der Mann müsste eigentlich tot sein. Ist das Ihre Krawatte?«

Joe nickte.

»Tja, damit haben Sie ihm das Leben gerettet.«

Joe sagte: »Ich brauche etwas Stärkeres als Schwefel.«

Dr. Blake sah ihn über Dions ausgestreckten Körper hinweg an. »Mitten im Krieg? Viel Glück.«

»Nun kommen Sie schon. Was können Sie mir geben?«

»Prontosil ist alles, was ich habe.«

»Dann muss Prontosil genügen. Danke, Doktor.«

»Würden Sie die Lampe bitte genau hierhin halten?«

Joe bewegte die Lampe über dem Untersuchungstisch, damit der Arzt einen genaueren Blick auf Dions Arm werfen konnte.

»Kommt der Junge damit klar?«

Joe sah zu Tomas hinüber. »Willst du in ein anderes Zimmer gehen?«

Tomas schüttelte den Kopf.

»Bist du sicher? Dir könnte schlecht werden.«

»Mir wird nicht schlecht.«

»Nein?«

Tomas schüttelte wieder den Kopf. Er dachte: *Ich bin dein Sohn.*

Dr. Blake stocherte in Dions Arm herum und sagte dann: »Es sind keine Fremdkörper drin. Wir sollten die Arterie jetzt wieder zusammenflicken.«

Sie arbeiteten eine Zeitlang schweigend weiter. Joe reichte dem Arzt Instrumente, wenn der danach fragte, oder richtete die Lampe neu aus oder wischte die Stirn des Arztes mit einem Tuch ab, wenn er darum bat.

Tomas wurde klar, dass er unter Druck nie so ruhig sein würde. Das Gesicht seines Vaters blitzte vor ihm auf, als er das von Kugeln zersiebte Auto rückwärts in die Vierundzwanzigste gefahren hatte, während die Sirenen im Hintergrund immer lauter geworden waren und Dion auf dem Rücksitz stöhnte. Er hatte sich nach dem nächstgelegenen Straßenschild umgeschaut wie ein Sonntagsausflügler, der seinen Wagen ein paar Meter zurücksetzen muss.

»Haben Sie von der Sache mit Montooth gehört?«, fragte Dr. Blake.

»Nein«, sagte Joe obenhin. »Was ist mit ihm?«

»Hat Little Lamar und drei seiner Pistoleros umgelegt. Hat nicht mal einen Kratzer abgekriegt.«

Joe lachte: »Er hat *was*?«

»Keinen Kratzer. Vielleicht ist an diesem Voodoo-Scheiß doch was dran.« Dr. Blake war mit dem Vernähen von Dions Arm fertig.

»Was haben Sie gesagt?«, fragte Joe scharf.

»Was? Ach, Sie wissen schon, all diese Gerüchte, die seit Jahren kursieren, dass Montooth in seiner Festung irgendwo einen besonderen Raum hat, in dem er Voodoo praktiziert, seine Gegner mit Flüchen belegt, all das. Der Mann geht in dieses Friseurgeschäft rein und kommt als einziger Überlebender wieder raus. Vielleicht ist doch was Wahres dran.«

Ein seltsamer Ausdruck glitt über Joes Gesicht. »Kann ich Ihr Telefon benutzen?«

»Aber sicher. Gleich da hinten.«

Joe zog die Latexhandschuhe aus, die er während der Operation getragen hatte, und führte sein Telefongespräch, während Dr. Blake mit den Wunden in Onkel Dions Brust weitermachte. Tomas hörte seinen Vater sagen: »In einer Viertelstunde bist du hier, ja?«

Er legte auf, zog sich ein frisches Paar Handschuhe an und kehrte zu dem Doktor zurück.

Dr. Blake fragte: »Was meinen Sie, wie viel Zeit Sie haben?«

Joes Gesicht verfinsterte sich. »Bestenfalls ein paar Stunden.«

Die Tür zum Untersuchungszimmer wurde geöffnet, und ein weiterer Schwarzer in einer Baumwollmontur steckte den Kopf herein. »Alles bereit.«

»Danke, Marlo.«

»Na klar, Doktor.«

»Danke, Marlo«, sagte Joe.

Als er weg war, drehte sich Joe zu Tomas um. »Im Auto liegen eine Hose und eine Unterhose für dich. Gehst du sie holen?«

»In Ordnung.« Tomas verließ das Untersuchungszimmer und ging den Gang entlang. Die eingesperrten Hunde begannen zu bellen, als sie seinen Geruch witterten. Er öffnete die Hintertür, und der helle Tag lag vor ihm. Er ging den Weg zurück zu der Stelle, wo das Auto stand. Es stand immer noch an derselben Stelle, aber es war nicht mehr dasselbe Auto. Es war ein Plymouth, eine viertürige Limousine aus den späten Dreißigern, kein Lack, nur Grundierfarbe, so unauffällig, wie ein Auto nur sein kann. Auf dem Vordersitz fand Tomas eine schwarze Hose und eine Unterhose in seiner Größe, und erst jetzt fiel ihm wieder ein, dass er sich, kurz bevor sein Vater den Mann mit dem schlechten Atem und den milchigen Augen erschossen hatte, in die Hose gepinkelt hatte. Er wunderte sich, dass er das hatte vergessen können, denn plötzlich konnte er sich selbst riechen, und er konnte spüren, wie sein eigener Urin kalt und klamm seine Oberschenkel bedeckte. Er hatte über eine Stunde in seiner verpinkelten Hose dagesessen, ohne es zu bemerken.

Als er aus dem Auto ausstieg, sah er seinen Vater in der Gasse stehen und mit einem sehr kleinen Mann sprechen. Der Mann nickte immer wieder, während sein Vater redete. Als Tomas sich ihnen näherte, hörte er ihn gerade sagen: »Bist du noch mit Boch verwandt?«

»Ernie?« Der kleine Mann nickte. »Hat meine ältere Schwester geheiratet, hat sich von ihr scheiden lassen und meine jüngere Schwester geheiratet. Sie sind glücklich miteinander.«

»Ist er immer noch ein Meister?«

»In der Tate Gallery in London hängt seit '35 ein Monet, den Ernie an einem einzigen Wochenende gemalt hat.«

»Gut. Bei dieser Sache wirst du ihn brauchen. Ich zahle erstklassig.«

»Du brauchst mir nichts zu zahlen. Ruf einfach nicht den Hexendoktor.«

»Ich werde *dich* nicht bezahlen, aber ich werde deinen Schwager bezahlen. Der schuldet mir nämlich keinen Gefallen. Mach ihm also klar, dass er den vollen Preis bekommt. Aber es ist ein Eilauftrag.«

»Verstanden. Ist das dein Junge?«

Sie drehten sich um und sahen Tomas an, und etwas Trauriges ging durch den Blick seines Vaters, eine Art bleiernes Bedauern. »Ja. Keine Sorge. Der hat heute etwas von der Welt gesehen. Tomas, sag Bobo ›Guten Tag‹.«

»Guten Tag, Bobo.«

»Hallo, Kleiner.«

»Ich muss mich umziehen«, sagte Tomas.

Sein Vater nickte. »Geh nur.«

Er zog sich die Sachen in einem Badezimmer im hinteren Teil der Praxis an. Vorher feuchtete er die unteren Hosenbeine seiner alten Hose im Waschbecken an und wusch seine Oberschenkel, so gut es ging. Er rollte die pissefleckige Hose und Unterhose zusammen und nahm sie in den Behandlungsraum mit, wo sein Vater Dr. Blake gerade ein dickes Bündel Geldscheine in die Hand drückte.

»Wirf sie einfach weg«, sagte sein Vater, als er die Kleidungsstücke in Tomas' Hand bemerkte. Tomas sah einen Eimer in der Ecke des Raumes und warf seine Kleider zu Dions blutigen Verbänden und Hemdfetzen.

Er hörte, wie Dr. Blake seinem Vater sagte, dass Dions Arm mindestens eine Woche lang immobil bleiben müsse.

»Meinen Sie mit immobil, dass er nicht bewegt werden darf?«

»Er darf, aber sachte.«

»Was ist, wenn ich das in den nächsten Stunden nicht beeinflussen kann?«

»Dann könnte die Naht in seiner Arterie reißen.«

»Und er könnte sterben.«

»Nein.«

»Nein?«

Dr. Blake schüttelte den Kopf. »Er würde auf jeden Fall sterben.«

Dion war immer noch ohnmächtig, als sie ihn auf den Rücksitz beförderten und den Fußraum mit alten Hundedecken ausstopften, damit er nicht herunterrollen konnte. Sie ließen die Fenster offen, doch im Auto roch es trotzdem nach Hundehaar und Hundepisse und Hundekotze.

Tomas fragte: »Wo fahren wir hin?«

»Flughafen.«

»Fliegen wir nach Hause?«

»Wir versuchen nach Kuba zu kommen, ja.«

»Und diese Männer werden dir nicht mehr wehtun?«

»Da bin ich mir nicht so sicher«, sagte Joe. »Aber sie haben keinen Grund, dir wehzutun.«

»Hast du Angst?«

Joe lächelte seinen Sohn an: »Ein kleines bisschen.«

»Wieso merkt man das nicht?«

»Weil denken jetzt gerade wichtiger ist als fühlen.«

»Und was denkst du?«

»Ich denke, dass wir das Land verlassen müssen. Und ich denke, der Mann, der uns verletzen wollte, hat sich blamiert.

Er hat versucht, Onkel Dion umzubringen, und er hat es nicht geschafft. Er hat versucht, einen anderen meiner Freunde umzubringen, aber auch der war ihm überlegen. Und die Polizei wird sehr wütend sein über das, was heute vor der Bäckerei passiert ist. Der Bürgermeister und die Handelskammer auch. Ich glaube, wenn wir es nach Kuba schaffen, könnte dieser Mann zu Friedensverhandlungen bereit sein.«

»Was ist mit seinem Kuchen?«

»Was?«

Tomas kniete sich auf den Beifahrersitz und schaute auf die Hundedecken. »Onkel Dions *torta al cappuccino*?«

»Was soll damit sein?«

»Er lag hinter dem Sitz.«

»Ich dachte, er sei in der Bäckerei angeschossen worden.«

»Das stimmt.«

»Das heißt … Moment mal, was?« Joe sah seinen Sohn an.

»Aber er hat den Kuchen ins Auto gebracht.«

»*Nachdem* die Schießerei begonnen hatte?«

»Ähm, ja. Er kam zum Auto, um mir zu sagen, dass ich mich auf den Boden legen sollte. Er hat mich angeschrien. Er hat gesagt: ›Leg dich auf den Boden.‹«

»Na gut«, sagte Joe. »Na gut. Aber … das war während der Schießerei?«

»Ja, genau.«

»Und was ist dann passiert?«

»Dann hat er den Kuchen hinter den Rücksitz geworfen und ist wieder weggegangen.«

»Das ergibt überhaupt keinen Sinn«, sagte Joe. »Bist du dir sicher, dass du dich richtig erinnerst? Es war ein großes Durcheinander, und du warst –«

»Vater«, sagte Tomas, »ich bin mir sicher.«

22

Flug

DIE FIRMA COUGHLIN-SUAREZ IMPORT/EXPORT transportierte viele ihrer Waren – vor allem Drogen – in einem G-21-Wasserflugzeug der Firma Grumman. In den späten dreißiger Jahren hatte Esteban Suarez das Flugzeug von dem Banker, Botschafter und Filmproduzenten Joseph Kennedy erworben, nachdem Kennedy beschlossen hatte, das illegale Schnapsgeschäft aufzugeben, mit dem er sein Vermögen verdient hatte.

Joe war Kennedy bei mehreren Anlässen begegnet. Sie waren beide irischer Abstammung, hießen Joseph und kamen aus Boston – Joe aus dem südlichen Teil der Stadt, Kennedy aus dem östlichen. Beide waren Gauner und Alkoholschmuggler. Beide waren ehrgeizige Männer.

Sie hassten sich auf den ersten Blick.

Kennedy, so vermutete Joe, hasste Joe, weil er die schlimmsten Stereotypen eines irischen Schnapsschmugglers verkörperte und nicht einmal den Versuch unternahm, das zu verbergen. Joe mochte Kennedy aus genau dem entgegengesetzten Grund nicht: Weil er zwar ein Gauner gewesen war, solange es seiner Gier diente, aber jetzt, da er Ansehen erwerben wollte, so tat, als ob sein Vermögen ihm direkt von Gott überlassen worden sei, als Belohnung für Frömmigkeit und Charakterstärke.

Sein Flugzeug hatte ihnen in den letzten fünf Jahren jedoch gute Dienste geleistet, in Verbindung mit den aeronautischen Fähigkeiten des Farruco Diaz. Diaz war einer der verrücktesten Männer, die je eine Hose angezogen haben, aber ein so talentierter Pilot, dass er die »Gans« – so lautete der Spitzname der G-21 – durch einen Wasserfall navigieren konnte, ohne nass zu werden.

Farruco erwartete sie am Knight-Flugplatz auf Davis Islands, zehn Minuten Fahrtzeit von der Innenstadt entfernt. Die Betreiber von Knight Airfield hatten, wie die meisten Flugplätze des Landes dieser Tage, große Teile ihrer Liegenschaften und Landebahnen an die Regierung verpachtet. In diesem Fall war es die Third Army Air Force Group, die Knight Airfield als Landeplatz zusätzlich zu den Flugplätzen Drew und MacGill nutzte. Anders als die beiden anderen blieb Knight jedoch überwiegend unter ziviler Verwaltung, auch wenn Onkel Sam dieses Zugeständnis jederzeit mit einem Fingerschnipsen beenden konnte – etwas, woran Joe in unangenehmer Weise erinnert wurde, als er die Hauptstraße entlangfuhr und Farruco sah, der auf der anderen Seite des Zauns neben der »Gans« stand.

Joe hielt am Straßenrand und stieg aus. Er und Farruco trafen sich am Zaun.

»Warum läuft der Motor nicht warm?«

»Geht nicht, Boss. Die lassen mich nicht.«

»Wer?«

Farruco zeigte auf den Kontrollturm, der hinter der eingeschossigen Wartehalle aus Wellblech in die Höhe ragte. »Ein Kerl da oben. Grammers.«

Lester Grammers hatte sich im Verlauf der Jahre mindestens hundertmal von Joe oder Esteban schmieren lassen, vor allem, wenn sie in Hispaniola oder Jamaika Marihuana-Ladungen aufgenommen hatten. Aber seit dem Kriegseintritt hatte Lester die Klappe ein wenig zu weit aufgerissen, wenn es um seine patriotische Verantwortung als Luftschutzwart, Kapitän der freiwilligen Bürgerwehr und um die Überlegenheit der weißen Rasse ging.

Natürlich nahm er immer noch ihr Geld, aber er legte dabei mehr Geringschätzung an den Tag.

Als Joe oben im Kontrollturm ankam, befanden sich außer Grammers noch die zwei Fluglotsen dort, doch uniformiertes Personal war zum Glück nicht in Sicht.

»Gibt es eine Schlechtwetterfront, von der ich nichts weiß?«, erkundigte sich Joe.

»Ganz und gar nicht. Das Wetter ist gut.«

»Also, Lester …?«

Lester ließ seine Füße von der Kante des Tisches gleiten und stand auf. Er war ein großgewachsener Mann, sodass Joe zu ihm aufblicken musste – was vermutlich in Lesters Absicht lag.

»Also«, sagte Lester, »können Sie nicht starten. Egal, ob das Wetter gut oder schlecht ist.«

Joe griff in seine Tasche, wobei er sorgsam darauf achtete, dass das Revers seines Trenchcoats das blutige Hemd verdeckte. »Wie viel wird es kosten?«

Lester hielt die Hände in die Höhe. »Ich habe keine Ahnung, wovon Sie reden.«

»Aber sicher doch.« Joe hätte sich ohrfeigen können, dass er Marlo nicht gebeten hatte, ihm ein sauberes Hemd zu besorgen, als er frische Kleidung für Tomas geholt hatte.

»Aber ganz sicher nicht, Sir«, sagte Lester.

»Hören Sie zu, Lester.« Joe gefiel die selbstgefällige Zufriedenheit in Lesters Blick nicht. Sie gefiel ihm ganz und gar nicht. »Bitte. Ich muss sofort starten. Nennen Sie einen Preis.«

»Es gibt keinen Preis, Sir.«

»Hören Sie auf, mich ›Sir‹ zu nennen.«

Lester schüttelte den Kopf. »Ich nehme von Ihnen keine Befehle entgegen, Sir.«

»Von wem nehmen Sie Befehle entgegen?«

»Den Vereinigten Staaten von Amerika. Und die wollen nicht, dass Sie heute Abend fliegen, Sir.«

Scheiße, dachte Joe. *Matthew Biel vom Marinegeheimdienst. Du rachsüchtiger Scheißkerl.*

»Gut.« Joe musterte Lester von Kopf bis Fuß. Er ließ sich Zeit damit.

»Was ist?«, fragte Lester schließlich.

»Ich nehme gerade Maß für eine Infanteristenuniform, Lester.«

»Ich werde mich der Infanterie nicht anschließen. Ich diene den Kriegsbemühungen hier.«

»Aber wenn ich Ihnen Ihre Stelle wegnehme, Lester? Dann werden Sie dem Krieg an vorderster Front dienen. Darauf können Sie einen lassen.«

Joe klopfte ihm auf die Schulter und ließ ihn stehen.

VANESSA VERLIESS DAS HOTEL durch den Dienstboteneingang und betrat die Gasse. Joe hatte das Revers seines Trenchcoats zurückgeschlagen, um sein Feuerzeug hervorzuholen, und sie sah das Blut auf seinem Hemd und Jackett.

»Du bist verletzt! Bist du verletzt?«

»Nein.«

»Oh, mein Gott! All das Blut!«

Joe ging über die Gasse zu ihr und nahm ihre Hände in seine. »Es ist nicht meines. Es ist seines.«

Sie blickte über seine Schulter und sah Dion, der zusammengesackt auf dem Rücksitz lag. »Ist er am Leben?«

»Im Moment, ja.«

Sie ließ seine Hände fallen und kratzte sich nervös unter dem Kehlkopf. »Überall in der Stadt gibt es Tote.«

»Ich weiß.«

»Einige Neger wurden in einem Friseurgeschäft erschossen. Und sechs – stimmt das, sechs? – Männer wurden in Ybor erschossen. Vielleicht mehr.«

Joe nickte.

»Du warst daran beteiligt?« Sie sah zu ihm hoch.

Lügen war sinnlos. »Ja.«

»Das Blut ist –«

»Ich habe nicht viel Zeit, Vanessa. Sie werden mich und meinen Freund umbringen, vielleicht sogar meinen Sohn, wenn sie zu dem Schluss kommen, dass er zu viel gesehen hat. Ich darf keine Stunde länger in den Vereinigten Staaten bleiben.«

»Geh zur Polizei.«

Joe lachte.

»Warum nicht?«

»Weil ich nicht mit Cops rede. Und selbst wenn ich es tun würde – einige von denen stehen auf seiner Gehaltsliste.«

»Wessen Gehaltsliste?«

»Von dem Kerl, der mich umzubringen versucht.«

»Hast du heute Menschen umgebracht, Joe?«

»Sieh mal, Vanessa –«

Sie rang die Hände. »Sag's mir. Hast du's getan?«

»Ja. Mein Sohn war mitten in dieser Schießerei. Ich habe getan, was ich tun musste, um ihn da rauszuholen. Ich würde noch ein weiteres Dutzend Männer umbringen, wenn sie meinen Sohn bedrohten.«

»Du sagst das voller Stolz.«

»Es ist nicht Stolz. Es ist Willenskraft.« Er atmete lange und langsam aus. »Ich brauche deine Hilfe. Und ich brauche sie jetzt. Wir haben nicht viel Zeit.«

Sie sah erneut an ihm vorbei auf Dion und auf seinen Sohn, der auf dem Vordersitz kniete.

Als sie ihn wieder anschaute, war ihr Blick verbittert und traurig. »Was wird mich das kosten?«

»Alles.«

OBEN IM KONTROLLTURM ließ Joe den Gürtel seines Mantels geschlossen, während Mrs. Vanessa Belgrave dem widerspenstigen Lester Grammers vor Augen führte, welche Optionen er hatte.

»Dieses Flugzeug transportiert nicht bloß Mais und Weizen«, sagte sie. »Es transportiert ein persönliches Geschenk des Bürgermeisters von Tampa an den Bürgermeister von Havanna. Ein privates Geschenk, Mr. Grammers.«

Lester wirkte verängstigt und gequält. »Der Herr von der Regierung hat sich sehr klar ausgedrückt, Ma'am.«

»Können Sie ihn anrufen?«

»Ma'am?«

»Gleich jetzt. Können Sie ihn anrufen?«

»Nicht um diese Zeit, mitten in der Nacht.«

»Nun, ich kann den Bürgermeister anrufen. Würden Sie

ihm gern erklären, warum Sie sich seiner Frau gegenüber so feindselig verhalten?«

»Es ist keine Feindsel–. Ach, herrje.«

»Nicht?« Sie setzte sich auf die Tischkante und nahm ihren rechten Ohrring ab, während sie den Hörer von der Gabel hob. »Könnten Sie mich bitte mit dem Amt verbinden?«

»Frau Bürgermeister, bitte hören Sie mir –«

»Hyde Park 789«, sagte sie zu der Telefonistin.

»Ich brauche diese Stelle, Frau Bürgermeister. Ich … drei Kinder, alle in der Highschool.«

Sie klopfte ihm zustimmend aufs Knie und kräuselte die Nase. »Es klingelt.«

»Ich bin kein *Soldat.*«

»Drrring«, sagte Vanessa. »Drrring.«

»Meine Frau, sie …«

Vanessa hob die Augenbrauen, dann wandte sie sich wieder dem Telefon zu.

Lester griff über ihren Schoß hinweg und drückte auf die Gabel.

Sie sah ihn an – seinen Arm, der über ihrem Schoß schwebte.

Er zog den Arm weg. »Wir werden Startbahn zwei freigeben.«

»Gute Wahl, Lester«, sagte sie. »Danke.«

»ALSO, WORUM GEHT ES HIER?« Vanessa stand Joe auf der Startbahn gegenüber, und sie versuchten beide, das Klackern und Dröhnen der Propeller zu übertönen.

Farruco hatte Joe geholfen, Dion ins Flugzeug zu tragen;

er lag auf einem Stapel Hundedecken. Tomas wartete auf einem der Fensterplätze. Joe hatte die Bremsblöcke vor den Reifen entfernt, und das Flugzeug hatte in einer warmen Brise, die vom Golf kam, leicht zu vibrieren begonnen.

»Hier?«, sagte Joe. »Das hier ist der Rest deines Lebens. Du und ich und das Baby.«

»Ich *kenne* dich kaum.«

Joe schüttelte den Kopf. »Du hast kaum *Zeit* mit mir verbracht. Du kennst mich. Ich kenne dich.«

»Du bist …«

»Was? Was bin ich?«

»Du bist ein Mörder. Du bist ein Gangster.«

»Ich habe mich größtenteils aus dem Geschäft zurückgezogen.«

»Mach keine Witze.«

»Ich mache keine Witze. Versteh doch«, schrie er, und die Windböen und Propeller bliesen seinen Anzug und sein Haar in alle Richtungen, »hier hast du nichts mehr zu erwarten. Diese Sache wird er dir niemals verzeihen.«

Farruco tauchte in der Tür der »Gans« auf: »Sie sagen, dass ich warten soll. Die vom Kontrollturm.«

Joe wischte seine Bemerkung mit einer Handbewegung beiseite.

Vanessa sagte: »Ich kann nicht einfach in ein Flugzeug steigen und *verschwinden*.«

»Du wirst nicht verschwinden.«

»Nein.« Sie schüttelte den Kopf und versuchte angestrengt, sich selbst zu überzeugen. »Nein, nein, nein.«

»Sie sagen, ich soll die Bremsblöcke wieder vor die Räder stellen«, rief Farruco.

»Ich bin älter als du«, sagte Joe zu Vanessa, und die Worte drängten hastig und verzweifelt aus seinem Mund, »und deshalb weiß ich, dass man nicht bereut, was man in diesem Leben tut. Man bereut das, was man *nicht* tut. Die Kiste, die man nie geöffnet hat, der Sprung, den man sich nie getraut hat. Lass nicht zu, dass du in zehn Jahren in irgendeinem Salon in Atlanta sitzt und denkst: ›Ich hätte in dieses Flugzeug steigen sollen.‹ Lass das nicht zu. Hier erwartet dich nichts mehr, und da draußen wartet die *Welt* auf dich.«

»Aber ich kenne diese Welt nicht«, schrie sie.

»Ich werde sie dir zeigen.«

Etwas Unnachgiebiges fand seinen Weg in ihr Gesicht. Etwas, das ihr Herz auf einen Schlag mit schwarzem Fels umschloss.

»Du wirst nicht lange genug leben«, sagte sie.

Farruco Diaz rief: »Wir müssen jetzt los, Boss. Jetzt.«

»Eine Sekunde!«

»Nein. Jetzt!«

Joe streckte seine Hand nach Vanessa aus: »Komm!«

Sie trat einen Schritt zurück. »Auf Wiedersehen, Joe.«

»Tu es nicht.«

Sie lief zum Auto und öffnete die Tür. Sie sah zu ihm zurück. »Ich liebe dich.«

»Ich liebe dich.« Seine Hand war immer noch ausgestreckt. »Und deshalb ...«

»Das würde uns nicht retten«, rief sie und stieg in den Wagen.

»Joe«, rief Farruco, »die vom Kontrollturm sagen mir, ich soll die Triebwerke abschalten.«

Joe sah die Scheinwerfer auf der anderen Seite des Zauns –

mindestens vier Paar gelber Augen, die sich durch Hitze, Staub und Dunkelheit über die Straße dem Flugplatz näherten.

Als er sich wieder zu Vanessas Auto umwandte, fuhr sie bereits davon.

Joe sprang ins Flugzeug. Er schlug die Tür zu und schob den Riegel vor.

»Flieg los!«, rief er Farruco zu und setzte sich auf den Boden. »Flieg einfach los.«

23
Ein Bruder für einen Bruder

ALS CHARLIE LUCIANO IM JAHR 1936 IN DEN BAU WANDERTE, wurde sein Laden aufgeteilt zwischen Meyer Lansky in New York und Havanna, Sam »Jimmy Turnips« Daddano in Chicago und Carlos Marcello in New Orleans. Diese drei Männer führten – zusammen mit den drei jüngeren Vorstandsmitgliedern Joe Coughlin, Moe Dietz und Peter Velate – den Vorsitz über das Komitee.

Eine Woche nach seinem Flug von Tampa nach Kuba wurde Joe zu einem Treffen mit dem Komitee auf die *El Gran Sueño* zitiert, eine Jacht, die Colonel Fulgencio Batista gehörte, aber die meiste Zeit nutzten Meyer Lansky und seine Geschäftspartner das Schiff. Joe wurde an einem der Kais der United Fruit Company von Vivian Ignatius Brennan abgeholt und bestieg eine Barkasse, auf der sie die zehnminütige Fahrt zur Jacht im Hafen von Havanna zurücklegen würden. Vivian wurde »Sankt Viv« genannt, weil mehr Männer kurz vor ihrem Tod zu ihm gebetet hatten als jemals zu Sankt Antonius oder der Heiligen Mutter Gottes. Er war ein schlanker, kleinwüchsiger Mann mit hellem Haar, blassen Augen, untadeligen Manieren und einem ausgezeichneten Geschmack, was Wein betraf. Seit er im Jahr '37 mit Meyer Lansky in Kuba eingetroffen war, kleidete er sich meist nach kubanischer Art: kurzärmelige Seidenhemden, die sich an der Taille ein wenig weiteten, Seidenhosen, zweifarbige

Schuhe. Er hatte sogar eine Kubanerin zur Frau genommen. Aber wenn es um seine Loyalität ging, war er der Chicagoer Mafia treu ergeben. Sankt Viv war ein gebürtiger Ire aus Donegal, der in New York an der Lower East Side aufgewachsen war, und er erfüllte seine Aufgaben unfehlbar und ohne Murren. Als Charlie Luciano die Idee mit der *Murder Inc.* gehabt hatte – Auftragskiller ohne Verbindung zu der Stadt, in der sie töteten –, hatte er Vivian Ignatius Brennan mit ihrer Leitung beauftragt. Meyer hatte Lucky den »Heiligen« dann abgeschwatzt und mit nach Kuba genommen, woraufhin die Leitung an Albert Anastasia übergegangen war. Aber selbst jetzt schickten Charlie oder Meyer ihn, wenn sie absolut sicher sein wollten, dass jemand, der heute noch aufrecht ging, dieser Praxis morgen abschwor.

Joe trug eine Tasche, die er Viv reichte, und Viv öffnete sie und warf einen Blick auf die beiden Mappen, die sich darin befanden. Er holte sie heraus und betastete die Tasche, bis er zufriedengestellt schien. Er steckte die Mappen wieder hinein und trat einen Schritt zurück, sodass Joe die Barkasse besteigen konnte. Sobald sie an Bord waren, gab Viv ihm die Tasche zurück.

Joe fragte: »Wie geht's denn so?«

»Mir geht's prächtig.« Viv warf ihm ein trauriges Lächeln zu. »Hoffentlich läuft da draußen alles glatt.«

Joe stieß ein bitteres Lachen aus. »Das hoffe ich auch.«

»Ich mag dich, Joe. Jeder mag dich. Würde mir das Herz brechen, wenn ich dir das letzte Geleit geben müsste.«

Das letzte Geleit geben. Gütiger Himmel!

Joe sagte: »Wollen wir hoffen, dass es nicht so weit kommt.«

»Das wollen wir.« Vivian steuerte die Barkasse von der Pier

fort. Der scheppernde Motor entsandte kleine blaue Rauchwölkchen in einen schlierigen orangefarbenen Himmel.

Während sie Kurs auf Joes mögliches Ende nahmen, dachte er ein weiteres Mal darüber nach, dass er weniger den Tod fürchtete, als vielmehr seinen Sohn als Waise zurückzulassen. Ja, er hatte Vorkehrungen getroffen. Es steckte genug Geld im Sparstrumpf, um Tomas ein Leben ohne Not zu ermöglichen. Und ja, seine Großmutter und seine Tanten würden ihn aufziehen, als wäre er ihr eigenes Kind. Aber er war nicht ihr eigenes Kind. Er war das Kind seiner beiden Eltern, Graciela und Joseph. Und wenn seine beiden Eltern nicht mehr wären, wäre er ein Waisenkind. Joe, der als Waise aufgewachsen war – auch wenn seine biologischen Eltern mit ihm unter einem Dach gewohnt hatten –, hätte niemandem ein elternloses Leben gewünscht, nicht einmal Rico Di-Giacomo oder Mussolini.

Eine Barkasse kam ihnen entgegen; sie hielt Kurs auf die Anlegestelle der UFC. Die Passagiere waren eine Familie – Vater, Mutter, Kind –, und alle standen stramm wie Ladestöcke. Joe erkannte den Jungen an seinem blonden Haar. Es überraschte ihn nicht, dass der Geist ausgerechnet an diesem Tag zurückkehrte; im Grunde war es sogar folgerichtig.

Was ihn hingegen überraschte, waren der Mann und die Frau in dem Boot, die hartnäckig wegsahen, als die beiden Barkassen einander passierten. Der Mann war schlank und schien in guter Form zu sein. Sein flachsblondes Haar war kurzgeschoren, und seine Augen hatten dieselbe blassgrüne Farbe wie das flache Gewässer. Die Frau war ebenfalls dünn, aber sie wirkte verhärmt. Ihr Haar war zu einem festen Knoten hochgesteckt. In ihren verkniffenen Gesichtszügen spiegelten sich ein Entsetzen, das sich nur mühsam als Anstand tarnte, und eine Selbstverachtung, die sich als Herrschsucht maskierte. Man musste zweimal hinsehen, um zu bemerken, wie schön sie einmal gewesen war. Auch sie ignorierte Joe – warum auch nicht; schließlich hatte sie ihn während seiner gesamten Kindheit ignoriert.

Seine Mutter. Sein Vater. Und der Junge mit dem ausdruckslosen Gesicht. Durch den Hafen von Havanna fahrend mit derselben grimmigen Standhaftigkeit, mit der einst Washington den Delaware überquert hatte.

Sie fuhren vorbei, und Joe drehte sich um. Er sah ihnen nach, und sein Innerstes schrumpfte. Ihre Ehe war schon eine Farce gewesen, als er in ihr Leben getreten war. Ihre Elternschaft war eine Art Nachsatz gewesen, eine Bürde, die sich nur mit selbstgerechtem Ärger und Jähzorn ertragen ließ. Sie hatten achtzehn Jahre damit zugebracht, ihn zu brechen und jeden Funken von Freude, Ehrgeiz, Unbekümmertheit und Liebe im Keim zu ersticken. Mit dem Ergebnis lebte Joe Tag für Tag.

Ich bin hier, wollte er ihnen hinterherschreien. *Vielleicht nicht für lange Zeit. Aber ich war hier, und Scheiße noch mal, ich habe auf großem Fuß gelebt.*

Ihr habt verloren, wollte er ihnen hinterherschreien.

Und dennoch …

Ihr habt gewonnen.

Er wandte sich wieder um, und die *El Gran Sueño* tauchte vor ihnen auf, ein weißes Auflodern vor dem schmutzigblauen Himmel.

»Viel Glück da drinnen«, sagte Vivian, als sie die Jacht erreicht hatten. »Ich habe das ernst gemeint. Dass es mir das Herz brechen würde.«

»Es würde dir also das Herz brechen, meines zum Stehen zu bringen?« fragte Joe.

»Irgendwie so, ja.«

Joe schüttelte ihm die Hand. »Ist schon ein komisches Geschäft.«

»Aber immer noch besser als ein langweiliges Leben, oder? Pass auf der Leiter auf. Könnte nass sein.«

Joe kletterte die Leiter hoch und betrat das Deck, und Vivian reichte ihm die Tasche nach oben. Meyer wartete schon, rauchend wie immer. Vier weitere Männer standen bei ihm – Leibwächter oder Männer fürs Grobe, dem Aussehen nach zu urteilen. Joe erkannte bloß Burt Mitchell, den Leibwächter von Carl the Bowler. Keiner würdigte Joe eines Blickes. Gut möglich, dass sie in einer halben Stunde seinen Leichnam beseitigen müssten, es gab also keinen Grund zum Schmusen.

Meyer deutete auf die Tasche. »Da drin?«

»Genau.« Er reichte sie Meyer, der sie an Burt Mitchell weitergab. »Sieh zu, dass der Buchhalter in meiner Privatkabine das bekommt.« Er legte Burt eine Hand auf die Schulter. »Nur der Buchhalter, sonst niemand.«

»Ja, Mr. Lansky. Gar keine Frage.«

Während Burt davonging, schüttelte Joe Meyers Hand, und Meyer klopfte ihm kräftig auf die Schulter. »Du bist ein begabter Redner, Joe. Ich hoffe, deine Fähigkeiten nutzen dir heute.«

»Hast du mit Charlie gesprochen?«

»Ein Freund hat es in meinem Auftrag getan, ja.«

»Was hat er gesagt?«

»Er sagte, er mag kein öffentliches Aufsehen.«

Davon hatte es in Tampa während der vergangenen Woche viel zu viel gegeben. Es gab Gerüchte, dass das FBI eine Sondereinheit ins Leben rufen wolle, um gegen das organisierte Verbrechen in Florida und New York zu ermitteln. Die Titelseiten der Zeitungen waren tagelang mit Dions Gesicht gepflastert gewesen, zusammen mit blutrünstigen Fotos der Toten, die Joe auf der Seventh Avenue zurückgelassen hatte, sowie den vier Leichen im Ladengeschäft eines Friseurs. Einige Zeitungen hatten Joe sogar in Verbindung mit den Schießereien gebracht, auch wenn sie so vorsichtig gewesen waren, Wörter wie *angeblich*, *vermeintlich* und *Gerüchten zufolge* zu verwenden. In allen Berichten war jedoch vermerkt worden, dass weder Joe noch Dion seit dem Schusswechsel vor der Bäckerei gesehen worden waren.

»Hat Charlie sonst noch was gesagt?«, fragte Joe.

»Er wird es nach dem Ende dieser Besprechung durch einen Stellvertreter ausrichten lassen.«

Meyer war also die letzte Instanz. Welche Ironie, dass der Mann, der vielleicht die Todesstrafe über Joe verhängen würde, während der letzten sieben Jahre sein Geschäftspartner und größter Gönner gewesen war.

Andererseits war das nicht die Ausnahme, sondern die Regel in ihrem Geschäft. Feinde kamen einem nur selten nah genug, um einen umbringen zu können. Und so fiel die Drecksarbeit normalerweise den Freunden zu.

Unten in der Kabine saßen Sam Daddano und Carlos Marcello zusammen mit Rico DiGiacomo. Meyer betrat nach Joe den Raum und schloss die Tür hinter sich. Außer Rico waren also ausschließlich die hohen Herren des Komitees anwesend, und das bedeutete, dass diese Versammlung ernster kaum sein konnte.

Carlos Marcello war in New Orleans schon als Jugendlicher eine Größe gewesen. Er hatte das Geschäft von seinem Vater geerbt, und es war ihm praktisch in Fleisch und Blut übergegangen. Wenn man sich aus seinem Territorium heraushielt – zu dem auch Mississippi, Texas und halb Arkansas gehörten –, war Carlos ein durch und durch angenehmer und umgänglicher Mensch. Wenn man allerdings irgendwo in der Nähe seines Reviers nach Geld schnüffelte, spien die Bayous bisweilen Körperteile derjenigen aus, die durcheinandergebracht hatten, wo Marcellos Gebiet begann und ihr Recht zu atmen endete. Wie die meisten Männer im Komitee zeichneten ihn ein ruhiges Auftreten und der Wunsch aus, so lange vernünftig zu handeln, bis die Vernunft als Geschäftsmodell ihre Grenzen erreicht hatte.

Sam Daddano war in Chicago ein Jahrzehnt lang für die Bereiche Unterhaltung und Gewerkschaft zuständig gewesen. Als der alte Pascucci eines regnerischen Frühlingsmorgens im Lincoln Park einen Schlaganfall gehabt hatte, beförderte Sams Erfolg ihn in die oberste Position bei den Chicagoern. Er hatte ihre Interessen in Richtung Westen ausgedehnt und sämtliche Filmgewerkschaften in der Tasche, sogar im Schallplattengeschäft war er vorangekommen. Es hieß, wenn Sam ein Fünfcentstück anschaue, werde daraus ein Zehncentstück. Er war sehr dünn und hatte schon als Jugendlicher eine Glatze bekommen. Obwohl er erst Anfang fünfzig war, ließ ihn seine schuppige und mit Altersflecken übersäte Haut gut fünfzehn Jahre älter aussehen, als ob die

Arbeit ihn Tag für Tag ausgesaugt hätte und nun alle Säfte in ihm verbraucht wären.

Meyer nahm seinen Sitz am Ende des Tisches ein. Er legte seine Aktentasche hin und breitete penibel seine Zigaretten, sein goldenes Feuerzeug, seinen goldenen Füller und das Notizbuch vor sich aus, in das er gelegentlich einen Einfall kritzelte – niemals eine Tatsache, niemals eine Tatsache, und immer in Geheimschrift und immer in Jiddisch. Der kleine Mann persönlich – Meyer Lansky. Der Architekt all dessen, was sie aufgebaut hatten – so unerschütterlich, wie ein Mensch mit Puls nur sein konnte. Fast so etwas wie ein Mentor für Joe. Das meiste, was Joe über Glücksspiel wusste, hatte er ihm beigebracht, während Joe ihm alles über Kuba erzählt hatte. Sobald dieser beschissene Krieg vorbei war, konnten sie hier richtig Kohle scheffeln.

Oder hätten sie können. Möglicherweise würde Meyer ganz allein Kohle scheffeln, wenn Joe diese Jury nicht davon überzeugte, dass er es wert war, seine Tage weiter an der frischen Luft zu verbringen.

Joe setzte sich Rico gegenüber, der ihm zum ersten Mal sein wahres Gesicht zeigte. Joe erkannte darin die bodenlose Gier nach einem Imperium. Er hätte sie schon erkennen sollen, als er ihm vor fünfzehn Jahren zum ersten Mal begegnet war und Rico wenig mehr als ein Junge gewesen war. Aber selbst da hatte Rico schon eine für einen Mann mit seinen Ambitionen unschätzbare Gabe besessen: Niemand konnte in sein Inneres blicken. Alles, was man in seinen Augen sah, war das eigene Spiegelbild. Rico schaffte es, einen auf Abstand zu halten, indem er einem das Gefühl vermittelte, sich ausschließlich für sein Gegenüber zu interessieren. Jetzt sah er aus, als wolle er gleich über den Tisch springen und Joe mit bloßen Händen zerreißen.

Joe machte sich keine Illusionen – er war in seinem Leben in drei Faustkämpfe verwickelt worden, und er hatte sie alle verloren. Rico hingegen war in Port Tampa aufgewachsen, als Sohn, Enkel und Neffe von Hafenarbeitern. Joe sah den Mann, der ihn verraten und Dion verdrängt hatte, über den Tisch hinweg an und ließ keine Furcht erkennen, denn alles andere wäre als Schuldeingeständnis oder Mangel an Mut interpretiert worden, und beides hätte in diesem Raum sein Schicksal besiegelt. Doch die Wahrheit war, dass Rico ihm, selbst wenn er hier lebend herauskommen sollte, für den Rest seiner Tage nach dem Leben trachten würde.

»Uns geht es darum«, eröffnete Carlos Marcello das Treffen, »wie viel Schaden ihr letzte Woche verursacht habt, Joe.«

»Ich«, sagte Joe und senkte den Blick. »Wie viel Schaden *ich* verursacht habe.«

Sam Daddano sagte: »Du hast dich mit diesem Nigger Dix getroffen, und zehn Minuten später hat er vier Nigger umgebracht, die für Rico gearbeitet haben. War das ein Zufall, Joe?«

»Ich sagte Dix, er würde sich weder kämpfend noch redend aus der Patsche befreien können, in der er steckte. Und ich sagte ihm, dass er sich verabschieden müsse. Ich –«

»Könnte sich auch für dich noch als guter Ratschlag erweisen.« Rico lächelte ihn an.

Joe ignorierte ihn. »Ich hatte keine Ahnung, dass er daraufhin ein Friseurgeschäft überfallen und Little Lamar töten würde.«

»Hat er aber«, sagte Meyer. »Und dann diese Sache mit der Bäckerei.«

»Er ist übrigens tot«, sagte Rico zu Joe.

Joe sah zu ihm hinüber.

»Montooth. Ist gestern Vormittag in sein Auto gestiegen, und dann hat das Auto *Bumm* gemacht. Jemand hat seine Eier gefunden. Sie waren an einem Hydranten auf der anderen Straßenseite festgeschmolzen.«

Joe sagte nichts. Ließ Rico bloß seine Augenlider sehen, während er sich eine Zigarette anzündete. Vor einer Woche hatte Joe seinen Frieden mit Montooth Dix' Tod gemacht. Aber er war nicht gestorben. Und so hatte er tief in seinem Herzen gehofft, dass Montooth vielleicht noch einige Jahre auf Erden wandeln würde.

Jetzt war er tot. Weil eine Schlange in Menschengestalt beschlossen hatte, sich nicht mit den Jetons auf dem Tisch zufriedenzugeben; weil dieser Verräter der Meinung war, dass man ihm das ganze verdammte Kasino schulde. *Scheiß auf dich, Rico. Scheiß auf alle deines Schlages. Macht man dich zum Prinzen, willst du König sein. Macht man dich zum König, willst du Gott sein.*

Joe wandte sich Meyer zu. »Ihr wolltet mit mir über die Sache in der Bäckerei sprechen.«

»Ja.«

»War das eigentlich genehmigt?«

Sam Daddano hielt seinem Blick mehrere Sekunden lang stand. »War es.«

»Warum wurde ich nicht gefragt? Ich bin Teil dieses Komitees.«

»Bei allem gebührenden Respekt«, sagte Meyer, »wir konnten dir nicht trauen. Du hast Dion Bartolo mehrfach als deinen Bruder bezeichnet. Du warst befangen.«

Joe ließ den Gedanken eine Weile sacken. »Und der Plan, mich zu ermorden? Das war alles nur Schau?«

Meyer nickte.

»Mein Einfall«, sagte Rico, zuvorkommend wie immer, mit leiser Stimme. Er hatte die Hände vor sich auf dem Tisch gefaltet. »Ich wollte dich bei dem Anschlag aus der Gefahrenzone haben. Ob du's glaubst oder nicht. Ich dachte, du würdest deinen Sohn schnappen, dich aus dem Staub machen und die ganze Sache aussitzen. Ich war um dein Wohl besorgt.«

Darauf fiel Joe keine Erwiderung ein, und so wandte er sich wieder an die anderen. »Ihr habt einen Mord an meinem Freund und Boss genehmigt. Dann ist mein Sohn mitten in die Schusslinie geraten, als all diese Kerle aus – woher kamen die? Brooklyn, nehme ich an. Midnight Rose's Süßwarenladen?«

Carlos Marcello schloss zustimmend die Augen.

»Ein Haufen Fremder, die in meinem Revier herumstehen und auf meinen Boss schießen, während mein Sohn auf derselben Straße in einem Auto sitzt, und ich soll zum Schuldigen gemacht werden, weil ich auf diese Situation reagiert habe?«

»Du hast an diesem Tag drei Freunde von uns umgebracht«, sagte Daddano. »Einen vierten hast du zum Krüppel geschossen.«

Joe runzelte irritiert die Stirn.

»Dave Imbruglia.«

Dann war es also doch Dave gewesen, den er in den Rücken geschossen hatte.

Rico sagte: »Das arme Schwein muss für den Rest seines Lebens in einen Beutel scheißen.«

»Ich bin in diese Straße eingebogen«, sagte Joe, »und das Erste, was ich sehe – abgesehen von einem Haufen Kerle, die um sich ballern, als wäre schon wieder Valentinstag –, ist der Kopf meines Sohnes im Fenster von Dions Auto.«

»Wir wussten nicht, dass er dort sein würde«, sagte Rico.

»Und damit soll die Sache gegessen sein? Ich habe gesehen, wie Slick Tony Bianco und Jerry ›die Nase‹ dem armen Carmine Orcuioli das Licht ausgepustet haben und dann ihre Thompsons auf *meinen* Sohn richteten. Ihr habt verdammt recht damit, dass ich sie überfahren habe. Ich habe auf Sal Romano geschossen, weil er eine volle Ladung in mein Auto feuerte. Und ich habe Imbruglia ausgeschaltet, weil er mit einem Gewehr auf meinen Boss geschossen hat. Was Freddy angeht, ja, den habe ich auch erschossen. Ich –«

»Du hast *viermal* abgedrückt.«

»… habe ihn erschossen, weil er eine Waffe auf meinen Sohn gerichtet hielt.«

»Sal sagt, Freddys Waffe war nicht auf deinen Sohn gerichtet.«

Meyer Lansky nickte. »Er sagt, sie war auf den Boden gerichtet, Joe.«

Joe nickte, als ob es nichts Einleuchtenderes auf der Welt gäbe. »Sal befand sich auf der anderen Seite des Wagens, auf der anderen *Straßenseite*. Völlig zusammengekrümmt, weil ich ihm die verdammte Hüfte weggebrannt hatte. Wie soll der irgendwas gesehen haben?«

Carlos Marcello hob beschwichtigend die Hand. »Warum hast du denn nun gedacht, dass Freddy deinen Sohn töten wollte?«

»*Gedacht*, Carlos? Würdest du nachdenken, wenn das dein Sohn in dem Auto gewesen wäre?« Er sah Sam Daddano an. »Dein Sohn Robert?« Er sah Meyer an. »Wenn es Buddy gewesen wäre? Ich habe nicht nachgedacht. Ich habe einen Mann gesehen, der eine Waffe auf meinen Sohn gerichtet hielt. Und ich habe meinen Abzug gedrückt, damit er seinen nicht drücken konnte.«

»Joe«, sagte Rico leise, »sieh mich an. Direkt in die Augen. Weil ich dich eines Tages töten werde. Ich werde es mit meinen bloßen Händen und einem Löffel tun.«

»Rico«, sagte Carlos Marcello. »Bitte.«

»Wir sind alle erwachsen«, sagte Meyer. »Erwachsene Männer, die eine wichtige geschäftliche Angelegenheit diskutieren. Offensichtlich steht Joe zu dem, was er getan hat. Er macht keine Ausflüchte.«

»Er hat meinen Bruder getötet.«

Carlos Marcello sagte: »Aber dein Bruder hatte eine Waffe auf seinen Sohn gerichtet. Daran scheinen kaum Zweifel zu bestehen. Waffen, die gegen weiße Kinder gerichtet werden, Rico, das ist eine *infamia*, und etwas anderes solltest du besser nicht behaupten.«

Rico hatte das Schiff in der Annahme bestiegen, dass Joe der Einzige sei, der es nicht wieder lebend verlassen werde, aber jetzt sah er die Möglichkeit seines eigenen Todes in Carlos Marcellos schwarzen Augen.

Sam Daddano blickte den Tisch hinab zu Joe. »Du andererseits hast einen Partner und zwei wertvolle Familienmitglieder getötet. Du kostest uns eine Menge Geld.«

»Eine Menge Geld«, pflichtete Meyer bei.

»Und nicht nur jetzt«, sagte Sam, »sondern noch viele

Jahre bei all der schlechten Presse. Das ist Essen von unserem Tisch, Geld aus unseren Taschen. Geld, mit dem wir gerechnet haben. Und es gibt keine Möglichkeit, dass du das wiedergutmachen kannst.«

»Ich denke schon«, sagte Joe.

Carlos Marcello schüttelte seinen großen Kopf. »Joseph, das ist Wunschdenken. Die Schweinerei, die du mit Rico letzte Woche in Tampa angerichtet hast, wird uns ausbluten.«

Joe sagte: »Was ist, wenn ich Charlie aus Dannemora rauskriege?«

Meyers Feuerzeug hielt auf halbem Weg zu seiner Zigarette inne.

Carlos Marcellos Kopf fror in einer halb zur Seite geneigten Position ein.

Sam Daddano starrte Joe direkt an, die Lippen geöffnet.

Rico sah sich im Raum um. »Wenn's weiter nichts ist. Warum teilst du nicht gleich das Wasser im Golf von Mexiko, wo du schon mal dabei bist?«

Carlos Marcello wedelte in der Luft zwischen ihm und Rico, als ob er eine Fliege verscheuchen wollte. »Raus mit der Sprache, Joseph.«

»Ich habe mich vor zwei Wochen mit einem Mann vom Marinegeheimdienst getroffen.«

»Aber wenn wir es recht verstanden haben, ist das Treffen nicht gut verlaufen«, sagte Meyer.

»Ist es auch nicht. Aber ich konnte sehen, dass ich ihn fast am Haken hatte. Es hätte nur noch ein wenig Überzeugungsarbeit gebraucht. Die US-Marine hat in den letzten fünf Monaten zweiundneunzig Schiffe verloren, Kriegsschiffe und Kauffahrer. Denen geht der Arsch auf Grundeis, aber sie reden sich ein: ›Wenigstens ist es nie an unserer Küste passiert.‹ Aber was ist, wenn wir sie davon überzeugen könnten, dass *wir* das Einzige sind, was zwischen ihnen und einem über die Madison Avenue paradierenden Hitler steht? Sie würden Charlie nach dem Krieg herauslassen. Das mindeste wäre, dass sie uns in Ruhe unser Geld verdienen ließen.«

»Und wie zeigen wir ihnen, dass sie uns brauchen?«

»Wir versenken ein Schiff.«

Rico DiGiacomo atmete hörbar aus. »Was hat dieser Kerl bloß mit Schiffen? Hast du nicht schon vor zehn Jahren eins in die Luft gejagt?«

»Eher vierzehn«, sagte Joe. »In Port Tampa liegt gerade ein alter Luxusliner, der zum Kriegsschiff umgerüstet wird.«

»Hieß früher *Die Neptun*«, bestätigte Rico. »Ich kenne es.«

»Und du hast einige von deinen Leuten drauf, oder?«

Rico nickte. »Wir machen ganz ordentlich Geld, aber eine Goldgrube ist es nicht. Ein bisschen Alteisen hier, ein bisschen Kupfer da, viele alte Metallbetten, die auf mysteriöse Weise verschwinden, solche Sachen.«

»Die Regierung will das Schiff bis Juni in einen Truppentransporter umwandeln. Habe ich recht?«

»Du hast nicht unrecht.«

»Also …«

Carlos Marcellos Mundwinkel zuckten. Sam Daddano ließ ein kurzes, bellendes Lachen hören. Meyer Lansky lächelte.

»Was wäre, wenn jemand das Schiff sabotiert? Es so aussehen lässt, als ob es die Krauts gewesen wären oder hätten sein können?« Joe lehnte sich zurück und klopfte mit einer

Zigarette gegen die Seite seines Messingfeuerzeugs. »Die Regierung wird auf den Knien angerutscht kommen.« Er sah jedem Einzelnen im Raum in die Augen. »Und ihr werdet die Männer sein, die Charlie Luciano aus dem Gefängnis geholt haben.«

Nicken ringsum am Tisch, Meyer Lansky tippte sich an einen imaginären Hut.

Joes Puls pochte nicht mehr ganz so schnell in seiner Kehle. Möglicherweise konnte er dieses Schiff doch als lebender Mann verlassen.

»Na gut, na gut«, sagte Rico. »Angenommen, er hat recht und die Sache funktioniert. Und ich sage nicht, dass es kein guter Plan ist. Niemand hat jemals in Frage gestellt, dass dieser Bursche Köpfchen hat, höchstens, dass er genug Schneid besitzt für die unschönen Sachen. Aber was wird hier?«

»Wie bitte?«, sagte Joe.

»Hier.« Rico pochte mit dem Zeigefinger auf den Tisch. »Er darf sich hier ein Reich mit Meyer Lansky aufbauen, jetzt, nachdem ich ihn aus Tampa rausgedrängt habe und er mit dem Schwanz in der Frau des Bürgermeisters erwischt wurde.« Er sah zu Joe hinüber. »Ganz recht, Romeo, das weiß jetzt jedes Kind. Ganz großer Wirbel zu Hause.« Er hob ein paarmal die Augenbrauen, sah dann zurück zu den Bossen. »Kriege ich von dem Kuchen hier ein Stück ab? Ein bisschen Kleingeld, damit ich über die Runden komme?«

Joe sah Meyer an. Kuba war Meyers und Joes Augenstern; sie beschützten ihre verwöhnte Prinzessin vor allem Bösen und Schmutzigen in der Welt. Und jetzt kam Rico DiGiacomo und grabschte mit seinen groben, dreckigen Pfoten nach ihr. Meyer warf Joe einen Blick zu, in dem sich Wut und Resignation mischten, und der besagte: *Daran bist du schuld.*

»Du willst ein Stück von Kuba?«, fragte Carlos.

Rico DiGiacomo hielt Zeigefinger und Daumen ein paar Millimeter auseinander. »Ein winziges bisschen.«

Carlos und Sam sahen zu Meyer hinüber.

Meyer blickte geradewegs Joe an. »Joe und ich besitzen Land, auf dem wir nach dem Krieg ein Hotel bauen wollen. Hotel, Kasino, das volle Programm. Ihr alle wisst das.«

»Wie groß ist dein Anteil, Joe?«

»Ich halte zwanzig, Meyer genauso viel. Ein Rentenfonds hält den Rest.«

»Du gibst Rico fünf.«

»Fünf«, sagte Joe.

»Fünf ist gerecht«, sagte Rico DiGiacomo.

»Nein«, sagte Joe, »drei sind gerecht. Ich gebe dir drei.«

Rico schätzte die Stimmung im Raum ab, ehe er antwortete: »In Ordnung, drei.«

Joe wechselte einen weiteren Blick mit Meyer. Sie wussten beide, was gerade geschehen war. Selbst wenn sie Rico nur ein halbes Prozent gegeben hätten, wäre das Ergebnis das gleiche gewesen – er hatte jetzt einen Fuß in der Tür. Das, was er gerade in Tampa gemacht hatte, konnte er eines Tages in Havanna machen.

Scheiße.

Rico war noch nicht fertig. »Da ist auch noch die Frage einer persönlichen Entschädigung.«

»Die Ehre, Charlie aus Dannemora freizubekommen, und eine Scheibe vom kubanischen Geschäft reichen dir nicht?«, fragte Marcello.

»Das reicht für mich, Carlos«, sagte Rico ernst. »Aber reicht es auch für meinen Bruder?«

Die Männer sahen einander an.

»Sein Einwand ist berechtigt«, räumte Meyer schließlich ein.

»Was kann ich tun?«, fragte Joe. »Ich kann die Patronen nicht wieder zurück in die Waffe stopfen.«

»Rico hat einen Bruder verloren«, sagte Daddano.

»Aber ich habe keinen Bruder, den ich ihm dafür geben könnte«, sagte Joe.

»Klar hast du den«, sagte Rico.

Joe benötigte weniger als eine halbe Sekunde, um zu begreifen, was ihm von dem Augenblick an, als dieses Treffen vereinbart wurde, hätte klar sein müssen. Er sah Ricos Lächeln.

»Ein Bruder für einen Bruder«, sagte Rico.

»Du willst, dass ich Dion im Stich lasse.«

Rico schüttelte den Kopf.

»Nein?«

»Nein«, sagte Rico. »Wir wollen, dass du Dion tötest.«

Joe sagte: »Dion ist nicht –«

»Beleidige unsere Intelligenz nicht«, sagte Carlos Marcello. »Tu es nicht, Joseph.«

Meyer zündete eine Zigarette am Stummel der vorigen an – er konnte einen Aschenbecher schneller füllen als ein Raum voller Pokerspieler. »Du weißt, dass das Komitee einen Mord nicht leichtfertig genehmigt. Zeig gefälligst den nötigen Respekt, und blamiere dich nicht, indem du um Gnade für ihn bittest.«

»Er ist nichts als ein Haufen Scheiße«, sagte Daddano, »und

er muss von der Bildfläche verschwinden. Die einzige Frage ist, wie und wann.«

Jedes Zögern, jedes Nachdenken wäre ihm sofort als Schwäche ausgelegt worden, deshalb zögerte Joe keinen Moment lang. »Dann wird es gleich morgen früh geschehen. Ist so gut wie erledigt. Wollt ihr ihn abholen? Soll ich ihn irgendwohin schicken?«

Wenn sie ihm die Nacht ließen, würde er sich etwas einfallen lassen. Er hatte keine Ahnung, was, aber irgendetwas würde es sein. Für den Fall, dass sie stattdessen jemanden mit ihm zurückschickten, hatte er keine Ahnung, welche Wunder er bewirken konnte. Oder nicht bewirken konnte.

»Morgen ist in Ordnung«, sagte Meyer.

Joe setzte sein Pokergesicht auf, als ob die Antwort keine Bedeutung für ihn hätte.

»Es muss nicht einmal am Morgen geschehen«, sagte Daddano. »Bis Tagesende reicht.«

»So lange, wie es eben dauert«, sagte Carlos Marcello.

»Aber du musst es selbst tun.« Ricos Stuhl knarrte, als er sich zurücklehnte.

Joe ließ sich nichts anmerken. »Ich selbst.«

Vier Köpfe nickten.

»Du selbst«, sagte Rico. »Du machst es wie bei meinem Bruder. Dieselbe Waffe. Damit du jedes Mal, wenn du sie ansiehst, du Stück Scheiße, jedes Mal, wenn du sie ansiehst, an meinen Bruder denken musst und an deinen Bruder.«

Wieder sah Joe jeden der vier Männer an. »Erledigt.«

»Entschuldigung«, sagte Rico, »das habe ich nicht verstanden.«

Joe sah ihn an.

»Im Ernst. Ich habe manchmal dieses Pfeifen im Ohr wie von einem Wasserkessel. Was hast du gesagt?«

Joe wartete ab, bis auf der Uhr über der Tür ein paar Sekunden vergangen waren.

»Ich sagte, dass ich Dion töten werde. Die Sache ist so gut wie erledigt.«

Rico schlug leicht auf den Tisch. »Tja, wenn das so ist, würde ich dieses Treffen als Erfolg bezeichnen.«

»Du nennst dieses Treffen gar nichts«, sagte Carlos Marcello. »Wir berufen die Treffen ein, und wir sagen, wann sie zu Ende sind.«

Als Rico sich zurücklehnte, betraten drei Männer den Raum. Sankt Viv kam als Erster durch die Tür und ging die linke Seite des Tisches entlang auf Joe zu, seinen kummervollen Blick die ganze Zeit fest auf ihn gerichtet. Als er Joe erreicht hatte, stellte er sich direkt hinter seinen Stuhl. Joe konnte seinen Atem hören.

Der zweite Mann, Carl the Bowler, ging die andere Seite des Tisches entlang und blieb zwischen Sam Daddano und Rico DiGiacomo stehen, die Hände vor der Brust gekreuzt. Rico sah Sankt Viv, den Scharfrichter, hinter dem Mann, der seinen Bruder getötet hatte. Er begegnete Joes Blick, und er konnte sich ein Lächeln nicht verkneifen.

Der dritte Mann, der den Raum betrat, war ein Fremder. Er war sehr dünn und nervös und hielt den Blick zu Boden gerichtet, bis er Meyer erreicht hatte. Er stellte Joes Tasche vor ihn, entnahm ihr eine der schwarzen Mappen und legte sie auf den Tisch. Er flüsterte eine geschlagene Minute lang in Meyers Ohr, und als er fertig war, dankte Meyer ihm und sagte, er solle sich etwas zu essen holen.

Der Mann folgte dem Verlauf des Teppichs hinaus aus dem Raum; seine mageren Schultern waren gekrümmt, sein kahl werdender Schädel spiegelte das Licht.

Meyer schob Rico die Mappe über den Tisch hinweg zu. »Das ist deine, richtig?«

Rico öffnete sie und blätterte durch die Seiten. »Ist sie.« Er schloss sie, schob sie zurück. »Wie ist die denn den ganzen Weg hierhergekommen?«

Meyer sagte: »Das ist dein Auftragsbuch? Das ist alles, was du an Geld für uns einnimmst?«

Ricos Augen huschten zur Seite, als er sich eine Zigarette anzündete. Zum ersten Mal seit längerer Zeit, so schien es Joe, war er sich unsicher, welches Spiel gerade gespielt wurde. »Klar, Meyer. Das ist das Auftragsbuch, das ich euch jeden Monat zusammen mit dem Bargeld schicke. Dasselbe, das Freddy immer in diesem albernen Aktenkoffer aus Alligatorenhaut mitgebracht hat.«

»Und das ist ohne Zweifel deine Handschrift?« Die Frage kam von Carlos Marcello.

Rico gefiel ganz und gar nicht, welchen Verlauf die Dinge nahmen, aber ihm blieb kaum etwas anderes übrig, als zu antworten. »Ja. Alles meine Handschrift.«

»Kein anderer hätte etwas hineinkritzeln können?«

»Nein. Nein. Auf keinen Fall. Du hast meine Klaue gesehen; hübsch ist sie nicht, aber es ist auf jeden Fall meine.«

Meyer nickte, als ob damit alles geklärt wäre, und beendete die Angelegenheit mit einer angedeuteten Verbeugung. »Danke, Rico.«

»Keine Ursache. Ich helfe gern, wo ich kann.«

Meyer griff in die Tasche, und als er die Hand wieder herauszog, hielt er die andere Kladde in der Hand. Er warf sie auf den Tisch.

Und jetzt wusste Rico, was gespielt wurde.

»He«, sagte er. »Was zum Teufel ist das?«

»Das ist ein zweites Auftragsbuch.« Meyer schob es ihm zu. »Erkennst du die Klaue?«

Rico öffnete die Mappe, und seine Augen flogen über die Zeilen, während er blätterte. Er sah zu Meyer hinüber. »Ich kapier's nicht. Ist das eine Kopie?«

»Sah zuerst danach aus. Dann haben wir den Buchhalter die Sache prüfen lassen. Seiner Meinung nach spielst du falsch.«

»Nein.«

»In der Größenordnung von dreißigtausend in diesem Jahr, vierzig im letzten.«

»Nein, Meyer. Nein.« Rico sah sich im Raum um, und dann fiel sein Blick auf Joe, und er wusste Bescheid. »NEIN!«

Als Carl the Bowler ihm den Leinensack über den Kopf stülpte, hob Rico die Arme, aber Sam Daddano packte sie an den Handgelenken. Er und Carl the Bowler drehten Rico in seinem Stuhl um, und Carlo zog fest an einem Seil, das er durch Löcher im Sack geflochten hatte.

Carlos Marcello sagte zu Joe: »Wer kann ihn ersetzen? Dich können wir nicht nehmen.«

Als er Bobo Frechetti angeheuert hatte, um in Ricos Büro einzubrechen, hatte Joe tatsächlich angenommen, dass es ein zweites Auftragsbuch gäbe. Nur für den Fall der Fälle hatte er Bobos Schwager, den Meisterfälscher Ernie, damit beauftragt, sich in Bereitschaft zu halten.

Der Fall der Fälle war eingetreten.

Ricos brennende Zigarette rollte in die Mitte des Tisches. Meyer griff nach ihr und drückte sie in dem vor ihm stehenden Aschenbecher aus.

»Kennt ihr den Burschen, der immer im italienischen Geselligkeitsverein in Ybor herumhängt?«, fragte Joe.

»Trafficante?«

»Genau. Der ist so weit.«

Bobo hatte das Auftragsbuch seinem Schwager ausgehändigt, und Ernie hatte Ricos Handschrift gefälscht – seine verschlungenen Großbuchstaben, seine *i* und *j* ohne Punkt, seine schiefen *t*, seine flachen *n*. Der Rest war einfach: Ernie hatte hier eine Zahl, da einige Nullen entfernt.

Rico trat um sich, und seine Füße trafen Sam Daddanos Stuhl hart genug, dass der Mann aufstehen musste, aber er hielt weiter Ricos Handgelenke fest.

»Trafficante macht gutes Geld«, brachte der bereits etwas atemlose Daddano heraus.

Marcello sah Meyer an. Meyer sagte: »Ich fand ihn schon immer ganz annehmbar.«

Marcello sagte: »Dann also Trafficante.«

Rico entleerte sich, und der Geruch füllte den Raum. Er hörte auf, um sich zu treten. Seine Arme fielen schlaff zur Seite.

Carl the Bowler hielt den Sack vorsichtshalber noch zwei weitere Minuten fest. Dann verließen die Männer nacheinander den Raum.

Als Joe aufstand, warf er einen letzten Blick auf den Leichnam. Er steckte seine Zigaretten ein und wedelte den Gestank fort, der von Rico ausging.

Das ist alles, was du in deiner Zeit auf Erden getan hast, Rico – die Luft zu verpesten.

Und dich mit dem Falschen anzulegen. Einem Iren.

24
Ich schicke dir eine Postkarte

AUF SEINER FAHRT ZU DEM APARTMENT, das er in der Altstadt von Havanna besaß, wog Joe die Möglichkeiten ab, die ihm geblieben waren.

Zwei fielen ihm ein:

Seinen ältesten Freund Dion umzubringen.

Oder ihn am Leben zu lassen und selbst zu sterben.

Doch auch wenn er Dion umbrachte, konnte das Komitee immer noch für seinen Tod stimmen. Er hatte sie Geld gekostet und eine Riesensauerei hinterlassen. Dass er lebend von diesem Schiff heruntergekommen war, bedeutete noch lange keine Sicherheit.

Manuel Gravante, sein Fahrer, sagte: »Boss, Angel ist vorbeigefahren, als Sie auf dem Schiff waren. Hat mir gesagt, dass bei Ihnen eine Sendung eingetroffen ist.«

»Was für eine Sendung?«

»Angel sagte, es ist eine Schachtel.« Manuel hielt seine Hände ungefähr dreißig Zentimeter weit auseinander und legte sie dann zurück aufs Lenkrad. »Mit Ihrem Namen drauf. Der Bursche vom Colonel hat's vorbeigebracht.«

»Wer hat es geschickt?«

»Jemand namens Dix.«

Offenbar eine seiner letzten Handlungen auf Erden.

Mein Güte, dachte Joe. *Ob noch irgendeiner von uns am Leben sein wird, wenn das alles vorbei ist?*

AUCH WENN ER DAS PAKET ERWARTET HATTE, öffnete er es vorsichtshalber im Garten hinter dem Apartmenthaus. Man konnte nie wissen. Wenn Joe, wie viele annahmen, tatsächlich neun Leben besaß, dann hatte er zwei verloren, als er die Schachtel aufklappte und Rauch herausdrang. Er sprang zurück, stand da, während frischer Schweiß in seinen bereits durchgeschwitzten Anzug lief, und sah zu, wie der weiße Dampf von Trockeneis aus der aufgeklappten Schachtel aufstieg und sich in den Palmwedeln über ihm verlor. Nachdem er sich vergewissert hatte, dass es sich tatsächlich um Trockeneis handelte, griff er in das Paket, hob die kleinere Schachtel heraus, die sich darin befand, und stellte sie auf den Steintisch.

Sie war an allen vier Ecken eingedrückt. Auf der Pappe befanden sich Fettflecken, dort, wo der Inhalt sie durchweicht hatte, und Blutspritzer sprenkelten die Beschriftung auf dem Deckel: BÄCKEREI CHINETTI, CENTRO YBOR. Immer noch spannte sich Geschenkband kreuzweise über den Karton, und Joe durchschnitt es mit derselben Schere, die er zum Öffnen des Pakets benutzt hatte. Dions *torta al cappuccino* war als solche kaum noch zu erkennen: zerquetscht und an einer Seite grün von Schimmel. Sie verbreitete einen üblen Geruch.

Jede Woche während der vergangenen zwei Jahre, ob bei Regen oder Sonnenschein, ob heiß und schwül oder kalt und regnerisch, war Dion zur Bäckerei gefahren und mit einer Pappschachtel herausgekommen, in der sich ein Kuchen befand.

Aber war das alles gewesen, was sich darin befunden hatte?

Joe hob den verdorbenen Kuchen hoch.

Er fand schmutziges Wachspapier und ein kreisförmiges Stück Pappe. Er hatte sich geirrt. Sein Herz hämmerte noch immer, während ihn ein warmer Strom der Erleichterung durchflutete. Sein Verdacht beschämte ihn. Er sah zu dem Zimmer hinauf, in dem Dion die erste Nacht verbracht hatte. Als Meyer bestätigt hatte, dass mehrere Auftragsmörder in Ricos Namen auf dem Weg hierher waren, übergaben sie ihn am Morgen der Obhut des Colonels und seiner Wachen, ungefähr dreißig Meilen weiter südwärts. Joe hatte das ein hübsches Sümmchen gekostet.

Joe sandte eine stille Abbitte an seinen Freund.

Dann wandte er sich wieder der Kuchenschachtel zu und lauschte dem dunkelsten Teil seines Herzens. Er griff hinein, hob das Wachspapier hoch und dann das kreisrunde Stück Pappe.

Und da war er.

Ein Umschlag.

Er öffnete ihn. Er blätterte durch das kleine Bündel Hundertdollarscheine, das darin lag, bis er den weißen Zettel fand. Er las, was darauf stand. Ein Name – sonst nichts. Aber mehr war auch nicht nötig. Was auf dem Zettel stand, war belanglos. Der Zettel selbst verriet alles.

Jede Woche während der vergangenen zwei Jahre war Dion zu Chinettis Bäckerei auf der Siebten gefahren, um Kuchen zu kaufen und von einem FBI-Mann oder einem der örtlichen Cops die Order entgegenzunehmen, welchen seiner Jungs er als Nächstes verpfeifen sollte.

Joe faltete den Zettel und steckte ihn wieder in den Umschlag. Dann legte er das Stück Pappe, das Wachspapier und den Kuchen zurück in den Karton. Er schloss den Karton und setzte sich bei seinen Rosensträuchern nieder, und die Erkenntnis, dass er in diesem Geschäft allein war – ganz allein, scheißallein –, haute ihn fast vom Stuhl. Und so stand er auf und vergrub seinen Kummer und seinen Zorn in einem neuen Teil seiner selbst. Mit sechsunddreißig, nach zwanzig Jahren auf der falschen Seite des Gesetzes, hatte er viele solcher Teile. Sie waren wie Taschen, verschlossen und überall in seinem Inneren gelagert. Er fragte sich, ob sie vielleicht einmal alle gleichzeitig aufplatzen würden und ob das dann sein Tod sein werde. Entweder das, oder er hätte nicht mehr genug Platz für sie und würde ersticken.

ER SCHLIEF IN SEINEM ARBEITSZIMMER EIN, aufrecht in seinem großen Ledersessel sitzend. Mitten in der Nacht öffnete er die Augen, und der Junge stand vor dem Kamin, mit dem Rücken zum fast erloschenen Feuer. Er trug einen roten Schlafanzug, ähnlich dem, den Joe als Kind getragen hatte.

»Ist es das?«, fragte Joe. »Bist du mein Zwillingsbruder, der im Mutterleib gestorben ist? Oder bist du ich?«

Der Junge kauerte sich hin und blies in die glimmende Asche.

»Ich habe noch nie gehört, dass jemand von einem Geist seiner selbst heimgesucht wurde«, sagte Joe. »Ich glaube nicht, dass das möglich ist.«

Der Junge blickte über die Schulter und sah Joe an, als wollte er sagen: *Alles ist möglich*.

In den Schatten des Zimmers waren noch andere. Joe konnte sie spüren, auch wenn er sie nicht sah.

Als er wieder zum Kamin blickte, war die Asche kalt, und es dämmerte bereits.

DAS HAUS, IN DEM ER DION UND TOMAS versteckt hatte, befand sich in Nazareno, im Landesinneren der Provinz Havanna. Dahinter lagen Havanna und der Atlantik, darüber erstreckten sich Berge und Dschungel, und dann das Glitzern der Karibik. Es lag tief im Zuckerrohrland. Das Haus war ursprünglich als das Anwesen eines spanischen *commandante* erbaut worden. Der *commandante* hatte eine Armee befehligt, die im Jahr 1880 eigens ins Land gebracht worden war, um eine Rebellion der kubanischen Landarbeiter niederzuschlagen. Die Kasernen der Soldaten standen seit langem leer, und der Dschungel hatte sie zurückerobert. Aber das Anwesen des *commandante* hatte seine ursprüngliche Pracht behalten: acht Schlafzimmer und vierzehn Balkons, umgeben von hohen eisernen Zäunen und Toren.

El Presidente persönlich – Colonel Fulgencio Batista – hatte für Joe zwölf Soldaten bereitgestellt, genug, um jeden Angriff von Rico DiGiacomo und seinen Leuten abzuwehren, sollten diese das Haus aufspüren. Aber Joe wusste, dass die wahre Gefahr auch dann nicht von Rico gekommen wäre, wenn er seinen Ausflug auf das Schiff überlebt hätte. Sie wäre von Meyer gekommen. Und nicht von außen, sondern von einem der gut bewaffneten Soldaten, die sich bereits im Inneren des Hauses befanden.

Als er ankam, saßen Tomas und Dion in Dions Zimmer. Dion brachte dem Jungen gerade das Schachspielen bei, ein Spiel, das er selbst nur notdürftig beherrschte. Wenigstens kannte er die Regeln. Joe stellte die Papiertüte auf dem Boden ab. In der anderen Hand trug er die Tasche mit Medikamenten, die Dr. Blake ihm in Ybor gegeben hatte. Er behielt sie in der Hand, während er im Türrahmen stand und die beiden eine Zeitlang beobachtete. Dion erläuterte Tomas die Ursprünge des Konflikts in Europa. Er erklärte ihm den Ärger über die Versailler Verträge, über Mussolinis Invasion in Äthiopien, über die Annexion Österreichs und der Tschechoslowakei.

»An dieser Stelle hätte der ganze Scheiß ein Ende haben müssen«, sagte Dion. »Wenn du einem Mann sagst, dass es in Ordnung ist zu klauen, hört er nicht mehr auf, bis du ihm die Hand abhackst. Aber wenn du drohst, ihm die Hand abzuhacken, ehe er sie nach einem Stück Brot ausstreckt, und er sieht an deinem Blick, dass du es ernst meinst? Dann findet er einen Weg, mit weniger auszukommen.«

»Werden wir verlieren?«, fragte Tomas.

»Was verlieren?«, fragte Dion. »Wir besitzen kein Land in Frankreich.«

»Aber warum kämpfen wir dann?«

»Tja, wir kämpfen gegen die Japsen, weil die uns angegriffen haben. Und Hitler, der kleine Kraut-Bastard, war hinter unseren Schiffen her. Aber der wahre Grund ist, dass Hitler sie nicht alle hat und weg vom Fenster muss.«

»Das ist alles?«

»Mehr oder weniger. Manchmal muss einfach einer weg vom Fenster.«

»Warum sind die Japaner sauer auf uns?«

Dion öffnete den Mund zu einer Antwort und schloss ihn wieder. Nach einer Weile sagte er: »Sieh mal, ich weiß es gar nicht. Ich meine, sie sind Japsen, also nicht so wie du und ich, aber ich weiß nicht, warum sie sich so aufgeregt haben. Soll ich mich mal erkundigen?«

Tomas nickte.

»Abgemacht. Bis zu unserem nächsten Spiel weiß ich alles, was man über die Japsen und ihre Hinterhältigkeiten wissen muss.«

Tomas lachte und sagte: »Schachmatt.«

»Ganz schön hinterhältig.« Dion sah auf das Brett hinab. »Du könntest selbst ein halber Japse sein.«

Tomas sah sich nach seinem Vater um. »Ich habe gewonnen, Vater.«

»Ich hab's gesehen. Gut gemacht.«

Tomas stand vom Bett auf. »Fahren wir hier bald wieder weg?«

Joe nickte. »Bald, ja. Kannst du dich waschen? Ich glaube, Mrs. Alvarez macht unten gerade Abendbrot für dich.«

»In Ordnung. Bis später, Onkel Dion.«

»Bis später.«

»Schachmatt«, sagte Tomas im Gehen. »Ha!«

Joe stellte die Einkaufstüte neben das Bettende und die Medikamente auf den Nachttisch. Er hob das Schachbrett von Dions Oberschenkeln. »Wie fühlst du dich?«

»Jeden Tag besser. Immer noch schwach, aber es geht bergauf. Ich habe eine Liste von Burschen, denen wir trauen können. Hoffe ich jedenfalls. Einige sind aus Tampa, aber viele arbeiten in Boston für uns. Wenn du da hochfahren könntest, wenn du sie überzeugen könntest, in einem Monat, vielleicht auch in sechs Wochen, nach Tampa zu kommen, dann könnten wir die Stadt zurückerobern. Einige von diesen Jungs sind teuer. Du weißt schon, einer wie Kevin Byrne nimmt nicht seine acht Kinder und verlässt aus reiner Anhänglichkeit sein Imperium da oben in Mattapan. Wir werden ihm eine ganze Wagenladung Geld geben müssen. Und Mickey Adams, der wird auch nicht billig zu haben sein. Aber wenn sie zusagen, dann ist ihr Wort Gold wert. Und wenn sie ›nein‹ sagen, werden sie niemandem erzählen, dass du überhaupt in der Stadt warst. Jungs wie die sind –«

Joe stellte das Schachbrett auf der Kommode ab. »Ich hatte gestern eine Besprechung mit Meyer, Carlos und Sammy Turnips.«

Dion drehte den Kopf auf dem Kissen. »Hattest du das, ja?«

»Ja.«

»Und wie lief es so?«

»Ich atme noch.«

Dion schnaubte. »Die hätten dich nicht ausgeknipst.«

»Eigentlich«, sagte Joe und setzte sich auf die Bettkante, »hatten sie den Ort für meine Beerdigung schon ausgesucht. Ich bin eine gute Stunde lang in einem Schiff darüber geschwommen.«

»Ihr habt euch auf einem *Schiff* getroffen? Bist du verrückt geworden?«

»Mir blieb keine andere Wahl. Wenn das Komitee sagt, dass du kommen sollst, dann kommst du besser. Wenn ich nicht hingegangen wäre, hätten sie uns alle niedergemacht.«

»An den Wachen da draußen wären sie kaum vorbeigekommen.«

»Das sind Batistas Wachen. Batista nimmt Geld von mir, und er nimmt Geld von Meyer. Will heißen, wenn es zwischen uns beiden Krach gibt, schlägt er sich auf die Seite von dem, der ihm die größte Scheibe vom Braten anbietet, und überlässt ansonsten den Göttern die Entscheidung. Niemand muss an diesen Wachen vorbeikommen. Es wären die Wachen, die uns töten würden.«

Dion rutschte wieder im Bett herum, nahm eine halbe Zigarre aus seinem Aschenbecher und steckte sie sich erneut an. »Na gut, du hast dich also mit dem Komitee getroffen.«

»Und mit Rico DiGiacomo.«

Dions Augenbrauen hoben sich über dem Zigarrenrauch, als die Zigarrenspitze schließlich brannte und der Tabak knisterte. »Der ist ein bisschen sauer wegen seines Bruders, nehme ich an.«

»Das ist eine sehr zurückhaltende Art, es zu formulieren. Er ist gekommen, um meinen Kopf zu fordern.«

»Wieso haben sie dich dann mit Kopf gehen lassen?«

»Ich habe ihnen deinen versprochen.«

Dion bewegte sich erneut im Bett, und Joe sah, dass er versuchte, einen Blick in die Tüte zu werfen. »Du hast ihnen meinen versprochen.«

Joe nickte.

»Warum solltest du so etwas tun, Joe?«

»War die einzige Möglichkeit, lebend das Schiff zu verlassen.«

»Was ist in der Tüte, Joe?«

»Sie haben mir glaubwürdig versichert, dass der Anschlag auf dich nicht einfach Ricos Idee war. Sie haben ihn genehmigt.«

Darüber musste Dion eine Weile nachdenken. Sein Gesicht war bleich, und seine Augen waren ganz klein und nach innen gerichtet. Er paffte weiterhin seine Zigarre, aber Joe war sich nicht sicher, ob er es wusste. Nach ungefähr fünf Minuten sagte er: »Ich weiß, dass der Umsatz in den letzten

Jahren gesunken ist. Ich weiß, dass ich zu viel auf Pferde setze, aber …« Er brach ab und nahm ein paar weitere Züge von der Zigarre, um sie in Brand zu halten. »Haben sie gesagt, warum sie mich absägen wollen?«

»Nein. Aber ich habe da ein paar Theorien.« Joe griff in die Tüte und holte die Schachtel von Chinettis Bäckerei heraus. Er stellte sie auf Dions Schoß und sah zu, wie alles Blut aus dem Gesicht seines Freundes wich.

Dion sagte: »Was ist das?«

Joe lachte leise.

Dion sagte es noch einmal. »Was ist das? Ist das von Chinetti?«

Joe griff in Dr. Blakes Tasche und brachte eine Spritze mit Morphin zum Vorschein. Genug, um eine Herde Giraffen zu betäuben. Er klopfte damit gegen seine Handkante und betrachtete seinen ältesten Freund.

»Ist schmutzig, die Schachtel«, sagte Dion. »Alles voller Blut.«

»Sie ist schmutzig«, stimmte Joe zu. »Was haben sie gegen dich in der Hand?«

»Ich habe keine Ahnung, was du –«

»Was haben sie gegen dich in der Hand?« Joe klopfte mit der Spritze gegen Dions Brust.

»He, Joe, ich weiß, wonach es aussieht.«

»Weil es so ist.«

»Aber manchmal sind die Dinge nicht so, wie sie zu sein scheinen.«

Joe klopfte mit der Spritze Dions Bein hinab. *Klopf klopf klopf.* »Meistens sind sie es.«

»Joe, wir sind Brüder. Du wirst nicht –«

Joe setzte die Spitze der Kanüle an Dions Kehle. Er drückte ihre Spitze gegen die Arterie links neben seinem Adamsapfel. »Du hast mich schon einmal verraten. Ich habe dafür drei Jahre im Gefängnis gesessen. Und nicht in irgendeinem Gefängnis, sondern in Charlestown. Und trotzdem habe ich zu dir gestanden. Das zweite Mal, als ich vor dieser Wahl stand, wurden neun von meinen Leuten getötet, weil ich mich entschieden hatte, dich nicht im Stich zu lassen. Erinnerst du dich an Sal? Erinnerst du dich an Lefty und Arnaz und Kenwood? Esposito und Parone? Sie alle sind tot, weil ich dich im Jahr '33 nicht an Maso Pescatore ausgeliefert habe.« Die Nadelspitze kratzte an Dions Kehle hinab und auf der anderen Seite wieder hinauf. »Und jetzt stehe ich wieder vor dieser Wahl. Aber diesmal habe ich einen Sohn, D.« Er senkte die Nadelspitze in die Haut, legte seinen Daumen auf den Kolben und sprach ungerührt weiter. »Warum zum Teufel sagst du mir also nicht einfach, was das FBI gegen dich in der Hand hat.«

Dion schaute Joe ins Gesicht. »Was hat man denn gegen Menschen wie uns in der Hand? Beweise. Sie haben mein Telefon abgehört, als ich letztes Jahr befohlen habe, diesem Scheißkerl in Pinellas die Kniescheiben zu zerschießen. Haben Fotos, die mich beim Ausladen des Schiffes zeigen, das du '41 aus Havanna hergeschickt hast.«

»Du warst dabei, als die Ladung gelöscht wurde? Was zum Teufel ist in dich gefahren?«

»Ich bin nachlässig geworden. Ich habe mich gelangweilt.«

Joe konnte sich nur mit Mühe davon abhalten, ihm die Nadel ins Auge zu rammen.

»Wer war dein Kontaktmann?«

»Er hat für Anslinger gearbeitet.«

Die Abteilung für Rauschgiftdelikte unter der Leitung dieses Fanatikers Harry Anslinger war das einzige Dezernat, in dem die Beamten den Unterschied zwischen ihrem Arsch und einem Hut erkannten. Und man hegte seit langem den Verdacht, dass der Grund dafür ein Spitzel im inneren Zirkel war.

Dion sagte: »Ich hätte dich niemals verraten.«

»Ach nein?«

»Nein. Du *weißt* das.«

»Tu ich das, ja?«

Joe griff nach dem verschimmelten Kuchen und stellte ihn auf Dions Schoß ab.

»Was zum Teufel tust du da?«

»Pssst.« Joe zog den Umschlag hervor, den er gestern Abend unter dem Kuchen gefunden hatte. Er warf ihn Dion ins Gesicht; der Umschlag traf ihn am Kinn. »Mach ihn auf.«

Dions Finger zitterten, als er den Umschlag öffnete. Er zog das Bündel Geldscheine hervor – zweitausend in Hundertern – und den Zettel, der darunter lag. Er entfaltete den Zettel und schloss die Augen.

»Zeig ihn mir, D. Zeig mir den Namen, der darauf steht.«

»Dass sie danach gefragt haben, heißt noch nicht, dass ich ihnen gegeben hätte, was sie wollten. Das habe ich oft nicht getan.«

»Zeig mir den Namen. Zeig mir, wer ihr nächstes Ziel war.«

Dion drehte den Zettel um:

Coughlin.

»Ich hätte niemals –«

»Wie viele von diesen Lügen soll ich dir eigentlich abnehmen? Wie lange soll dieses Tänzchen noch weitergehen? Du sagst dauernd, du würdest dies nicht, du könntest das nicht. Was soll ich deiner Meinung nach tun – dir glauben? Na gut, in Ordnung, ich glaube dir. Du bist ein Mann mit Grundsätzen, der einen Mann ohne Ehre spielt. Ich bin nur der Trottel, der alles verloren hat – mein Heim, meine Reputation, sogar mein Leben könnte ich noch verlieren –, um einen Spitzel zu beschützen.«

»Du hast einen Freund beschützt.«

»Mein Sohn saß in deinem Auto. Du hast meinen Sohn zu einem Treffen mit den verdammten Cops mitgenommen. Meinen Sohn.«

»Den ich liebe wie einen –«

Joe beugte sich abrupt vor und setzte die Nadel unter Dions linkem Auge an. »Das Wort *Liebe* sagst du nicht noch mal. Nicht in diesem Zimmer.«

Dion sog geräuschvoll Luft durch die Nase, sagte aber nichts.

»Ich glaube, dass du Leute verpfeifst, weil du so veranlagt bist. Es erregt dich. Ich bin mir nicht ganz sicher, aber wahrscheinlich ist es so. Und wenn man etwas oft genug tut, dann wird es zur zweiten Natur. All deine anderen Eigenschaften sind dann nur noch einen Scheißdreck wert.«

»Joe, hör zu. Hör einfach zu.«

Joe war peinlich berührt, als eine Träne auf Dions Gesicht tropfte. »Woran soll ich jetzt noch glauben? Na? Was ist noch übrig?«

Dion schwieg.

Joe zog die Nase hoch. »Ein paar Minuten Fußweg von hier gibt es eine Zuckerrohrpflanzung.«

Dion zwinkerte nervös. »Ich weiß. Du und Esteban, ihr habt sie mir vor fünf Jahren gezeigt.«

»Angel Balimente wird sich dort in einigen Stunden mit uns treffen. Ich übergebe dich an ihn, und er wird dich zu einem Schiff führen. Heute Abend hast du die Insel verlassen. Wenn ich jemals von dir höre oder wenn du jemals irgendwo deinen Kopf sehen lässt, dann knalle ich dich ab. Wie eine Ziege mit Schaum vor dem Maul. Ist das klar?«

»Hör zu –«

Joe spuckte ihm ins Gesicht.

Dion kniff die Augen zusammen, und jetzt weinte auch er. Sein Brustkorb hob und senkte sich.

»Ich fragte, ob das klar ist.«

Dion hielt die Augen geschlossen und wedelte mit dem Arm vor seinem Gesicht herum. »Ist klar.«

Joe stand vom Bett auf und ging zur Tür. »Tu, was du tun musst. Pack deine Sachen, verabschiede dich von Tomas, iss etwas, was auch immer. Für den Fall, dass du dich außerhalb des Hauses sehen lässt, ehe ich dich abholen komme, haben die Wachen Anweisung, dich zu erschießen.«

Er verließ das Zimmer.

DRAUSSEN AUF DER TERRASSE wirkte Tomas völlig verwirrt. »Wann sehe ich dich wieder?«

»Ach«, sagte Dion, »bestimmt bald. Das weißt du ja.«

»Nein, ich weiß es nicht. Ich weiß gar nichts.«

Dion kniete vor ihm nieder. Das kostete ihn einige Mühe, und das Aufstehen würde ihm wahrscheinlich noch mehr

Mühe bereiten. »Du weißt, was dein Vater und ich für Geschäfte machen?«

»Ja.«

»Und was für welche?«

»Illegale.«

»Klar, aber es steckt noch mehr dahinter. Wir nennen es ›unsere Sache‹, denn genau das ist es – ein paar Kerle, die an einem – tja – einem Unternehmen beteiligt sind. Und das gehört keinem außer uns allein. Alle anderen sind uns egal, wir fallen nicht in andere Länder ein oder klauen jemandem das Land, weil unsere Augen größer sind als unser Magen. Wir machen Geld. Und gegen eine Gebühr beschützen wir andere Menschen, die auf die gleiche Art Geld machen wollen. Und wenn wir in Schwierigkeiten stecken, können wir nicht heulend zur Polizei oder zum Bürgermeister laufen. Wir sind ganz auf uns gestellt wie echte Männer. Und das ist manchmal eine ganz schön bittere Pille. Aber die müssen wir schlucken. Tja, und deswegen gehe ich jetzt weg. Du hast ja gesehen, was in Tampa passiert ist. Du hast gesehen, was passieren kann, wenn wir in ›unserer Sache‹ eine Meinungsverschiedenheit haben. Das kann ziemlich ernst werden, stimmt's?«

Er lachte, und Tomas lachte auch.

»Sehr ernst, stimmt's?«

»Ja«, sagte Tomas.

»Aber das ist in Ordnung – es sind die ernsten Sachen, die das Leben lebenswert machen. Die anderen Sachen, die Ladys, die Witze, die albernen Spielchen und das Faulenzen, das macht alles Spaß, aber es ist nicht das, was bleibt. Die ernsten Sachen – die bleiben, deretwegen fühlst du dich lebendig. Tja, und jetzt ist es gerade verdammt ernst, und dein Vater hat einen Weg gefunden, mich rauszuhauen. Aber deswegen muss ich gehen, und es kann sein, dass ich für immer gehen muss.«

»Nein.«

»Doch. Hör mir zu. Na komm, sieh mich an.« Er packte Tomas bei den Schultern und sah ihm fest in die Augen. »Eines Tages bekommst du eine Postkarte. Da wird nichts draufstehen. Du kriegst nur die Karte. Und der Ort, der auf der Karte zu sehen ist, das wird nicht der Ort sein, an dem ich bin, aber der Ort, an dem ich *war*. Und du weißt, dass dein Onkel Dion irgendwo sein Leben lebt. Dass er über die Runden kommt.«

»Gut. In Ordnung.«

»Dein alter Herr und ich, Tomas, wir glauben nicht an Könige oder Prinzen oder Präsidenten. Wir glauben, dass wir alle Könige und Prinzen und Präsidenten sind. Wir alle sind das, was wir sein wollen, und keiner hat uns was anderes zu sagen. Verstehst du das?«

»Ja.«

»Knie nie vor jemandem nieder.«

»Du kniest jetzt gerade.«

»Das liegt daran, dass du zur Familie gehörst.« Er lachte leise. »Jetzt hilf mir hoch. Bist du so gut, Kleiner? Oh, Scheiße.«

»Wie kann ich dir hochhelfen?«

»Halt einfach den Kopf still.«

Er legte seine große Pranke auf Tomas' Kopf und stützte sich ab.

»Autsch.«

»Hör auf rumzumosern, und sei ein Mann, verdammt.« Zu Joe sagte er: »Du musst den Jungen mal ein bisschen abhärten.« Er kniff Tomas in den Bizeps. »Oder? *Oder?*«

Tomas schlug nach seiner Hand.

»Tschüs, Kleiner.«

»Tschüs, Onkel Dion.«

Er sah, wie sein Vater Onkel Dions Koffer von den Steinplatten hob, und dann sah er, wie sie den Garten verließen und auf den Abhang zugingen, der zur Pflanzung hinabführte, und er hoffte, dass dies nicht das Leben sei – eine Folge von Abschieden.

Aber er vermutete, dass es genau das war.

25
Zuckerrohr

JOE UND DION GINGEN EINE SCHNEISE ENTLANG, die mitten durch die Pflanzung führte. Die Arbeiter nannten sie »die Gasse des kleinen Hauses«, denn an ihrem Ende stand ein kleines gelbes Haus, das der vorherige Eigentümer als Spielhaus für seine Tochter erbaut hatte. Es war zwar nicht größer als ein Werkzeugschuppen, aber nach der Art eines viktorianischen Hauses gestaltet. Der Eigentümer hatte die Pflanzung in den frühen 1930er Jahren an Suarez Sugar Ltd. verkauft – Joes und Estebans Gesellschaft –, auf dem Höhepunkt des Rumschmuggels, als man mit Zucker glänzende Preise erzielen konnte. Die Tochter des Eigentümers war längst erwachsen und hatte die Insel verlassen, und das kleine Haus war zur Vorratshaltung und gelegentlich als Schlafstätte benutzt worden. Eines Tages hatte man das Fenster in der Westwand entfernt, ein Brett angebracht und das Haus in eine *cantina* umgewandelt, mit einigen kleinen Holztischen ringsherum. Das hatte sich jedoch als ein wenig glückreicher Akt der Wohltätigkeit erwiesen, denn die betrunkenen Arbeiter wurden streitsüchtig. Das Experiment war ein für alle Mal beendet worden, als zwei Männer sich bei einem Kampf mit ihren Macheten verstümmelten und danach arbeitsunfähig waren.

Joe trug Dions Koffer. Viel war nicht darin – einige Hemden und Hosen, Socken und Unterwäsche, ein Paar Schuhe, zwei Flaschen Kölnischwasser, eine Zahnbürste –, aber Dion war immer noch zu schwach, um ihn in der späten Nachmittagshitze über ein Zuckerrohrfeld zu tragen.

Das Zuckerrohr ragte zweieinhalb Meter in die Höhe; die Reihen standen in Abständen von ungefähr achtzig Zentimetern voneinander entfernt. Weiter in Richtung Westen brannten Arbeiter ein Feld ab. Das Feuer verzehrte die Blätter, aber nicht die Stengel mit ihrem kostbaren Zuckersaft, die man zur Mühle hinauftransportieren würde. Glücklicherweise wehte eine warme Brise von Osten über die Pflanzung und hielt den Rauch von den restlichen Feldern fern. An manchen Tagen war es genau umgekehrt: Dann hätte man denken können, dass der Himmel durch eine aufgewühlte Decke aus Wolken ersetzt worden sei, so groß wie Luftschiffe und so dunkel wie Gusseisen. Heute jedoch strahlte er in kräftigem Blau, wenngleich erste Andeutungen von Orange die Ränder färbten.

»Das ist also der Plan?«, fragte Dion. »Angel bringt mich über die Hügel dort hinaus?«

»Genau.«

»Wo liegt das Schiff?«

»Ich nehme an, es befindet sich auf der anderen Seite der Hügel. Mit Sicherheit weiß ich nur, dass es dich zur Isla de Pinos fahren wird. Dort bleibst du eine Weile. Dann wird dich wieder jemand abholen und nach Kingston oder Belize mitnehmen.«

»Du weißt nicht, welches von beiden?«

»Nein. Und ich will es auch nicht wissen.«

»Ich würde Kingston wählen. Da wird Englisch gesprochen.«

»Du sprichst doch Spanisch. Was macht das für einen Unterschied?«

»Ich bin es leid, Spanisch zu sprechen.«

Sie gingen eine Weile schweigend weiter. Die Mühle erhob sich auf dem höchsten Hügel vor ihnen und überblickte die zehntausend Hektar der Pflanzung wie eine strenge Mutter. Auf dem zweithöchsten Hügel standen die Häuser der Verwalter – Villen aus der Kolonialzeit, mit Balkons, die sich über die gesamte Breite des zweiten Stockwerks erstreckten. Die Feldaufseher lebten in ähnlichen Häusern weiter unten am Hügel, doch sie waren in sechs bis acht Wohneinheiten unterteilt. Den Rand der Felder säumten die Wellblechhütten der Arbeiter. Die meisten hatten Böden aus festgestampfter Erde, einige verfügten über fließend Wasser, viele jedoch nicht. Hinter jeder fünften Hütte stand eine Außentoilette.

Dion räusperte sich. »Na gut, nehmen wir an, dass ich Glück habe und auf Jamaika lande. Was soll ich danach tun?«

»Verschwinden.«

»Wie soll ich ohne Geld verschwinden?«

»Du hast zwei Riesen. Zwei unter großen Opfern erworbene Riesen.«

»Auf der Flucht wird das nicht lange reichen.«

»He, weißt du was? Das ist nicht mein Problem, D.«

»Ich denke doch.«

»Wie kommst du darauf?«

»Wenn ich kein Geld habe, falle ich mehr auf. Verzweifelter bin ich auch. Neige vielleicht eher zu vorschnellen Handlungen. Außerdem – Jamaika? Wie viele Geschäfte haben wir da in den Zwanzigern und Dreißigern gemacht? Meinst du nicht, dass mich früher oder später jemand erkennt?«

»Vielleicht. Ich müsste länger darüber –«

»Nein, nein. Du hättest all das bedacht. Der Joe, den ich kenne, hätte einen Beutel mit einem Batzen Bargeld für mich versteckt, zusammen mit verschiedenen Pässen. Er hätte dafür gesorgt, dass Leute auf mich warten, die mir die Haare färben, mir vielleicht einen falschen Bart ankleben und so weiter.«

»Der ›Joe, den du kennst‹ hat dafür keine Zeit. Der ›Joe, den du kennst‹ muss dafür sorgen, dass du schleunigst aus dieser Gegend verschwindest.«

»Der Joe, den ich kenne, hätte sich einen Weg ausgedacht, wie er mir auf der Isla del Pinto Geld zukommen lassen könnte.«

»Isla de Pinos.«

»Bescheuerter Name.«

»Es ist spanisch.«

»Ich weiß, dass es spanisch ist. Ich habe bloß gesagt, dass es ein bescheuerter Name ist. Verstehst du mich? Er ist scheißbescheuert.«

»Was ist bescheuert an ›Kieferninsel‹?«

Dion schüttelte mehrmals den Kopf und sagte nichts.

In der benachbarten Reihe strich etwas an den Zuckerrohrstengeln entlang. Bestimmt ein Hund, der seine Beute verfolgte. Ständig streiften Hunde um das Feld und durch die Reihen: graubraune Terrier mit rasiermesserscharfen Zähnen und glänzend dunklen Augen, die Ratten töteten. Die Hunde waren so besessen, dass sie sich manchmal zu Rudeln zusammenrotteten und Arbeiter angriffen, die nach Ratte rochen. Es gab ein Tier – eine Hündin mit gesprenkelten Flanken namens Luz –, das eine regelrechte Legende war. Luz hatte an einem einzigen Tag zweihundertdreiundsiebzig Nager umgebracht. Daraufhin hatte man ihr einen Monat lang erlaubt, im »kleinen Haus« zu schlafen.

Bewaffnete Männer bewachten die Felder, angeblich, um die Pflanzung vor Vandalismus zu schützen, in Wahrheit jedoch, um die Arbeiter in Schach zu halten und diejenigen, die Schulden hatten, am Davonlaufen zu hindern. Und alle Arbeiter hatten Schulden. *Dies ist keine Farm,* hatte Joe gedacht, als er und Esteban zum ersten Mal einen Rundgang über die Plantage gemacht hatten, *dies ist ein Gefängnis. Ich besitze Anteile an einem Gefängnis.* Was auch der Grund dafür war, dass Joe die Wachen nicht fürchten musste – sie alle fürchteten ihn.

»Ich habe zwei Jahre vor dir Spanisch gesprochen«, sagte Dion. »Erinnerst du dich daran, wie ich dir sagte, das sei die einzige Möglichkeit, in Ybor zu überleben? Und du sagtest: ›Aber das hier ist Amerika. Ich will verdammt noch mal meine eigene Sprache sprechen.‹«

Joe hatte niemals so etwas gesagt, aber er nickte trotzdem, als Dion sich nach ihm umsah. Wieder hörte er den Hund zu ihrer Rechten, hörte, wie das Zuckerrohr raschelte.

»Ich habe dich damals eingeführt. Weißt du noch? Du warst gerade mit dem Zug aus Boston gekommen, hattest kreidebleiche Haut und deine Gefängnisfrisur. Ohne mich hättest du deinen Arsch nicht mal mit beiden Händen gefunden.«

Joe beobachtete ihn, als er über die hohen Stengel des Zuckerrohrs hinweg in den orangeblauen Himmel hochsah. Was für eine seltsame Farbmischung – als ob das Blau des Tages nicht weichen wollte, obwohl der Abend bereits leise errötend seinen Siegeszug in Richtung einer blutroten Dämmerung angetreten hatte.

»Irgendwas stimmt nicht mit den Farben in dieser Gegend. Sind einfach zu viele. Wie in Tampa. Was hatten wir in Boston? Wir hatten Blau, wir hatten Grau, wir hatten ein wenig Gelb, wenn die Sonne schien. Die Bäume waren grün. Das Gras war grün und wuchs nicht drei Meter in die Höhe. Irgendwie ergab das alles einen Sinn.«

»Ja.« Joe vermutete, dass Dion den Klang seiner Stimme hören wollte.

Das gelbe Haus war jetzt noch ungefähr vierhundert Meter entfernt – fünf Minuten Fußweg auf trockenem Untergrund, aber zehn Minuten auf dieser weichen Erde.

»Das hat er für seine Tochter gebaut, ja?«

»So sagt man.«

»Wie hieß sie?«

»Ich weiß es nicht.«

»Wieso weißt du das nicht?«

»Ganz einfach – ich weiß es eben nicht.«

»Hat nie jemand den Namen genannt?«

»Kann sein – keine Ahnung. Vielleicht, als wir die Pflanzung gekauft haben und die Geschichte zum ersten Mal hörten. Der letzte Eigentümer hieß Carlos, aber warum zum Teufel sollte ich den Namen seiner Tochter kennen?«

»Fühlt sich einfach irgendwie falsch an.« Er hob einen Arm in Richtung der Felder und Hügel. »Immerhin war sie hier. Hat gespielt, ist herumgerannt, hat getrunken, gegessen.« Er zuckte die Schultern. »Sie sollte eben einen Namen haben.« Er sah wieder über die Schulter. »Was ist aus ihr geworden? Weißt du wenigstens das?«

»Sie ist erwachsen geworden.«

Dion drehte den Kopf wieder nach vorn. »Was du nicht sagst. Aber was ist ihr *widerfahren*? Hat sie lange gelebt? Eine Überfahrt auf der *Lusitania* gebucht? Was ist passiert?«

Joe zog die Waffe aus der Tasche und ließ sie neben seinem rechten Bein baumeln. In der linken Hand hielt er immer noch Dions Koffer, dessen Elfenbeingriff in der Hitze rutschig geworden war. Wenn Cagney oder Edward G. im Kino einen Mann erschossen, dann zog das Opfer eine Grimasse, sackte zusammen und starb. Selbst bei einem Bauchschuss war es so – einer Wunde, bei der man, wie Joe wusste, krampfhaft in der Luft herumfuchtelte, wild um sich trat und nach Mutters, Vaters und Gottes Hilfe schrie. Was man auf keinen Fall tat, war: einfach so sterben.

»Ich weiß gar nichts über sie«, sagte Joe, »Ich weiß nicht, ob sie lebt oder tot ist oder wie alt sie jetzt wäre. Ich weiß bloß, dass sie die Insel verlassen hat.«

Das gelbe Haus kam näher.

»Und du?«

»Was?«

»Verlässt du die Insel eines Tages?«

Ein Mann, dem man mitten in die Brust schoss, starb auch nicht immer gleich. Die Kugeln brauchten oft einige Zeit, um ihr Werk zu verrichten. Sie prallten vielleicht von einem Knochen ab und ritzten bloß das Herz, anstatt es zu durchdringen. Und das Opfer fiel währenddessen nicht in Ohnmacht. Es stöhnte oder wand sich, als ob man es in eine Wanne mit heißem Wasser geworfen hätte.

»Ich weiß nicht, ob es im Moment einen Ort gibt, an den

ich gehen könnte«, sagte Joe. »Hier sind Tomas und ich zwar nicht sicher, aber sicherer als überall sonst.«

»Mann, wie sehr ich Boston vermisse.«

Joe hatte Typen gesehen, die nach einem Kopfschuss noch herumliefen und sich an der Wunde kratzten, ehe der Körper schlappmachte und die Beine schließlich nachgaben. »Ich vermisse Boston auch.«

»Das hier ist nicht das Richtige für uns.«

»Inwiefern?«

»Dieses feuchtschwüle Klima. Kocht dir die Rübe weich und macht dich ganz wirr.«

»Ist das der Grund, weshalb du mich verraten hast – hohe Luftfeuchtigkeit?«

Die einzig sichere Art, jemanden mit einem Schuss auf Anhieb zu töten, bestand darin, die Mündung direkt am Hinterkopf anzusetzen, an der Gehirnbasis. Überall sonst konnten Kugeln sich auf seltsame Seitenwege begeben.

»Ich habe dich niemals verraten.«

»Du hast uns verraten. Du hast unsere Sache verraten. Das ist dasselbe.«

»Nein, das ist es nicht.« Dion schaute sich nach Joe um und bemerkte die Waffe in seiner Hand. Er ließ keine Überraschung erkennen. »Ehe es unsere Sache gab, gab es *unsere* Sache.« Er zeigte erst auf seinen Brustkorb, dann auf Joes. »Ich, du und mein armer, dummer Bruder Paulo, Gott hab ihn selig. Dann wurde aus uns … Was ist aus uns geworden, Joe?«

»Ein Teil von etwas Größerem«, sagte Joe. »Und du, Dion, warst acht Jahre lang der Boss in Tampa, also fang hier nicht an, zu schmalziger Geigenmusik die alten Tage zu besingen und das dreistöckige Haus ohne Fahrstuhl an der Dot Av hochzujubeln, wo es keinen Eisschrank gab und die Toilette im zweiten Stock nie funktioniert hat.«

Dion schaute wieder nach vorn und ging weiter. »Wie heißt das Wort dafür, dass man etwas *weiß*, aber immer noch das Gegenteil *glaubt*?«

»Keine Ahnung«, sagte Joe. »Paradox?«

Dions Schulter hob sich und sank wieder herab. »Na gut, meinetwegen. Also, Joseph: Ja –«

»Nenn mich nicht so.«

»... ich weiß, dass ich acht Jahre lang der Boss war, und die zehn Jahre zuvor habe ich damit verbracht, die Leiter hochzuklettern. Und wenn ich die Gelegenheit hätte, würde ich es vielleicht noch einmal genauso machen. Aber der Para ...« Er sah zu Joe zurück.

»... dox«, sagte Joe. »Das Paradox.«

»Das Paradox ist, dass ich wirklich wünschte, du und ich würden immer noch Gehaltsbüros überfallen und Vorstadtbanken ausräumen.« Er sah traurig lächelnd über die Schulter. »Ich wünschte, wir wären immer noch Gesetzlose.«

»Aber das sind wir nicht«, sagte Joe. »Wir sind Gangster.«

»Ich hätte dich nie ans Messer geliefert.«

»Was solltest du sonst auch sagen.«

Dion sah zu den Hügeln hoch, die vor ihnen aufragten, und seine Worte klangen wie ein Stöhnen: »Ach, Scheiße.«

»Was?«

»Nichts. Einfach Scheiße. Scheiße, Mann. Alles Scheiße.«

»Es ist nicht alles Scheiße. Es gibt Gutes in dieser Welt.« Joe ließ Dions Koffer zu Boden fallen.

»Wenn es so ist, dann gehören wir nicht dazu.«

»Nein.« Joe streckte seinen Arm hinter Dion aus, und sah zu, wie sein Schatten vor ihm dasselbe tat.

Dion sah es auch. Er zog die Schultern hoch, und sein nächster Schritt war ein Stotterschritt, aber er ging weiter.

»Ich glaube nicht, dass du das fertigbringst«, sagte er.

Joe glaubte es auch nicht. Das Zucken machte sich bereits in der Haut zwischen seinem Handgelenk und dem Daumen bemerkbar.

»Ich habe schon früher getötet«, sagte Joe. »Habe deswegen nur ein einziges Mal schlecht geschlafen.«

»Getötet, klar«, sagte Dion. »Aber das hier ist Mord.«

»Du hattest nie Schwierigkeiten mit Mord.« Joe merkte, dass ihm das Reden schwerfiel. Seine Herzschläge hämmerten in seinem Rachen.

»Ich weiß. Aber hier geht es nicht um mich. *Du* musst das hier nicht tun.«

»Ich denke, doch.«

»Du könntest mich entkommen lassen.«

»Wohin? Durch den Dschungel? Auf deinen Kopf wird ein Preis ausgesetzt werden, hoch genug, dass jeder Mann, der in diesen Feldern arbeitet, sich davon eine eigene Zuckerplantage kaufen könnte. Und ich werde eine Stunde nach dir tot in einem Graben liegen.«

»Es geht also um dein Leben.«

»Es geht darum, dass du ein Spitzel bist. Es geht darum, dass du alles gefährdest, was wir aufgebaut haben.«

»Wir sind seit über zwanzig Jahren Freunde.«

»Du hast uns bespitzelt.« Joes Stimme war sogar noch zittriger als seine Hand. »Du hast mir jeden Tag ins Gesicht gelogen, und es hat meinen Sohn fast das Leben gekostet.«

»Du warst mein Bruder.« Jetzt zitterte auch Dions Stimme. »Seinen Bruder lügt man nicht an.«

Dion blieb stehen. »Aber umbringen kann man ihn, ja?«

Joe blieb auch stehen, senkte die Waffe, schloss seine Augen. Als er sie wieder öffnete, hielt Dion seinen rechten Zeigefinger in die Höhe. Es war eine Narbe darauf zu sehen, so blassrosa, dass man im Licht stehen musste, um sie zu sehen.

»Sieht man deine auch noch?«, fragte er.

Als sie Kinder gewesen waren, hatten sie in einem verlassenen Pferdestall in South Boston ihre rechten Zeigefinger mit einer Rasierklinge geritzt und die Fingerspitzen gegeneinandergepresst. Ein albernes Ritual. Ein lachhafter Blutschwur.

Joe schüttelte den Kopf. »Meine ist verblasst.«

»Komisch«, sagte Dion. »Meine nicht.«

Joe sagte: »Du kämst keine halbe Meile weit.«

»Ich weiß«, flüsterte Dion. »Ich weiß.«

Joe zog ein Taschentuch hervor und wischte sich über das Gesicht. Er sah die Arbeiterhütten, die Häuser auf der Anhöhe, die Mühle und dahinter die dunkelgrünen Hügel. »Keine halbe Meile.«

»Warum hast du mich dann nicht einfach im Haus umgebracht?«

»Tomas«, sagte Joe.

»Ah.« Dion nickte und stocherte mit dem Schuh in der weichen Erde herum. »Glaubst du, dass es schon irgendwo geschrieben steht?«

»Wie bitte?«

»Wie wir enden werden?« Dions Augen waren hungrig geworden, jetzt, da sie alles aufzunehmen versuchten – den Himmel zu trinken, die Felder zu essen, die Hügel einzuatmen. »Von dem Augenblick an, in dem wir auf die Welt kommen, meinst du, dass da irgendwo geschrieben steht: ›Du wirst in einem Feuer verbrennen, du wirst über Bord eines Schiffes gehen, du wirst in der Fremde in einem Feld sterben‹?«

Joe sagte bloß: »Herrje«, und sonst nichts.

Dion wirkte plötzlich erschöpft. Seine Arme hingen schlaff herab, seine Hüften gaben nach.

Nach einer Weile begannen sie wieder zu gehen.

»Glaubst du, wir sehen unsere Freunde im nächsten Leben wieder? Dass alle wieder beisammen sind?«

»Ich weiß es nicht«, sagte Joe. »Ich hoffe es.«

»Ich denke schon.« Dion sah wieder zum Himmel hoch. »Ich denke …«

Der leise Windhauch drehte sich, und kleine Fetzen Rauch trieben von Westen her an ihnen vorbei.

»Charlotte«, sagte Joe.

»Was?«

Ein Terrier schoss über ihren Weg – Joe schreckte zusammen, weil er von links kam, nicht von rechts, wo er ihn auf ihrem Weg einige Male gehört hatte. Knurrend sprang er ins Zuckerrohr. Sie hörten seine Beute quieken. Nur ein einziges Mal.

»Er ist mir wieder eingefallen. Der Name des Mädchens. Die Tochter des früheren Eigentümers.«

»Charlotte.« Dion lächelte mit Nachdruck. »Das ist ein guter Name.«

Irgendwo hinter den Hügeln erklang ein ganz schwaches

Donnergrollen, auch wenn die Luft nach nichts anderem als brennenden Zuckerblättern und feuchter Erde roch.

»Es ist hübsch«, sagte Dion.

»Was?«

»Das gelbe Haus.«

Sie waren ungefähr fünfzig Meter davon entfernt.

»Ja«, sagte Joe. »Ist es.«

Er drückte den Abzug. Im letzten Moment schloss er die Augen, doch die Kugel verließ den Lauf bereits mit einem scharfen Knall, und Dion sackte zusammen. Er landete auf allen vieren. Joe beugte sich über seinen Freund, als das Blut aus einem Loch in seinem Hinterkopf rann. Es bedeckte sein Haar und tropfte von der linken Seite seines Kopfes den Hals herab in den weichen Boden. Joe sah Gehirn, aber Dion fuhr fort zu atmen, ein verzweifeltes Schnaufen, eine unstillbare Gier nach Luft. Sein Atem klang wässrig, und er drehte Joe sein Gesicht zu. Eines seiner glasigen Augen fand ihn, und das Wissen wich bereits aus seinem Blick – wer er war und wie es kam, dass er hier auf Händen und Knien lag. Wissen um ein gelebtes Leben, die Namen vieler einfacher Dinge, die ihm entglitten. Seine Lippen bewegten sich, aber es kamen keine Worte heraus.

Joe feuerte die zweite Kugel in seine Schläfe ab, und Dions Kopf wurde knackend nach rechts geschleudert. Geräuschlos sank er zu Boden.

Joe stand in der Schneise zwischen den Zuckerrohrreihen, und sein Blick fiel auf das kleine gelbe Haus.

Er hoffte, dass jeder Mensch eine Seele habe und dass Dions Seele jetzt gerade in den blau-orangefarbenen Himmel aufstiege. Er hoffte, dass das kleine Mädchen, das in dem kleinen gelben Haus gespielt hatte, sich an einem sicheren Ort befände. Er betete für ihre Seele, und er betete für seine eigene Seele, obwohl er wusste, dass sie verdammt war.

Er sah auf die Felder hinaus, nahm ihre Weite in sich auf, und er konnte die ganze Weite Kubas dahinter sehen. Nur dass es nicht Kuba war. Überall, wo er lebte; überall, wohin er reiste; überall, wo er von nun an ginge, wäre ein Land des Zwielichts.

Ich bin verdammt. Und allein.

Oder doch nicht?

Gibt es einen Weg, den ich noch nicht sehen kann? Einen Ausweg? Eine Straße, die sich neigt?

Die Stimme, die antwortete, klang matt und kalt:

Sieh ihn dir an, wie er vor dir liegt. Sieh ihn dir an. Deinen Freund. Deinen Bruder. Und jetzt stell die Frage noch einmal.

Er wollte zurückgehen – die Beseitigung der Leiche war bereits verabredet – und erstarrte. Dort, in etwa dreißig Metern Entfernung, kniete Tomas in der weichen Erde, mit offenem Mund und nassem Gesicht. Fassungslos. Gebrochen. Für ihn auf immer verloren.

26

Waisen

EINE WOCHE SPÄTER packten sie in dem Apartment in Havanna ihre Sachen, als Manuel zu Joe sagte, dass eine Frau unten auf ihn warte.

Beim Verlassen des Apartments kam Joe an Tomas vorbei, der mit gepackten Sachen auf seinem Bett saß. Er fing seinen Blick auf und nickte ihm zu, aber Tomas sah weg.

Joe blieb im Türrahmen stehen. »Sohn.«

Tomas schaute die Wand an.

»Sohn, sieh mich an.«

Tomas gehorchte schließlich und starrte ihn mit demselben Gesichtsausdruck wie seit einer Woche an. Er war nicht wütend – Joe hatte gehofft, dass sich die Traurigkeit in Wut verwandeln werde; mit Wut konnte er umgehen. Stattdessen war Tomas' Gesicht voller Verzweiflung.

»Es wird besser werden«, versicherte Joe ihm zum vielleicht fünfzigsten Mal seit dem Vorfall im Zuckerrohrfeld. »Der Schmerz vergeht.«

Tomas öffnete den Mund.

Joe wartete. Hoffend.

Tomas sagte: »Kann ich jetzt weggucken?«

JOE GING NACH UNTEN. Er passierte die Wachen in der Eingangshalle, dann die beiden Posten vor der Haustür.

Sie stand auf der Straße, gleich neben dem Bordstein, und der zähe Nachmittagsverkehr wirbelte Staub hinter ihr auf. Sie trug ein blassgelbes Kleid, und ihr rotschwarzes Haar war zu einem strengen Knoten gebunden. Sie hielt einen kleinen Koffer in jeder Hand und machte keine Anstalten, ihre förmliche und überkorrekte Haltung aufzugeben – als ob bereits das Entspannen eines einzigen Muskels die ganze Lüge ihrer Existenz zum Einsturz bringen könnte.

»Du hattest recht«, sagte sie.

»In welcher Hinsicht?«

»Jeder.«

»Komm weg von der Straße.«

»Du hast immer recht. Wie fühlt sich das an?«

Er dachte an Dion, der auf der weichen Erde lag, mit schwarzen Blutspritzern bedeckt.

»Schrecklich«, sagte er.

»Natürlich hat mein Mann mich hinausgeworfen.«

»Es tut mir leid.«

»Meine Eltern sagten, ich sei eine Hure. Wenn ich mich in Atlanta blicken ließe, würden sie mich in aller Öffentlichkeit ohrfeigen und nie wieder eines Blickes würdigen.«

Joe sagte: »Komm bitte weg von der Straße.«

Sie tat es. Stellte die Koffer auf dem Bürgersteig vor ihm ab. »Ich habe nichts mehr.«

»Du hast mich.«

»Fragst du dich nicht, ob ich gekommen bin, weil ich dich liebe oder weil mir keine andere Wahl mehr blieb?«

»Kann schon sein.« Er ergriff ihre Hände. »Aber den Schlaf raubt mir das nicht.«

Seine Antwort entlockte ihr ein kurzes, düsteres Lachen. Sie trat einen Schritt zurück. Sie hielt immer noch seine Hände, aber sie hielt sie an den Fingerspitzen. »Du hast dich verändert.«

»Ach ja?«

Sie nickte. »Irgendetwas ist anders.« Sie suchte in seinem Gesicht. »Nein, nein. Warte. Du hast etwas *verloren*. Was ist es?«

Bloß meine Seele, wenn man an solche Sachen glaubt.

»Nichts, das mir fehlen wird«, sagte er, hob ihre Koffer vom Bürgersteig und geleitete Vanessa hinein.

»Joseph!«

Er stellte ihre Taschen im Vestibül auf dem Boden ab und drehte sich um. Wer auch immer ihn gerufen hatte, klang seiner verstorbenen Frau sehr ähnlich.

Nicht sehr ähnlich. Exakt gleich.

Sie stand an der nächsten Straßenecke, hatte den übergroßen Hut auf, den sie im Sommer immer so gern getragen hatte, und hielt einen blass-orangefarbenen Sonnenschirm in der Hand. Sie trug ein schlichtes weißes Kleid, ein Bauernkleid. Sie warf ihm einen kurzen Blick über die Schulter zu und verschwand um die Ecke.

Joe trat auf den Bürgersteig hinaus.

Vom Vestibül her sagte Vanessa fragend: »Joe?«, aber er ging weiter auf die Straße zu.

Der blonde Junge stand einige Meter entfernt auf dem Bürgersteig, zwischen dem Apartmenthaus und einem Kino. Wieder einmal trug er Kleider, die seit mindestens zwanzig Jahren aus der Mode waren: einen Anzug mit Knickerbockern aus grauer Serge und eine passende Golfmütze. Diesmal jedoch waren seine Gesichtszüge deutlich erkennbar – blaue Augen, die ziemlich tief in ihren Höhlen lagen, dünne Nase, starke Wangenknochen, kantige Kieferpartie. Er war – für sein Alter – mittelgroß.

Noch ehe er lächelte, wusste Joe, wer er war. Er hatte es schon bei ihrer letzten Begegnung gewusst, auch wenn die Sache keinen Sinn ergeben hatte. Sie ergab immer noch keinen Sinn.

Der Junge lächelte nicht nur, er winkte jetzt auch, aber alles, was Joe sah, war die Cumberland-Lücke an der Stelle, wo zwei Schneidezähne hätten sein sollen.

Sein Vater und seine Mutter gingen vorbei. Sie waren jung und hielten einander an den Händen. Sie trugen Kleider im viktorianischen Stil und von schlechterer Qualität als zur Zeit seiner Geburt. Sie sahen ihn nicht an, und obwohl sie einander an den Händen hielten, wirkten sie nicht sonderlich glücklich.

Sal Urso, seit zehn Jahren tot, stützte seinen Fuß auf einem Hydranten ab und band sich den Schuh. Dion und sein Bruder Paulo spielten Würfel an der Wand des Apartmenthauses. Er sah Menschen aus Boston, die bei der Grippe-Pandemie im Jahr '19 gestorben waren, und eine Nonne aus der Gate-of-Heaven-Schule, von deren Tod er nichts gewusst hatte. Überall um ihn herum waren Tote: Männer, die im Gefängnis in Charlestown gestorben waren; Männer, die auf den Straßen von Tampa gestorben waren, solche, die er persönlich getötet hatte, und solche, deren Tod er angeordnet hatte. Er sah einige Frauen, die er nicht kannte: Sie waren Selbstmörderinnen, den Handgelenken der einen und den Malen am Hals einer anderen nach zu urteilen. Weiter unten, vor der nächsten Querstraße, wurde Rico DiGiacomo von Montooth Dix nach Strich und Faden verdroschen, während Emma Gould, eine Frau, die er einst geliebt, aber seitdem fast völlig vergessen hatte, die Straße entlangwankte. In ihrer blau geäderten Hand hielt sie eine Flasche Wodka, ihr Haar und ihr Kleid waren klatschnass.

All seine Toten. Sie füllten die Straße und verstopften die Bürgersteige.

Mitten auf einer belebten Straße in der Altstadt von Havanna senkte er den Kopf. Senkte den Kopf und schloss die Augen.

Ich wünsche euch alles Gute, sagte er seinen Toten. *Ich wünsche euch nichts als Gutes.*

Aber ich werde mich nicht entschuldigen.

Als er hochblickte, sah er Hector, einen seiner Leibwächter, der in die falsche Richtung ging und hinter derselben Ecke wie Graciela verschwand.

Doch all seine Geister waren fort.

Bis auf den Jungen. Der Junge legte den Kopf zur Seite, als ob er überrascht wäre, dass Joe sich ihm näherte.

Joe fragte: »Bist du ich?«

Die Frage schien den Jungen zu verwirren.

Denn er war jetzt kein Junge mehr. Er war Vivian Ignatius Brennan. Sankt Viv. Der Torwächter. Der Leichenbestatter.

»Es sind einfach zu viele Fehler passiert«, sagte Sankt Viv freundlich. »Jetzt ist es zu spät, sie alle wiedergutzumachen. Zu spät.«

Joe sah die Waffe in seiner Hand erst, als Vivian ihm die

Kugel ins Herz jagte. Der Schuss verursachte kaum Lärm, nichts als ein sanftes Plopp.

Der Aufprall ließ Joe zusammensacken, und er fiel auf die Straße. Er stützte eine Hand auf dem Kopfsteinpflaster ab und versuchte aufzustehen, aber seine Füße fanden keinen Halt. Blut trat aus dem Loch in der Mitte seines Brustkorbes aus und rann auf das Pflaster. Durch das Loch im Brustkorb entwich zischend Luft aus seiner Lunge.

Das Fluchtauto hielt hinter Vivian, und eine Frau ganz in der Nähe stieß verzweifelte Schreie aus.

Tomas, wenn du das hier siehst, schau um Himmels willen weg.

Vivian zielte mit der Pistole auf Joes Stirn.

Joe stützte beide Handballen auf dem Kopfsteinpflaster ab und versuchte, etwas Feuer in seinen Augen aufleuchten zu lassen.

Aber er hatte Angst. Große, große Angst.

Und er wollte sagen, was sie alle sagten: *Warte.*

Aber er sagte nichts.

Der Blitz, der die Mündung verließ, sah wie ein Schauer stürzender Sterne aus.

Als er die Augen öffnete, saß er an einem Strand. Es war Nacht. Um ihn herum war nichts als Dunkelheit, ausgenommen die weiße Gischt und der weiße Sand.

Er stand auf und ging auf das Wasser zu.

Er ging und ging.

Aber wie lange er auch ging, er kam kein Stück näher an das Wasser heran. Er konnte es nicht einmal sehen, hörte nur den Aufprall der Wellen, wenn sie sich an der schwarzen Wand vor ihm brachen.

Nach einer Weile setzte er sich wieder hin.

Er wartete auf andere Menschen. Er hoffte, dass sie kämen. Er hoffte, dass an diesem Ort mehr auf ihn wartete als eine dunkle Nacht, ein leerer Strand und Wellen, die nie ganz die Küste erreichten.

Bitte beachten Sie
auch die folgenden Seiten

Dennis Lehane

In der Nacht

Roman. Aus dem Amerikanischen
von Sky Nonhoff

Amerika während der Prohibition. Joe Coughlin, ein kleiner Handlanger des Syndikats in Boston, steigt in Florida zum mächtigsten Rum-Schmuggler seiner Zeit auf. Und setzt sein Leben aufs Spiel – aus Liebe zu einer Frau. Ein atemloses, literarisches Gangster-Epos.

»Und plötzlich kam ihm der Gedanke, dass alles Bemerkenswerte in seinem Leben – im positiven wie im negativen Sinne – seinen Anfang an jenem Morgen genommen hatte, als er das erste Mal mit Emma Gould zusammentraf.« Und von diesem Moment an, bis sich Joe Coughlin auf einem Schiff im Golf von Mexiko wiederfindet, die Füße in einem Zementblock, wird alles, was er tut, für Emma sein.

Aus dem Boston der zwanziger Jahre, aus einem Wirbel von Liebe und Gewalt, Hass und Rache führt Joes Weg in den Süden Amerikas und bis nach Kuba. Er wird vom kleinen Handlanger zum mächtigsten Rum-Schmuggler seiner Zeit – doch was ihn umtreibt, ist nicht nur die zweifelhafte Berühmtheit eines Gesetzlosen, das schnelle Geld und das Leben in der Nacht. Es sind Emma Goulds Dezemberaugen, die ein kaltes Feuer in ihm entfacht haben.

Ausgezeichnet mit dem Edgar Allan Poe Award 2013
als Bester Kriminalroman

»Ein Buch? Nein, ein Ereignis! Einer der besten Romane des Jahres. Ein großartiges, wuchtiges Werk. Wie ein Scorsese-Film zwischen zwei Buchdeckeln, ebenso packend wie anspruchsvoll.«
Kester Schlenz, Der Stern, Hamburg

»Man liest sich geradewegs in einen Rausch.«
Peter Körte, FAZ

Dennis Lehane

The Drop

Bargeld

Roman. Aus dem Amerikanischen
von Steffen Jacobs

Bob Saginowski ist Barkeeper. Er ist freundlich und fleißig. Und er ist schuldig. Eine Schuld, die er seit zwanzig Jahren auf seine Weise abbüßt – indem er es sich selbst versagt, am Leben teilzunehmen. Seit zwanzig Jahren arbeitet Bob in Marvins Bar, die schon lange nicht mehr Marvins Bar ist, sondern in der Hand der tschetschenischen Mafia. In manchen Nächten deponieren die Tschetschenen die Einnahmen aus ihren schmutzigen Geschäften in Marvins Bar. Und in einer dieser Nächte vergessen zwei Junkies, wer in diesem Teil der Stadt die Gesetze macht. Der Überfall auf die Bar bringt ihnen 5000 Dollar. Für Bob allerdings ist er mehr als nur eine unangenehme Episode, denn der Überfall bedeutet Aufmerksamkeit: die der Mafia und die der Polizei. Doch Bob hat jetzt einen Hund: Rocco. Er hat eine Freundin: Nadia. Und er hat ein gefährliches Geheimnis.

2014 von Michael R. Roskam nach dem Drehbuch von Dennis Lehane verfilmt. In den Hauptrollen: Tom Hardy, Noomi Rapace und James Gandolfini.

»Dennis Lehane verdient es, zu den interessantesten und versiertesten amerikanischen Schriftstellern gleich welchen Genres gezählt zu werden.«
Washington Post

»Ein herausragender Schriftsteller.«
Los Angeles Times

Dennis Lehane
Mystic River

Roman. Aus dem Amerikanischen
von Sky Nonhoff

Dave, Jimmy und Sean kannten sich schon als Kinder. Nun, 25 Jahre später, kreuzen sich die Wege der drei grundverschiedenen Männer erneut unter tragischen Umständen, als Jimmys Tochter Katie ermordet aufgefunden wird. Sean, inzwischen Polizist, führt die Ermittlungen, und schon bald steht sein alter Freund Dave unter Verdacht. Während Jimmy den Mörder seiner Tochter auf eigene Faust sucht, um Rache zu nehmen, geraten die Freunde aus Kindertagen immer tiefer in einen reißenden Strudel aus Misstrauen, Ungewissheit und Gewalt – und gefährlich nah an den Abgrund ihrer eigenen Vergangenheit.
Dennis Lehanes Weltbestseller – 2003 von Clint Eastwood mit Sean Penn, Kevin Bacon und Tim Robbins in den Hauptrollen verfilmt und mit zwei Oscars prämiert – in neuer Übersetzung.

»Ein Roman wie ein Kraftwerk. Herzzerreißend und eindringlich.« *The New York Times*

»Dennis Lehane ist ein Meister des Thrillers.«
Manfred Papst / NZZ am Sonntag, Zürich

Auch als Diogenes Hörbuch erschienen,
gelesen von Stefan Kaminski